RACHEL GIBSON

SIMPLESMENTE
Irresistível

TRADUÇÃO:
Leila Kommers

Título original:
Simply irresistible

Copyright © 2012 by Rachel Gibson

2ª reimpressão – Fevereiro de 2016

Grafia atualizada segundo o Acordo Ortográfico da Língua Portuguesa
de 1990, que entrou em vigor no Brasil em 2009

Editor e Publisher
Luiz Fernando Emediato

Diretora Editorial
Fernanda Emediato

Assistente Editorial
Adriana Carvalho

Capa e Projeto Gráfico
Alan Maia

Diagramação
Kauan Sales

Preparação
Carmen Garcez

Revisão
Valquíria Della Pozza
Karina Gercke

DADOS INTERNACIONAIS DE CATALOGAÇÃO NA PUBLICAÇÃO (CIP)
(Câmara Brasileira do Livro, SP, Brasil)

Gibson, Rachel
Simplesmente irresistível / Rachel Gibson ;
[tradução Leila Kommers]. -- São Paulo :
Jardim dos Livros, 2012.

Título original: Simply irresistible.

ISBN 978-85-63420-38-1

1. Ficção norte-americana I. Título.

13-04312   CDD: 813

Índice para catálogo sistemático

1. Ficção : Literatura norte-americana   813

EMEDIATO EDITORES LTDA
Rua Gomes Freire, 225 – Lapa
CEP: 05075-010 – São Paulo – SP
Telefax.: (+ 55 11) 3256-4444
E-mail: geracaoeditorial@geracaoeditorial.com.br

Impresso no Brasil
Printed in Brazil

Para Jessica, Carrie e Jamie, que
comeram muita pizza congelada para
que a sua mãe pudesse escrever

Prólogo

McKinney, Texas
1976

A matemática deixava Georgeanne Howard com dor de cabeça e a leitura turvava seus olhos. Ao menos, quando estava lendo, algumas vezes, podia passar o dedo pelas palavras complicadas e inventá-las. Mas não podia inventar com a matemática.

Georgeanne pousou a testa sobre um pedaço de papel que estava em sua mesa e ficou ouvindo os sons de seus colegas do quarto ano brincando no intervalo, sob o sol quente do Texas. Odiava matemática, mas odiava ainda mais contar aqueles feixes estúpidos de gravetos. Às vezes, olhava tão fixo para os pequenos desenhos de gravetos que a cabeça e os olhos doíam. Mas, cada vez que contava, obtinha as mesmas respostas, as respostas erradas.

Para desviar sua atenção da matemática, Georgeanne pensou no chá cor-de-rosa que ela e a avó estavam planejando para depois da escola. A avó já teria preparado os *petits-fours* cor-de-rosa e as duas vestiriam *chiffon* cor-de-rosa e arrumariam a mesa com toalhas e guardanapos cor-de-rosa, e xícaras combinando. Georgeanne adorava os chás cor-de-rosa e era boa em servir.

— Georgeanne!

Ela assustou-se.

— Pois não, senhora?

— Sua avó levou você ao médico, como falamos? — perguntou a sra. Noble.

— Sim, madame.

— Sua avó levou-a para fazer os exames?

Ela assentiu com a cabeça. Por três dias, na semana anterior, lera histórias para um médico de orelhas grandes. Respondera às perguntas dele e escrevera histórias. Fizera exercícios de matemática e desenhos. Gostara de desenhar, mas o restante tinha sido muito estúpido.

— Terminou?

Georgeanne olhou para a página rabiscada à sua frente. Usara a borracha tantas vezes que os pequenos quadrados para resposta já estavam desbotados e havia feito várias rasuras ao lado dos feixes de gravetos.

— Não — disse ela, cobrindo o papel com a mão.

— Deixe-me ver o que você fez.

Com o pavor a oprimi-la, ergueu-se da cadeira e fez uma enorme encenação ao empurrá-la de volta, ajeitando-a com gestos precisos. A sola dos sapatos de couro mal fazia barulho enquanto caminhava lentamente até a mesa da professora. Sentia-se enjoada.

A sra. Noble pegou o papel amarrotado da mão de Georgeanne e avaliou os problemas de matemática.

— Você errou de novo — disse, com a irritação pontuando as palavras.

O desgosto estreitou os olhos castanhos da senhora e contraiu seu nariz fino.

— Quantas vezes você vai escrever as respostas erradas?

SIMPLESMENTE
Irresistível

Georgeanne olhou por cima do ombro da professora de onde avistou vinte pequenos iglus formados por cubos de açúcar. Onde estavam deveria haver vinte e um, mas, devido à sua péssima caligrafia, teria de esperar para ter o dela. Talvez no dia seguinte.

— Não sei — sussurrou.

— Já lhe disse pelo menos quatro vezes que a resposta para esse problema não é dezessete! Por que, então, você fica escrevendo isso?

— Não sei.

Ela contara repetidas vezes cada graveto. Havia sete nos dois feixes e três varinhas sozinhas ao lado. Isso somava dezessete.

— Já expliquei várias vezes. Olhe para o papel.

Georgeanne olhou para sua tarefa e a sra. Noble apontou para o primeiro feixe de gravetos.

— Esse feixe representa dez — ela gritou e moveu o dedo. — Esse representa mais dez e temos mais três ao lado. Quanto é dez mais dez?

Georgeanne visualizou os números na cabeça.

— Vinte.

— Mais três?

Fez uma pausa para contar silenciosamente.

— Vinte e três.

— Sim! A resposta é vinte e três.

A professora empurrou o papel em sua direção.

— Agora, sente-se e termine os outros.

Depois de sentada, Georgeanne olhou para o segundo problema na página. Estudou os três feixes, contou cada um deles cuidadosamente e escreveu vinte e um.

Quando soou a campainha para a saída, pegou seu poncho roxo novo tricotado pela avó e praticamente correu para casa. Ao entrar pela porta dos fundos, percebeu os sofisticados biscoitinhos no balcão marmoreado azul e branco. A cozinha era pequena, o papel de parede amarelo e vermelho estava descascando em algumas partes, mas era o cômodo favorito de Georgeanne. Tinha cheiro de coisas reconfortantes como bolos e pães, desinfetante Pinho Sol e detergente Ivory.

O serviço de prata estava no carrinho de chá, e ela prestes a chamar a avó, quando ouviu a voz de um homem vindo da sala de visitas. Considerando que aquele cômodo em particular era inacessível a quem quer que fosse, exceto pessoas importantes, Georgeanne caminhou silenciosamente pelo corredor em direção à parte dianteira da casa.

— Sua neta parece não compreender nenhum tipo de conceito abstrato. Ela inverte as palavras ou simplesmente não consegue pensar na palavra que quer usar. Por exemplo, quando foi mostrada a ela a foto de uma maçaneta, ela chamou-a de "aquilo que giro para entrar em casa". Entretanto, identificou com precisão uma escada rolante, uma picareta e a maioria dos cinquenta estados dos Estados Unidos — explicou o homem que Georgeanne reconheceu como o médico de orelhas grandes que lhe aplicara aqueles testes estúpidos na semana anterior.

Ela parou pertinho da porta e escutou.

— A boa notícia é que ela teve uma pontuação alta em compreensão de texto — continuou ele. — O que significa que compreende o que lê.

— Como isso é possível? — perguntou a avó. — Ela utiliza a maçaneta da porta todos os dias e, que eu saiba, nunca tocou em uma picareta. Como pode se atrapalhar com as palavras e mesmo assim compreender o que lê?

— Não sabemos por que algumas crianças sofrem dessas disfunções, sra. Howard. Não sabemos o que causa essas deficiências e não temos uma cura.

Georgeanne encostou-se na parede longe da vista de todos. Suas bochechas começaram a queimar e sentiu um embrulho no estômago. Disfunções? Não era tão estúpida a ponto de não saber o que aquilo significava. O médico achava que ela era retardada.

— O que posso fazer pela minha Georgie?

— Talvez com mais alguns testes possamos identificar com precisão em que ela tem mais dificuldades. Algumas crianças têm sido beneficiadas com o uso de medicação.

— Não vou enchê-la de remédios.

— Então matricule-a em uma escola de etiqueta — aconselhou o homem. — Ela é uma criança bonita e provavelmente se tornará uma bela jovem. Não terá problemas em encontrar um marido para cuidar dela.

— Um marido? Minha Georgie tem apenas nove anos, dr. Allan.

— Sem nenhuma ofensa, sra. Howard, mas a senhora é a avó da garota. Por quantos anos mais poderá cuidar dela? É minha opinião que Georgeanne nunca será brilhante de fato.

O embrulho no estômago de Georgeanne começou a queimar enquanto caminhava de volta pelo corredor e saía pela porta dos fundos. Chutou uma lata de café dos degraus e jogou os prendedores de roupa de sua avó pelos ares no pequeno e bem cuidado quintal.

Estacionado na pequena entrada da garagem estava um El Camino, que Georgeanne sempre achou ter a cor exata de uma beterraba. O carro tinha os quatro pneus murchos e não era dirigido desde a morte do avô, dois anos antes. A avó guiava um Lincoln, portanto Georgeanne considerava o El Camino seu e usava-o para transportar-se para lugares exóticos como Londres, Paris e Texarkana

Mas agora não estava com vontade de ir a lugar nenhum. Ao sentar-se no banco de vinil, colocou as mãos no volante e ficou olhando para o símbolo da Chevrolet na tampa da buzina.

A visão embaçou e ela apertou a direção com força. Talvez sua mãe, Billy Jean, soubesse. Talvez ela soubesse o tempo todo que Georgeanne nunca seria "brilhante de fato". Talvez por isso a largara na casa da avó e nunca voltara. A avó costumava dizer que Billy Jean ainda não estava preparada para ser mãe, e Georgeanne sempre se perguntava o que teria feito para provocar sua partida. Agora havia descoberto.

Enquanto entrevia o futuro, seus sonhos de infância esmaeciam com as lágrimas que caíam nas bochechas ardentes e ela se deu conta de várias coisas. Nunca teria intervalo de novo, nem construiria um iglu como o resto da classe. As esperanças de tornar-se enfermeira ou astronauta tinham se acabado e sua mãe nunca voltaria para ela. As crianças na escola provavelmente descobririam e ririam dela.

Georgeanne odiava que rissem dela.

Ou fariam piadas a seu respeito, como tinham feito com Gilbert Whitley. Gilbert molhara a calça no segundo ano e ninguém o deixava esquecer isso. Agora era chamado de Gilbert Molhado. Georgeanne nem mesmo queria pensar do que a chamariam.

Mesmo que isso a matasse, estava determinada a esconder de todos que era diferente, ou seja, que ninguém descobrisse que ela tinha uma disfunção.

Um

1989

Na noite anterior ao casamento de Virgil Duffy, uma tempestade de verão caiu sobre Puget Sound. Mas, na manhã seguinte, as nuvens acinzentadas haviam ido embora, deixando em seu lugar uma visão da baía de Elliot e o espetacular horizonte do centro de Seattle. Vários convidados olhavam para o céu claro e ficavam se perguntando se Virgil controlava a Mãe Natureza da mesma maneira como controlava seu império naval. Perguntavam-se também se controlaria sua jovem noiva tão bem ou se ela seria apenas um brinquedinho como seu time de hóquei.

Enquanto esperavam o início da cerimônia, todos bebericavam champanhe e especulavam quanto tempo duraria o matrimônio com toda aquela diferença de idade entre eles. Não muito, era o consenso geral.

John Kowalsky ignorava o burburinho das fofocas ao seu redor. Tinha preocupações mais importantes. Levou o copo de cristal aos lábios e bebeu todo o uísque de cem anos como se fosse água. Uma batida incessante martelava sua cabeça. A órbita ocular pulsava e os dentes doíam. Devia ter se divertido muito na noite anterior. Queria apenas conseguir se lembrar.

De onde estava, no terraço, podia ver o gramado cor de esmeralda aparado, canteiros de flores imaculados e fontes jorrando. Os convidados vestidos de Armani e Donna Karan percorriam as fileiras de cadeiras brancas de frente para uma pérgula enfeitada com flores e fitas e alguma coisa rosa transparente.

O olhar de John moveu-se para um grupo de companheiros de time parecendo deslocados e desconfortáveis em casacos azul-marinho e mocassins apertados. Não pareciam querer estar entre a sociedade de Seattle mais do que ele.

À esquerda, uma mulher esquelética de vestido lilás esvoaçante e sapatos combinando sentou-se à harpa, apoiou-a no ombro e começou a dedilhar as cordas em um tom um pouco mais alto do que os ruídos da enseada. Olhou para ele sorrindo de uma maneira calorosa e que John entendeu instantaneamente. Não ficou surpreso com o interesse dela e deixou o olhar percorrer o corpo magro de cima a baixo, e no sentido inverso, de maneira intencional. Aos vinte e oito anos, ele já estivera com mulheres de todas as formas e tamanhos, diferentes situações econômicas e níveis de inteligência. Não tinha nada contra a tietagem, mas não gostava de mulheres muito magras. Embora alguns de seus companheiros de time namorassem modelos, John preferia curvas suaves. Quando tocava uma mulher, gostava de sentir carne, não ossos.

O sorriso da harpista ficou ainda mais insinuante e John desviou o olhar. Não era só o fato de a mulher ser pele e osso, ele odiava harpa com a mesma intensidade com que odiava casamentos. Ele próprio já passara por dois e nenhum havia sido bem-aventurado. Na verdade, o último havia sido em Las Vegas, seis meses antes, quando acordou de ressaca em uma suíte de lua de mel casado com uma *stripper* chamada DeeDee Delícia. O casamento não durara muito mais do que a noite de núpcias. E, o pior de tudo, é que ele não conseguia se lembrar se DeeDee era realmente deliciosa.

— Obrigado por vir, filho. — O dono do Seattle Chinooks aproximou-se de John pelas costas e deu-lhe um tapinha no ombro.

— Acho que nenhum de nós tinha escolha — disse ele, olhando para o rosto marcado de Virgil Duffy.

Virgil riu e continuou a descer os largos degraus de tijolo, a imagem da riqueza em seu *smoking* cinza-prata. Sob o sol do início da tarde, parecia ser exatamente o que era: membro da Fortune 500, proprietário de um time de hóquei profissional e um homem que poderia comprar para si uma esposa jovem e atraente.

— Você o viu na noite passada com a mulher com quem vai se casar?

John olhou por cima do ombro direito para seu mais novo colega de time, Hugh Miner. Os comentaristas esportivos comparavam Hugh a James Dean, tanto no visual como no comportamento negligente dentro e fora do gelo. John gostava disso em um homem.

— Não — respondeu, enquanto puxava seu Ray-Ban do bolso da camisa de *oxford*. — Saí muito cedo.

— Bem, ela é bastante jovem. Vinte e um, vinte e dois mais ou menos.

— Foi o que ouvi. — John saiu um pouco para o lado e deixou um grupo de senhoras passar para descer as escadas. Sendo ele próprio um mulherengo, nunca se declarara um moralista hipócrita, mas havia algo de patético e um pouco doentio em um homem da idade de Virgil casando-se com uma mulher quase quarenta anos mais nova.

Hugh cutucou John com o cotovelo.

— E com seios que poderiam fazer um homem agachar e implorar por um pouco de leite.

John empurrou os óculos escuros no nariz e sorriu para as senhoras, que olharam de volta para Hugh. O companheiro não fora nada discreto ao descrever a noiva de Virgil.

— Criado em uma fazenda leiteira certo?

— Sim, uns oitenta quilômetros de Madison — disse o jovem goleiro com orgulho.

— Bem, eu não falaria essa coisa de leite muito alto, se fosse você. As mulheres tendem a ficar furiosas quando comparadas a vacas.

— Sim. — Hugh riu e balançou a cabeça. — O que você acha que ela vê em um homem velho o bastante para ser avô dela? Quer dizer, não é feia, nem gorda, nem nada. Na verdade, é muito bonita.

Aos vinte e quatro anos, Hugh não era apenas mais jovem que John. Era obviamente bem mais ingênuo. Estava prestes a se tornar o melhor goleiro da NHL, mas tinha um péssimo hábito de parar o disco com a cabeça. Em virtude disso, com certeza precisava de uma máscara mais resistente.

— Olhe ao redor — respondeu John. — A última informação é que Virgil valha mais de seiscentos milhões de dólares.

— Bem, dinheiro não pode comprar tudo — resmungou o goleiro enquanto começava a descer os degraus. E parou para perguntar: — Você vem, Paredão?

— Não — respondeu John. Sorveu um cubo de gelo e, em seguida, jogou o copo em um vaso de samambaia, demonstrando o mesmo desdém pelo Baccarat que mostrara pelo uísque escocês. Aparecera na festa na noite anterior e marcara presença no casamento. Cumprira seu papel, mas não ficaria.

— Estou com uma bela de uma ressaca — disse, descendo a escada.

— Aonde vai?

— Pra minha casa em Copalis.

— O sr. Duffy não vai gostar disso.

— Que chato — foi seu comentário despreocupado. E deu a volta na mansão de três andares em direção ao seu Corvette 1966 estacionado em frente.

Um ano antes, o conversível fora um presente que dera a si mesmo depois de ser negociado para os Chinooks e ter assinado um contrato multimilionário com o time de hóquei de Seattle. John adorava o Corvette clássico. Adorava o motor e toda aquela potência. Planejava chegar à autoestrada e aumentar a velocidade.

Enquanto tirava o *blazer* azul, um lampejo rosa no alto dos degraus de tijolos chamou sua atenção. Jogou o casaco no carro vermelho e parou para olhar uma mulher em um vestido rosa-claro passar despercebida pelas imensas portas duplas. Uma valise bege bateu contra a madeira e uma brisa agitou dezenas de cachos escuros sobre os ombros nus. Ela parecia ter sido embrulhada em cetim das axilas ao meio da coxa. O grande laço branco costurado no alto do corpete mal escondia seu colo. As pernas eram longas e bronzeadas e ela usava frágeis sapatos de salto alto sem tiras.

— Ei, senhor, espere um minuto — ela gritou para ele com uma voz quase sem fôlego, claramente sulista.

O salto dos seus sapatos inacreditáveis fazia toque-toque enquanto ela descia rapidamente a escada. O vestido era tão justo que ela descia de lado, e, a cada degrau, os seios abaixavam e se avolumavam contra a parte de cima do vestido.

John pensou em dizer-lhe que parasse antes que se machucasse. Porém, apenas trocou a perna de apoio, cruzou os braços e esperou até que ela parasse do outro lado do carro.

— Talvez você não devesse correr dessa maneira — ele alertou.

Debaixo de sobrancelhas perfeitamente arqueadas, um par de olhos verdes o encarava.

— Você é um dos jogadores de hóquei do Virgil? — perguntou ela, descendo dos sapatos e abaixando-se para apanhá-los.

Vários cachos escuros e brilhantes deslizaram sobre o ombro bronzeado e tocaram o alto dos seus seios e o laço branco.

— John Kowalsky — ele se apresentou.

Com os lábios carnudos do tipo "beije-me" e os olhos semicerrados, a mulher lembrava-lhe a diva favorita de seu avô, Rita Hayworth.

— Preciso sair daqui. Pode me ajudar?

— Claro. Para onde está indo?

— Qualquer lugar que não aqui — respondeu ela, jogando a valise e os sapatos no chão do carro.

Um sorriso surgiu no canto dos lábios de John enquanto entrava no Corvette. Não planejara ir embora com companhia, mas ter a Miss Verão no carro não podia ser considerado má sorte. Quando ela se sentou no banco do passageiro, ele saiu do estacionamento. Ficou se perguntando quem era aquela garota e por que estava com tanta pressa.

— Ah, céus — ela lamentou, virando-se para olhar a casa de Virgil desaparecendo rapidamente.

— Deixei Sissy sozinha lá. Ela foi pegar o buquê de rosa lilás e eu fugi!

— Quem é Sissy?

— Minha amiga.

— Você deveria ficar no casamento? — perguntou ele.

Quando ela concordou com a cabeça, John deduziu que devia ser a dama de honra ou alguma convidada. À medida que iam passando as fileiras de abetos, campos ondulados de cultivo e azaleias, ele a estudava com o canto do olho. Um bronzeado saudável coloria a pele macia e, aos poucos, notou que ela era mais bonita do que achara antes, e mais jovem também.

A garota virou-se para a frente de novo e o vento apanhou seu cabelo fazendo-o dançar pelo rosto e ombros.

— Eu realmente estraguei tudo desta vez — ela falou baixo, prolongando cada vogal.

— Posso levá-la de volta — John se ofereceu, tentando imaginar o que havia acontecido para fazê-la fugir da amiga.

Ela balançou a cabeça e os brincos de pérola em forma de gota roçaram a pele logo abaixo do maxilar.

— Não, agora é tarde. Tenho feito isso. Quer dizer, já fiz no passado... mas... desta vez superou todas as outras.

SIMPLESMENTE Irresistível

John voltou a atenção para a estrada. Lágrimas femininas não o incomodavam, mas odiava histeria e tinha um pressentimento ruim de que ela estava prestes a ficar histérica.

— Qual é seu nome? — perguntou ele, esperando evitar uma cena.

A garota inspirou fundo, tentou expirar lentamente e segurou o estômago com uma mão.

— Georgeanne, mas todos me chamam Georgie.

— Bem, Georgie, e o sobrenome?

Ela colocou a palma de uma das mãos na testa. As unhas bem cuidadas estavam pintadas de bege-claro, com branco nas pontas.

— Howard.

— Onde mora, Georgie Howard?

— McKinney.

— Fica ao sul de Tacoma?

— Ai, meu Deus! — ela gemeu e a respiração acelerou. — Não acredito nisso. Não posso acreditar nisso.

— Você vai vomitar?

— Acho que não.

Ela balançou a cabeça e aspirou ar para os pulmões.

— Mas não consigo respirar.

— Está ofegante?

— Sim... não... não sei!

Georgeanne observou-o com olhos nervosos e úmidos. Os dedos começaram a pinçar o cetim rosa na altura das costelas e a barra do vestido subiu ainda mais pelas coxas macias.

— Não acredito nisso. Não acredito — ela choramingou entre soluços.

— Coloque sua cabeça entre os joelhos — ele instruiu, espiando a estrada.

Ela inclinou-se para a frente e em seguida encostou-se no banco novamente.

— Não posso.

— Por que não pode?

— Meu corselete está muito apertado... Meu Deus!

A fala arrastada do sul intensificou-se.

— Desta vez fiz bem feito. Não acredito... — continuou ela com sua ladainha já familiar.

John começou a achar que ajudar Georgeanne não fora uma boa ideia. Pisou fundo no acelerador, impulsionando o Corvette pela ponte, transpondo uma faixa estreita de Puget Sound, deixando Bainbridge Island para trás. Sombras verdes passavam rapidamente enquanto percorriam a estrada 305.

— Sissy nunca vai me perdoar.

— Eu não me preocuparia com sua amiga — disse ele, um pouco desapontado ao descobrir que a mulher em seu carro era tão frágil quanto um *croissant*. — Virgil lhe comprará algo bonito e ela esquecerá tudo isso.

Uma ruga surgiu entre as sobrancelhas de Georgeanne.

— Acho que não — disse.

— Claro que vai — John insistiu. — Provavelmente a levará a um lugar bem caro, também.

— Mas Sissy não gosta do Virgil. Ela o acha um duende velho e pervertido.

Uma sensação ruim tomou conta de John.

— Sissy não é a noiva?

Ela o encarou com seus enormes olhos verdes e balançou negativamente a cabeça.

— Eu sou.

— Não tem graça, Georgeanne.

— Eu sei — choramingou. — Não acredito que deixei Virgil no altar!

A sensação ruim foi para a cabeça, lembrando-o da ressaca. John pisou no freio enquanto guiava o Corvette para a direita e parou no acostamento. Georgeanne bateu contra a porta e agarrou a maçaneta com as duas mãos.

SIMPLESMENTE
Irresistível

— Eu é que não acredito! — John desligou o carro e tirou os óculos escuros. — Diga que está brincando! — exigiu, jogando o Ray-Ban no console.

Não queria pensar no que aconteceria se fosse pego com a noiva fugitiva de Virgil. Mas não precisava pensar muito, sabia o que aconteceria. Sabia que seria vendido a um time perdedor mais rápido do que conseguiria esvaziar o armário. Gostava de jogar para a Chinook. Gostava de viver em Seattle. A última coisa que queria era ser vendido.

Georgeanne endireitou-se e balançou a cabeça.

— Mas você não está usando um vestido de casamento. — Ele se sentiu trapaceado e a inquiriu. — Que tipo de noiva não usa um maldito vestido de casamento?

— Este é um vestido de casamento.

Ela agarrou a barra e puxou-a para baixo, tentando cobrir as coxas. Mas o vestido não fora feito para o pudor. Quanto mais ela o puxava em direção aos joelhos, mais descobria os seios.

— Apenas não é um vestido tradicional — explicou enquanto agarrava o grande laço branco e puxava o corpete para cima. — Afinal, Virgil já foi casado cinco vezes e achou que um vestido branco seria de mau gosto.

Respirando fundo, John fechou os olhos e passou uma mão no rosto. Precisava se livrar dela. E rápido.

— Você mora no sul de Tacoma, certo?

— Não. Sou de McKinney. McKinney, Texas. Até três dias atrás, nunca tinha estado ao norte de Oklahoma.

— Isso está ficando cada vez melhor. — John riu sem humor e olhou-a novamente ali sentada, como se fosse um presente embrulhado para ele. — Sua família está aqui para o casamento, certo?

Novamente ela negou com a cabeça.

John franziu a testa.

— Claro que não.

— Não estou me sentindo bem.

John pulou do carro e correu para o outro lado. Se ela fosse vomitar, preferiria que não fosse dentro do seu Corvette novo. Abriu a porta e agarrou-a pela cintura — e, embora ele tivesse quase dois metros de altura, pesasse cem quilos e pudesse empurrar qualquer jogador contra as bordas, tirar Georgeanne Howard do carro não foi uma tarefa fácil. A garota era mais pesada do que parecia e, nas mãos dele, sentia-se entalada em uma lata de sopa.

— Vai vomitar? — perguntou sobre a cabeça dela.

— Acho que não. — Ela olhou-o com olhos de súplica.

John já estivera com muitas mulheres e reconhecia uma gatinha manhosa quando uma se sentava no seu colo. Conhecia a raça "ame-me, alimente-me, cuide de mim". Elas ronronavam e se roçavam, e, exceto para fazer um homem uivar, não serviam para mais nada. Ele a ajudaria a chegar aonde precisava, mas a última coisa que queria era alimentar e cuidar de uma mulher que havia rejeitado Virgil Duffy.

— Onde posso deixá-la?

Georgeanne sentia-se como se tivesse engolido dezenas de borboletas e estava com dificuldade de respirar. Espremera-se em um vestido dois tamanhos menores e mal conseguia puxar ar para os pulmões. Olhou para aqueles olhos azul-escuros cercados por longos cílios e soube que preferiria cortar os pulsos com uma faca para manteiga a vomitar na frente de um homem tão lindo. Os cílios enormes e a boca carnuda deveriam tê-lo feito parecer um pouco feminino, mas não. O homem exalava masculinidade demais para ser confundido com qualquer coisa que não cem por cento másculo e heterossexual. Georgeanne, que tinha um metro e setenta e cinco e pesava sessenta e cinco quilos, quando não retinha líquido, sentia-se pequena ao lado dele.

— Onde posso deixá-la, Georgie? — perguntou ele de novo.

SIMPLESMENTE
Irresistível

Uma mecha de cabelos castanhos caiu sobre a testa de John, desviando a atenção dela para uma pequena cicatriz clara percorrendo a sobrancelha esquerda.

— Não sei — ela sussurrou.

Durante meses, vivera com uma opressão no peito. Um peso que ela não tinha certeza se um homem como Virgil conseguiria fazer desaparecer. Com Virgil, nunca mais teria que se esquivar de cobradores ou senhorios furiosos. Tinha vinte e dois anos e tentara cuidar de si mesma, mas, como na maioria das coisas em sua vida, fracassara miseravelmente. Sempre fora um fracasso. Fracassara na escola e em todos os empregos que tivera e fracassara em convencer a si mesma que poderia amar Virgil Duffy. Naquela tarde, na frente do espelho, avaliando o próprio reflexo, estudando o vestido de noiva que ele escolhera, a opressão no peito ameaçava sufocá-la e ela soube que não conseguiria casar-se com Virgil. Nem mesmo por todo aquele maravilhoso dinheiro conseguiria ir para a cama com um homem que a lembrava do empresário texano H. Ross Perot.

— Onde está sua família?

Ela pensou na avó.

— Tenho uma tia-avó e um tio-avô que vivem em Duncanville, mas Lolly não podia viajar devido ao lumbago e tio Clyde teve que ficar em casa cuidando dela.

Os cantos da boca de John arquearam para baixo.

— Onde estão seus pais?

— Fui criada pela minha avó, mas ela se foi há alguns anos — Georgeanne respondeu, na esperança de que ele não perguntasse sobre o pai que nunca conhecera ou sobre a mãe que vira apenas uma vez, no funeral da avó.

— Amigos?

— Ela está na casa de Virgil.

A simples lembrança de Sissy fez seu coração palpitar. Tinha sido tão cuidadosa para que todas combinassem com a decoração lavanda. Agora, coordenar vestidos e sapatos tingidos parecia trivial e tolo.

John ficou carrancudo.

— Naturalmente. — Retirou as mãos da cintura dela e passou os dedos nos próprios cabelos. — Não está me parecendo que você tenha um plano concreto.

Não, ela não tinha um plano, concreto ou não concreto. Pegara a valise e fugira da casa de Virgil sem nem mesmo pensar para onde estava indo ou como planejava chegar lá.

— Bem, que diabos. — Ele deixou as mãos caírem ao lado do corpo e olhou para a estrada. — Você provavelmente vai pensar em algo.

Georgeanne teve uma terrível sensação de que, se ela não tivesse uma ideia nos próximos dois minutos, John pularia de volta para o carro e a deixaria à beira da estrada. Precisava dele, ao menos por alguns dias, até que pensasse no que iria fazer em seguida e, então, lançou mão do que sempre funcionara. Colocou uma mão no braço dele e inclinou-se um pouco, o suficiente para fazê-lo pensar que estava aberta a qualquer sugestão que ele fizesse.

— Talvez você pudesse me ajudar — disse com a voz mais macia do mundo, concluindo com um sorriso do tipo "você é o mocinho garanhão e eu sou a mocinha indefesa".

Georgeanne podia ser um fracasso em tudo na vida, mas era uma sedutora hábil e um verdadeiro sucesso quando se tratava de manipular os homens. Baixando os cílios levemente, encarou aqueles lindos olhos. Um canto dos lábios curvou-se em uma promessa que ela não tinha a menor intenção de cumprir. Deslizou a palma das mãos nos braços fortes dele, um gesto que parecia uma carícia, mas que era pura manobra tática para se proteger de mãos rápidas. Georgeanne odiava quando lhe apalpavam os seios.

— Você é realmente tentadora — disse ele, erguendo-lhe o queixo com a ponta do dedo. — Mas não vale o que pode me custar.

SIMPLESMENTE
Irresistível

— Custar a você? — Uma brisa fresca balançou alguns cachos, fazendo-os dançar por seu rosto. — O que quer dizer?

— Quero dizer... — começou John, olhando para aqueles seios pressionados contra o peito dele — ...que você quer algo de mim e pretende usar seu corpo para conseguir. Gosto de sexo tanto quanto qualquer homem, mas você não vale minha carreira.

Georgeanne afastou-se e tirou o cabelo do rosto. Tivera várias relações íntimas na vida, mas achava que o sexo era algo altamente superestimado. Os homens pareciam apreciá-lo demais, mas para ela era simplesmente embaraçoso. A única coisa boa que poderia dizer a respeito era que durava apenas alguns minutos. Ergueu o queixo e olhou para John como se ele fosse machucá-la e insultá-la.

— Você está errado. Não sou esse tipo de garota.

— Compreendo. — Olhou-a como se soubesse exatamente que tipo de garota ela era. — Você é aliciante.

"Aliciante" era uma palavra ofensiva. Ela se achava mais uma atriz.

— Por que você não para de besteira e me diz o que quer?

— Certo — disse ela, mudando a tática. — Preciso de uma ajudinha e de um lugar pra ficar por alguns dias.

— Ouça... — Ele suspirou. — Não sou o tipo de homem que procura. Não posso ajudá-la.

— Então, por que disse que faria?

Os olhos dele se estreitaram, mas não respondeu.

— Apenas por alguns dias — implorou ela, parecendo desesperada. Precisava de tempo para pensar no que iria fazer agora que bagunçara completamente a própria vida. — Não serei um problema.

— Duvido disso — escarneceu ele.

— Preciso entrar em contato com minha tia.

— Onde está sua tia?

— Em McKinney — respondeu com sinceridade, embora não ansiasse por uma conversa com Lolly.

A tia ficara extremamente satisfeita com sua escolha para marido. Embora Lolly nunca tivesse sido indelicada de insinuar qualquer coisa, Georgeanne suspeitava que ela esperava uma série de presentes caros como uma TV de tela grande e uma cama articulável.

O olhar sério de John fixou-se nela por um longo momento.

— Merda, entra no carro — disse e deu a volta pela frente do Corvette. — Mas, assim que falar com sua tia, deixo-a no aeroporto ou na rodoviária, ou em qualquer droga de lugar para onde estiver indo.

Apesar da oferta nada entusiasmada, Georgeanne não perdeu tempo. Pulou de volta para o banco do passageiro e bateu a porta.

Sentado ao volante, John engatou a marcha e o carro saltou para a estrada. O som dos pneus no asfalto preenchiam um estranho silêncio entre eles. Ao menos para Georgeanne era estranho; John não parecia se importar.

Durante anos, ela frequentara a escola de balé, sapateado e etiqueta da srta. Virdie Marshall. Embora nunca tivesse sido uma garota coordenada, sobressaía entre as outras com sua habilidade para fazer charme a qualquer pessoa, em qualquer lugar, a qualquer hora. Mas nesse dia tivera uma certa dificuldade. John parecia não gostar dela, o que deixava Georgeanne perplexa, porque os homens *sempre* se sentiam encantados com sua presença. Pelo que tinha observado dele até o momento, tampouco era um cavalheiro. Praguejava com muita frequência e não pedia desculpa. Os homens do sul que ela conhecia também falavam palavrão, obviamente, mas em geral imploravam perdão depois. Para ela, John não parecia ser o tipo de cara que se desculpasse por coisa alguma.

Virou-se para observá-lo de perfil e jogar seu charme.

— Você nasceu em Seattle? — perguntou, determinada a fazê-lo gostar dela até chegarem ao destino. Facilitaria muito as

SIMPLESMENTE
Irresistível

coisas se conseguisse. Afinal, John podia não ter percebido ainda, mas ia lhe oferecer um lugar para ficar por um tempo.

— Não.

— De onde você é?

— Saskatoon.

— Onde?

— Canadá.

O cabelo voou no rosto dela. Georgeanne pegou-o com uma mão e segurou-o do lado do pescoço.

— Nunca estive no Canadá.

Ele não comentou.

— Há quanto tempo joga hóquei? — perguntou ela, esperando manter uma conversa agradável.

— Toda a minha vida.

— Há quanto tempo joga para os Chinooks?

Ele pegou os óculos de sol no console e colocou-os.

— Um ano.

— Vi um jogo dos Stars — disse ela, referindo-se ao jogo do time de hóquei de Dallas.

— Um bando de menininhas covardes — ele resmungou enquanto desabotoava e dobrava o punho da camisa no braço que dirigia.

Não estava sendo uma conversa tão agradável, ela concluiu.

— Fez faculdade?

— Não exatamente.

Georgeanne não tinha ideia do que John queria dizer com isso.

— Estudei na Universidade do Texas — mentiu, em um esforço para impressioná-lo.

Ele bocejou.

— Candidatei-me à Kappa — acrescentou à mentira.

— É mesmo? E daí?

— Você é casado? — continuou ela, sem se deixar intimidar pela resposta nada entusiástica.

John fitou-a, não deixando dúvidas de que ela tocara em um assunto delicado.

— O que você é, a porra da *National Enquirer*?

— Não. Sou apenas curiosa. Quer dizer, passaremos certo tempo juntos, então, pensei que seria legal termos um bate-papo amigável e nos conhecermos.

John voltou a atenção à estrada e começou a trabalhar no outro punho.

— Não bato papo.

Georgeanne puxou a barra do vestido.

— Posso perguntar aonde estamos indo?

— Tenho uma casa em Copalis Beach. Você pode entrar em contato com sua tia de lá.

— Fica perto de Seattle? — Ajeitou-se no banco e continuou a puxar o vestido.

— Não. No caso de você não ter percebido, estamos indo para o oeste.

Ela entrou em pânico enquanto se distanciavam ainda mais de qualquer coisa que lhe fosse remotamente familiar.

— Como pode saber disso?

— Talvez porque o sol esteja às nossas costas.

Georgeanne não tinha percebido e, mesmo que tivesse, nem pensaria em orientar-se pelo sol. Sempre confundia essa coisa de norte, sul, leste e oeste.

— Deduzo que tenha um telefone em sua casa na praia...

— É claro.

Ela teria que fazer alguns interurbanos para Dallas. Precisava ligar para Lolly e para os pais de Sissy e contar a eles o que acontecera e como podiam entrar em contato com a filha. Também tinha de ligar para Seattle e descobrir para onde enviar o anel de noivado de Virgil. Olhou para o solitário com um diamante de cinco quilates na mão esquerda e sentiu vontade de chorar. Adorava aquele anel, mas sabia que não poderia ficar com ele.

SIMPLESMENTE
Irresistível

Era uma sedutora, e talvez até mesmo uma aliciadora, mas tinha escrúpulos. O diamante teria que voltar ao lugar de origem, mas não agora. Agora precisava acalmar os nervos antes que desabasse.

— Nunca estive no Pacífico — disse ela, sentindo o pânico suavizar um pouco.

Ele não fez nenhum comentário.

Georgeanne sempre se considerara ótima no primeiro encontro, pois conseguia conversar sobre qualquer assunto, especialmente quando estava nervosa.

— Mas já estive no Golfo muitas vezes — começou ela. — Quando eu tinha doze anos, minha avó levou Sissy e eu em seu grande Lincoln. Cara, que carro enorme! Devia pesar dez toneladas. Sissy e eu tínhamos comprado uns biquínis muito maneiros. O dela parecia uma bandeira dos Estados Unidos e o meu era feito com um lenço de seda. Nunca esquecerei. Atravessamos Dallas apenas para comprar aquele biquíni na J.C. Penneys. Eu o tinha visto em um catálogo e o queria demais. De qualquer forma, Sissy é uma Miller do lado materno, e as mulheres Miller são conhecidas por todo condado de Collin pelos quadris largos e pernas finas. Não muito atraentes, mas uma família adorável mesmo assim. Uma vez...

— Há algum objetivo nisso tudo? — interrompeu John.

— Estava chegando lá — disse ela, tentando permanecer agradável.

— Logo?

— Apenas queria perguntar se a água na costa de Washington é muito fria.

John sorriu e olhou para ela. Pela primeira vez, ela percebeu a covinha vincando a face direita dele.

— Você vai congelar sua bunda sulista — disse ele antes de baixar o olhar para o console entre eles e apanhar uma fita cassete.

29

Inseriu-a no toca-fitas e o lamento de uma gaita colocou um fim em qualquer tentativa de conversa.

Georgeanne voltou a atenção à paisagem montanhosa cheia de abetos e amieiros e pintada com borrões de azul, vermelho, amarelo e, obviamente, verde. Até agora, estava se saindo relativamente bem em evitar os próprios pensamentos, com medo de que eles a oprimissem e a paralisassem. Mas, sem nenhuma outra distração, eles a derrubaram como uma onda de calor do Texas. Pensou sobre sua vida e sobre o que fizera naquele dia. Deixara um homem no altar e, ainda que o casamento estivesse fadado ao desastre, ele não merecia isso.

Todas as suas coisas estavam dentro de quatro malas no Rolls-Royce de Virgil, exceto a valise no chão no carro de John. Arrumara a maleta com o essencial para a noite anterior, pois tudo já estava pronto para a viagem de lua de mel.

Agora, o que trazia era uma carteira com sete dólares e três cartões de crédito com limite estourado, uma quantidade generosa de cosméticos, uma escova de dentes e uma de cabelo, pente, um *spray* para cabelos Aqua Net, seis conjuntos de calcinha e sutiã de corte amplo, suas pílulas anticoncepcionais e uma barra de Snickers.

Tinha chegado ao fundo do poço.

Dois

Flashes de luz solar azul e translúcida, algas marinhas flutuantes e uma brisa salgada tão espessa que ela podia sentir seu sabor receberam Georgeanne na costa do Pacífico. Um arrepio tomou conta dos braços dela quando se esticou para vislumbrar o oceano azul e as ondas espumantes.

O grito das gaivotas rompeu o ar enquanto John guiava o Corvette pela entrada de uma trivial casa cinza com venezianas brancas. Um velho de camiseta sem mangas, *short* de poliéster cinza e chinelos de borracha estava parado na varanda.

Assim que o carro parou, Georgeanne abriu a porta e saiu. Não esperou que John a ajudasse. Não que acreditasse que ele a ajudaria, mas, depois de uma hora e meia sentada no carro, o aperto do corserlete tornara-se tão doloroso que achou que fosse realmente passar mal.

Puxou o vestido rosa para baixo e pegou a valise e os sapatos. A armação de metal em seu corselete fincou-lhe as costelas quando se inclinou para enfiar os pés nos sapatos cor-de-rosa.

— Meu bom Deus, filho — o homem na varanda murmurou com uma voz grave. — Outra dançarina?

Um franzido surgiu na testa de John enquanto guiava Georgeanne pela porta da frente.

— Ernie, quero apresentar a srta. Georgeanne Howard. Georgie, este é meu avô, Ernest Maxwell.

— Muito prazer, senhor. — Ela ofereceu a mão e olhou para o rosto do idoso que tinha uma espantosa semelhança com o ator Burgess Meredith.

— Sulista... humm — o velho resmungou e entrou na casa.

John segurou a porta aberta para Georgeanne e ela entrou em uma casa mobiliada com elegantes tons claros de azul, verde e marrom, que davam a impressão de que a paisagem externa da grande janela panorâmica fora trazida para dentro da sala de estar. Tudo parecia ter sido escolhido para misturar-se com o oceano e a areia da praia — tudo, exceto a poltrona reclinável de courino, remendada com fita prateada, e os dois tacos de hóquei quebrados colocados em X acima de uma cristaleira cheia de troféus.

John apanhou os óculos escuros e jogou-os na mesinha de madeira e vidro.

— Tem um quarto de hóspedes no final do corredor, última porta à esquerda. O banheiro fica à direita — disse enquanto passava por trás dela e caminhava para a cozinha.

Pegou uma garrafa de cerveja no refrigerador e girou a tampa. Ao levar a garrafa aos lábios, inclinou-se, encostando os ombros na porta fechada da geladeira. Desta vez, metera os pés pelas mãos de maneira muito grave. Nunca deveria ter concordado em ajudar Georgeanne e, certamente, nunca deveria tê-la trazido com ele. Não queria, mas ela o olhara parecendo toda vulnerável e assustada. Ele não conseguiu deixá-la no meio da estrada. Apenas desejava com toda sua força que Virgil nunca descobrisse.

Simplesmente Irresistível

Afastou-se da geladeira e voltou para a sala. Ernie sentou-se em sua poltrona reclinável, a atenção fixa em Georgeanne. A garota estava parada ao lado da lareira com o cabelo bagunçado pelo vento e o vestido rosa todo amassado. Parecia exausta, mas, pelo olhar de Ernie, ele a achara mais apetitosa do que um bufê de comida à vontade.

— Algum problema, Georgie? — John perguntou e tomou um gole da cerveja. — Por que não foi se trocar?

— Tenho um pequeno dilema — ela falou lentamente e encarou-o. — Não tenho roupa.

John apontou com a garrafa.

— O que tem na valise?

— Cosméticos.

— Só isso?

— Não. — Georgeanne olhou de relance para Ernie. — Tenho roupas íntimas e minha carteira.

— Onde estão suas roupas?

— Em quatro malas no Rolls-Royce de Virgil.

Parecia que ele teria que alimentá-la, dar abrigo e ainda roupas.

— Venha — disse, colocando a cerveja na mesinha.

Guiou-a pelo corredor até o quarto dele e foi até a cômoda, de onde tirou uma camiseta velha preta e um *short* verde de cordão.

— Aqui — disse, jogando a roupa sobre o acolchoado azul que cobria a cama antes de se virar para a porta.

— John?

O nome dele nos lábios de Georgeanne o fez parar, mas não se virou. Não queria ver aquela expressão assustada nos olhos dela.

— O quê?

— Não consigo sair sozinha deste vestido. Preciso da sua ajuda.

Ele se virou para vê-la parada em um raio de sol que entrava pela janela.

— Tem alguns botõezinhos na parte de cima — ela apontou meio sem jeito.

Georgeanne não queria apenas as roupas dele. Queria que a despisse.

— São difíceis de abrir, escorregam — ela explicou.

— Vire-se — John ordenou ríspido, enquanto caminhava na direção dela.

Sem dizer uma palavra, ela virou e encarou o espelho sobre a penteadeira. Quatro minúsculos botões fechavam o vestido às suas costas. Puxou o cabelo para o lado, expondo os minúsculos cachos na nuca. A pele dela, o cabelo, o sotaque sulista, tudo naquela mulher era suave.

— Como você entrou nessa coisa?

— Tive ajuda. — Olhou para ele pelo espelho.

John não se lembrava de alguma vez ter ajudado uma mulher a se despir sem levá-la para a cama, mas não tinha a menor intenção de tocar na noiva fugitiva de Virgil além do necessário. Ergueu as mãos e puxou com força até que um botãozinho deslizasse de sua alça.

— Não consigo imaginar o que eles devem estar pensando neste momento. Sissy tentou me alertar, era contra o casamento com Virgil. Achei que conseguiria ir em frente, mas não consegui.

— Não acha que deveria ter chegado a essa conclusão antes de hoje? — perguntou John, ocupado com os botões.

— Acho. Tentei dizer a Virgil que estava em dúvida. Tentei conversar com ele na noite passada, mas ele não me ouviu. Então, vi a prataria. — Balançou a cabeça e uma mecha de cabelo caiu nas suas costas, roçando a pela macia. — Escolhi o modelo Francisco I e os amigos dele enviaram uma boa quantidade — continuou, sonhadora, como se John soubesse do que estava falando. — Ah, só de ver todas aquelas frutas no cabo da faca fiquei toda arrepiada. Sissy acha que eu deveria ter escolhido o *repoussé*, mas sempre fui uma garota estilo Francisco I. Mesmo quando criança...

John não tinha muita paciência com conversa de mulher. Queria ter um toca-fitas ali e outro cassete do Tom Petty. Como

SIMPLESMENTE
Irresistível

não tinha, ignorou-a. Frequentemente era acusado de ser um verdadeiro imbecil, uma reputação que ele considerava vantajosa. Dessa maneira não precisava se preocupar com mulheres querendo um relacionamento sério.

— Enquanto está aqui, pode abrir o zíper? De qualquer forma — ela continuava — quase chorei de alegria quando coloquei os olhos nos garfos de aperitivo e nas colheres de toranja e...

John olhou-a pelo espelho com uma expressão ameaçadora, mas Georgeanne não estava prestando atenção. O olhar estava direcionado para o grande laço branco costurado na parte da frente do vestido. Assim que ele começou a deslizar o fecho de metal, descobriu por que a garota tinha dificuldade em respirar. Sob o zíper do vestido, ganchos prateados prendiam uma roupa de baixo que John reconheceu instantaneamente. O corselete, feito de cetim rosa, renda e aço, cortara a pele macia dela.

Georgeanne levou uma mão ao laço e apertou-o contra os seios grandes para evitar que o vestido caísse.

— Ver minha prataria favorita subiu à minha cabeça e acho que deixei Virgil me convencer de que eu estava apenas tendo uma crise de ansiedade pré-nupcial. Eu *realmente* queria acreditar nele...

— Acabei — anunciou John, quando terminou com o zíper.

Pelo espelho, ela encontrou os olhos dele e baixou os seus rapidamente. Sentiu-se enrubescer.

— Poderia afrouxar um pouco meu... hã... essa coisa?

— Seu corselete?

— Sim, por favor.

— Não sou uma maldita ama — ele resmungou, erguendo mais uma vez as mãos para puxar os ganchos.

Enquanto se ocupava dos minúsculos fechos, os nós de seus dedos roçavam as marcas rosadas na pele dela. Um tremor percorreu-a e um longo e baixo suspiro saiu do fundo de sua garganta.

John olhou pelo espelho e suas mãos pararam. A única vez em que vira tanto êxtase no rosto de uma mulher foi quando estava dentro dela. Um golpe de lascívia atingiu-o baixo na barriga. A reação de seu corpo ao prazer nos olhos dela irritou-o.

— Ah, que maravilha. — Georgeanne suspirou fundo. — Não tenho palavras para expressar esta sensação incrível. Não tinha planejado usar este vestido por mais de uma hora e já faz três.

O corpo de John reagia frente a uma mulher bonita. Na verdade, ficaria preocupado se não reagisse, mas não faria nada a respeito.

— Virgil é um homem velho — disse, sem se preocupar em esconder a irritação na voz. — Como você acha que ele iria arrancá-la disso?

— Isso não foi gentil — sussurrou ela.

— Não espere gentileza de mim, Georgeanne — ele a alertou e soltou mais alguns ganchos. — Ou estarei prestes a desapontá-la.

Ela o encarou e soltou o cabelo sobre as costas.

— Acho que você poderia ser agradável se quisesse.

— Está certo. — John ergueu a ponta dos dedos para esfregar as marcas nas costas dela, mas, antes que pudesse tocá-la, deixou as mãos caírem ao longo do corpo. — Se eu quisesse — disse, e saiu do quarto fechando a porta atrás dele.

Quando entrou na sala, sentiu na hora um olhar especulativo de Ernie. Pegou a cerveja da mesa, sentou-se no sofá diante da poltrona do avô e aguardou suas perguntas. Não precisou esperar muito.

— Onde você pegou essa?

— É uma longa história — respondeu, e então explicou toda a situação, sem omitir nada.

— Meu Deus, você perdeu o juízo? — Ernie inclinou-se para a frente e quase caiu da poltrona. — O que você pensa que Virgil vai fazer? Pelo que sei, o homem não é exatamente o tipo que perdoa, e você praticamente sequestrou a noiva dele.

SIMPLESMENTE
Irresistível

— Não a sequestrei — John colocou os pés na mesinha de centro e afundou-se nas almofadas. — Ela o deixou.

— Sim. — Ernie cruzou os braços no peito e olhou sério para John. — No altar. Um homem provavelmente não perdoa nem esquece algo desse tipo.

John apoiou os cotovelos nas coxas e levou a garrafa à boca.

— Ele não vai descobrir — disse, tomando um grande gole.

— É melhor, mesmo. Trabalhamos muito pra chegar até aqui — lembrou ao neto.

— Eu sei — disse ele, embora não precisasse ser lembrado. Devia muito do que possuía ao avô. Depois da morte do pai, John e a mãe tinham ido morar ao lado de Ernie. Todos os invernos, Ernie enchia o pátio com água para que o neto tivesse um lugar para patinar. Fora Ernie quem treinara com John no gelo frio até quase congelarem os ossos. Fora Ernie que o ensinara a jogar hóquei, levava-o aos jogos e ficava para incentivá-lo. Era Ernie quem mantinha as coisas em ordem quando a vida ficava ruim.

— Vai comê-la?

John ergueu o olhar para seu avô cheio de rugas.

— O quê?

— Não é o que vocês, jovens, dizem?

— Caramba, Ernie — disse ele, embora não estivesse realmente chocado. — Não, não vou *comê-la*.

— Espero mesmo que não. — Cruzou um pé cheio de calos e rachado sobre o outro. — Mas, se Virgil descobrir que ela está aqui, de qualquer modo achará que vocês transaram.

— Ela não faz meu tipo.

— Mas é claro que faz — Ernie argumentou. — Ela me lembra aquela *stripper* que você namorou um tempo atrás, Cocoa LaDude.

John olhou para o corredor, grato por estar vazio.

— O nome dela é Cocoa LaDuke e eu não a namorei. — Olhou de volta para o avô e franziu a testa.

37

Embora Ernie nunca tivesse dito nada, John tinha a sensação de que o avô nunca aprovou seu estilo de vida.

— Não esperava encontrá-lo aqui — disse, mudando de assunto propositadamente.

— Onde mais estaria?

— Em casa.

— Amanhã é dia seis.

John olhou para a janela imensa que dava para o mar. Ficou observando a formação de várias ondas, e então voltou à conversa.

— Não preciso que segure minha mão.

— Eu sei, mas pensei que talvez gostasse de um parceiro para a cerveja.

John fechou os olhos.

— Não quero falar sobre Linda.

— Não precisamos. Sua mãe está preocupada com você. Deveria ligar mais para ela.

Com o polegar, John tirou o rótulo da garrafa.

— Sim, deveria — concordou, embora soubesse que não o faria.

A mãe encheria o saco dele, dizendo que estava bebendo muito, que estava levando uma vida autodestrutiva. Como sabia que ela tinha razão, não precisava ouvir.

— Quando passei de carro pela cidade, vi Dickie Marks saindo do seu bar favorito — disse, novamente mudando de assunto.

— Eu o encontrei mais cedo.

Ernie deu um impulso para a frente e levantou-se lentamente, fazendo John lembrar-se de que o avô tinha setenta e um anos.

— Vamos pescar pela manhã. Você deveria levantar-se e vir conosco.

Vários anos antes, John teria sido o primeiro a entrar no barco, mas agora ele normalmente acordava com uma terrível dor de cabeça. Levantar antes do amanhecer para passar um frio danado não lhe parecia mais tão atraente.

SIMPLESMENTE
Irresistível

— Vou pensar — respondeu, sabendo que não iria.

*   *   *

Georgeanne fechou o sutiã, pegou a camiseta e enfiou-a pela cabeça. Um boné do Seahawk, um cronômetro, uma faixa elástica e uma grande quantidade de poeira estavam sobre a cômoda à frente dela. Seu olhar subiu até o espelho acima do móvel e ela não gostou do que viu. O algodão preto ficava justo nos seios, mas largo nos outros lugares. Parecia um pesadelo da moda. Então enfiou a camiseta para dentro do *short* largo com cordão, o que só destacou os seios grandes e o traseiro — duas regiões que não queria enfatizar. Puxou a camiseta para fora até que caísse sobre os quadris, depois jogou os sapatos na valise e pegou os Snickers. Sentada na beira da cama, abriu a embalagem marrom--escura e enfiou os dentes no delicioso chocolate.

Um suspiro eufórico escapou de seus lábios enquanto mastigava. Deitada no acolchoado azul, esticou-se e olhou para a luz no teto. Duas mariposas mortas jaziam no fundo do globo de vidro branco. Enquanto devorava o chocolate, ouvia a conversa abafada de John e o avô através da porta de madeira. Considerando que John parecia não gostar muito dela, achava estranho que o tom baixo da voz dele a acalmasse. Talvez porque fosse a única pessoa que conhecia em quilômetros ou talvez porque ela sentia que ele não era realmente o idiota que fingia ser. Por outro lado, apenas o tamanho do homem faria qualquer mulher se sentir segura.

Ajeitou-se até que a cabeça descansasse no travesseiro de John e os pés pairassem sobre o vestido de noiva, que ela atirara aos pés da cama. Terminando os Snickers, ela pensou em ligar para Lolly, mas decidiu esperar. Não estava com pressa de ouvir a reação da tia. Pensou em levantar-se, mas fechou os olhos. Lembrou da primeira vez em que encontrara Virgil na seção de perfumaria da Neiman-Marcus em Dallas. Era difícil de acreditar que, apenas um mês antes, ela era uma vendedora de perfumes, entregando amostras de Fendi e Liz Claiborne. Provavelmente nem o notaria se ele não tivesse se aproximado dela. Talvez não tivesse concordado em jantar com ele naquela primeira vez se ele não tivesse rosas e uma limusine esperando por ela depois do trabalho. Fora muito fácil entrar lentamente naquele carrão com ar condicionado, longe do calor, da umidade e dos ônibus fumacentos. Se não se sentisse tão sozinha e se o futuro não fosse tão incerto, talvez não tivesse concordado em casar-se com um homem que conhecia havia tão pouco tempo.

Na noite anterior, tentara dizer a Virgil que não poderia casar-se com ele. Ela tentara cancelar o casamento, mas ele não lhe dera ouvidos. Sentia-se péssima pelo que tinha feito, mas não sabia como consertar.

Deixando rolarem as lágrimas que segurara o dia todo, soluçou silenciosamente no travesseiro de John. Chorou pela bagunça que fizera com a própria vida e pelo vazio que sentia. O futuro crescia na frente dela, assustador e incerto. Os únicos parentes eram um tio e uma tia idosos que viviam de aposentadoria e cuja vida girava em torno das reprises de *I Love Lucy*.

Não tinha nada e não conhecia ninguém a não ser o homem que dissera para não esperar gentileza da parte dele. De repente, sentiu-se como Blanche Dubois em *Uma rua chamada pecado*. Ela vira todos os filmes de Vivien Leigh e achava meio sombrio, mais do que uma coincidência, que o sobrenome de John fosse Kowalsky.

Estava amedrontada e sozinha, mas também aliviada por não precisar mais fingir. Não precisaria fingir gostar do péssimo gosto de Virgil para roupas e das coisas bregas que ele gostava que ela usasse.

Exausta, chorou até dormir. Não tinha percebido que dormira, até acordar com um sobressalto, sentando-se ereta na cama.

SIMPLESMENTE
Irresistível

— Georgie...

Uma parte do seu cabelo tapou-lhe o olho esquerdo quando se virou em direção à porta e viu um rosto que ela tinha certeza de que saíra de um calendário masculino. As mãos dele agarravam o batente da porta acima da cabeça e ele usava um relógio prata virado, assim a face ficava contra o pulso. Estava parado com um lado do quadril mais alto que o outro e, por vários momentos, ela o encarou desorientada.

— Está com fome? — perguntou John.

Ela piscou várias vezes antes de voltar à realidade. John mudara de roupa e vestia uma calça Levi's desbotada com um rasgo em um dos joelhos. Uma regata branca dos Chinooks cobria seu vigoroso peito e finos pelos sombreavam suas axilas. Não pôde deixar de se perguntar se ele se trocara no quarto enquanto ela dormia.

— Se estiver com fome, Ernie está preparando uma sopa de mariscos.

— Estou faminta — disse e moveu as pernas para a lateral da cama. — Que horas são?

John abaixou um braço e olhou o pulso.

— Quase seis.

Georgeanne dormira por duas horas e meia e sentia-se mais cansada do que antes. Precisava ir ao banheiro antes de comer e pegou a valise do chão ao lado da cama.

— Preciso de alguns minutos — disse e evitou se olhar no espelho quando passou pela cômoda. — Não vou demorar — acrescentou enquanto se aproximava da porta.

— Ótimo. Já vamos sentar — John informou-a, embora não parecesse ter pressa de se mover. Os ombros dele praticamente preenchiam todo o batente da porta, forçando-a a parar.

— Com licença.

Se John achava que ela se espremeria para passar por ele, teria que ter um plano melhor. Georgeanne conhecia esse jogo desde o ensino médio. Ficou levemente desapontada por John pertencer ao calibre de homens vulgares que achavam que tinham o direito de esfregar-se nas mulheres e olhar dentro da blusa delas, mas, quando viu os olhos azuis, esqueceu-se de tudo. Uma ruga apareceu entre as sobrancelhas escuras dele e olhou para a boca de Georgie, não para os seios. Aproximou-se dela e roçou o polegar em seu lábio inferior. Estava tão próximo que ela podia sentir o perfume Obsession — depois de trabalhar com perfumes e colônias por um ano, conhecia as fragrâncias.

— O que é isso? — perguntou ele virando a mão dela para mostrar a mancha de chocolate no polegar.

— Meu almoço — ela respondeu, sentindo um certo alvoroço no estômago.

Olhando fundo nos olhos azuis, percebeu que ele, para variar, não a estava vendo com bons olhos. Ela passou a ponta da língua no lábio.

— Está melhor? — perguntou.

John baixou os braços lentamente, deixando-os ao lado do corpo.

— Melhor que o quê? — perguntou e, quando Georgeanne pensou que ele sorriria e exibiria a covinha de novo, ele se virou e foi para o corredor. — Ernie quer saber se você quer cerveja ou água gelada no jantar — disse ele por cima do ombro.

Os fundilhos do jeans dele era de um azul mais claro que o restante da calça e uma carteira enchia um dos bolsos. Nos pés, usava chinelos de borracha baratos como os do avô.

— Água — respondeu, mas preferiria chá gelado.

Georgeanne foi para o banheiro e reparou os danos de sua maquiagem.

Enquanto reaplicava o batom vinho, um sorriso surgiu em seus lábios. Estava certa sobre John. Ele não era um imbecil.

Quando ajeitou os cachos sobre os ombros e foi para a sala de jantar, John e Ernie já estavam sentados à mesa de carvalho.

SIMPLESMENTE Irresistível

— Desculpe, demorei — disse, percebendo que eles eram bem mal-educados, pois haviam começado sem ela.

Sentou-se na frente de John e pegou um guardanapo de papel de um porta-guardanapos verde-oliva. Colocou-o no colo, procurou pela colher e encontrou-a no lado errado da tigela.

— A pimenta está ali. — Ernie apontou com a colher para uma lata vermelha e branca no meio da mesa.

— Obrigada.

Georgeanne olhou para o velho. Ela não gostava de pimenta, mas, depois da primeira colherada da sopa de mariscos cremosa, ficou óbvio que Ernie gostava. A sopa estava grossa e farta e, apesar da pimenta, deliciosa. Havia um copo de água gelada ao lado de sua tigela e ela o pegou. Enquanto tomava um gole, passou o olhar pela sala e observou a decoração escassa. Na verdade, a única coisa na sala além da mesa era a grande cristaleira horizontal que exibia os troféus.

— O senhor mora aqui durante o ano todo, sr. Maxwell? — perguntou, assumindo para si o papel de começar a conversa do jantar.

Ele balançou a cabeça, desviando a atenção dela para o corte de seu cabelo branco e ralo.

— Esta é uma das casas de John. Ainda moro em Saskatoon.

— Fica próximo daqui?

— Perto o bastante pra ver meus jogos.

Georgeanne colocou o copo de volta na mesa e começou a comer.

— Jogos de hóquei? — perguntou ela.

— É claro. Vejo a maioria deles.

Ele olhou para John.

— Mas ainda não acredito que perdi aquele *hat trick* em maio passado.

— Pare de se preocupar com isso — disse John ao avô.

Georgeanne não sabia quase nada sobre hóquei.

— O que é um *hat trick*?

— É quando um jogador marca três gols na mesma partida — explicou Ernie. — E eu perdi aquele maldito jogo dos Kings, também. — Fez uma pausa e balançou a cabeça, os olhos cheios de orgulho enquanto olhava para o neto. — Aquele covarde do Gretzky ficou no banco por uns bons quinze minutos depois de você tê-lo empurrado para as bordas — disse ele, verdadeiramente satisfeito.

Georgeanne não tinha a menor ideia do que Ernie estava falando, mas "empurrado para as bordas" lhe soava doloroso. Nascera e fora criada em um estado que vivia pelo futebol americano, embora ela odiasse. Às vezes, ficava imaginando se era a única pessoa no Texas que abominava esportes violentos.

— Isso não é ruim? — perguntou ela.

— Não! — reprovou o velho. — Ele foi pra cima do Paredão e se arrependeu.

Um canto da boca de John se ergueu e ele quebrou algumas torradas sobre a sopa.

— Acho que não ganharei o Lady Bying tão cedo.

Ernie virou-se para Georgeanne.

— É o troféu dado por conduta cavalheiresca, mas que se dane esse troféu! — Socou a mesa com um punho fechado e ergueu a colher com a outra mão.

Na verdade, Georgeanne achou que nenhum dos dois tinha condições de ganhar um prêmio por conduta cavalheiresca.

— É uma sopa de mariscos maravilhosa — disse ela em um esforço de mudar de assunto para algo menos explosivo. — Foi o senhor que fez?

Ernie pegou a cerveja ao lado da tigela.

— Claro — respondeu e levou a garrafa à boca.

— Está deliciosa.

Sempre fora importante para Georgeanne que as pessoas gostassem dela, porém nunca tanto quanto agora. Percebeu que suas intervenções amigáveis eram um desperdício com John, assim voltou seu charme para o avô.

SIMPLESMENTE Irresistível

— O senhor começou com um molho branco? — perguntou, olhando dentro dos olhos azuis de Ernie.

— Sim, claro, mas o truque para uma boa sopa de mariscos está no molho de mariscos — informou ele e, entre colheradas, partilhou a receita com Georgeanne.

Ela lhe deu a impressão de estar prestando atenção em cada palavra, de estar totalmente concentrada nele e, em segundos, Ernie caiu na palma da sua mão como uma ameixa madura. Fazia perguntas e comentava sobre os temperos que ele escolhera, e durante todo o tempo estava consciente do olhar de John sobre ela. Sabia quando ele levava a comida à boca, erguia a garrafa até os lábios ou limpava a boca com o guardanapo. Percebia quando ele tirava os olhos dela e se voltava para Ernie, e de volta para ela. Quando a acordara no quarto, um pouco antes, John havia sido quase amigável. Agora parecia reservado.

— O senhor ensinou John a preparar esta sopa? — perguntou, fazendo um esforço para incluí-lo na conversa.

John encostou-se na cadeira e cruzou os braços sobre o peito.

— Não — foi tudo o que disse.

— Quando não estou aqui, John come fora. Mas, quando venho, garanto uma boa comida e abasteço a despensa. Gosto de cozinhar — informou Ernie. — Ele não.

Georgeanne deu-lhe um sorriso.

— Acredito que as pessoas já nasçam odiando ou amando cozinhar e posso dizer que o senhor — fez uma pausa para tocar a ruga na testa dele — tem um talento divino. Não é todo mundo que consegue fazer um molho branco decente.

— Posso ensiná-la.

Ao toque da pele de Ernie, que parecia um papel liso e morno, Georgeanne sentiu o coração encher-se de memórias afetuosas da infância.

— Obrigada, sr. Maxwell, mas eu aprendi. Sou do Texas e fazemos creme com tudo, até mesmo atum. — Olhou para

John, percebeu a testa franzida e decidiu ignorá-lo. — Consigo fazer molho e ensopado de praticamente qualquer coisa. Minha avó era conhecida pelos seus olhos-vermelhos. E não estou falando de noites sem dormir, se é que me entende. Quando um de seus amigos ou parentes morria, já ficava implícito que ela levaria o presunto e o ensopado do peixe olho-vermelho. Afinal, vovó nasceu em uma fazenda com criação de suínos perto de Mobile e era famosa no circuito de funerais por seus presuntos adocicados.

Georgeanne passara a vida junto de pessoas idosas e conversar com Ernie era tão confortável que ela se inclinou na direção dele, seu sorriso brilhando naturalmente.

— Agora, minha tia Lolly também é famosa, mas infelizmente não de uma maneira lisonjeira. É conhecida por sua gelatina de limão, porque joga tudo na fôrma. Ela ficou muito mal quando o sr. Fisher morreu. Ainda falam sobre isso na Primeira Igreja Batista Missionária, que não pode ser confundida de modo algum com a Igreja Batista do Livre-Arbítrio, que costumava lavar os pés, mas não creio que ainda o façam.

— Georgie! — John interrompeu. — Aonde você quer chegar?

O sorriso de Georgeanne murchou, mas estava determinada a continuar agradável.

— Estava chegando lá.

— Bem, talvez queira fazê-lo logo porque Ernie não está ficando mais jovem.

— Parem já com isso — alertou o avô.

Georgeanne tocou o braço de Ernie e olhou para os olhos estreitos de John.

— Isso foi muito rude.

— Consigo fazer muito pior.

John empurrou a tigela vazia para o lado e inclinou-se para a frente.

— Os rapazes do time e eu queremos saber se Virgil ainda consegue levantar ou se o que vale é apenas o dinheiro dele.

SIMPLESMENTE
Irresistível

Georgeanne sentiu os olhos se arregalarem e as bochechas queimarem. A ideia de sua relação com Virgil ter alimentado piadinhas de vestiário ia além da humilhação.

— Já chega, John — Ernie ordenou. — Georgie é uma garota legal.

— Mesmo? Bem, garotas *legais* não dormem com homens pelo dinheiro deles.

Georgeanne abriu a boca, mas as palavras não saíram. Tentou pensar em algo igualmente maldoso, mas não conseguiu. Sabia que uma resposta perfeitamente mordaz e sarcástica surgiria mais tarde, muito tempo depois de precisar dela. Respirou fundo e tentou ficar calma. Era um fato triste de sua vida que quando ficava envergonhada as palavras fugiam de sua cabeça, palavras simples como *porta*, *fogão* ou, como acontecera antes quando pediu a ajuda de John, *corselete*.

— Não sei o que fiz para você me dizer coisas tão cruéis — disse ela, colocando o guardanapo na mesa. — Não sei se sou eu, se odeia mulheres em geral ou se está de mau humor, mas meu relacionamento com Virgil não é da sua conta.

— Não odeio mulheres — assegurou John, e em seguida baixou deliberadamente o olhar para a camiseta dela, na altura dos seios.

— Está certo — interrompeu Ernie. — Seu relacionamento com o sr. Duffy não é da nossa conta. — Pegou a mão dela. — A maré já está quase baixa. Por que não dá uma volta para procurar algumas piscinas perto daquelas rochas grandes? Talvez consiga encontrar algo da costa de Washington para levar com você para o Texas.

Georgeanne fora acostumada a respeitar as pessoas mais velhas, por isso nem pensou em argumentar ou questionar a sugestão de Ernie. Olhou para os dois homens e então levantou-se.

— Sinto muito, sr. Maxwell. Não queria causar problema entre vocês.

— Não é sua culpa — respondeu Ernie, sem tirar os olhos do neto. — Não tem nada a ver com você.

Certamente parecia culpa dela, pensou Georgeanne. Quando passou pela estreita cozinha verde-alga em direção à porta dos fundos, percebeu que deixara a bela aparência de John prejudicar seu julgamento. Ele não estava fingindo ser um imbecil. Ele era um!

— Não está certo você jogar seu mau humor sobre essa garotinha — disse Ernie, após ouvir a porta dos fundos se fechar.

Uma sobrancelha se ergueu na testa de John.

— "Inha"? — John colocou os cotovelos sobre a mesa. — Nunca em sua imaginação mais fértil confunda Georgeanne com uma "garotinha".

— Bem, ela não pode ser muito velha — comentou Ernie. — E você foi desrespeitoso e rude. Se sua mãe estivesse aqui, lhe daria um bom puxão de orelha.

Um sorriso surgiu no canto da boca de John.

— Provavelmente — disse ele.

Ernie encarou o neto e a dor arrebatou seu coração. O sorriso de John não chegava aos olhos. Nos últimos tempos, nunca chegava.

— Isso não é bom, John-John.

O avô colocou a mão no ombro de John e sentiu os músculos rijos de um homem. Diante dele, não reconhecia nada do garoto alegre a quem levara para caçar e pescar, o garoto a quem ensinara a jogar hóquei e a dirigir, a quem ensinara tudo o que sabia sobre ser um homem.

O homem à sua frente não era o garoto que ele tinha criado.

— Você precisa se libertar. Não pode ficar preso a isso, vagueando e se culpando.

— Não tenho nada do que me libertar — respondeu John, o sorriso desaparecendo. — Já disse que não quero falar sobre isso.

Ernie olhou para a expressão fechada de John, dentro dos olhos azuis tão parecidos com os seus antes de ficarem opacos com a idade. Nunca pressionava John a respeito da primeira mulher. Achava que ele lidaria sozinho com o que Linda fizera. Embora o neto tivesse sido bem estúpido ao se casar com uma *stripper* seis meses antes, tinha esperança de que o rapaz houvesse começado a trabalhar melhor as coisas em sua cabeça. Mas o primeiro aniversário da morte dela seria no dia seguinte, e John parecia tão furioso quanto no dia em que a enterrara.

— Bem, acho que você precisa conversar com alguém — disse Ernie, acreditando que talvez devesse forçar o assunto, para o bem do neto. — Você não pode continuar assim, John. Não pode fingir que nada aconteceu e ao mesmo tempo beber para esquecer. — Fez uma pausa para se lembrar do que ouvira na televisão num outro dia. — Você não pode usar a bebida como automedicação. Isso é apenas o sintoma de uma doença maior — concluiu, satisfeito por ter se lembrado.

— Andou assistindo à *Oprah* de novo?

Ernie franziu a testa.

— Não vem ao caso. O que aconteceu está comendo-o vivo e você está descontando em uma garota inocente.

John encostou-se na cadeira e cruzou os braços sobre o peito.

— Não estou descontando nada em Georgeanne.

— Então, por que foi tão rude?

— Ela me irrita. — John encolheu os ombros. — Fica tagarelando e tagarelando sobre absolutamente nada.

— É porque ela é do sul — explicou Ernie, deixando de lado o assunto Linda. — Você precisa relaxar e apreciar uma garota sulista.

— Como você fez? Ela o teve na palma da mão com toda aquela conversa mole de molho branco e funeral.

— Está com ciúme. — Ernie riu. — Está com ciúme de um velho como eu. — Bateu as mãos na mesa e levantou-se lentamente. — Serei amaldiçoado.

— Você é louco — John escarneceu, pegando a cerveja enquanto também se levantava.

— Acho que gosta dela — disse o avô caminhando em direção à sala de estar. — Vi a maneira como olha pra garota quando ela não está percebendo. Você pode não querer gostar dela, mas está atraído e isso o deixa doido.

Em seguida Ernie foi até o quarto e colocou algumas coisas dentro de uma sacola de lona.

— Aonde vai? — perguntou John da porta.

— Vou ficar com Dickie por uns dias. Estou indo pra lá.

— Não vai, não.

Ernie olhou para o neto.

— Eu disse, vi o jeito como olha pra ela.

John enfiou uma mão no bolso dianteiro de sua Levi's e encostou-se no batente da porta. Com a outra mão, batia impacientemente a garrafa de cerveja contra a coxa.

— E eu digo a você que não farei sexo com a noiva de Virgil.

— Espero que você esteja certo e eu errado. — Ernie fechou a sacola e pegou as alças com a mão esquerda. Não sabia se ao ir embora estava fazendo a coisa certa. O primeiro instinto era ficar e ter certeza de que o neto não faria nada de que pudesse se arrepender no dia seguinte. Mas já tinha feito sua parte. Ajudara a criar John. Não havia nada que pudesse fazer agora. Não havia nada que pudesse fazer para salvar John dele mesmo. — Porque você vai acabar machucando essa garota e prejudicando sua carreira.

— Também não planejo fazer isso.

Ernie olhou para ele e sorriu com tristeza.

— Espero que não — disse, sem estar convencido, e andou até a porta da frente. — Espero mesmo que não.

John observou o avô ir embora e voltou para a sala. Os pés descalços afundaram-se no espesso carpete bege, enquanto seguia até a janela panorâmica. Era dono de três casas; duas na Costa Oeste. Adorava o mar, os sons e o cheiro dele. Poderia perder-se na monotonia das ondas. Aquela casa era um refúgio. Ali não precisava se preocupar com contratos ou patrocínios

SIMPLESMENTE
Irresistível

ou qualquer coisa relacionada ao fato de ser um dos centros mais comentados na NHL. Encontrara ali uma paz que não conseguira em nenhum outro lugar.

Até agora.

Olhou pela janela para a mulher que estava à beira da arrebentação, a leve brisa revolvendo-lhe os cabelos. Georgeanne definitivamente o perturbava. Tomou um longo gole de cerveja.

Um sorriso involuntário surgiu em um canto de sua boca enquanto a observava andar cuidadosamente na ponta dos pés sobre a água gelada. Sem dúvida, Georgeanne Howard era uma tentação ambulante. Não fosse aquele hábito irritante de falar sem parar e o fato de ela ser a noiva fugitiva de Virgil, John não estaria com pressa de livrar-se dela.

Mas Georgeanne estava envolvida com o proprietário dos Chinooks e John tinha que tirá-la da cidade o mais rápido possível. Pensava em levá-la ao aeroporto ou à rodoviária pela manhã, o que ainda significava uma longa noite pela frente.

Pinçou o polegar na cintura do *jeans* desbotado e observou duas crianças brincando com uma pipa na praia. Não estava preocupado em terminar na cama com a garota. Porque, ao contrário do que Ernie acreditava, pensava com a cabeça, não com o pau. Enquanto levava a cerveja novamente à boca, sua consciência aproveitou-se para lembrá-lo do casamento estúpido com DeeDee.

Baixou a garrafa lentamente e olhou de volta para Georgeanne. Nunca teria feito uma coisa tão estúpida quanto casar-se com uma mulher que conhecia havia poucas horas se não estivesse bêbado, a despeito de quão maravilhoso fosse seu corpo. E o corpo de DeeDee era incrível.

Os lábios se crisparam. Os olhos seguiram Georgeanne brincando no mar e, em seguida, com um palavrão saindo dos lábios, foi até a cozinha e entornou a cerveja na pia.

A última coisa de que precisava era acordar pela manhã com uma dor de cabeça esmagadora e casado com a noiva de Virgil.

Três

Georgeanne recuava cada vez que uma onda fria chegava até suas coxas. Um calafrio sacudiu-lhe os ombros. Apesar da temperatura baixa, estava entretida e enterrou os pés na areia, topando com uma rocha enorme e arredondada. Inclinou-se e colocou a mão na rocha. Por vários minutos ficou olhando, fascinada, as inúmeras estrelas-do-mar púrpura e laranja presas à superfície. Então, como se estivesse lendo em braile, correu levemente os dedos pelas linhas irregulares de uma das laterais. O solitário de cinco quilates na mão esquerda captou o sol do entardecer e emitiu um brilho azul e vermelho sobre seus dedos.

O som das ondas e a visão à frente tinham esvaziado a cabeça de Georgeanne de todos os pensamentos. De tudo, exceto o simples prazer de experimentar o oceano Pacífico pela primeira vez.

De início, ao começar a caminhar na praia, pensamentos obscuros haviam ameaçado oprimi-la. Sua pobreza, o desfecho infeliz do casamento naquele dia, a dependência em relação a um homem como John, que aparentemente não tinha muita compaixão dentro de si — tudo pesava em seus ombros. Mas, muito pior do que problemas de dinheiro, John, ou Virgil, era o sentimento de que estava absurdamente sozinha em um mundo imenso, onde nada lhe era familiar. Estava cercada por árvores e montanhas, tudo era muito verde. As texturas ali eram diferentes do lugar de onde vinha, a areia mais grossa, a água mais fria e o vento mais forte.

Ali parada olhando o mar, sentira-se a única pessoa viva no planeta, lutando contra o pânico que crescia dentro dela, mas perdeu essa batalha. Como um prédio muito alto passando por um blecaute, Georgeanne sentira e ouvira um já conhecido clique seguido de um zumbido do seu cérebro desligando. Desde que conseguia lembrar, sua mente sempre entrava em colapso quando se sentia acuada. Odiava quando isso acontecia, mas era incapaz de evitar. Os eventos do dia finalmente a alcançaram e estava tão sobrecarregada que levou mais tempo que o normal para que as luzes voltassem. Quando voltaram, fechou os olhos, respirou fundo algumas vezes e tirou os pensamentos da cabeça.

Georgeanne era boa em limpar a mente e concentrar-se novamente em uma determinada coisa. Tinham sido anos de prática. Anos para aprender a lidar com um mundo que dançava uma batida diferente da dela, uma batida que nem sempre conhecia ou compreendia. Porém, aprendera a simular. Desde os nove anos dava duro para parecer que acompanhava o passo de todas as outras pessoas.

Desde aquela tarde, treze anos antes, quando a avó lhe contara sobre sua disfunção — que elas tentaram esconder do mundo. Fora matriculada em escolas de culinária e etiqueta, mas nunca tivera um tutor acadêmico. Entendia de decoração, fazia lindos arranjos de flores de olhos fechados, mas não conseguia realizar uma leitura acima do nível de quarta série. Escondia os problemas por trás do charme e da sedução, por trás do rosto e do corpo. Embora agora soubesse que era disléxica, e não retardada, continuava escondendo. Mesmo sentindo-se tremendamente aliviada com essa descoberta, ainda tinha muita vergonha de buscar ajuda.

Uma onda atingiu suas coxas e ensopou a barra do *short*. Separou os pés um pouco mais e enterrou os dedos na areia. Na lista de regras que orientavam a vida de Georgeanne, logo abaixo de sempre garantir que as pessoas gostassem dela, e logo acima de ser uma boa anfitriã, estava a determinação de se parecer exatamente como as outras pessoas. Para isso, tentava aprender duas palavras novas a cada semana, *e* se lembrar delas. E assistia a filmes das histórias clássicas da literatura. Comprara um vídeo do que considerava a melhor adaptação de livro para o cinema, *...E o vento levou*. Tinha o livro, é claro, mas nunca o lera. Todas aquelas páginas e todas aquelas palavras eram avassaladoras demais para ela.

Estendeu a mão para uma anêmona-do-mar verde-limão e tocou a superfície de leve. Os tentáculos grudentos fecharam-se nos seus dedos. Assustada, Georgeanne pulou para trás. Uma segunda onda atingiu-lhe as coxas, os joelhos dobraram e ela caiu de costas na arrebentação. E outra onda levou-a para longe da pedra, revirou-a algumas vezes e empurrou-a para a areia. O mar gelado batia em seu peito, deixando-a sem fôlego. A água salgada e a areia encheram-lhe a boca, enquanto ela batia as pernas e lutava para manter a cabeça acima da superfície. Um pedaço de alga-marinha enrolou em seu pescoço e mais uma onda, agora ainda maior, pegou-a pelas costas, jogando-a na beirada da água como um torpedo. Com a ajuda de uma mão, ficou em pé e andou com dificuldade até a praia. Quando chegou à segurança da areia, caiu sobre as mãos e os joelhos e respirou fundo várias vezes. Cuspiu a areia da boca, agarrou a alga do pescoço e jogou-a para o lado. Os dentes começaram a bater e, ao pensar em todo plâncton que engolira, o estômago se revolveu como o Pacífico atrás dela. Sentia a areia em lugares des-

SIMPLESMENTE
Irresistível

confortáveis e olhou para a casa de John na esperança de que sua desventura tivesse passado despercebida.

Não passou. Com os óculos escuros escondendo os olhos e os chinelos de borracha chutando a areia, John caminhava em sua direção, extremamente charmoso, delicioso o suficiente para que ela pensasse em lambê-lo, subindo de um lado e descendo pelo outro. Georgeanne queria rastejar de volta para o mar e morrer.

Acima do barulho das ondas e das gaivotas, uma sonora gargalhada alcançou os ouvidos dela. Em um instante, Georgeanne esqueceu o frio, a areia e a alga. Esqueceu a própria aparência e quis mesmo morrer. Uma raiva crescente correu por suas veias e acionou uma fúria quase descontrolada. Trabalhara a vida inteira para evitar o ridículo e não havia nada que *odiasse* mais do que ter alguém *rindo* dela.

— Foi a coisa mais engraçada que vi nos últimos tempos — disse John exibindo os dentes brancos e perfeitos.

A ira de Georgeanne ribombava em seus ouvidos, abafando até mesmo o som do mar. Os punhos fecharam-se ao redor de dois punhados de areia molhada.

— Nossa, você deveria ter se visto — John acrescentou. A brisa arrepiava-lhe o cabelo escuro na altura das orelhas e na testa, enquanto ele ria estrondosamente.

Erguendo-se nos joelhos, Georgeanne atirou um torrão de areia molhada que o atingiu no peito como um prazeroso tapa. Ela nunca fora especialmente coordenada ou ligeira para correr, mas sempre tivera boa pontaria.

A risada de John morreu instantaneamente.

— Mas o que foi isso? — esbravejou ele, olhando para sua camiseta. Quando ergueu a cabeça, Georgeanne atingiu-o no rosto.

A massa de areia deslocou o Ray-Ban antes de cair aos pés dele. Por cima da armação preta, os olhos azuis a encararam, prometendo revanche.

Georgeanne sorriu e pegou mais um punhado. Estava longe de temer qualquer coisa que John pudesse fazer.

— Por que não ri agora, seu jogador estúpido?

John tirou os óculos do rosto e apontou-os para ela.

— Eu não faria isso.

Ela ficou em pé e, com um forte movimento de cabeça, afastou um chumaço de cabelo encharcado do rosto.

— Com medo de um pouco de sujeira?

John ergueu uma sobrancelha escura, porém não se mexeu.

— O que você vai fazer? — ela provocou-o, enxergando nele cada injustiça e cada insulto de que já fora vítima. — Algo realmente másculo?

Ele sorriu e, antes que Georgeanne gritasse, moveu-se como o atleta que era e bloqueou-a com o corpo, derrubando-a no chão. Ela deixou a areia cair, piscou e olhou para aquele rosto a apenas alguns centímetros do seu.

— Qual o problema com você? — perguntou John, demonstrando mais espanto do que raiva. Uma mecha escura de cabelo caiu sobre sua testa, tocando a cicatriz da sobrancelha.

— Saia de cima de mim — Georgeanne ordenou e o socou no braço.

A pele quente e os músculos rijos provocaram uma sensação boa sob o punho fechado dela, então socou-o de novo, dando vazão a sua ira. Atingiu-o por rir dela, por insinuar que ela planejara casar com Virgil por causa de dinheiro. E também porque ele estava certo. Bateu pela raiva de sua avó, que morrera a e a deixara sozinha; sozinha para fazer escolhas ruins.

— Que droga, Georgie — John praguejou, agarrando-a pelos pulsos e prendendo-os ao chão, perto da cabeça dela. — Pare com isso.

Georgeanne olhou para o rosto bonito dele e o odiou. Odiava a si mesma e odiava a umidade borrando sua visão. Respirou fundo para conter o choro, mas um soluço chegou-lhe à garganta.

Irresistível

— Odeio você — sussurrou e passou a língua nos lábios salgados.

Os seios se ergueram com o esforço de não deixar as lágrimas rolarem.

— No momento — disse John, o rosto tão perto que ela podia sentir a respiração quente na bochecha — também não posso dizer que sou louco por você.

O calor do corpo de John abrandava a fúria dela e Georgeanne começou a perceber alguns detalhes e sensações ao mesmo tempo. A perna direita dele firmemente comprimida entre as suas e a virilha masculina contra a parte interna de suas coxas. O peito largo apertava o dela, mas o peso não era de todo desagradável. Era firme e incrivelmente quente.

— Mas que coisa... será que você não está me dando ideias? — perguntou ele, um sorriso curvando-lhe um canto da boca.
— Más ideias... — Balançou a cabeça como se tentasse se convencer de algo. Muito más.

O polegar de John acariciou a parte interna do pulso de Georgeanne enquanto o olhar passeava pelo rosto fragilizado.

— Você não deveria estar tão bonita assim. Tem sujeira na testa, seu cabelo virou uma papa e está molhada como um gato afogado.

Pela primeira vez em dias, Georgeanne sentiu como se tivesse caído em solo familiar. Um sorrisinho de satisfação esboçou-se em seus lábios. Não importava quanto o comportamento de John demonstrasse o contrário, ele gostava dela afinal. E, se ela fosse hábil, talvez conseguisse ficar na casa dele até descobrir o que fazer da vida.

— Por favor, solte meus pulsos.

— Vai me bater de novo?

Georgeanne negou com a cabeça, calculando mentalmente quanto de charme deveria usar naquele momento.

Uma das sobrancelhas dele se ergueu.

— Atirar areia?

— Não.

Ele a soltou, mas não se moveu de cima dela.

— Machuquei você?

— Não.

Georgeanne apoiou as mãos nos ombros dele e os músculos rijos a fizeram lembrar da força que ele tinha. John não fora para cima dela como o tipo de homem que força uma mulher, mas afinal ela estava na casa dele. Por si só, esse fato poderia dar a qualquer homem uma ideia equivocada. Antes, quando ele parecia nem sequer ir com a cara dela, não lhe ocorrera que John pudesse esperar mais do que gratidão. Só agora a ideia assomava à sua cabeça.

Então, lembrou-se de Ernie e uma risada trêmula escapou--lhe da garganta.

— Nunca fui atacada antes. Isso funciona para você normalmente?

Com certeza John não esperava dormir com ela enquanto o avô estivesse no quarto ao lado. Sentiu-se aliviada.

— Qual o problema? Não gostou?

Georgeanne sorriu, encarando-o.

— Bem, eu poderia sugerir uma outra coisa.

Ele ergueu-se e ficou de joelhos.

— Aposto que sim — disse, enquanto se levantava.

Ela se ressentiu com a perda do contato do corpo quente e sentou-se, contrariada.

— Flores. São mais sutis, mas transmitem a sua mensagem da mesma forma.

John estendeu a mão para Georgeanne e ajudou-a a ficar em pé. Nunca mais enviara flores a nenhuma mulher, desde o dia em que encomendara dúzias de rosas cor-de-rosa para ser colocadas sobre o caixão branco de sua mulher.

Largou a mão de Georgeanne e tratou de afastar as lembranças antes que ficasse doloroso demais. Concentrando sua

SIMPLESMENTE
Irresistível

atenção em Georgeanne, observou-a virar o tronco para limpar a areia do traseiro. Deliberadamente deslizou o olhar pelo corpo dela. Algas ainda estavam pelo cabelo, os joelhos sujos de areia e os pés sujos contrastavam com o esmalte vermelho das unhas. O *short* verde colava nas coxas e a camiseta preta molhada moldava os seios. Os bicos estavam duros do frio e projetados como pequenas frutinhas. Debaixo dele, ela aparentemente se sentira bem, muito bem. E ele teria permanecido muito mais tempo pressionando aquele corpo macio e olhando para aqueles lindos olhos verdes.

— Falou com sua tia? — perguntou enquanto se abaixava para pegar os óculos escuros do chão.

— Hã... ainda não.

— Bem, você pode ligar quando voltarmos.

John endireitou-se e virou-se para cruzar a praia em direção à casa.

— Vou tentar — disse ela, acompanhando as passadas largas. — Mas é a noite de bingo da tia Lolly, não sei se estará em casa nas próximas horas.

John olhou-a e colocou o Ray-Ban.

— Quanto tempo dura um jogo de bingo?

— Bem, depende de quantos cartões ela comprar. Se decidir jogar no velho salão da fazenda, não vai jogar muito porque eles permitem que as pessoas fumem e tia Lolly detesta cigarros. E, obviamente, Doralee Hofferman joga na fazenda. E há uma verdadeira hostilidade entre Lolly e Doralee desde 1979, quando Doralee roubou a receita das tortinhas de amendoim de Lolly e disse que era sua. As duas eram superamigas, entende, até...

— Aqui vamos nós de novo. — John suspirou. — Ouça, Georgie... — e parou para olhá-la — ...nunca terminaremos esta noite se você não parar com isso.

— Parar com o quê?

59

— De tagarelar.

Georgeanne abriu a boca e colocou a palma da mão no peito, inocente.

— Eu tagarelo?

— Sim e isso me dá nos nervos. Não dou a mínima para a gelatina de sua tia, os batistas que lavam os pés ou as tortinhas de amendoim. Você não pode conversar como uma pessoa normal?

Ela baixou o olhar, mas não sem que ele notasse a mágoa estampada.

— Você não acha que converso como uma pessoa normal?

Uma pontada de culpa invadiu a consciência de John. Não queria magoá-la, mas também não queria ficar horas ouvindo aquela papagaiada.

— Não, não é isso. Mas, quando faço uma pergunta que requer uma resposta de três segundos, recebo três minutos de besteirol que não tem nada a ver com nada.

— Não sou burra, John — disse ela depois de morder o lábio inferior.

— Nunca disse que era — retrucou ele, embora não achasse que Georgeanne tivesse sido a oradora na universidade onde disse que estudara. — Olha, Georgie — acrescentou, pois ela parecia ofendida —, vamos combinar: se você não tagarelar, tentarei não ser um imbecil.

A expressão de dúvida no rosto dela era evidente.

— Não acredita em mim?

— Eu disse que não sou burra — escarneceu ela, balançando a cabeça.

John riu. Maldição, estava começando a gostar dela.

— Vamos. — Fez sinal com a cabeça em direção à casa. — Parece que você está congelando.

— Estou — ela admitiu, em seguida acompanhou-o.

Cruzaram a areia fria sem falar, enquanto o som das ondas quebrando e os gritos dos pássaros marinhos preenchiam a

SIMPLESMENTE Irresistível

brisa. Quando chegaram à escada gasta que levava à porta da casa, Georgeanne subiu o primeiro degrau e virou-se para ele.

— Eu não tagarelo — disse, os olhos meio fechados contra o sol se pondo.

John parou e olhou-a, estavam quase da mesma altura. Vários cachos começavam a secar e a dançar no rosto dela.

— Georgie, você tagarela. — Levou a mão aos óculos e baixou-os no nariz. — Mas, se você conseguir se controlar, nos daremos bem. Acho que por uma noite, conseguiremos ser... — ele parou e colocou o Ray-Ban no rosto dela — ...amigos. — Não achara uma palavra melhor, embora soubesse que isso seria impossível.

— Gostaria disso — disse ela e abriu os lábios em um sorriso sedutor. — Mas eu pensei que você tinha dito que não era um cara legal.

— Não sou.

Georgeanne estava tão perto que os seios quase tocavam o peito dele. Quase. E ele ficou imaginando se ela estaria de novo brincando de provocar.

— Como podemos ser amigos se você não for legal comigo?

John baixou os olhos para os lábios dela. Estava tentado a mostrar como podia ser *legal*. Tentado a inclinar-se só um pouco e roçar a boca contra a dela, a provar os lábios carnudos e explorar a promessa daquele sorriso sedutor. Tentado a erguer as mãos alguns centímetros até os quadris dela e puxá-la firme contra ele. A descobrir até onde ela deixaria as mãos dele passearem antes de impedi-lo.

Estava tentado, mas não era louco.

— Fácil.

John colocou as mãos nos ombros dela e tirou-a de sua frente.

— Vou sair — anunciou e passou por ela na escada.

— Me leva junto — disse ela, seguindo-o de perto.

— Não.

Não havia a menor chance de ele ser visto com Georgeanne Howard. Nenhuma chance.

*   *   *

A água quente descia pelo corpo frio de Georgeanne enquanto ela passava xampu nos cabelos. Quinze minutos antes de entrar no chuveiro, John lhe pedira que fosse rápida, pois queria tomar uma chuveirada antes de sair para a noite. Georgeanne tinha outros planos.

Fechando os olhos, inclinou-se para retirar a espuma e contraiu-se pensando no que o xampu barato estaria fazendo com as pontas de seu permanente. Pensou no Paul Mitchell que estava na outra valise, no porta-malas do Rolls-Royce de Virgil, e sentiu vontade de chorar enquanto rasgava uma amostra de condicionador que encontrara debaixo da pia do banheiro. Um perfume floral encheu o vapor do chuveiro enquanto os pensamentos iam do xampu e do condicionador para um problema maior que agora tinha nas mãos.

Ernie saíra e John planejava fazer o mesmo. Georgeanne não conseguiria persuadi-lo a deixá-la ficar por alguns dias se nem mesmo ia ficar em casa. Quando anunciara que seriam amigos, ela sentiu um momento de alívio para em seguida vê-lo se dissipar com o segundo anúncio, de que estava saindo.

Georgeanne tomou bastante cuidado para passar o condicionador no cabelo antes de voltar para baixo da água morna. Por um breve instante, pensou em usar um apelo sexual para fazer com que John ficasse em casa naquela noite, mas rapidamente desistiu da ideia. Não tanto porque achava a ideia moralmente repugnante, mas porque não gostava de sexo. As poucas vezes em que se permitira mais intimidade com algum homem sentira-se extremamente constrangida. Tão constrangida que não conseguira desfrutar.

SIMPLESMENTE
Irresistível

Quando saiu do chuveiro, a água esfriou em seu corpo, então secou-se rapidamente. Teve medo de ficar com o aroma do sabonete masculino em sua pele. Vestiu um conjunto de calcinha e sutiã verde-esmeralda, um dos que comprara para a lua de mel, mas não podia dizer que lamentava o fato de Virgil nunca poder vê-la usando-os.

O ventilador de teto dissipava o vapor do banheiro, mas o robe de seda que pegara emprestado de John grudava na pele úmida enquanto amarrava a faixa na cintura. Apesar da textura suave do material, o modelo era muito masculino e cheirava a colônia. A seda preta chegava bem abaixo dos joelhos, e havia um grande símbolo japonês vermelho e branco bordado nas costas.

Penteou os cabelos com sua escova de cerdas largas e afastou a lembrança da loção e do talco Estee Lauder trancados no carro de Virgil. Abrindo as gavetas do armário, procurou por algo que pudesse usar em sua toalete. Encontrou algumas escovas de dentes, um tubo de Crest, um frasco de talco para os pés, uma lata de creme de barbear e dois aparelhos de barba.

— Só isso?

Com um franzido na testa, pegou sua valise. Colocou de lado duas cartelas da pílula anticoncepcional que começara a tomar três dias antes e retirou seus cosméticos. Achava extremamente injusto John ser tão lindo sem o menor esforço, enquanto ela precisava investir centenas de dólares e muitas horas em sua aparência.

Erguendo a toalha, secou uma parte do espelho e olhou-se nele. Pelo círculo que secou no vidro, escovou os dentes, aplicou máscara nos cílios e *blush* nas maçãs do rosto.

Uma batida na porta assustou-a de tal forma que ela quase riscou o rosto com o batom Luscious Peach.

— Georgie?

— Sim, John?

— Preciso entrar, lembra?

Ela se lembrava, muito bem.

— Ah, esqueci.

Ajeitou o cabelo ao redor do rosto com os dedos e olhou criticamente a própria aparência. Ela cheirava como um homem e estava menos arrumada que o normal.

— Vai sair daí em algum momento nesta noite?

— Só um segundo — disse ela e jogou os cosméticos na maleta, que deixara sobre a tampa fechada do vaso sanitário. — Posso colocar as roupas molhadas no cabide da toalha? — perguntou enquanto as apanhava do piso preto e branco de linóleo.

— Sim. Claro — respondeu ele pela porta. — Vai demorar muito?

Georgeanne colocou cuidadosamente o sutiã e a calcinha molhados no cabide de metal e cobriu-os com o *short* verde e a camiseta.

— Pronto — disse quando abriu a porta.

— O que aconteceu com ser rápida? — John indagou abrindo os braços, as palmas das mãos para cima.

— Não fui rápida? Achei que sim.

As mãos dele penderam ao lado do corpo.

— Você demorou. Estou surpreso que não tenha saído com a pele feito uma uva-passa.

Então John fez o que ela esperara que fizesse assim que abrisse a porta. Passeou o olhar por todo o seu corpo, depois encarou-a de novo. Uma centelha de interesse brilhou nos olhos dele e Georgeanne relaxou. Ele gostava dela.

— Usou toda a água quente? — ele perguntou enquanto um olhar zangado obscurecia suas feições.

Os olhos verdes se arregalaram.

— Acho que sim.

— Bem de qualquer maneira, agora não tem mais importância. Droga! — praguejou, enquanto olhava o relógio de pulso. — Mesmo que saísse agora, o bar não terá mais ostras até eu chegar lá. — Virou-se e caminhou pelo corredor até a sala de estar. — Acho que vou comer amendoim e pipoca velha.

— Se estiver com fome, posso fazer algo para você. — Georgeanne ia logo atrás dele.

John olhou-a por cima do ombro.

— Acho que não.

Ela não perderia a chance de impressioná-lo.

— Sou uma excelente cozinheira. Posso fazer um belo jantar antes de você sair.

Ele parou no meio da sala e voltou-se para encará-la.

— Não.

— Mas eu também estou com fome — disse, o que não era exatamente verdade.

— Não ficou satisfeita com a sopa, não é? — Ele enterrou as mãos nos bolsos da calça. — Ernie às vezes esquece que nem todos comem tão pouco quanto ele. Você deveria ter falado.

— Bem, eu não queria abusar mais do que já estou — disse ela e sorriu-lhe docemente. Podia ver a hesitação dele, então pressionou mais um pouco: — E não queria ferir os sentimentos do seu avô, mas não tinha comido o dia todo e estava faminta. Sei como são os mais velhos. Comem sopa ou salada e chamam de refeição, enquanto o resto de nós chama de primeiro prato.

Os lábios dele curvaram-se levemente.

Georgeanne deu um leve sorriso de satisfação e passou por ele em direção à cozinha. Para um atleta que admitia não gostar de cozinhar, a cozinha era surpreendentemente moderna. Ela abriu a geladeira e mentalmente inventariou o conteúdo. Ernie mencionara que a cozinha tinha um bom estoque e não estava brincando.

— Você sabe mesmo fazer ensopado de atum? — perguntou John da porta.

As receitas pularam na mente dela como um arquivo giratório, enquanto abria um armário com uma variedade enorme de massas e temperos. Olhou para John, que havia se encostado no batente da porta.

— Não me diga que quer creme de atum. Algumas pessoas gostam, mas, se eu nunca mais tiver que vê-lo ou cheirá-lo, ficarei muito feliz.

— Pode fazer um bom lanche, então?

Georgeanne fechou o armário. A faixa preta de seda em sua cintura soltou-se um pouco.

— É claro — disse, enquanto apertava o laço. — Mas por que você quer um lanche quando tem esses maravilhosos frutos do mar na geladeira?

— Posso comer frutos do mar a qualquer hora — respondeu ele com um encolher de ombros.

Georgeanne acumulara uma variedade de habilidades gastronômicas ao longo de anos de aulas de culinária e estava ansiosa para impressioná-lo.

— Tem certeza de que quer lanchar? Faço um *pesto* matador e meu *linguine* com molho de marisco é de comer rezando.

— Que tal *biscuits* com molho *gravy*?

— Está brincando, certo? — ela perguntou desapontada.

Georgeanne não se lembrava de ter aprendido a fazer *biscuits* com molho *gravy*. Era algo que simplesmente sabia fazer. Supunha que fosse uma coisa inata.

— Achei que quisesse ostras.

Ele deu de ombros de novo.

— Prefiro um grande e gorduroso lanche. Daqueles do sul, de entupir as artérias.

Georgeanne balançou a cabeça e abriu a geladeira de novo.

— Nós fritaremos toda carne de porco que encontrarmos.

— Nós?

— Sim. — Ela colocou um presunto no balcão e abriu o *freezer*. — Preciso que fatie o presunto enquanto preparo os *biscuits*.

A covinha vincou o rosto bronzeado quando ele sorriu e saiu do batente da porta.

— Posso fazer isso.

SIMPLESMENTE
Irresistível

O prazer no sorriso dele fez o estômago de Georgeanne se alvoroçar. Enquanto colocava um pacote de linguiças na pia e deixava a água quente correr sobre elas, ficou imaginando que, com um sorriso daqueles, John não teria nenhum problema em conseguir o que quisesse das mulheres, na hora em que quisesse.

— Tem namorada? — perguntou, ocupada em fechar a torneira e tirar a farinha e os outros ingredientes dos armários.

— Quanto fatio disso? — ele perguntou em vez de responder.

Georgeanne olhou para John. Ele segurava o presunto em uma mão, e na outra tinha uma faca que parecia bem perigosa.

— Quanto achar que vai comer — ela respondeu. — Vai responder à minha pergunta?

— Não.

— Por quê?

Ela colocou farinha, sal e fermento em pó em uma tigela, sem medir.

— Porque — começou ele, cortando um naco de presunto — não é da sua conta.

— Somos amigos, lembra? — Ela estava louca para saber detalhes da vida pessoal dele. — Amigos contam coisas um ao outro — acrescentou, colocando gordura vegetal na farinha.

John parou de fatiar e olhou para ela.

— Respondo se responder a uma das minhas.

— Certo — disse Georgeanne, pensando se conseguiria contar uma mentirinha inofensiva se fosse necessário.

— Não, não tenho namorada.

Por algum motivo, a confissão deixou-a perturbada, sentindo o estômago de novo.

— Agora é sua vez. Há quanto tempo conhece Virgil?

Georgeanne ponderou enquanto passava por ele para pegar o leite da geladeira. Deveria mentir, contar a verdade ou um pouco de cada?

— Pouco mais de um mês — respondeu honestamente derramando leite na tigela.

— Ah — disse ele com um sorriso largo. — Amor à primeira vista.

Ao ouvir a voz arrogante e macia, ela quis bater nele com a colher de pau.

— Não acredita em amor à primeira vista?

Georgeanne acomodou a tigela no quadril esquerdo e mexeu-a, como vira a avó fazer milhares de vezes, como ela mesma já fizera incontáveis vezes.

— Não. — John colocou um pedaço de presunto na boca e começou a fatiá-lo de novo. — Especialmente entre uma mulher como você e um homem da idade de Virgil.

— Uma mulher como eu? O que isso quer dizer?

— Sabe o que quero dizer.

— Não — ela disse, embora tivesse uma boa ideia. — Não sei do que está falando.

— Ah, qual é? — Ele franziu a testa. — Você é jovem e atraente, criada como uma noivi... como uma... uma... — Fez uma pausa e apontou a faca para ela. — Só há uma razão para uma garota como você casar com um homem que reparte o cabelo na altura da orelha e o penteia cobrindo o topo da cabeça.

— Eu tinha muita afeição por Virgil — Georgeanne defendeu-se e mexeu a massa até virar uma bola densa.

John ergueu ceticamente uma sobrancelha.

— Afeição pelo dinheiro dele, você quer dizer.

— Isso não é verdade. Ele sabe ser bem charmoso.

— Ele também sabe ser um *grande* filho da puta, mas, como você só o conhece há um mês, não deve ter visto isso.

Cuidando para não perder a calma e jogar algo nele de novo, prejudicando suas chances de receber um convite para ficar por mais alguns dias, Georgeanne colocou a tigela no balcão, prudente.

— O que a fez fugir do casamento?

SIMPLESMENTE
Irresistível

Ela certamente não iria confessar suas razões.

— Simplesmente mudei de ideia.

— Ou se deu conta de que pelo resto da vida dele teria que fazer sexo com um homem velho o bastante para ser seu avô?

Georgeanne cruzou os braços por baixo dos seios e encarou-o com raiva.

— Esta é a segunda vez que você traz esse assunto à tona. Por que está tão fascinado por meu relacionamento com Virgil?

— Não estou fascinado. Apenas curioso — corrigiu e continuou a cortar mais algumas fatias de presunto antes de deixar a faca no balcão.

— Já pensou que posso não ter feito sexo com Virgil?

— Não.

— Bem, não fiz.

— Porra nenhuma que não fez.

As mãos dela caíram ao lado do corpo e os punhos se fecharam.

— Você tem uma mente suja e uma boca imunda.

Impassível, John encolheu os ombros e encostou-se na borda do balcão.

— Virgil Duffy não fez milhões de dólares confiando na sorte. E não pagaria por uma doce e jovem parceira de cama sem testar o molejo.

Georgeanne queria gritar na cara dele que Virgil não pagara por ela, mas na verdade pagara. Apenas não recebera retorno do investimento. Se ela tivesse seguido em frente com o casamento, teria recebido.

— Não dormi com ele — insistiu, enquanto as emoções oscilavam entre raiva e mágoa. Raiva por ele a estar julgando e mágoa por julgá-la tão baixo.

John sorriu levemente e uma mecha do cabelo grosso roçou a sobrancelha enquanto balançava a cabeça.

— Ouça, docinho, não me importa se dormiu ou não com Virgil.

— Então, por que continua falando nisso? — Ela lembrou-se de que não importava quanto ele fosse desagradável, não podia perder a calma de novo.

— Porque acho que você não se deu conta do que fez. Virgil é um homem rico e poderoso. E você o humilhou hoje.

— Eu sei. — Ela baixou o olhar para a regata branca dele. — Pensei em ligar pra ele amanhã e me desculpar.

— Péssima ideia.

Ela olhou de volta para os olhos azuis.

— Muito cedo?

— No ano que vem poderá ser cedo demais. Se eu fosse você, sairia do estado. O mais rápido possível.

Georgeanne deu um passo adiante, parando a alguns centímetros do peito de John. Olhou para ele como se estivesse no limite do medo, quando na verdade Virgil Duffy não a assustava nem um pouco. Sentia-se mal pelo que fizera a ele, mas sabia que Virgil superaria. Não a amava. Apenas a queria. E ela não estava com a mínima vontade de passar a noite insistindo naquele assunto. Especialmente quando tinha uma preocupação mais importante, que era conseguir de qualquer jeito um convite de John para ficar ali até organizar sua vida.

— O que ele pode fazer? — Falava lentamente. — Vai contratar alguém para me matar?

— Duvido que vá tão longe. — O olhar dele parou nos lábios de Georgeanne. — Mas pode fazer de você uma garotinha miserável.

— Não sou uma garotinha — ela sussurrou e se aproximou. — Ou quem sabe você não percebeu ainda.

John afastou-se do balcão.

— Não sou cego nem retardado. Eu percebi — disse ele enquanto deslizava a mão pela cintura dela, até as costas. — Percebi muito de você e, se deixar este robe cair, garanto que vai me deixar feliz e sorrindo por algumas horas.

SIMPLESMENTE
Irresistível

Os dedos de John subiram e acariciaram as costas dela.

Georgeanne não se sentia ameaçada. O peito forte e os braços grandes a lembravam de sua força, mas instintivamente ela sabia que poderia sair dali a qualquer momento.

— Docinho, se eu deixasse este robe cair, seu sorriso teria de ser removido do seu rosto cirurgicamente — provocou, a voz destilando uma sedução sulista.

John escorregou a mão até o quadril dela e segurou a nádega direita. Seus olhos a desafiavam para que o impedisse. Estava testando-a, vendo até onde ela deixaria que fosse.

— Você deve mesmo valer uma pequena cirurgia — disse, puxando-a mais para perto.

Georgeanne congelou por um instante, experimentando o toque sensual. Mesmo acariciada nas costas, com os seios tocando o peito dele, John não a fazia se sentir esmagada e puxada como se fosse uma bala de caramelo. Relaxou um pouco e correu as mãos pelo tórax de músculos definidos.

— Mas não vale minha carreira — disse ele, enquanto os dedos alisavam a seda do robe.

— Sua carreira? — Georgeanne ficou na ponta dos pés e deu-lhe vários beijos suaves no canto dos lábios. — Do que está falando? — perguntou, preparada para se libertar cuidadosamente daquele abraço se John fizesse algo contra sua vontade.

— Você... — ele sussurrou contra os lábios dela — ...você pode ser maravilhosa, doçura, mas não faz bem para um cara como eu.

— Como você?

— Tenho dificuldade em recusar qualquer coisa que seja excessiva, brilhante ou pecaminosa.

Georgeanne sorriu.

— E o que eu sou?

John riu silenciosamente, os lábios ainda nos dela.

— Georgie, garota, acho que você é as três coisas e adoraria descobrir como pode ser pecaminosa. Mas não vai rolar.

— O que não vai rolar? — ela perguntou com cautela.

John se afastou para mirá-la nos olhos.

— A coisa selvagem.

— O quê?

— Sexo.

Um alívio enorme tomou conta dela.

— Acho que hoje não é meu dia de sorte — falou lentamente com um sorriso largo que tentou, mas não conseguiu reprimir.

Quatro

John olhou para o guardanapo dobrado ao lado do garfo e balançou a cabeça. Não sabia dizer se era um chapéu, um barco ou a tampa de algum recipiente. Mas, como Georgeanne dissera que arrumaria a mesa com o tema "o norte se encontra com o sul", poderia ser um chapéu. Do longo gargalo de duas garrafas vazias brotavam flores do campo amarelas e brancas. No meio da mesa, uma linha fina de areia e conchas partidas foi combinada com as quatro ferraduras da sorte que ficavam na sala, penduradas na lareira de pedra. John não achava que Ernie se importaria com o uso das ferraduras, mas por que Georgeanne arrastaria aquelas coisas para a mesa estava além da sua compreensão.

— Quer manteiga?

Ele fitou aqueles sedutores olhos verdes e colocou um pedaço de *biscuit* ainda morno com molho de linguiça na boca. Georgeanne Howard podia ser uma sedutora, mas também era uma maldita grande cozinheira.

— Não.

— Como estava o chuveiro? — ela perguntou e deu um sorriso tão suave quanto seus *biscuits*.

Desde que ele se sentara à mesa, havia dez minutos, Georgeanne vinha tentando arduamente engajá-lo em uma conversa, mas John não estava com um humor muito amável.

— Bom — ele respondeu.

— Seus pais vivem em Seattle?

— Não.

— Canadá?

— Somente minha mãe.

— Seus pais são divorciados?

— Não.

O decote profundo levou o olhar dele para o robe preto.

— Onde está seu pai? — ela perguntou enquanto pegava o copo de suco de laranja.

A parte da frente do robe abriu-se um pouco, expondo o canto recortado da renda verde e o volume da pele branca e macia.

— Morreu quando eu tinha cinco anos.

— Sinto muito. Sei como é perder um pai. Perdi os dois quando era muito jovem.

Imóvel, John olhou de volta para o rosto de Georgeanne. Ela era linda. Curvilínea e deliciosa de uma maneira meio exagerada, de tirar o fôlego. As pernas longas eram lindamente moldadas, exatamente o tipo de mulher que ele preferiria nua na cama. Momentos antes, ele aceitara o fato de que não poderia tê-la. Isso não o aborreceu tanto, mas ficou extremamente incomodado por ela ter *fingido* que mal podia esperar para passar as mãos quentes pelo corpo dele. Quando ele disse que não poderiam fazer amor, a boca pequena e amuada demonstrou frustração, mas os olhos dela brilharam com imenso alívio. Na verdade, ele nunca vira tal alívio no rosto de uma mulher.

— Foi um acidente de barco — ela acrescentou, como se ele tivesse perguntado. Tomou um gole do suco. — Na costa da Flórida.

John espetou um pedaço de presunto e serviu-se de café. As mulheres gostavam dele. As mulheres colocavam seus números de telefone e suas calcinhas nos bolsos dele. Não o olhavam como se sexo com ele fosse um tratamento de canal.

— Foi um milagre eu não estar com eles. Meus pais odiavam me deixar, é claro, mas eu estava com catapora. Então, contra a vontade deles, me deixaram com minha avó, Clarissa June. Me lembro que...

Desligando-se das palavras de Georgeanne, John baixou o olhar para as suaves linhas do pescoço, para o decote do robe. Não era um homem convencido, ou ao menos não achava que fosse. Mas o fato de ela tê-lo achado totalmente *resistível* o irritava mais do que gostaria de admitir. Colocou a caneca de café de volta na mesa e cruzou os braços no peito. Depois do chuveiro, vestira *jeans* limpos e uma camiseta branca lisa. Ainda planejava sair. Tudo o que precisava fazer era pegar os sapatos e ir.

— Mas a sra. Lovett era fria como uma geladeira — continuava Georgeanne, fazendo John se perguntar como o assunto mudara dos pais para geladeiras. — E brega... Meu Deus, como ela era brega. Quando LouAnn White se casou, deu-lhe... — Georgeanne parou, os olhos verdes cintilando de admiração — uma máquina de fazer cachorro-quente. Acredita nisso? Não só deu um utensílio doméstico, como uma maquininha que eletrocuta salsichas.

John inclinou a cadeira para trás, sustentando-a apenas nas pernas traseiras. Lembrou-se da conversa que tivera com ela sobre tagarelar. Achou que Georgeanne simplesmente não conseguia evitar. Era provocante e tagarela.

Georgeanne empurrou o prato para o lado e inclinou-se para a frente. O robe abriu-se de leve enquanto confidenciava:

— Minha avó costumava dizer que Margaret Lovett era muito brega para aparecer em tecnicolor.

— Está fazendo isso de propósito, Georgie?

Os olhos dela se arregalaram.

— O quê?

— Exibindo os seios.

Ela olhou para baixo, afastou-se da mesa e fechou o robe até o pescoço.

— Não.

As pernas dianteiras da cadeira bateram no chão e John levantou-se. Olhou nos olhos espantados dela e deu vazão à insanidade.

— Venha aqui — ordenou, segurando a mão de Georgeanne.

Quando ela ficou diante dele, passou os braços por sua cintura e puxou-a.

— Estou saindo agora — disse, descendo as mãos para as curvas macias dela. — Me dê um beijo de tchau.

— Quanto tempo vai ficar fora?

— Algum tempo — respondeu, sentindo o próprio corpo pesar.

Como um gato se espreguiçando no peitoril da janela, Georgeanne arqueou-se em sua direção e abraçou-lhe o pescoço.

— Eu poderia ir com você — ronronou.

John balançou a cabeça.

— Me beija com vontade.

Ela ficou na ponta dos pés e fez o que ele pediu. Beijou-o como uma mulher que sabia o que estava fazendo. Os lábios entreabertos pressionaram suavemente os dele. Georgeanne tinha sabor de suco de laranja e a promessa de algo mais doce. A língua tocava, serpenteava, acarinhava e provocava. Passou os dedos pelo cabelo de John, enquanto o arco do pé deslizava na panturrilha dele. Um desejo intenso percorreu a parte de trás das pernas de John, tomou conta de todo o corpo e quase o fez perder o controle.

Georgeanne era profissional e ele a afastou para fitá-la diretamente no rosto. Os lábios dela brilhavam, a respiração levemente irregular, e, se os olhos demonstrassem o menor lampejo da mesma fome que ele estava sentindo, John teria se virado e saído pela porta. Satisfeito.

SIMPLESMENTE Irresistível

O olhar de John foi para os cabelos castanhos-avermelhados que emolduravam o rosto delicado. A luz brilhava em cada cachinho sedoso e ele queria afundar as mãos neles. Sabia que deveria ir embora. Apenas virar-se e sair. Porém, olhou de volta para os olhos verdes.

Não estava satisfeito. Ainda não. Colocou uma mão na nuca de Georgeanne, inclinou a cabeça dela para o lado e beijou-a longamente. Enquanto sua boca se deleitava com a dela, deu alguns passos para trás até atingir a cristaleira dos troféus. O beijo prosseguia, pelo rosto e pelo queixo. Seus lábios percorreram-lhe o pescoço e ele afastou os cabelos, que desciam pelas costas. Ela exalava um aroma de flores e tinha uma pele quente e macia. Ao afastar o robe na altura dos ombros, sentiu-a enrijecer-se e disse a si mesmo que deveria parar.

— Você cheira bem — disse.

— Como um homem. — Ela riu nervosamente.

John sorriu.

— Estive no meio de homens a vida toda. Acredite, meu bem, você não cheira como um homem.

Os dedos se insinuaram sob uma tira esmeralda do sutiã e ele beijou-lhe a pele macia do ombro.

Instantaneamente, Georgeanne cobriu a mão dele com a sua.

— Achei que não faríamos amor.

— Não faremos.

— Então o que estamos fazendo, John?

— Nos divertindo.

— Isso não vai nos levar a fazer amor?

Ela segurou o outro ombro e cruzou os braços sobre os seios.

— Não desta vez. Apenas relaxe.

John desceu as mãos até a parte de trás das coxas dela, agarrou-as e ergueu-a. Antes que ela pudesse reclamar, sentou-a em cima do móvel e parou entre as coxas dela.

— John?

— Hum?

— Promete que não vai me machucar?

Ele fitou-a. Estava séria.

— Não vou machucar você, Georgie. Ou fazer qualquer coisa de que não goste. É claro que não.

Ela sorriu e moveu a palma das mãos para os ombros dele.

— Você gosta assim? — ele perguntou, acariciando a parte externa das coxas dela e ao mesmo tempo afastando o robe de seda.

— Hum-hum... — Georgeanne então passou a língua de leve pelo lóbulo da orelha esquerda de John e deslizou pelo pescoço. — E *você*? Gosta assim? — Mordiscou a pele sensível, delicadamente.

— Bom... — Ele sorriu. Passou as mãos pelos joelhos e subiu até os dedos encontrarem o elástico e a renda da calcinha. — Tudo em você é muito bom.

John inclinou a cabeça para o lado e fechou os olhos. Não se lembrava de já ter tocado uma mulher tão macia quanto Georgeanne. Os dedos dele afundaram nas coxas quentes, empurrando-as e afastando-as. Enquanto os lábios dela faziam coisas incríveis em seu pescoço, passou as mãos por dentro do robe e segurou-a nas nádegas.

— Você tem uma pele suave, lindas pernas e uma bunda deliciosa — disse enquanto a puxava contra sua pélvis.

O calor inundou a virilha de John e ele sabia que, se não fosse cuidadoso, poderia penetrar Georgeanne e ficar ali por um bom tempo.

Georgeanne ergueu o rosto.

— Está rindo de mim?

John mirou os olhos claros.

— Não — respondeu, procurando por um traço do mesmo desejo que sentia, sem realmente encontrá-lo. — Nunca riria de uma mulher seminua.

— Você me acha gorda?

— Não gosto de mulheres magrelas — disse sem rodeios, movendo as mãos pelos quadris até os joelhos e subindo novamente.

SIMPLESMENTE
Irresistível

Um lampejo de interesse surgiu nos olhos dela e, finalmente, uma centelha de desejo.

Georgeanne observou o olhar tranquilo dele procurando por um sinal de que mentia para ela. Desde a puberdade, vivia em constante batalha contra a balança e tentara inúmeras dietas. Colocou as mãos no rosto dele e o beijou. Não era o beijo treinado e perfeito que lhe dera antes, um beijo que queria provocar e seduzir. Agora queria devorá-lo inteiro. Queria mostrar quanto as palavras dele significavam para uma garota que sempre se considerara gorda. Deixou-se ir, deixou-se derreter no desejo quente e atordoante. O beijo tornou-se mais voraz, enquanto as mãos dele a tocavam, acariciavam, moldavam e lhe provocavam tremores por todo corpo. Ela sentiu o cinto de seda afrouxar e o robe se abrir. John deslizou as mãos por sua barriga. As palmas quentes a tocavam na altura das costelas e os polegares acariciaram a parte inferior de seus seios. Um tremor intenso e inesperado a invadiu. Pela primeira vez na vida, o toque de um homem em seus seios não parecia um ataque. Suspirou contra os lábios dele.

Jonh olhou para o seu rosto. Sorriu como se o que visse ali o enchesse de prazer e livrou os ombros dela da seda preta.

Georgeanne baixou os braços e deixou que o tecido repousasse em suas coxas. Antes que ela pudesse prever, John moveu as mãos até suas costas e abriu o fecho do sutiã. Surpresa com a habilidade dele, rapidamente segurou os bojos verdes rendados.

— Sou grande — declarou apressada, em seguida quis morrer por dizer algo tão óbvio e estúpido.

— Eu também — John retrucou com um sorriso provocante.

Ela riu, nervosa, enquanto uma alça do sutiã caía pelo braço.

— Você vai ficar sentada assim a noite inteira? — perguntou ele, deslizando o nó dos dedos pela renda do sutiã.

O toque suave fazia a pele dela formigar. Georgeanne estava gostando das coisas que ele dizia e de como a tocava, não queria que parasse ainda. Gostava de John e queria que gostasse dela. Olhou para os olhos sensuais dele e abaixou as mãos. O sutiã caiu lentamente e ela prendeu a respiração, esperando algum comentário perverso sobre seus seios, mas torcendo para que ele não o fizesse.

— Meu Deus, Georgie — disse ele. — Você disse que era grande. Deveria ter me alertado de que é perfeita.

Pegou um seio pesado com a mão em concha e beijou-a nos lábios, longa e energicamente. O polegar roçou o bico, circulou-o algumas vezes. Ninguém jamais a acariciara como John fazia agora. O toque dele fazia-a se sentir como se fosse feita de um material delicado e frágil. Ele não puxava, nem torcia ou beliscava. Não a agarrava com movimentos bruscos esperando que ela gostasse.

Desejo, admiração e amor corriam por suas veias até atingir seu coração e pulsavam entre suas pernas. Ao beijá-lo, abraçou o quadril de John com as pernas, puxando-o para mais perto até sentir a saliência dura contra a sua virilha. As mãos seguraram a camiseta dele e ela se afastou para poder tirá-la. Espirais de cabelo escuro cobriam o peito largo dele, desciam pelo abdômen liso, circulavam o umbigo e desapareciam no cós do *jeans*. Georgeanne jogou a camiseta para o lado e deslizou as mãos para cima e para baixo pelo peito e a barriga dele. Os dedos percorriam os cabelos pequenos e finos cobrindo os músculos rijos e a pele quente. Ela sentia a batida do coração e ouvia a respiração rápida.

John murmurou o nome de Georgeanne, que em seguida agarrou novamente a boca dele com outro beijo ardente. As pontas dos seios roçavam-lhe o peito e espalhavam nela um desejo ansioso, por todo o corpo. Cada lugar que ele tocava pulsava com uma paixão ardente que ela nunca experimentara. Era como se soubesse que esperara por John a vida inteira para amá-la. Passou as mãos pela superfície rija das costas lisas dele, descendo pela espinha e depois ao redor da barriga. Ele respirou fundo quando os dedos dela concentraram-se no cós da calça. Quando ela abriu o botão de metal, puxou-a mais para

SIMPLESMENTE
Irresistível

perto, envolvendo-a pela cintura. John deu um passo para trás, e olhou-a com olhos pesados. Uma ruga surgiu na testa dele, e o rosto estava corado. Parecia um homem faminto que acabara de ganhar seu prato favorito, mas não estava feliz com ele. Olhou para ela prestes a recusá-la.

— Ah, para o inferno com isso — praguejou, e buscou pela calcinha de renda. — Sou um homem morto de qualquer jeito.

Georgeanne apoiou-se com as mãos sobre a cristaleira e ergueu os quadris, enquanto ele descia sua calcinha. Quando ele voltou para o meio de suas pernas, estava nu. Ele era *mesmo* grande. Não tinha falado apenas para provocá-la. Georgeanne buscou por ele e fechou o punho ao redor do pênis grosso e ereto. A mão de John fechou-se sobre a dela, movendo-a para cima até a cabeça redonda e depois para baixo. Estava incrivelmente excitado com o toque firme daquela mulher. Olhava para as mãos dos dois e para as coxas femininas abertas.

— Está usando algum contraceptivo? — perguntou e colocou a mão livre sobre a pelve de Georgeanne.

— Sim — ela disse num murmúrio, enquanto os dedos dele acariciavam seus pelos púbicos e investiam na carne úmida, deixando-a loucamente agitada.

— Coloque suas pernas em minha cintura — ele pediu, e, assim que foi atendido, mergulhou dentro dela.

John ergueu a cabeça e olhou-a extasiado.

— Oh, Georgie...

Em seguida recuou levemente, e empurrou de novo até estar completamente dentro dela. Agarrou-lhe os quadris e moveu-se dentro dela, lentamente no início e, então, mais rápido. Os troféus chacoalhavam a cada arremetida. Georgeanne sentia como se ele a estivesse empurrando em direção a uma gruta escura. A cada investida, sua pele ficava mais ardente e o desejo por ele mais voraz. Cada movimento do corpo de John era uma tortura e ao mesmo tempo um doce êxtase.

Ela sussurrou o nome dele repetidas vezes, com a cabeça inclinada para trás, os olhos fechados.

— Não pare — gritou para ele quando se sentiu à beira do clímax.

Um fogo se espalhou por sua pele e os músculos contraíram-se involuntariamente, em um longo e ardente gozo. Proferiu coisas que normalmente a teriam chocado. Mas nem se importou. John a fizera sentir coisas, coisas incríveis que não conhecia, e todas as suas sensações e sentimentos se focavam no homem que tinha preso em seu corpo.

— Menina... — sibilou John enquanto esfregava o rosto na curva do pescoço dela.

Agarrou-a fortemente pelos quadris e com um profundo e gutural gemido mergulhou nela uma última vez.

* * *

A escuridão envolvia o corpo nu de John, em perfeita harmonia com seu humor sombrio. A casa estava quieta. Muito quieta. Quase se podia escutar a respiração de Georgeanne. Mas ela dormia no quarto dele e seria impossível ouvi-la.

Era noite. A escuridão. O silêncio. O ambiente conspirava contra ele, contaminando-o com as lembranças.

Levou a garrafa de Bud à boca e tomou uma boa quantidade de um gole só. Foi até a janela panorâmica e olhou para a grande lua amarelada e as ondas negras com suas bordas prateadas. De seu próprio reflexo no vidro, tudo o que conseguia ver era uma silhueta nebulosa. O contorno borrado de um homem que perdera a alma e não estava realmente interessado em encontrá-la de novo.

Sem convite, a imagem de sua mulher, Linda, surgiu diante dele. A visão de como a encontrara da última vez, sentada em uma banheira de água sangrenta, a aparência tão diferente da garota de rosto vivo que conhecera na escola.

SIMPLESMENTE
Irresistível

A mente dele deu um giro rápido, de volta àquele curto período do ensino médio em que namoraram. Mas, depois da formatura, ele fora morar a centenas de quilômetros de distância para jogar hóquei na liga de juniores. A vida dele se restringia ao esporte. Dava duro, e aos vinte anos foi o primeiro jogador levado pelo Toronto Maple Leafs nas seletivas de 1982. Seu tamanho fez dele uma força dominante e rapidamente recebeu o apelido de "Paredão". As habilidades na pista de gelo o transformaram em uma estrela em ascensão. E as habilidades fora da pista o transformaram no ídolo das menininhas fãs do rinque, que o comparavam a Mark Spitz, o foco da tietagem da natação. John jogara pelos Maple Leafs por quatro temporadas antes de o New York Rangers lhe oferecer um contrato muito rentável. Esquecera-se por completo de Linda.

Quando a viu de novo, seis anos haviam se passado. Eram da mesma idade, mas muito diferentes em experiência. John vira muito do mundo. Era jovem, rico e tinha feito coisas com que outros homens apenas poderiam sonhar. Com os anos, mudara demais, enquanto Linda mudara pouco. Ela era praticamente a mesma garota que ele levava para passear no Chevy de Ernie. A mesma garota que usava o espelho retrovisor para passar batom vermelho para que ele pudesse tirá-lo.

Encontrou-se com Linda novamente durante um intervalo na temporada de hóquei. Levou-a para fora da cidade. Levou-a para um hotel e, quando ela contou que estava grávida, três meses depois, ele a tornou sua esposa. O bebê, Toby, nascera prematuro de cinco meses. Nos quatro meses seguintes, enquanto assistia ao filho lutando para respirar, sonhava em lhe ensinar todas as coisas que aprendera sobre a vida e o hóquei. Mas os sonhos de um garotinho travesso morreram dolorosamente com o filho.

Enquanto John sofria em silêncio, a dor de Linda era visível a todos ao redor. Chorava o tempo todo e logo ficou obcecada para ter outro filho. John sabia que ele próprio era a razão por trás daquela obsessão. Casara com ela porque estava grávida, não porque a amava.

Ele deveria deixá-la, então. Deveria ir embora, mas não conseguia deixá-la. Não enquanto ela estivesse sofrendo, e não enquanto se sentisse responsável pela dor. Ele ficou no ano seguinte. Ficou, enquanto ela consultava um médico atrás do outro. Ficou, enquanto ela sofria uma série de abortos. Ficou porque, por um momento, havia uma parte dele que também queria outro filho. Ficou, enquanto ela afundava cada vez mais no desespero.

Ficou, mas não era um bom marido. A preocupação dela em ter outro filho virou obsessão. Nos últimos meses da vida de Linda, ele não suportava tocá-la. Quanto mais ela o queria, mais ele a afastava. Os casos dele com outras mulheres eram visíveis. Em um nível inconsciente, ele queria que ela o deixasse.

Mas ela escolhera se matar.

John tomou outro longo gole de cerveja.

Linda queria que ele a encontrasse e ele a encontrou. Um ano depois, ainda conseguia se lembrar da cor exata que o sangue deixara na água da banheira. Conseguia ver claramente o rosto dela, branco como cera, e o cabelo loiro ensopado. Conseguia sentir o cheiro do xampu que ela usara e ver os cortes que fizera nos pulsos, quase até os cotovelos. Ainda sentia aquele soco horrível no estômago.

Vivia com essa terrível culpa todos os dias. Todos os dias buscava afastar as lembranças e o papel que desempenhara nelas.

John caminhou para o quarto e olhou a garota tentadora enrolada no lençol. A luz do corredor brilhava na cama e os cachos escuros emolduravam a cabeça. Um braço descansava sobre o ventre, o outro estava esticado ao longo do corpo.

Talvez devesse se sentir mal por ter se apropriado da noite de núpcias de Virgil. Mas não se sentia mal. Não se arrependia do que tinha feito. Curtira muito e, se alguém descobrisse que ela

SIMPLESMENTE
Irresistível

passara a noite em sua casa, de qualquer maneira, todos acha-
riam que tinha feito sexo com ela. Então, qual era o problema?

Ela tinha um corpo feito para o sexo, mas ele descobrira que
não era tão experiente quanto a provocação sugeria. Precisara
mostrar a ela como dar e receber prazer. Beijara e acariciara o
corpo dela com a língua e, em troca, a ensinara o que fazer com
aquela linda boquinha carnuda. Era sensual e ingênua ao mesmo tempo, e ele a achara incrivelmente sensual.

John foi até a cama e puxou o lençol branco até a cintura de
Georgeanne. Parecia ter sido colocada nua em uma imensa massa
de *chantilly*. Sentiu-se excitado de novo e cobriu-a com seu corpo.
Movendo as mãos pelas laterais dos seios dela, desceu o rosto até
o meio deles e beijou-a suavemente ali. Com aquela carne macia
e quente debaixo dele, não precisava pensar em nada. Tudo o que
tinha de fazer era sentir prazer. Ao ouvir Georgeanne gemer,
olhou para o rosto dela. Os olhos verdes o fitavam de volta.

— Acordei você? — perguntou.

Georgeanne observou a covinha na bochecha direita dele e
sentiu o coração acelerar.

— Não era essa a intenção? — perguntou.

Estava gostando tanto dele que sentia fundo na alma, e, embora ele não tivesse dito que gostava dela, sabia que ele devia se
sentir do mesmo modo. Arriscara-se a enfrentar a fúria de Virgil para estar com ela. Colocara a carreira em perigo e Georgeanne o achara excitante e muito romântico.

— Eu poderia controlar minhas mãos e deixar você voltar a
dormir. Mas não vai ser fácil — disse ele acariciando a coxa nua.

— Tenho outra opção? — Ela passou os dedos pelos cabelos
dele junto às têmporas.

John subiu o corpo até o rosto ficar diante do dela.

— Eu poderia fazê-la gritar de novo de prazer.

— Hummm... — Ela fingiu considerar as opções. — Quanto
tempo tenho para decidir?

— O tempo acabou.

John era jovem e belo e, em seus braços, ela se sentia segura e protegida. Era um amante maravilhoso e poderia cuidar dela. E, o mais importante, ela estava loucamente apaixonada.

Ele pousou os lábios sobre os dela e beijou-a com doce paixão, e Georgeanne se sentia "a garota mais feliz de todo o país", conforme dizia uma velha música *country* de que se lembrou.

Queria fazer John feliz também. Desde o primeiro relacionamento dela, aos quinze anos, Georgeanne sempre mudava como um camaleão para se tornar o que o namorado queria. No passado, fizera de tudo, desde pintar o cabelo de um vermelho profano até ficar toda roxa em cima de um touro mecânico. Só para agradar-lhes. Sempre deixara seu estilo próprio de lado e, em troca, eles a amavam.

John podia não amá-la agora, mas iria.

Cinco

Georgeanne levou a mão até a dor em seu peito. Os dedos agarraram o laço de cetim branco do vestido, enquanto dentro de seu coração amor e ódio explodiam como dinamites, destroçando-o. Confinada em seu vestido de casamento rosa e frágeis sapatos de salto alto, lutava contra a dor aguda atrás dos olhos. Enquanto observava o Corvette vermelho de John voltar para a estrada, sentia-se perdendo a batalha. A visão estava embaçada, mas as lágrimas não trouxeram nenhum conforto.

Mesmo observando John desaparecer, não acreditava que ele realmente a deixara na calçada diante do Aeroporto Internacional Seattle-Tacoma. Não apenas a tinha abandonado, como também fora embora sem olhar para trás.

Ao redor dela, pessoas vestidas formalmente ou com roupas leves de verão se apressavam. Os motoristas de táxi descarregavam bagagens, enquanto o escapamento dos carros liberavam o ar quente. Carregadores brincavam com os clientes enquanto uma voz masculina sem expressão alertava para o fato de que a área marcada na frente do aeroporto era apenas para carga e descarga. O emaranhado de sons ao redor de Georgeanne combinava com as dúvidas em sua cabeça.

Na noite anterior, John se comportara de um modo bem diferente do homem frio que a acordara pela manhã com um Bloody Mary na mão. Na noite anterior, tinham se amado repetidas vezes e ela nunca se sentira tão próxima a um homem. Tinha certeza de que John também se sentia próximo a ela. Certamente, não teria assumido tal risco a menos que se importasse com ela. Se não sentisse nada, não teria arriscado a carreira com os Chinooks. Mas, pela manhã, ele se comportara como se tivessem passado a noite assistindo a reprises na televisão. Quando anunciou que lhe reservara um voo para Dallas, soara como se estivesse lhe fazendo um favor. Ao ajudá-la a entrar no corselete e no vestido de noiva, o toque dele fora impessoal. Muito diferente das carícias ardentes do amante de horas antes. Enquanto a auxiliava com o vestido, Georgeanne tivera que lutar com os sentimentos confusos. Lutara para encontrar as palavras certas para convencê-lo a deixá-la ficar com ele. Insinuara o desejo de fazer e ser qualquer coisa que ele quisesse, mas John ignorara as sugestões sutis.

A caminho do aeroporto, ele colocara a música tão alta que qualquer conversa era impossível. Durante a hora que passara no carro dele, torturara-se com perguntas. Perguntava-se o que tinha feito e o que acontecera para tudo mudar. Somente o orgulho impediu-a de retirar o cassete do toca-fitas e exigir uma resposta. Somente o orgulho segurara as lágrimas quando ele a ajudara a sair do carro.

— Seu voo sai em menos de uma hora. Tem tempo suficiente para pegar o cartão de embarque — dissera ele enquanto lhe estendia a valise.

Um alerta de pânico crescia em seu estômago. Abriu a boca para implorar que a levasse de volta à casa da praia, onde se sentia segura. As palavras seguintes dele a fizeram parar.

SIMPLESMENTE
Irresistível

— Nesse vestido, tenho certeza de que conseguirá no mínimo duas propostas de casamento antes de chegar a Dallas. Não quero lhe dizer como viver sua vida, Deus sabe como já baguncei a minha, mas talvez deva ser mais cuidadosa ao escolher o próximo noivo.

Ela o amava tanto que chegava a doer, e ele não se importava se ela casasse com outro homem. A noite que tinham passado juntos não significara *nada* para ele.

— Foi ótimo conhecê-la, Georgie — disse ele, em seguida foi embora.

— John!

O nome dele brotara de sua boca, vencendo o orgulho.

Ele se virara e o olhar no rosto dela devia ter revelado tudo o que sentia por dentro. Ele soltara um suspiro de resignação.

— Nunca quis magoar você, mas falei desde o início que não arriscaria minha posição com os Chinooks — dissera ele. — Nada pessoal — acrescentara depois de uma pausa.

Então, saiu caminhando pela calçada e para fora da vida dela.

A mão de Georgeanne começou a doer e ela olhou para a valise que agarrava firme. Os nós dos dedos estavam brancos e ela afrouxou um pouco.

A fumaça espessa dos escapamentos a deixou nauseada e ela finalmente virou-se e entrou no aeroporto. Precisava sair dali. Precisava ir embora, mas não sabia para onde ir. Sentia todos os circuitos sobrecarregados e tentou tirar tudo isso da cabeça. Encontrou o balcão da Delta e disse ao agente que não tinha nenhuma bagagem para despachar. Com o bilhete em uma mão e a valise na outra, afastou-se.

Caminhou por lojas de presentes e balcões de informações de voo. O sofrimento a cercava, oprimindo-a como uma névoa negra. Mantinha os olhos baixos, consciente de que a dor estava estampada em seu rosto, certa de que se as pessoas a olhassem bem de perto enxergariam a verdade.

Elas veriam que não havia uma pessoa viva que se importasse com Georgeanne Howard. Nem naquele estado do país, nem em nenhum outro. Abandonara a única amiga, Sissy, e, se morresse, não haveria uma única pessoa que lamentaria, não com sinceridade. Ah, a tia Lolly agiria como se estivesse sofrendo. Faria um funeral com gelatinas verdes e choraria como se não estivesse secretamente aliviada por não ter mais que se sentir responsável por ela. Por um momento, Georgeanne ficou imaginando se a mãe lamentaria, mas já sabia a resposta antes de terminar o pensamento. Não. Billy Jean nunca lamentaria pela filha que nunca quis.

Entrou na sala de embarque da Delta. Sentou-se de frente para uma fileira de janelas, afastou para o lado um exemplar do *Seattle Times* e colocou a maleta no banco. Olhou para a pista e uma imagem do rosto rosado da mãe surgiu diante dela, lembrando-a da única vez em que se encontrara com Billy Jean.

Fora no dia do enterro da avó e ela olhara, do lado do caixão, para uma mulher elegante de cabelo castanho arrumado e olhos verdes. Não saberia quem era a mulher se Lolly não tivesse dito. Em um instante a dor da morte da avó se misturou com apreensão, alegria, esperança e uma série de emoções conflitantes. Durante toda a vida, antecipara o momento em que finalmente encontraria sua mãe.

Quando criança, escutara da avó que Billy Jean era jovem demais e que simplesmente ainda não queria filhos. Por isso sonhara com o dia em que a mãe mudaria de opinião.

Mas, ao chegar à adolescência, desistiu do sonho. Descobrira que Billy Jean Howard era agora Jean Obershaw, esposa do representante do Alabama Leon Obershaw e mãe de dois filhos pequenos. Nesse dia teve de encarar a realidade. A avó mentira. Billy Jean queria filhos. Só não queria *ela*.

No funeral da avó, quando Georgeanne finalmente colocou os olhos em Billy Jean, não esperava sentir nada. Ficou surpresa ao descobrir aquele sentimento enterrado no coração, ainda

SIMPLESMENTE
Irresistível

fantasiava conhecer uma mãe amorosa. Mantivera o sonho de que a mãe poderia preencher o vazio de sua alma. As mãos de Georgeanne tremeram e os joelhos fraquejaram quando se apresentou à mulher que a abandonara logo após o nascimento. Prendeu a respiração... esperando... ansiando.

"Sei quem você é", Billy Jean disse, mal olhando para ela. Depois do enterro, desapareceu de novo, supostamente de volta para o marido e os filhos. De volta à própria vida.

O anúncio da chegada de um voo da Delta resgatou Georgeanne do passado. Outros passageiros começavam a encher a sala de embarque e ela pegou a valise, colocando-a no colo. Uma senhora idosa com cachos brancos e uma blusa de poliéster se aproximou. Georgeanne pegou automaticamente o jornal, dando espaço para a mulher. Colocou-o sobre a valise e olhou pelas janelas para um trator que puxava um reboque de bagagens. Normalmente ela teria sorrido para a mulher e talvez iniciado uma agradável conversa. Mas não estava com vontade de ser agradável. Pensava na própria vida e na atração dela por pessoas que não conseguiam retribuir-lhe o amor.

Apaixonara-se por John Kowalsky em menos de um dia. Os sentimentos por ele haviam brotado tão rápido que mal podia acreditar em si mesma. Mesmo assim, sabia que era verdade. Pensou nos olhos azuis e na covinha que se formava na bochecha direita toda vez que ele sorria. Pensou nos braços fortes ao redor dela, fazendo-a sentir-se segura. Se fechasse os olhos, poderia sentir as mãos dele por trás dela, erguendo-a em direção da cristaleira como se não pesasse nada. Nenhum outro homem que conhecera, mesmo antigos namorados a quem julgara amar, tinha feito ela se sentir do mesmo modo que John fizera.

"Deveria ter me alertado de como era perfeita", dissera, fazendo-a julgar-se a Rainha da Festa de Santo Antônio. Nenhum homem a fizera sentir-se tão desejável. E nenhum homem a deixara tão destroçada por dentro.

Os olhos começaram a doer novamente e a visão ficou turva. Realmente, nos últimos tempos andara fazendo algumas péssimas escolhas. No topo da lista estava a decisão de se casar com um homem velho o bastante para ser seu avô. Na sequência, estava ela correndo do próprio casamento como uma covarde. Mas apaixonar-se por John não fora escolha. Simplesmente acontecera.

Uma única lágrima deslizou pelo rosto e ela a secou. Precisava esquecer John. Precisava continuar com sua vida.

Que vida? Não tinha casa nem emprego esperando por ela. Não tinha uma família verdadeira com quem falar e a única amiga provavelmente a odiava agora. Todas as suas roupas estavam na casa de Virgil e não havia dúvida de que ele a desprezava. O homem que ela amava não a amava. Largara-a no meio-fio sem nem olhar para trás.

Não tinha nada nem ninguém, a não ser a si mesma.

— Atenção — uma voz feminina anunciou —, passageiros do voo Delta 624, Aeroporto Internacional de Dallas-Fort Worth, o embarque começará em quinze minutos.

Georgeanne olhou para o bilhete em sua mão. Quinze minutos, pensou. Quinze minutos antes de embarcar em um avião que a levaria de volta a nada. Ninguém estaria lá para recebê-la. Não tinha ninguém. Ninguém para cuidar dela. Ninguém para dizer a ela o que fazer.

Ninguém a não ser ela própria. Somente Georgeanne.

O pânico tomou conta de seu estômago e ela baixou o olhar para o *Seattle Times* sobre a valise em seu colo. Podia sentir uma sobrecarga emocional não aparente. Para evitar um colapso total, concentrou-se no jornal. Os lábios moviam-se enquanto lia lentamente os anúncios.

* * *

A placa acima do Bufê Heron pendia estranhamente para a direita. A tempestade de quinta à noite a girara até que uma das

SIMPLESMENTE
Irresistível

correntes rompera. Agora o grande e majestoso pássaro pintado na placa parecia prestes a mergulhar na calçada. Os rododendros plantados em cada lado da porta sobreviveram aos ventos fortes, mas os gerânios vermelhos não resistiram.

Dentro do pequeno prédio, tudo estava em perfeita ordem. O escritório na frente da loja reformada tinha uma escrivaninha e uma mesa redonda. Uma grande foto de duas pessoas com roupas parecidas e rostos idênticos estava pendurada na parede. Cada uma segurando uma ponta de uma nota de um dólar. Na cozinha, um fatiador e um moedor industriais, potes e panelas de aço inoxidável brilhavam. Uma seleção de amostras de cardápios pairava sobre uma bandeja em cima de um dos refrigeradores, enquanto o forno de convecção de dois andares preenchia todo o canto oposto.

A proprietária estava em pé no banheiro com uma faixa elástica azul presa entre os lábios. Uma luz fluorescente tremeluzia e fazia barulho, lançando um sombreado acinzentado sobre o rosto de Mae Heron. Os olhos castanhos estudaram o reflexo dela no espelho acima da pia, enquanto penteava o cabelo loiro em um rabo de cavalo no alto na cabeça.

Mae era um exemplo típico de garota-propaganda do sabonete Ivory. Não precisava usar clareadores ou tonalizantes de pele ou cremes caros. Odiava a sensação da maquiagem no rosto. Às vezes, usava um pouco de rímel, mas, como tinha pouca prática, não era muito boa em aplicá-lo, não como Ray era. Ray era muito bom em arrumar-se bem.

Mae olhou-se de lado e ergueu a mão para arrumar uma mecha de cabelo. Teria desfeito o rabo de cavalo e começado de novo se a campainha da porta da frente não tivesse sinalizado a chegada da cliente que estava esperando. A sra. Candace Sullivan era uma cliente frequente do Heron e pedira que Mae organizasse o bufê do aniversário de cinquenta anos de casamento dos pais. Candace era esposa de um respeitável cardiologista. Era rica e a última esperança de Mae de manter o sonho dela e de Ray vivo.

Olhou-se para ver se a camisa polo azul estava impecavelmente enfiada no *short* caqui e respirou fundo. Ela não era muito boa nessa parte dos negócios. Puxar o saco e tentar agradar aos clientes era a praia de Ray. Ela era a contadora. Quem mantinha os livros. Mae não era boa com pessoas. Passara a noite anterior e grande parte do dia digerindo números até que seus olhos ficassem arenosos, mas, independentemente de quantas soluções criativas ela havia cogitado, se o negócio que ela e Ray tinham aberto três anos antes não recebesse um fluxo de caixa generoso, teriam de fechar as portas. Ela precisava da sra. Sullivan; precisava do dinheiro dela.

Mae pegou um envelope na pia e saiu do banheiro. Atravessou a cozinha, mas fez uma pausa na porta do escritório. A jovem mulher no escritório não tinha a menor semelhança com a sra. Sullivan. Na verdade, parecia uma fugitiva da Mansão da Playboy. Era tudo o que Mae não era: alta, seios fartos, de cabelo escuro, grosso, e uma linda pele bronzeada. Bastava Mae pensar no sol que ficava vermelha como uma lagosta.

— Hã... posso ajudar?

— Estou aqui para me candidatar ao emprego — respondeu com uma fala arrastada obviamente sulista. — O emprego de *chef* assistente.

Mae olhou para o jornal que a jovem segurava em uma mão, então seu olhar passeou pelo vestido de cetim rosa com aquele laço grande e branco. O irmão dela, Ray, teria adorado o vestido. Teria desejado usá-lo.

— Você já trabalhou em um bufê antes?

— Não, mas sou uma boa cozinheira.

Pela aparência dela, Mae sinceramente duvidava que soubesse ferver água. Mas sabia melhor do que ninguém que não podia julgar uma pessoa pela cor do seu vestido de festa. Passara a

SIMPLESMENTE
Irresistível

maior parte da vida defendendo o irmão gêmeo contra as pessoas cruéis que o julgavam, incluindo membros da própria família.

— Sou Mae Heron — disse ela.

— É um prazer, sra. Heron.

A jovem colocou o jornal sobre a mesa ao lado da porta e caminhou em direção a Mae, estendendo-lhe a mão.

— Meu nome é Georgeanne Howard.

— Bem, Georgeanne, vou lhe dar o formulário para preencher — disse ela, enquanto se movia atrás da mesa.

Se conseguisse o trabalho com Sullivan, precisaria de uma *chef* assistente, mas realmente duvidava que poderia contratar aquela mulher. Não apenas preferia contratar cozinheiros com experiência, como também questionava o julgamento de alguém que conseguia usar um vestido provocante para candidatar-se a uma vaga na cozinha.

Mesmo assim, decidiu que daria um formulário para que ela preenchesse e depois a dispensaria. Estava mexendo em uma gaveta quando a campainha da porta tocou de novo. Ergueu o olhar e reconheceu sua cliente rica. Como a maioria das mulheres que tomavam coquetéis e jogavam tênis no *country club*, o cabelo da sra. Candace Sullivan parecia um capacete platinado. As joias que usava eram verdadeiras, as unhas não, e era igual a todas as outras mulheres ricas com quem Mae já trabalhara. Dirigia um carro de 80 mil dólares, porém criticava o preço das framboesas.

— Olá, Candace. Tenho tudo pronto para você. — Mae apontou para a mesa redonda onde estavam três álbuns de foto. — Por que não senta e falo com você em um minuto?

A sra. Sullivan desviou seu olhar curioso da garota de rosa e sorriu para Mae.

— A tempestade de quinta parece ter destruído a parte externa de seu prédio — disse, enquanto se sentava.

— É verdade.

Mae sabia que teria de consertar a placa e comprar novas plantas, mas não tinha dinheiro no momento.

— Você pode se sentar aqui — disse a Georgeanne e colocou o formulário na escrivaninha.

Então, com o envelope ainda na mão, atravessou o escritório e sentou-se à mesa redonda.

— Criei vários cardápios para você escolher. Quando falamos pelo telefone, discutimos pato como entrada. — Ela retirou os cardápios do envelope, colocou-os na mesa e apontou para a primeira escolha. — Com pato assado, recomendo arroz selvagem e ou um mix de vegetais ou ervilhas. Um pequeno pãozinho...

— Oh, não sei — suspirou a sra. Sullivan.

Mae estava preparada para aquela resposta.

— Tenho amostras no refrigerador para você experimentar.

— Não, obrigada. Acabei de almoçar.

Segurando a irritação, moveu o dedo para a próxima escolha dos acompanhamentos.

— Talvez prefira brotos de aspargo. Ou alcachofra...

— Não! — interrompeu Candace. — Acho que não. Acho que não gosto mais da ideia do pato.

Mae partiu para o próximo cardápio.

— Certo. Que tal *prime rib au jus*, batatas assadas, ervilhas, fatias de...

— Fui a três festas neste ano onde serviram *prime rib*. Quero algo diferente. Algo especial. Ray costumava ter umas ideias maravilhosas.

Mae trocou as páginas antes dela e colocou o terceiro cardápio por cima. Tinha de fato muito pouca paciência e não era muito boa nisso. Não conseguia lidar bem com clientes exigentes que não sabiam o que queriam, exceto que não queriam nenhuma das sugestões que ela criara com muito trabalho.

— Sim, Ray era maravilhoso — disse, sentindo tanta falta do irmão que parecia que seu coração e sua alma também haviam morrido seis meses antes.

— Ray era o melhor — continuou a sra. Sullivan. — Embora ele fosse... bem... você sabe.

Sim, Mae sabia, e, se Candace não tivesse cuidado, seria rapidamente acompanhada até a porta. Embora Ray não pudesse mais ser magoado por gente preconceituosa como aquela mulher, Mae não toleraria aquilo.

— Já pensou num *chateaubriand*? — perguntou enquanto apontava para a terceira sugestão.

— Não — Candace respondeu.

Assim, em menos de dez minutos, a cliente rejeitou todas as ideias de Mae. Mae queria matá-la e precisou lembrar-se de que precisava do dinheiro.

— Para o aniversário de cinquenta anos do casamento dos meus pais esperava algo mais singular. Você ainda não me mostrou nada de especial. Queria que Ray estivesse aqui. Ele teria uma ideia muito boa.

Todos os cardápios que Mae mostrara eram bons. Na verdade, eram do arquivo de Ray. Mae sentiu sua raiva subir e forçou-se a perguntar da maneira mais calma possível:

— O que você tem em mente?

— Bem, não sei. Você é que tem o bufê. Você é quem precisa ser criativa.

Mas Mae nunca fora criativa.

— Não vi nada que me chamou a atenção. Tem algo mais?

Mae pegou um álbum de fotos e começou a folheá-lo.

Duvidava que Candace encontrasse algo de seu agrado. Estava convencida de que a única razão de a sra. Sullivan estar ali era para levá-la à loucura.

— Essas são fotos de trabalhos que fizemos. Talvez veja algo que goste.

— Espero que sim.

— Com licença — a garota de rosa interrompeu. — Não pude deixar de ouvir. Talvez eu possa ajudar.

Mae esquecera que a jovem estava na sala e olhou para ela.

— Onde seus pais passaram a lua de mel? — perguntou Georgeanne de sua cadeira atrás da mesa.

— Itália — respondeu Candace.

— Humm... — Georgeanne pousou a ponta da caneta no lábio inferior. — Vocês poderiam começar com *pappa col pomodoro* — aconselhou, seu italiano parecendo bem peculiar com o sotaque sulista prolongando todas as vogais. — Depois, porco assado à Florentina servido com batatas, cenouras e uma fatia grossa de *bruschetta*. Ou, se preferir pato, poderia ser servido ao Arezzo com massa e uma salada fresca.

Candace olhou para Mae e, em seguida, de volta para a jovem.

— Mamãe adora lasanha com molho de manjericão.

— Lasanha com uma bela salada de *radicchio* seria perfeito. Então, poderia finalizar a refeição com um delicioso bolo de aniversário de damasco.

— Bolo de damasco? — perguntou Candace, paracendo nada entusiasmada. — Nunca ouvi falar.

— É maravilhoso — falou Georgeanne com entusiasmo.

— Tem certeza?

— Absolutamente. — Ela se inclinou para a frente e colocou os cotovelos na mesa. — Vivian Hammond, do San Antonio Hammonds, é definitivamente doida pelo bolo de damasco. Ela adora tanto que quebrou uma tradição de cento e trinta anos e serviu-o às senhoras na reunião anual do Yellow Rose Club. — Os olhos dela se estreitaram e ela baixou a voz como se fosse compartilhar um saboroso pedaço de fofoca. — Veja só, até Vivian, o clube sempre servira bolo de limão nas reuniões, por ser a mesma cor das rosas amarelas e tal. — Fez uma pausa, encostou-se de volta na cadeira e inclinou a cabeça para o lado. — Naturalmente a mãe dela ficou mortificada.

Mae baixou as sobrancelhas e encarou Georgeanne. Havia algo familiar nela. Não conseguia saber o que era e ficou imaginando se já haviam se encontrado antes.

SIMPLESMENTE Irresistível

— Mesmo? — Candace perguntou. — Por que não serviram os dois?

Georgeanne deu de ombros.

— Como saber? Vivian é uma mulher peculiar.

Quanto mais Georgeanne falava, mais forte crescia o sentimento de familiaridade.

Candace olhou para o relógio e depois para Mae.

— Gosto da ideia do menu italiano e preciso de um bolo de aniversário de damasco grande o bastante para alimentar cem pessoas.

Quando a sra. Sullivan saiu, Mae tinha um cardápio montado, um contrato assinado e um cheque para depósito. Encostou-se na mesa e cruzou os braços.

— Tenho algumas perguntas para você — disse.

Quando Georgeanne ergueu os olhos do formulário que fingia analisar, Mae olhou para o papel que tinha na mão.

— O que é *pappa col pomodoro*?

— Sopa de tomate.

— Sabe fazer?

— Claro. É muito fácil.

Mae colocou o cardápio na mesa.

— Você inventou essa história do bolo de damasco?

Georgeanne tentou parecer séria, mas um pequeno sorriso curvou os cantos de seus lábios.

— Bem... Floreei um pouco.

Agora Mae sabia por que a jovem lhe inspirara algo familiar. Georgeanne era uma artista obstinada, como Ray tinha sido. Por um breve momento, sentiu o vazio da morte dele dissipar um pouquinho. Afastou-se da mesa e caminhou até a escrivaninha.

— Já trabalhou como auxiliar de cozinha ou de garçonete? — perguntou e olhou para o formulário.

Georgeanne rapidamente cobriu o papel com as mãos, mas não antes de Mae perceber a débil letra e que, na linha reservada à vaga para a qual estava se candidatando, ela escrevera "*cef*" assistente em vez de *chef.*

— Fui garçonete na Luby antes de trabalhar na Dillard e já fiz todas as aulas de culinária imagináveis.

— Você já trabalhou em um bufê antes?

— Não, mas posso cozinhar qualquer coisa, de comida grega a chinesa, de baclavá a sushi, e sou muito boa no tratamento com pessoas.

Mae olhou para Georgeanne e esperou não estar cometendo um erro.

— Tenho mais uma pergunta. Gostaria de um emprego?

Seis

Seattle
Junho de 1996

Escapando do caos na cozinha, Georgeanne entrou no salão de banquete uma última vez. Com olho crítico, analisou as trinta e sete mesas com linho drapeado cuidadosamente colocadas no salão. No centro de cada mesa, vasos de vidro moldado foram habilmente decorados com uma variedade de rosas, mosquitinhos e frondes de samambaia banhadas por cera.

Mae a acusara de ser obcecada, compulsiva ou as duas coisas. Seus dedos ainda doíam de toda aquela parafina, mas, quando olhava para cada centro de mesa, sabia que o aborrecimento, a dor e a bagunça tinham valido a pena. Ela criou algo único e belo. Ela, Georgeanne Howard, a garota que fora criada para depender dos outros, criara uma vida maravilhosa. Fizera-se sozinha. Aprendera métodos para ajudá-la a lidar com a dislexia. Não escondia mais o problema, embora também não falasse sobre ele abertamente. Escondera a dislexia por tantos anos para agora anunciá-la ao mundo.

Superara muitos dos antigos obstáculos e, aos vinte e nove anos, era sócia de um bufê e tinha uma casa modesta em Bellevue. Tinha um orgulho tremendo por tudo o que aquela garotinha acanhada do Texas conquistara. Caminhara no fogo, fora queimada até a alma, mas sobrevivera. Era uma pessoa mais forte agora, talvez menos crédula, e talvez tivesse se tornado extremamente relutante à ideia de dar seu coração a um homem novamente, mas não via essas características como impedimento para sua felicidade. Aprendera suas lições da maneira mais difícil e, embora preferisse doar um órgão vital seu a viver novamente a vida que tinha antes de entrar no Heron Catering sete anos antes, tornara-se a mulher que era agora devido ao que lhe acontecera na época. Não gostava de pensar no passado. A vida dela estava completa agora e cheia de coisas que amava.

Nascera e fora criada no Texas, mas rapidamente passou a amar Seattle. Adorava a cidade íngreme cercada por montanhas e água. Levara anos para se acostumar com a chuva, mas, como a maioria dos nativos, não a incomodava muito agora. Adorava comprar os alimentos frescos no Pike Place Market e as cores vibrantes do nordeste do Pacífico.

Georgeanne esticou o braço, puxou o punho do seu fraque preto e olhou no relógio. No saguão do velho hotel, sua equipe de garçons servia pepino fatiado coberto com salmão, cogumelos recheados e taças de champanhe aos trezentos convidados. Porém, em meia hora, iriam para o salão e jantariam escalope de vitela, batatas com manteiga de limão e salada de endívias e agrião.

Pegou um cálice e tirou o guardanapo de dentro. As mãos tremiam enquanto redobrava o linho branco para parecer uma rosa. Estava nervosa. Mais do que o normal. Ela e Mae já haviam servido em festas para trezentas pessoas antes. Nenhuma novidade. Nenhum suor. Mas nunca haviam trabalhado para a Fundação Harrison. Nunca tinham servido para uma arrecadadora de fundos que cobrava de seus convidados quinhentos dólares o prato.

SIMPLESMENTE
Irresistível

Bem, na verdade, ela sabia que os convidados não estavam pagando aquela quantia de dinheiro pela comida. O dinheiro arrecadado naquela noite ia para o hospital infantil e centro médico. Mesmo assim, o simples pensamento de todas aquelas pessoas pagando tanto dinheiro por um pedaço de vitela dava-lhe palpitações.

Uma porta lateral do salão abriu-se e Mae entrou por ela.

— Achei que a encontraria aqui — disse enquanto caminhava até Georgeanne.

Na mão, tinha uma pasta verde que continha os pedidos de trabalho e de compras, um inventário operacional de todos os suprimentos e um punhado de receitas.

Georgeanne sorriu para a amiga e sócia nos negócios e colocou o guardanapo dobrado de volta no copo.

— Como estão as coisas na cozinha?

— Ah, o novo auxiliar de cozinha bebeu todo o vinho branco especial que você trouxe para a vitela.

Georgeanne sentiu o estômago revirar.

— Diga que está brincando.

— Estou brincando.

— Mesmo?

— Mesmo.

— Isso não é engraçado. — Georgeanne suspirou, enquanto Mae parou ao lado dela.

— Claro que não. Mas você precisa relaxar.

— Não conseguirei relaxar até que esteja indo para casa — disse Georgeanne enquanto se virava para arrumar a rosa cor-de-rosa presa na lapela do paletó do fraque de Mae.

Embora as duas estivessem com roupas iguais, eram completamente opostas fisicamente. Mae tinha a pele de porcelana macia de um loiro natural e, com um metro e meio de altura, era elegante como uma bailarina. Georgeanne sempre invejara o metabolismo de Mae, que lhe permitia comer de tudo e não engordar um grama.

— Tudo está de acordo com o programado. Não fique agitada e atordoada como fez no casamento da Angela Everett.

Georgeanne franziu a testa e caminhou para a porta lateral.

— Ainda quero colocar minhas mãos naquele *poodle* azul da avó de Everett.

Mae riu enquanto seguia Georgeanne.

— Nunca vou esquecer aquela noite. Estava servindo o bufê e podia ouvir você gritando da cozinha. — Baixou o tom de voz e continuou, imitando o sotaque de Georgeanne. — "Meu Deus. Um cão comeu minhas bolas!"

— Eu disse *bolas de carne*.

— Não, não disse. Em seguida sentou e ficou olhando para a bandeja vazia por uns bons dez minutos.

Georgeanne não se lembrava de ter acontecido daquela maneira. Mas tinha de admitir que ainda não era muito boa em lidar com estresses repentinos. Embora estivesse melhor do que já fora.

— Você é uma mentirosoa terrível, Mae Heron — disse, puxando o rabo de cavalo da amiga, em seguida virou-se para dar mais uma olhada no salão.

A porcelana brilhava, os talheres de prata cintilavam e os guardanapos dobrados pareciam centenas de rosas brancas flutuando sobre as mesas.

Georgeanne estava extremamente satisfeita consigo mesma.

* * *

Em um gesto de desagrado, John Kowalsky franziu a sobrancelha enquanto se inclinava lentamente na cadeira para olhar mais de perto o guardanapo dentro do cálice de vinho. Parecia um pássaro ou um abacaxi. Não sabia qual dos dois.

— É bonito — disse Jenny Lange, sua companhia daquela noite.

Ele olhou para o cabelo loiro e teve de admitir que gostara de Jenny bem mais no dia em que a convidara para sair. Ela era fotógrafa e a conhecera duas semanas antes, quando Jenny fora tirar umas fotos de sua casa flutuante para uma revista local. Não a conhecia muito bem. Parecia uma mulher legal, mas, antes mesmo de chegarem ao evento beneficente, ele descobriu que não estava atraído por ela. Nem mesmo um pouco. Não era culpa dela. Era dele.

Voltou a atenção para o guardanapo, retirou-o do copo e colocou sobre o joelho. Nos últimos tempos andara pensando em se casar de novo. Conversara com Ernie sobre isso. Talvez o evento da noite tivesse ativado algo adormecido dentro dele. Talvez fosse porque acabara de completar trinta e cinco anos. De qualquer modo andava pensando em encontrar uma esposa e ter alguns filhos. Andara pensando em Toby, pensando nele mais do que o habitual.

John encostou-se na cadeira, ajeitou o paletó preto da Hugo Boss e enfiou a mão no bolso da calça cinza. Queria ser pai de novo. Queria a palavra "papai" acrescentada à lista de nomes com que era chamado. Queria ensinar o filho a patinar, como fora ensinado por Ernie. Como qualquer outro pai do mundo, queria ficar acordado até tarde na véspera do Natal e organizar triciclos, bicicletas e carros de corrida em volta da árvore. Queria vestir o filho de vampiro ou de pirata e levá-lo para pedir doces no Dia das Bruxas. Mas, ao olhar para Jenny agora, soube que ela não seria a mãe de seus filhos. Ela lembrava Jodie Foster, e ele sempre achara que Jodie Foster se parecia com uma lagartixa. Não queria seus filhos com cara de lagartixa.

Um garçom interrompeu seus pensamentos e perguntou-lhe se queria vinho. John disse que não, em seguida inclinou-se para a frente e virou o copo de cabeça para baixo na mesa.

— Você não bebe? — perguntou Jenny.

— Claro que sim. — John tirou a mão do bolso e pegou o copo que carregara consigo do coquetel. — Bebo água mineral e limão.

— Nada de álcool?

— Não. Não mais.

Ele colocou seu copo na mesa enquanto outro garçom servia um prato de salada na sua frente. Estava sem beber havia quatro anos e sabia que nunca mais beberia. O álcool o transformava em um merda estúpido e ele finalmente se cansara disso.

Na noite em que batera em Danny Shanahan, do Philadelphia, chegara ao fundo do poço. Houve quem pensasse que "Danny Trapaceiro" tinha merecido. Mas não John. Quando olhou para baixo, para o homem caído no gelo, soube que estava fora de controle. Fora batido no queixo e recebera cotoveladas nas costelas mais do que o normal. Era parte do jogo. Mas, naquela noite, algo nele se rompera. Antes de perceber o que estava fazendo, tirou as luvas e deu um soco em Shanahan. Danny ganhou uma concussão e uma viagem para a enfermaria. John foi expulso do jogo e suspenso por seis partidas. Na manhã seguinte, acordou em uma cama de hotel na companhia de uma garrafa vazia de Jack Daniel's e duas mulheres nuas. Ficara olhando o teto texturizado do quarto, completamente desgostoso consigo mesmo e tentando se lembrar da noite anterior. Então soube que precisava parar.

Não bebia desde então. Nem mesmo sentia vontade. Agora, quando ia para a cama com uma mulher, acordava na manhã seguinte sabendo seu nome. Na verdade, precisava saber bastante sobre ela primeiro. Tornou-se cuidadoso. Tinha sorte de estar vivo e sabia disso.

— Esse salão não está lindamente decorado? — perguntou Jenny.

John olhou para a mesa, depois para o palanque na parte da frente do salão. Todas as flores e as velas eram um pouco *gay* demais para seu gosto.

— Claro. Está ótimo — disse ele e comeu a salada.

Quando terminou, o prato foi levado e outro colocado à sua frente. Participara de muitos banquetes e eventos beneficentes em sua vida. Comera muitas comidas ruins nessas festas também. Mas nesta noite a comida estava muito boa. Frugal, mas boa. Melhor que no ano anterior, quando o cardápio se restringira praticamente a um galeto borrachento recheado com pinhões horríveis. Porém, ele não estava ali pela comida. Estava ali para doar dinheiro. Muito dinheiro. Bem poucas pessoas conheciam a filantropia de John e ele queria que ficasse assim. Fazia pelo filho, e esse era um assunto particular.

— O que você acha de o Avalanche vencer a Copa Stanley? — perguntou Jenny enquanto a sobremesa era servida.

John percebeu que ela estava perguntando apenas para puxar conversa. Ela não queria saber o que ele realmente pensava, então suavizou sua opinião e manteve-a agradável e clara.

— Eles tinham um goleiro que era o demônio. Sempre se pode contar com Roy para o desempate e livrar seu traseiro. — Deu de ombros. — Eles têm bons cafajestes, mas Claude Lemieux é uma garotinha medrosa. — Pegou a colher de sobremesa e olhou para ela. — Eles provavelmente chegarão às finais novamente na próxima temporada.

E John estaria aguardando por eles, porque esperava estar lá também lutando pela taça.

Virou-se para deixar o olhar varrer o salão em busca da presidente da Fundação Harrison. Ruth Harrison normalmente ia primeiro ao púlpito e dava início às atividades. Ele a enxergou duas mesas adiante olhando para uma mulher parada a seu lado. A mulher estava de costas para John, mas sobressaía na multidão de vestidos de seda ao redor. Vestia fraque com caudas longas, talvez um exagero até mesmo para uma arrecadação de fundos. O cabelo estava puxado para trás e preso na nuca com um grande laço preto. Do laço, caíam suaves cachos até o meio dos ombros. Era alta e, quando ficou de perfil, John engasgou-se com o *sorbet*.

— Meu Deus... — disse ofegante.

— Você está bem? — perguntou Jenny, colocando uma mão preocupada no ombro dele.

Ele não conseguia responder. Só conseguia ficar olhando, sentindo-se como se tivesse levado um taco de hóquei na testa. Quando a largara no aeroporto Sea-Tac, sete anos antes, jamais pensara que a veria de novo. Lembrou-se da última vez em que a vira, uma voluptuosa bonequinha em um vestidinho rosa. Lembrava-se muito mais dela, também, e o que lembrava normalmente trazia-lhe um sorriso aos lábios. Por motivos que não conseguia recordar no momento, não tinha bebido muito na noite que passara com ela. Mas não achava que teria feito diferença, porque, bêbado ou sóbrio, Georgeanne Howard não era o tipo de mulher que um homem esquece.

— Qual o problema, John?

— Nada.

Olhou para Jenny e, então, olhou novamente para a mulher que provocara um imenso tumulto ao fugir do próprio casamento. Depois do dia fatídico, Virgil Duffy deixara o país por oito meses. A concentração dos Chinooks naquele ano fora alvo de especulações. Alguns jogadores achavam que ela tinha sido sequestrada, enquanto outros teorizavam sobre o modo como havia escapado. Hugh Miner achava que, em vez de se casar com Virgil, ela se matara no banheiro e Virgil abafara tudo. Somente John sabia da verdade, mas foi o único Chinook que não falou nada.

— John?

E agora ali estava ela, parada no meio de um banquete, mais bonita do que se lembrava. Bem mais. Talvez fosse o fraque, que parecia valorizar seu corpo em vez de disfarçá-lo. Talvez fosse o brilho do cabelo escuro ou a maneira como o perfil dela definia os lábios carnudos. Ele não sabia se era uma ou todas aquelas coisas, mas percebeu que quanto mais olhava para ela, maior ficava sua curiosidade. Perguntou-se o que ela estaria fazendo em Seattle. O que teria feito com a vida dela e se encontrara um homem rico para casar.

— John?

Ele voltou a atenção para sua acompanhante.

— Algo errado? — perguntou ela.

— Não, nada.

Olhou para Georgeanne de novo e observou-a colocar uma bolsa preta sobre a mesa. Estendeu o braço e apertou a mão de Ruth Harrison. Então sorriu, pegou a bolsa e saiu.

— Com licença, Jenny — disse ele levantando-se. — Volto em seguida.

Ele seguia Georgeanne enquanto ela passava entre as mesas, mantendo os olhos nos ombros retos dela.

— Com licença — disse enquanto passava por dois senhores idosos.

Conseguiu alcançá-la quando ela estava prestes abrir a porta lateral.

— Georgie — chamou quando a mão dela alcançou a maçaneta de metal.

Ela parou, olhou por cima do ombro e encarou-o por uns bons cinco segundos antes de sua boca abrir-se lentamente.

— Reconheci você — disse ele.

Ela fechou a boca. Os olhos verdes estavam imensos, como se tivesse sido pega cometendo um crime.

— Lembra-se de mim?

Ela não respondeu. Continuou a encará-lo.

— Sou John Kowalsky. Nos conhecemos quando você fugiu de seu casamento — explicou, embora se perguntasse como seria possível ela esquecer aquele fiasco. — Peguei você, e nós...

— Sim — ela o interrompeu. — Lembro de você.

Então, não disse mais nada e John se perguntou se havia algo errado com a memória dele, porque se lembrava dela como sendo uma tremenda tagarela.

— Ah, legal — disse para cobrir o silêncio estranho que pairou entre eles. — O que você está fazendo em Seattle?

— Trabalhando. — Ela inspirou profundamente, o que fez os seios dela se erguerem. — Bem, preciso ir — disse, expelindo o ar rapidamente.

Georgeanne virou-se tão depressa que colidiu com a porta. A madeira trepidou ruidosamente e a bolsa caiu de sua mão, espalhando alguns itens no chão.

— Que falta de sorte! — ela exclamou com sua fala arrastada de sulista e abaixou-se para pegar as coisas.

John ajoelhou e apanhou um batom e uma caneta esferográfica. Estendeu-os para ela com a mão aberta.

— Aqui estão.

Georgeanne levantou os olhos e seus olhares se encontraram. Ela o encarou ao longo de vários batimentos cardíacos e, então, pegou o batom e a caneta. Seus dedos roçaram na mão dele.

— Obrigada — sussurrou e retirou a mão depressa como se tivesse sido queimada.

Então, ergueu-se e abriu a porta.

— Espere um minuto — ele pediu enquanto se abaixava para pegar um talão com uma capinha florida.

Antes de se erguer novamente, ela já tinha ido. A porta fechou na cara dele com uma batida forte, deixando John sentindo-se um idiota. Ela agira como se estivesse com medo. Embora não lembrasse de cada detalhe da noite que tinham passado juntos, talvez ele se recordasse se a tivesse machucado. Mas logo descartou essa possibilidade absurda. Mesmo no ápice de sua bebedeira, nunca machucaria uma mulher.

Perplexo, John virou-se e caminhou lentamente de volta à mesa. Não conseguia imaginar por que ela praticamente fugira dele. As lembranças que tinha de Georgeanne não eram nada desagradáveis. Haviam tido uma noite de verdadeiro sexo selvagem e, depois, ele lhe comprara uma passagem de

SIMPLESMENTE
Irresistível

avião para que pudesse voltar para casa. Claro, ele sabia que ferira os sentimentos dela, mas naquele momento de sua vida era o melhor que podia oferecer.

Baixou o olhar para o talão em sua mão e folheou-o. Ficou surpreso ao ver as folhas com desenhos de giz de cera, como uma criança faria. Olhou o canto esquerdo de uma delas e ficou ainda mais surpreso ao ver que o sobrenome de Georgie não mudara. Continuava Georgeanne Howard e vivia em Bellevue.

Mais perguntas foram acrescentadas à lista em sua cabeça, mas continuariam sem respostas. Independentemente de qual fosse o motivo, ela deixara claro que não queria vê-lo. Colocou o talão no bolso do casaco. Enviaria pelo correio na segunda-feira.

* * *

Georgeanne andou depressa até a calçada orlada com prímulas coloridas e amores-perfeitos roxos. A mão tremia enquanto colocava a chave na fechadura da porta. Uma mistura caótica de hortênsias e flores-de-cosmos na frente da casa se espalhava pela grama. O pânico a levava ao limite e ela sabia que não ficaria tranquila até estar em segurança dentro de casa.

— Lexie — chamou enquanto abria a porta.

Sentiu a calma voltando ao coração disparado. A filha de seis anos estava sentada no sofá cercada por quatro dálmatas de pelúcia. Na televisão, Cruella De Vil ria de maneira maligna, com os olhos vermelhos, enquanto dirigia seu carro por uma escarpa cheia de neve. Sentada ao lado dos dálmatas, Rhonda, a adolescente que morava ao lado, olhou para Georgeanne. O *piercing* no nariz dela cintilou e o cabelo borgonha brilhou como um vinho encorpado. Rhonda tinha um jeito esquisito, mas era uma garota legal e uma babá maravilhosa.

— Como foram as coisas hoje à noite? — Rhonda perguntou enquanto se levantava.

— Ótimas — mentiu Georgeanne enquanto abria a bolsa e retirava a carteira. — Como Lexie ficou?

— Foi tudo bem. Brincamos de Barbie por um tempo e, depois, comemos o macarrão com queijo com os minicachorros--quentes que você deixou para ela.

Georgeanne entregou quinze dólares a Rhonda.

— Obrigada por ficar esta noite.

— Nada. Lexie é uma garota muito legal. — Ela ergueu a mão. — Até mais.

— Tchau, Rhonda.

Georgeanne sorriu enquanto a liberava. Sentou ao lado da filha no sofá de estampa floral cor de pêssego e verde. Inspirou profundamente e expirou bem devagar. "Ele não sabe", pensou. "E, mesmo que soubesse, provavelmente não se importaria."

— Ei, docinho precioso — disse ela, e fez um afago na coxa de Lexie. — Estou em casa.

— Eu sei — Lexie respondeu sem tirar os olhos da televisão. — Gosto dessa parte. É minha favorita. Gosto mais do Rolly. Ele é gordo.

Georgeanne ajeitou vários cachos do cabelo de Lexie atrás dos ombros dela. Queria pegar a filha e abraçá-la bem apertado.

— Se me der um pouquinho de dengo, deixo-a em paz — disse.

Lexie virou-se automaticamente, ergueu o rosto e enrugou os lábios vermelho-escuros.

Georgeanne beijou-a e segurou o queixo dela na palma de sua mão.

— Andou usando meu batom de novo?

— Não, mamãe, é meu.

— Você não tem esse tom de vermelho.

— A-hã. Também tenho.

— Onde você conseguiu?

Georgeanne olhou a sombra roxa que Lexie havia aplicado

SIMPLESMENTE
Irresistível

nas pálpebras até as sobrancelhas. Faixas rosa brilhantes coloriam suas bochechas e ela mergulhara no perfume Tinkerbell.

— Achei.

— Não minta para mim. Sabe que não gosto quando você mente.

O lábio inferior de Lexie, cheio de batom, tremeu.

— Esqueço às vezes — bradou dramaticamente. — Acho que preciso de um médico para me lembrar.

Georgeanne segurou-se para não rir. Como Mae gostava de dizer, Lexie era a rainha do drama. E, ainda de acordo com Mae, ela conhecia muito bem esse tipo. Seu irmão, Ray, era o rei do drama.

— Um médico vai lhe dar uma injeção — Georgeanne alertou.

Os lábios de Lexie pararam de tremer e os olhos se arregalaram.

— Então — continuou Georgeanna —, talvez você possa se lembrar de ficar longe das minhas coisas sem ir ao médico.

— Certo — concordou a menina um pouco fácil demais.

— Porque, se não ficar, o acordo está desfeito.

Georgeanne se referia ao combinado que ambas tinham feito alguns meses antes. Nos fins de semana, Lexie poderia vestir o que quisesse e usar a quantidade de maquiagem que seu coraçãozinho desejasse. Mas, durante a semana, precisava andar de rosto limpo e vestida com as roupas que a mãe escolhesse. Do contrário, não poderia mais usar nenhuma maquiagem.

Por ora, o acordo parecia estar funcionando.

Lexie era louca por maquiagem. E achava que quanto mais, melhor. Os vizinhos olhavam para ela quando saía de bicicleta pela calçada, especialmente se usasse o boá verde-limão que Mae lhe dera. Levá-la ao mercado ou ao *shopping* era um pouco embaraçoso, mas era apenas nos fins de semana. E era mais fácil viver com o acordo do que travar batalhas diárias, que costumavam ocorrer todas as manhãs na hora de Lexie se vestir.

A ameaça de "sem mais maquiagem" chamara a atenção de Lexie.

— Prometo, mamãe.

— Certo, mas apenas porque sou louca por seu rostinho — Georgeanne disse, beijando-a em seguida na testa.

— Sou louca por seu rosto também — repetiu Lexie.

Georgeanne levantou-se do sofá.

— Estou no quarto se precisar de mim.

Lexie concordou com a cabeça e voltou a atenção aos dálmatas latindo na televisão.

Georgeanne caminhou pelo corredor, passou por um pequeno banheiro até chegar ao seu quarto. Tirou o casaco do fraque e jogou-o em uma *chaise* rosa com listras brancas.

John não sabia sobre Lexie. Não tinha como. Georgeanne tinha exagerado e ele provavelmente estava achando que era lunática, mas vê-lo novamente foi um choque. Sempre tivera o cuidado de evitá-lo. Não andava no mesmo círculo social e nunca assistia a um jogo dos Chinooks — o que não era difícil, porque achava o hóquei um jogo espantosamente violento. Com medo de encontrá-lo, o Heron nunca servia em festas esportivas, o que também não aborrecia Mae, pois ela não gostava de atletas. Nunca, em um milhão de anos, imaginaria que pudesse encontrá-lo em um evento de caridade para um hospital.

Georgeanne afundou-se na coberta de algodão que cobria a cama. Não gostava de pensar em John, mas esquecer totalmente dele era impossível. Ocasionalmente, ia até o mercado e via seu lindo rosto olhando para ela na capa de alguma revista. Seattle era louca pelos Chinooks e John "Paredão" Kowalsky. Durante a temporada de hóquei, ele podia ser visto no noticiário noturno, jogando os outros atletas contra as bordas. Ela o via nos comerciais da TV e via seu rosto nos *outdoors*, de tudo quanto era coisa. Às vezes, o cheiro de determinada colônia ou o som das ondas batendo a faziam pensar em quando deitara na praia e olhara dentro daqueles olhos azuis. A memória não a machucava mais como antes. Já não era uma dor aguda no coração. Mesmo assim, sempre afastava as imagens daquele tempo e daquele homem. Não gostava de revivê-las.

SIMPLESMENTE
Irresistível

Sempre achara que Seattle era grande o bastante para os dois. Achara que, se fizesse um esforço para evitá-lo, nunca o veria pessoalmente. No entanto, embora não acreditasse que algum dia aconteceria, havia uma parte dela que sempre ficava imaginando o que ele diria se a visse de novo. É claro que sabia o que ela própria diria. Sempre se imaginara agindo com indiferença. Então diria, tão fria quanto uma manhã de inverno: "John? Que John? Sinto muito, não me lembro de você. Não é *nada pessoal*".

Isso não acontecera. Ouvira alguém chamando o nome que não usava havia sete anos, o nome que ela não associava mais à mulher que era agora, e se virara para olhar para o homem que o usara. Durante as várias batidas de seu coração, o cérebro não registrara o que seus olhos viam. Então, um choque completo tomara conta dela. O instinto do "lute ou fuja" surgira, e ela fugiu.

Mas não antes de olhar nos olhos azuis e acidentalmente tocar sua mão. Ela sentira a textura quente da pele de John sob seus dedos, vira o sorriso curioso nos lábios dele e lembrara-se do toque de sua boca pressionando a dela. Ele lhe parecera maior e a idade entalhara linhas finas nos cantos dos olhos, mas era quase o que ela se lembrava dele. Ainda era extremamente belo de olhar, e, por breves segundos, ela esquecera que o odiava.

Georgeanne levantou e caminhou até a frente do espelho *cheval*. Desabotoou vagarosamente a camisa do fraque. Por causa do cabelo escuro e cacheado de Lexie, as pessoas geralmente comentavam que ela se parecia com Georgeanne, mas na verdade era muito parecida com o pai. Tinha os mesmos olhos azuis e cílios longos e espessos. O nariz tinha o mesmo formato e, quando sorria, uma covinha marcava sua bochecha.

Puxando a camisa de dentro da calça, abriu os punhos. Lexie era a coisa mais importante de sua vida. Era o coração dela, e pensar em perdê-la era inconcebível. Georgeanne estava com medo. Mais amedrontada do que estivera muito tempo antes. Agora que John sabia que ela vivia em Seattle, poderia encontrar

Lexie. Só precisava perguntar a alguém na Fundação Harrison e poderia descobrir seu endereço.

Mas por que ele a procuraria? Ele a largara no aeroporto havia sete anos, deixando seus sentimentos dolorosamente óbvios. E, mesmo que descobrisse sobre a filha, provavelmente não iria querer nada com ela. Era um grande jogador de hóquei. O que poderia querer com uma garotinha?

Estava sendo paranoica.

*　*　*

Na manhã seguinte, Lexie terminou o cereal e colocou a tigela na pia. Dos fundos da casa, podia ouvir a mãe abrir a torneira e sabia que teria muito que esperar antes de saírem para o *shopping*. A mãe adorava tomar longos banhos.

A campainha tocou e ela caminhou pela sala de estar, arrastando o boá atrás de si. Foi até a enorme janela da frente e empurrou a cortina de renda para o lado. Um homem de *jeans* e uma camisa listrada estava parado na varanda. Lexie olhou para ele por um momento, em seguida colocou a cortina de volta no lugar. Enrolou o boá ao redor do pescoço e atravessou a sala até a entrada da frente. Não deveria abrir a porta para estranhos, mas, embora o homem na varanda usasse óculos escuros, não era um estranho. Sabia quem ele era. Vira-o na TV e, no ano anterior, o sr. Paredão e seus amigos tinham ido à escola dela para autografar as camisetas de algumas crianças, os cadernos e outras coisas mais. Ela ficara bem no fundo do ginásio e não pegara o autógrafo de ninguém.

O Paredão provavelmente tinha ido assinar as coisas dela agora, pensou enquanto abria a porta. Ela olhou para cima — bem para cima.

John retirou os óculos e os colocou no bolso da camisa polo. A porta se abriu e ele olhou para baixo — bem para

Irresistível

baixo. Quase tão chocante quanto encontrar uma criança na casa de Georgeanne era a garotinha que o encarava, usando botas de caubói de pele de cobra cor-de-rosa, uma camiseta de poá roxa e um boá verde ao redor do pescoço. Mas a roupa vibrante não era nada comparada com seu rosto.

— Hã... oi — disse ele, embasbacado ante os olhos azuis contornados pela sombra em pó, as bochechas rosa brilhantes e lábios vermelhos reluzentes. — Estou procurando por Georgeanne Howard.

— Minha mãe está no chuveiro, mas você pode entrar.

Ela se virou e entrou na sala. Um longo e descabelado rabo de cavalo no alto da cabeça balançava a cada passo de suas botas.

— Tem certeza?

John não entendia muito de crianças e absolutamente nada de garotinhas, mas sabia que não deveriam convidar estranhos para entrar em casa.

— Georgeanne pode não gostar quando descobrir que você me deixou entrar — disse, mas então se deu conta de que provavelmente ela não gostaria de encontrá-lo na casa dela, estando no chuveiro ou não.

A garotinha olhou para trás.

— Ela não vai se importar. Vou pegar minhas coisas — disse ela, e desapareceu em um canto, provavelmente para pegar suas *coisas*, o que quer que isso significasse.

John retirou o talão de Georgeanne do bolso traseiro da calça e entrou na casa. O talão era uma desculpa. A curiosidade o levara até ali. Depois de encontrar Georgeanne na noite anterior, não conseguira parar de pensar nela. Fechou a porta atrás de si e caminhou pela sala, sentindo-se completamente deslocado, como da primeira vez em que comprara lingerie para uma namorada na Victoria's Secret.

A casa era decorada com cores pastel e outras bem espalhafatosas. O sofá florido tinha almofadas de renda que combinavam com a cortina. Havia vasos de margaridas e rosas e cestas de flores secas. Algumas das fotografias espalhadas traziam anjos nas molduras de prata. Ele meio que gostara daquilo e ficou imaginando se deveria se preocupar com o gosto duvidoso.

— Tenho algumas coisas legais — disse a garotinha enquanto empurrava uma miniatura de carrinho de supermercado de plástico cor-de-laranja para a sala.

Ela se sentou no sofá e bateu de leve em uma almofada ao lado dela.

Sentindo-se ainda mais deslocado, John acomodou-se ao lado dela. Olhou para aquele rostinho e tentou deduzir a idade da garota, mas não era nada bom em adivinhar idade de crianças. E a maquiagem dela não ajudava em nada.

— Aqui — disse ela, mostrando-lhe uma camiseta com o desenho de um dálmata.

— Para que isso?

— Você precisa assinar.

— Preciso? — perguntou ele, sentindo-se imenso ao lado da menina.

Ela assentiu com a cabeça e deu a ele um pincel atômico verde. John realmente não queria assinar a camiseta da criança.

— Sua mãe pode ficar braba.

— Não. É minha camiseta de sábado.

— Tem certeza?

— Sim.

— Certo.

Deu de ombros e tirou a tampa da caneta.

— Qual é seu nome?

As sobrancelhas dela baixaram-se sobre os olhos azuis e ela olhou para ele como se ele não fosse muito esperto.

— Lexie. — Em seguida falou de novo, caso ele não tivesse entendido: — Leexxiiiie. Lexie Mae Howard.

SIMPLESMENTE
Irresistível

Howard? Então Georgeanne não se casara com o pai da menina. Tentou imaginar com que tipo de homem ela se envolvera. Que tipo de homem abandonava a filha? Ele virou a camiseta para escrever nas costas.

— Por que você quer que eu rabisque sua camiseta que está em ótimo estado, Lexie Mae Howard?

— Porque as outras crianças têm coisas que você assinou e eu não.

Ele não tinha certeza do que isso significava, mas achou que era melhor perguntar a Georgeanne antes de escrever na camiseta da filha.

— Brett Thomas tem um monte de coisas. Ele me mostrou na escola o ano passado. — Ela suspirou profundamente e os ombros caíram. — Ele também tem gatos. Você tem um gato?

— Bem... não. Sem gatos.

— A Mae possui gato — confidenciou como se ele conhecesse Mae. — O nome dele é Botinhas, porque ele possui botas brancas nas patas. Ele se esconde de mim quando vou à casa dela. Eu achava que ele não gostava de mim, mas a Mae disse que ele foge porque é tímido. — Ela pegou a ponta do boá, ergueu para ele ver e sacudiu-o. — Mas é assim que eu pego ele. Ele vem atrás de mim e eu agarro ele bem forte.

Se John não soubesse de antemão que a garotinha era filha de Georgeanne, quanto mais a ouvisse falar, mais óbvio ficaria. Ela falou rapidamente sobre querer um gato. Em seguida, o assunto passou para cães e, sabe-se como, progrediu para picadas de mosquito. Enquanto falava, John a estudava. Achou que ela devia se parecer com o pai, porque não tinha muito de Georgeanne. Talvez a boca fosse parecida, mas nada mais.

— Lexie — ele a interrompeu quando lhe ocorreu que poderia estar falando com a filha de Virgil Duffy.

Nunca imaginara que Virgil fosse o tipo de homem que abandonaria um filho. Então, de novo, Virgil seria um verdadeiro canalha.

— Qual sua idade?

— Seis. Fiz aniversário faz um tempo. Meus amigos vieram e comemos bolo. Ganhei da Amy o filme do Babe e então assistimos. Chorei quando o Babe foi levado da mãe dele. Foi muito, muito triste e me fez passar mal. Mas minha mãe disse que ele pode visitá-la nos fins de semana, então eu me senti melhor. Quero um porco, mas mamãe diz que não posso ter um. — E completou, rindo: — Gosto da parte quando o Babe morde a ovelha.

Seis. Mas ele conhecera Georgeanne sete anos antes. Lexie não poderia ser filha de Virgil. Então se deu conta de que estava esquecendo os nove meses da gravidez e, bem, se Lexie fizera aniversário havia pouco tempo, poderia muito bem ser filha de Virgil. Mas ela não se parecia nada com Virgil. Olhou-a mais de perto. A risada dela se transformou em um grande sorriso e uma covinha se fez na bochecha direita dela.

— Sou louca pelo rostinho daquele porco — ela continuou e riu de novo.

Em outra parte da casa, o chuveiro foi desligado e a água parou de fazer barulho. E o coração de John parou de bater. Engoliu em seco.

— Que merda — sussurrou.

A risada de Lexie parou em uma pausa escandalizada.

— Você disse um palavrão.

— Desculpe — murmurou ele, e olhou para os olhos sob a maquiagem.

Os longos cílios curvados para cima bem na pontinha. Quando garoto, John era cruelmente provocado por ter cílios assim. Então, ele olhou mais fundo naqueles olhos azuis. Olhos como os dele. Uma sensação inexplicável percorreu seu corpo e ele sentiu como se tivesse colocado o dedo em uma tomada. Agora sabia por que Georgeanne se comportara de forma tão estranha no banquete. Ela tivera a filha dele. Uma garotinha.

Sua filha.

— Que merda!

Sete

Georgeanne desenrolou a toalha da cabeça e jogou-a na beira da cama. Foi pegar a escova que estava sobre a penteadeira, mas a mão parou antes de pegar o cabo arredondado. Da sala de estar, as risadas infantis de Lexie misturavam-se com o tom baixo e inconfundível da voz de um homem. A preocupação superou o recato. Apanhou o robe verde de verão e enfiou os braços nas mangas. Lexie a conhecia muito bem para deixar um estranho entrar em casa. Elas tinham tido uma longa conversa sobre isso da última vez em que Georgeanne entrara na sala e encontrara três testemunhas de Jeová no seu sofá.

Amarrou o cinto e apressou-se pelo corredor estreito. A bronca que planejou morreu em sua garganta e ela parou no meio do caminho. O homem sentado ali ao lado da filha não fora oferecer salvação divina.

John ergueu os olhos e ela viu naqueles olhos azuis seu pior pesadelo.

Abriu a boca, mas não conseguia falar, o choque paralisando sua língua. Em uma fração de segundo, o mundo dela parou, deslocou-se debaixo de seus pés e saiu girando fora de controle.

— O sr. Paredão veio autografar minhas coisas — disse Lexie.

O tempo continuou parado enquanto Georgeanne encarava aqueles olhos azuis que a fitavam de volta. Sentiu-se desorientada e incapaz de compreender totalmente que John Kowalsky estava realmente sentado na sua sala, mais lindo e maior do que quando o conhecera, do que em todas as fotos das revistas em que o via, do que na noite anterior. Ele estava sentado na casa dela, no sofá dela, ao lado da filha dela. Ela colocou a mão no pescoço e respirou fundo. Sob os dedos, sentia seu pulso rápido. Ele parecia sem graça na casa dela, como se não pertencesse àquele lugar. Ao qual, por sinal, não pertencia mesmo.

— Alexandra Mae — finalmente conseguiu falar, olhando para a filha. — Sabe muito bem que não é para deixar estranhos entrarem em casa.

Os olhos de Lexie se arregalaram. O uso de seu nome todo a alertara de que estava em apuros.

— Mas... mas... — ela gaguejou enquanto ficava em pé. — Mas, mamãe, eu conheço o sr. Paredão. Ele veio na minha escola, mas naquele dia eu não peguei nada.

Georgeanne não fazia ideia do que a filha estava falando.

— O que está fazendo aqui? — disse olhando de volta para John.

Ele levantou-se lentamente, levou a mão até o bolso traseiro de calça Levi's desbotada.

— Você deixou cair isto na noite passada — respondeu, enquanto jogava o talão para ela.

Antes que Georgeanne pudesse pegá-lo, o talão bateu no peito dela e caiu no chão. Ela o deixou ali mesmo.

— Não precisava trazer aqui.

Um pequeno alívio acalmou seus nervos. Ele fora para levar o talão dela, não porque descobrira a respeito de Lexie.

— Você está certa — foi tudo o que ele disse.

A presença dele preenchia a sala e ela de repente se deu conta da própria nudez sob o robe de algodão. Olhou para baixo e ficou aliviada ao descobrir que estava completamente coberta.

— Bem, muito obrigada — disse enquanto caminhava para a porta de entrada. — Lexie e eu estávamos prontas para sair e tenho certeza de que você tem lugares importantes para ir.

Agarrou a maçaneta e abriu a porta.

— Adeus, John.

— Ainda não. — Os olhos dele se estreitaram, acentuando a pequena cicatriz na sobrancelha esquerda. — Não até conversarmos.

— Sobre o quê?

— Não sei. — Ele colocou o peso do corpo sobre um pé e inclinou a cabeça para um lado. — Talvez possamos ter a conversa que deveríamos ter tido sete anos atrás.

Ela olhou para ele cautelosamente.

— Não sei do que está falando.

John olhou para Lexie, que estava parada no meio da sala olhando de um adulto para o outro.

— Você sabe exatamente sobre *quem* estou falando — ele contrapôs.

Por vários longos segundos, os dois se encararam. Dois combatentes preparando-se para o confronto. Georgeanne não gostou do pensamento de estar sozinha com John, mas, o que quer que fosse dito entre eles, tinha certeza de que seria melhor se Lexie não ouvisse. Quando falou, voltou a atenção à filha.

— Atravesse a rua e veja se a Amy pode brincar.

— Mas, mamãe... Não posso brincar com a Amy por uma semana, porque ela cortou o cabelo da Barbie do meu aniversário-surpresa, lembra?

— Mudei de opinião.

O solado das botas de caubói rosa arrastavam-se no carpete pêssego enquanto Lexie caminhava para a porta.

— Acho que Amy está gripada — disse ela.

Georgeanne, que normalmente mantinha a filha o mais longe possível de qualquer tipo de vírus ou doenças infecciosas, reconheceu que a tática de Lexie era uma tentativa de ficar e bisbilhotar a conversa dos adultos.

— Tudo bem desta vez. Pode ir.

Quando Lexie chegou à porta, voltou-se e olhou para John.

— Tchau, sr. Paredão.

John olhou para ela por um longo momento antes de um leve sorriso curvar sua boca.

— Até mais, menina.

Lexie olhou para a mãe e, como de hábito, enrugou os lábios. Georgeanne beijou-a e ficou com o sabor de batom de cereja.

— Volte para casa em uma hora, combinado?

Lexie concordou com a cabeça, em seguida saiu pela porta e desceu os dois degraus. Uma ponta de seu boá verde arrastava-se atrás dela enquanto caminhava pela calçada. No meio-fio ela parou, olhou para os dois lados e cruzou a rua. Georgeanne estava parada na porta e ficou olhando até Lexie entrar na casa do vizinho. Por alguns preciosos segundos, evitou o confronto diante dela, então respirou fundo, entrou e fechou a porta.

— Por que nunca me falou dela?

Ele não tinha como saber. Não com certeza.

— Dizer-lhe o quê?

— Não me enrole, Georgeanne — John alertou, com a expressão mais tempestuosa que uma nuvem carregada. — Por que não me falou sobre Lexie há muito tempo?

Ela podia negar, é claro. Podia mentir e dizer-lhe que Lexie não era filha dele. Ele poderia acreditar nela e ir embora e deixá-las em paz. Mas a teimosia era visível no maxilar dele, e o fogo em seus olhos dizia a ela que não acreditaria.

Encostando-se na parede, Georgeanne cruzou os braços.

— Por que eu deveria? — perguntou, sem querer revelar-se e admitir tudo de cara.

SIMPLESMENTE
Irresistível

Ele apontou um dedo para a casa do outro lado da rua.

— Aquela garotinha é minha — disse ele. — Não negue. Não me force a provar a paternidade porque eu farei.

Um teste de paternidade somente confirmaria sua reivindicação. Georgeanne não via nenhum motivo para negar qualquer coisa. O melhor que ela podia esperar era responder às perguntas dele e tirá-lo de sua casa. E de sua vida.

— O que você quer?

— Diga a verdade. Quero ouvir você dizer.

— Certo. — Ela deu de ombros, tentando parecer controlada, como se sua admissão não a abalasse. — Lexie é sua filha biológica.

John fechou os olhos e respirou fundo.

— Mas como... — ele sussurrou. — Como?

— Da maneira normal — respondeu secamente. — Achei que um homem com sua experiência saberia como os bebês são feitos.

O olhar dele captou o dela.

— Você me disse que estava tomando anticoncepcional.

— Estava — disse. "Só que aparentemente não pelo tempo necessário", pensou. — Nada é cem por cento.

— Por que, Georgeanne?

— Por que o quê?

— Por que você não me contou sete anos atrás?

Ela deu de ombros de novo.

— Não é da sua conta.

— O quê?! — Ele perguntou, encarando-a como se não pudesse acreditar no que ela acabara de falar.

— Não é da sua conta.

— Não. — As mãos dele se fecharam ao lado do corpo e ele caminhou na direção dela. — Você tem uma filha *minha* e mesmo assim não acha que seja da *minha* conta? — Parou a menos de trinta centímetros dela e olhou-a seriamente no rosto.

Embora John fosse maior que ela, Georgeanne encarava-o sem medo.

— Sete anos atrás tomei uma decisão que achei ser a melhor. E continuo achando. E, de qualquer maneira, nada pode ser feito a respeito.

Uma sobrancelha negra ergueu-se na testa dele.

— Mesmo?

— Sim! Tarde demais. Lexie não o conhece. Seria melhor se você fosse embora e nunca mais a visse.

Ele plantou as duas palmas das mãos na parede, bem ao lado da cabeça dela.

— Se você acredita que é isso que vai acontecer, então você não é uma garota muito brilhante.

Ela podia não ter medo de John, mas estar tão perto dele era intimidador. O peito largo e os braços fortes a faziam sentir-se como se estivesse completamente cercada por testosterona e músculos rijos. O cheiro do sabonete na pele dele e um leve aroma do pós-barba obstruíam seus sentidos.

— Não sou uma garota — disse ela, deixando os braços caírem ao longo do corpo. — Talvez sete anos atrás eu fosse muito imatura, mas não é mais o caso. Mudei.

O olhar de John percorreu-a deliberadamente e sua risada não foi muito agradável quando disse:

— Pelo que vejo, você não mudou tanto assim. Você ainda parece em muito boa forma.

Georgeanne lutou contra a vontade de socá-lo. Olhou para si mesma e sentiu um calor subir rapidamente para o rosto. O robe verde se abrira quase até a cintura, expondo uma faixa embaraçosa entre seus seios e a parte superior de seu seio direito. Escandalizada, recompôs-se rapidamente ajeitando a gola.

— Deixe assim — disse John. — Quem sabe fico mais propenso ao perdão.

— Não quero seu perdão — disse ela enquanto passava por baixo do braço dele. — Vou me vestir. Acho que você deveria ir embora.

SIMPLESMENTE
Irresistível

— Estarei bem aqui — prometeu John.

Enquanto ela se apressava pelo corredor, ele ficou observando o balanço dos quadris e a barra do robe flutuar ao redor dos tornozelos nus. Queria matá-la. Andou até a janela da sala, empurrou para o lado uma antiquada cortina de renda e olhou para a rua. Então tinha uma filha. Uma filha que não conhecia e que não o conhecia. Até Georgeanne confirmar sua suspeita, não tinha certeza absoluta de que Lexie era sua. Agora sabia e esse pensamento o consumia.

Sua filha. Lutou contra o forte desejo de atravessar a rua e trazer Lexie de volta. Queria apenas sentar e olhar para ela. Queria observá-la e ouvir sua vozinha infantil. Queria tocá-la, mas sabia que não o faria. Pouco antes, sentira-se grande e desconfortável ao lado dela, um homem enorme que arremessava discos de borracha vulcanizada a cento e cinquenta quilômetros por hora sobre o gelo e que usava o próprio corpo como rolo compressor.

Sua filha. Ele tinha uma criança. Sua criança. Sentia a raiva aumentar e escamoteou-a sob o rígido controle com que mantinha seu humor.

John virou-se e caminhou até a lareira de tijolos. Sobre a cornija havia uma série de fotografias em diversos tipos de moldura. Na primeira, uma garotinha sentada em um banco com a barra da camiseta presa sob o queixo, cutucando o próprio umbigo com um dedo indicador gorducho. Estudou a foto, em seguida observou outras que ilustravam vários estágios da vida de Lexie.

Fascinado pela semelhança entre ele e sua garotinha, pegou uma foto pequena de um bebê com olhos azuis e bochechas grandes e rosadas. O cabelo escuro arrepiava-se como um espanador no topo da cabeça e tinha os lábios pequenos enrugados como se estivesse prestes a dar um beijo no fotógrafo.

Uma porta se abriu e fechou ao final do corredor. John colocou a fotografia com a delicada moldura no bolso, virou-se e esperou que Georgeanne aparecesse. Quando ela entrou na sala, ele notou que havia prendido o cabelo em um rabo de cavalo e vestira um suéter branco de verão. Uma saia leve quase até o tornozelo moldava suas longas pernas. Vestia sandálias brancas com tiras que tramavam até a panturrilha. As unhas dos pés estavam pintadas de roxo-escuro.

— Quer um chá gelado? — perguntou ela enquanto parava no meio da sala.

Pelas circunstâncias, a hospitalidade dela o surpreendeu.

— Não. Nada de chá gelado — disse, erguendo os olhos para o rosto dela. Ele tinha muitas perguntas que precisavam ser respondidas.

— Por que não senta? — ofereceu ela e estendeu a mão em direção a uma cadeira branca de vime coberta por almofadas fofas de babado.

— Prefiro ficar de pé.

— Bem, eu preferiria não ter de olhar pra cima enquanto converso com você. Ou ambos sentamos e discutimos isso ou não discutimos nada.

Ela estava segura de si. John não se lembrava disso nela. A Georgeanne que ele conhecera gostava de provocar.

— Certo — disse e sentou-se no sofá. Talvez a frágil cadeira não suportasse o seu peso. — O que você falou de mim para Lexie?

Ela se acomodou na cadeira de vime.

— Nada, por quê? — O sotaque arrastado do Texas não era tão marcante quanto ele lembrava.

— Ela nunca pergunta do pai?

— Ah, isso. — Georgeanne encostou-se na almofada floral e cruzou uma perna sobre a outra. — Lexie pensa que você morreu quando ela era bebê.

John ficou irritado com a resposta, mas não surpreso.

— Mesmo? Como morri?

— Seu F-16 foi abatido no Iraque.

SIMPLESMENTE
Irresistível

— Durante a Guerra do Golfo?

— Sim! — Ela sorriu. — Você foi um soldado corajoso. Quando Tio Sam convocou os melhores pilotos de caça, ligou primeiro para você.

— Sou canadense.

Georgeanne deu de ombros.

— Anthony era texano.

— Anthony? Quem é Anthony?

— Você. Eu o inventei. Sempre gostei do nome Tony para um homem.

Não apenas o matara e mentira sobre sua profissão, mas também mudara o nome. John sentia-se inflar de raiva. Inclinou-se para a frente e apoiou os braços nos joelhos.

— E as fotos desse homem inexistente? Lexie não pediu para ver as fotos?

— É claro. Mas todas as suas fotos foram queimadas em um incêndio na casa.

— Que infeliz o coitado. — Ele franziu a testa.

O sorriso dela brilhava.

— Não foi assim?

Ver o sorriso dela deixou-o ainda mais irritado.

— O que vai acontecer quando ela descobrir que não tem o nome do pai, que Howard é o nome de solteira da mãe? Saberá que você mentiu.

— Até lá, provavelmente será uma adolescente. Confesso que Tony e eu nunca realmente casamos, embora ele estivesse muito apaixonado.

— Você terá que inventar essa também.

— Sim!

— Por que as mentiras? Não achou que eu a ajudaria?

Georgeanne encarou-o por alguns momentos.

— Francamente, John, não achei que você estaria a fim de saber ou que se importaria. Eu não conhecia você, e você não me conhecia. Mas foi capaz de deixar seus sentimentos bem claros na manhã em que me largou no aeroporto sem olhar para trás.

John não se lembrava das coisas dessa maneira.

— Comprei uma passagem para você ir para casa.

— Você não se preocupou em me perguntar se eu queria ir para casa.

— Fiz um favor pra você.

— Fez um favor a si mesmo. — Georgeanne baixou os olhos e pegou o tecido fino de sua saia entre os dedos. Tanto tempo se passara... Lembrar aquele dia não deveria mais machucar, mas machucou. — Você não conseguiu se livrar de mim rápido o bastante. Fizemos sexo naquela noite e, então...

— Fizemos muito sexo naquela noite — interrompeu ele. — Muito sexo quente, selvagem, suado, sem barreiras.

Os dedos de Georgeanne pararam e ela olhou para John. Pela primeira vez, percebeu o fogo nos olhos dele. Estava zangado e fazendo o possível para hostilizá-la. Mas não podia se deixar seduzir, não quando precisava manter a calma e a cabeça lúcida.

— Se você diz...

— Eu sei que foi assim, e você também. — Ele se inclinou mais para a frente. — Então, porque eu não declarei amor eterno na manhã seguinte, você manteve minha filha afastada de mim — disse lentamente. — Você se vingou de mim direitinho, não é?

— Minha decisão não teve nada a ver com retaliação. — Lembrou-se do dia em que descobriu que estava grávida. Depois de se recuperar do choque e do medo, sentira-se abençoada. Como se tivesse ganhado um presente. Lexie era a única família que tinha, e ela não queria dividir a filha. Nem mesmo com John. Especialmente com John. — Lexie é minha — acrescentou.

— Você não estava sozinha na cama naquela noite, Georgeanne — disse John enquanto se levantava. — Se acha que vou me afastar agora que descobri sobre Lexie, está louca.

Georgeanne também se ergueu.

SIMPLESMENTE
Irresistível

— Espero que vá embora e se esqueça da gente.

— Você está sonhando. Ou chegamos a um acordo com o qual ambos possamos conviver, ou vou pedir para meu advogado entrar em contato com você.

Ele estava blefando. Tinha que estar. John Kowalsky era uma personalidade do mundo dos esportes. Um astro do hóquei.

— Não acredito em você. Não acho que você realmente queira que as pessoas saibam sobre Lexie. Esse tipo de publicidade pode prejudicar sua imagem.

— Você está enganada. Não dou a mínima para publicidade — disse ele enquanto se aproximava dela. — Não sou exatamente o garoto propaganda dos moralistas de direita, portanto, duvido que uma garotinha possa prejudicar minha imagem nada puritana. — Tirou a carteira do bolso da calça. — Saio da cidade amanhã, mas volto na quarta-feira — disse, pegando um cartão de visitas. — Ligue para o número que está mais embaixo. Nunca atendo o telefone, mesmo quando estou em casa. A secretária eletrônica vai atender, então deixe uma mensagem e ligarei em seguida. Também vou deixar meu endereço — continuou enquanto escrevia no verso. Em seguida, pegou o braço de Georgeanne e colocou a caneta e o cartão na mão dela. — Se não quiser ligar, escreva. De qualquer maneira, se eu não tiver notícias suas até quinta-feira, um dos meus advogados vai procurá-la na sexta.

Georgeanne olhou para o cartão em sua mão. O nome dele fora impresso em letras pretas em negrito. Sob o nome, havia três números diferentes. No verso, a caligrafia dele com o endereço.

— Esqueça Lexie. Não vou dividi-la com você.

— Ligue até quinta — ele alertou e se dirigiu para a porta.

* * *

John mudou a marcha de seu Range Rover verde-floresta e pegou a rodovia 405. O vento da janela aberta despenteava seus cabelos, mas não era capaz de esfriar a cabeça caótica. Esticou os músculos dos dedos e apertou o volante com força.

Lexie. Sua filha. Uma pirralha de seis anos que usava mais maquiagem do que Tammy Faye Bakker e queria um gato, um cachorro e um porco. Ergueu o lado direito do quadril e levou a mão até o bolso traseiro. Pegou a foto de Lexie que roubara e colocou-a no console. Os olhos azuis o fitavam. Logo abaixo, os lábios rosados enrugados. Pensou no beijo que ela dera na mãe e voltou o olhar para a estrada.

Sempre que pensava em ter um filho, imaginava um garoto. Não sabia por quê. Talvez devido a Toby, o filho que perdera, mas sempre se imaginava pai de um garoto travesso. Pensava nos jogos da liga infantil, em pistolas com espoleta e caminhões Tonka. Sempre visualizava unhas sujas, *jeans* rasgados e joelhos ralados.

O que ele sabia sobre garotinhas? O que garotinhas faziam?

Deu outra olhada na fotografia enquanto dirigia pela 520. Garotinhas vestiam boás verdes e botas de caubói cor-de-rosa e cortavam o cabelo de suas Barbies. Uma garotinha tagarelava e ria e dava um beijo de tchau na mãe com lábios docemente franzidos.

A mãe dela. Ao pensar em Georgeanne, as mãos de John seguraram a direção com mais vigor. Ela mantivera a filha em segredo. Todos aqueles anos de espera, observando outros homens com seus filhos, e o tempo todo ele tinha uma filha.

Ele perdera muito. Perdera o nascimento, os primeiros passos e as primeiras palavras. Lexie era uma parte dele. Os mesmos genes e cromossomos que o haviam criado eram parte dela. Era parte da família dele e ele tinha o direito de saber. Porém, Georgeanne decidira que não precisava lhe contar, e agora ele não conseguia afastar o ressentimento. Georgeanne tomara a decisão de não lhe contar sobre a existência da filha e ele nunca conseguiria perdoá-la. Pela primeira vez em vários anos, desejou uma garrafa de Crown Royal. Uma dose, sem gelo para não estragar o excelente uísque. Culpava Georgeanne por esse desejo, porque estava odiando o que ela fizera, tanto quanto odiou o que ela o fazia sentir.

Como podia querer colocar as mãos na garganta daquela mulher, e apertar, e ao mesmo tempo querer descê-las e sentir os seios dela? Soltou uma risada ruidosa. Ao encurralá-la contra a parede, ficara surpreso por ela não notar a reação física dele. Uma reação que não conseguiu controlar.

Afinal, para Georgeanne, ele obviamente não tinha controle sobre o próprio corpo. Sete anos antes ele *quisera* não desejá-la. No minuto em que havia pulado para o carro dele, ela já significara um problema. Mas o que John queria não pareceu importar tanto assim porque, certo ou errado, bom ou mau, ficara irresistivelmente atraído por ela. Pela vivacidade dos olhos verdes sedutores, pelos lábios cobertos de batom e pelo corpo estonteante. Ele reagia a tudo nela, independentemente da situação.

O velho ditado, de que as coisas nunca mudam, era absolutamente verdade. Porque a desejava de novo e parecia não fazer nenhuma maldita diferença o fato de ela ter escondido a filha dele. Nem mesmo gostava de Georgeanne, mas a desejava. Queria tocá-la todinha de novo. O que o transformava em um canalha doente.

Enquanto dirigia pelo sul do lago Union em direção à parte oeste, esforçava-se para apagar da memória a imagem de Georgeanne em seu robe verde. De quando em quando olhava para a imagem de Lexie apoiada no console. Quando parou o carro no estacionamento, pegou a foto e seguiu até o final do cais, onde estava ancorada sua casa flutuante de dois andares e quinhentos e oitenta metros quadrados.

Comprara aquela casa havia dois anos e, como a construção já tinha cinquenta, contratou um arquiteto de Seattle e um decorador para recriá-la, da balsa para cima. Ao final da reforma, tinha uma casa flutuante de três quartos, várias sacadas e janelas panorâmicas. Até duas horas antes, era o lugar perfeito para ele. Agora, enquanto enfiava a chave na porta pesada de madeira, não sabia se era o lugar certo para uma criança.

"Lexie é minha." "Espero que vá embora e esqueça-se da gente." As palavras de Georgeanne ecoavam na cabeça dele, estimulando o ressentimento e a raiva.

A sola dos sapatos de John chiou no chão de madeira recém--encerado do *hall* de entrada, em seguida pairou o silêncio enquanto ele caminhava pelo tapete felpudo. Colocou a foto de Lexie sobre uma mesinha de carvalho que, como o chão, fora encerada no dia anterior pelos funcionários da empresa de limpeza que contratara. Logo ouviu o toque de um dos três telefones que estavam em um balcão da sala de refeições. Três toques e depois o barulho da secretária eletrônica. John parou, mas, quando ouviu a voz de seu agente lembrando-o do horário do voo do dia seguinte, mergulhou novamente nos acontecimentos das últimas duas horas. Seguiu até a porta francesa que dava para o deque e parou, olhando para fora.

"Esqueça Lexie." Agora que ele sabia sobre a filha, não havia a menor chance de esquecê-la. "Não vou dividi-la com você." Observou por uns instantes dois canoístas que remavam pela superfície calma do lago e, em seguida, foi para a sala de refeições. Pegou um dos telefones do balcão de mogno e discou o número de seu advogado, Richard Goldman. Quando Richard atendeu, explicou-lhe a situação.

— Você tem certeza de que a filha é sua? — perguntou o homem.

— Tenho. — Olhou para a sala de estar, para a foto de Lexie colocada na mesinha. Dissera a Georgeanne que aguardaria até sexta-feira para entrar em contato com o advogado, mas não via razão para esperar. — Sim, tenho certeza.

— É um choque e tanto.

Ele precisava saber em que situação se encontrava legalmente.

— Nem me fale.

— Acha que ela não vai deixar você ver a garota de novo?

— Não vai. Ela foi bem clara sobre isso.

John pegou um peso de papel, lançou-o no ar e pegou-o com a palma da mão.

— Não pretendo tirar minha filha da mãe dela. Não quero machucar Lexie, mas quero vê-la. Quero conhecê-la e que ela me conheça.

Houve uma longa pausa antes de Richard falar.

— Sou especialista em direito comercial, John. A única coisa que posso fazer é indicar um bom advogado de família.

— Por isso liguei pra você. Quero alguém muito bom.

— Então você quer Kirk Schwartz. Especializou-se em guarda de menores e é bom. Muito bom mesmo.

* * *

— Mamãe, Amy possui uma boneca Pizza Hut Skipper igual à minha e brincamos como se elas trabalhassem no Pizza Hut e brigamos pelo Todd.

— Hummm.

Georgeanne girava seu garfo Francisco I, enrolando o espaguete. Girava continuamente a massa enquanto olhava para a cesta de pão francês no centro da mesa. Como uma sobrevivente de uma batalha sangrenta, estava exausta, porém inquieta.

— E fizemos roupas de lenço de papel para nossas Skippers e a minha era uma princesa, então coloquei ela na caixa vazia como se fosse um carro. Mas eu não deixei Todd dirigir porque ele possui uma multa e gosta mais da Skipper da Amy do que da minha.

— Humm.

Georgeanne repassava repetidas vezes o que acontecera naquela manhã. Tentava se lembrar do que John tinha dito e da maneira como tinha dito. Tentava se lembrar da sua própria resposta, mas não se lembrava de tudo. Estava cansada e confusa. E com medo.

— Barbie era nossa mãe e Ken nosso pai e fomos para o parque Fun Forest fazer um piquenique bem onde está a grande fonte. E eu tinha sapatos mágicos e podia voar mais alto que um prédio alto. Voei até o teto...

Sete anos antes tomara a decisão certa. Georgeanne tinha certeza disso.

— ...mas Ken ficou bêbado e a Barbie teve que levá-lo para casa.

Ela olhou para a filha, enquanto Lexie sugava uma massa com molho entre os lábios. O rosto da menina estava sem maquiagem e os olhos azuis brilhavam com a empolgação da história.

— O quê? Do que você está falando? — Georgeanne perguntou.

Lexie lambeu os cantos da boca e engoliu.

— Amy disse que o pai dela bebe no Seahawks e que a mãe dela leva ele para casa. Ele precisa de uma multa — anunciou Lexie antes de enrolar mais espaguete no garfo. — Amy disse que ele anda pela casa de cueca e coça a bunda.

Georgeanne franziu a testa.

— Você também — lembrou à filha.

— Sim, mas ele é grande e eu sou uma garotinha.

Lexie deu de ombros e colocou mais massa na boca. Um fio do espaguete escorria pelo queixo e ela sugou-o entre os lábios.

— Você anda perguntando a Amy sobre o pai dela? — Georgeanne indagou com cautela.

De tempos em tempos, Lexie perguntava sobre pais e filhas e Georgeanne tentava responder. Mas, como Georgeanne fora criada quase unicamente pela avó, não tinha realmente respostas.

— Não — Lexie respondeu com a boca cheia de macarrão. — Ela apenas conta coisas.

— Por favor, engula primeiro antes de falar.

Os olhos de Lexie se estreitaram. Pegou o leite e levou-o aos lábios.

— Então não me faz perguntas quando estou mastigando — disse depois de colocar o copo de volta na mesa.

SIMPLESMENTE
Irresistível

— Desculpe.

Georgeanne soltou o garfo no prato e colocou as mãos sobre a toalha de linho bege. Os pensamentos voltaram-se para John. Não mentira para ele sobre a razão de ter escondido o nascimento de Lexie. Realmente não achava que ele estaria interessado ou que se importaria. Mas no fundo seus motivos tinham sido outros. Um deles fora seu próprio egoísmo. Na época estava muito solitária. Então, teve Lexie e de repente não estava mais sozinha. Lexie preenchera todos os espaços vazios de seu coração. E a filha amava-a incondicionalmente. Queria manter aquele amor somente para ela. Era egoísta e gananciosa, mas não se importava. Era mãe e pai. Ela bastava.

— Faz tempo que não fazemos um chá. Vou trabalhar em casa amanhã. Topa?

O sorriso de Lexie ergueu o bigode de leite nos cantos da boca e ela concordou vigorosamente com a cabeça, balançando o rabo de cavalo.

Georgeanne devolveu o sorriso à filha enquanto remexia nos farelos de pão sobre a mesa. Sete anos antes apontara os sapatos frágeis dela para o futuro e raramente olhava para trás. Fizera bem para si mesma e para Lexie. Era sócia de uma empresa de sucesso, pagava a hipoteca da casa própria e no mês anterior comprara um carro novo. Lexie era saudável e feliz. Não precisava de um pai. Não precisava de John.

— Quando terminar, veja se o vestido de *chiffon* ainda serve — Georgeanne disse enquanto pegava o prato à sua frente para levar à pia.

Nunca conhecera o pai e sobrevivera. Nunca soubera o que era aconchegar-se no colo do pai e escutar-lhe o coração sob seu ouvido. Nunca conhecera a segurança dos braços do pai ou o timbre de sua voz. Não tivera nada disso e se saíra bem.

Georgeanne olhou para o jardim pela janela acima da pia. Não tivera, mas muitas vezes tentara imaginar.

Ela costumava bisbilhotar pelas cercas para ver o churrasco de frango dos vizinhos, assado naqueles tonéis de metal cortados no comprimento. Andava na bicicleta azul de banco prateado até o posto de gasolina de Jack Leonard para vê-lo trocar pneus, fascinada pelas mãos grandes e sujas que ele sempre limpava em uma toalha imunda pendurada no bolso de trás do macacão cinza e encardido. Em diversas noites sentava na varanda da casa da avó, uma garotinha confusa e curiosa com rabo de cavalo e botas de caubói vermelhas, para ver os homens da vizinhança voltarem do trabalho e desejando ter um pai também. Olhava e esperava, e o tempo todo ficava imaginando. Perguntava-se o que os pais faziam quando chegavam em casa. Perguntava-se porque não sabia.

O barulho das botas de Lexie no linóleo da cozinha tirou Georgeanne de suas memórias.

— Tudo terminado? — perguntou enquanto pegava o prato e o copo que Lexie lhe estendia.

— Sim. Amanhã posso servir os *petit-fours*?

— Claro — respondeu Georgeanne, colocando a louça na pia. — E acho que já está bem grandinha para servir o chá.

— Oba! — Lexie bateu palmas de excitação, em seguida abraçou as coxas da mãe. — Amo você — disse, entusiasmada.

— Também amo você.

Georgeanne olhou para baixo, para a filha grudada em suas pernas, e pôs a mão nas costas dela. A avó a amara, mas aquele amor não fora suficiente para preencher os espaços vazios. Ninguém conseguira preencher sua alma como Lexie. Afagou as costas da menina, com movimentos suaves. Orgulhava-se de tudo o que tinha conquistado. Aprendera a conviver com sua dislexia, em vez de escondê-la. Trabalhara duro para melhorar e tudo o que tinha, tudo o que se tornara a faziam feliz.

Mesmo assim, queria mais para a filha. Queria o melhor.

Oito

Músculos, ossos e determinação colidiam, tacos de hóquei golpeavam o gelo e o grito de milhares de fãs desvairados enchia a sala de estar de John. Na tela grande da televisão, o "Foguete Russo", Pavel Bure, atingiu com o taco o rosto do jogador de defesa Jay Wells, derrubando o maior jogador do New York no gelo.

— Diabos, não tem como não admirar um cara do tamanho de Bure arrasando com Wells. — Um sorriso de admiração surgiu nos lábios de John enquanto olhava para seus três convidados: Hugh "Troglodita" Miner, Dmitri "Tronco" Ulanov e Claude "Coveiro" Dupre.

Os três colegas de equipe tinham ido à casa flutuante de John para assistir na imensa tevê, a princípio, aos Dodgers contra os Atlanta Braves. O jogo já estava no segundo tempo quando todos balançaram a cabeça como se dissessem "E eles ganham mais dinheiro que a gente por isso!", então colocaram no videocassete uma fita da Copa Stanley de 1994.

— Você viu as orelhas de Bure? — perguntou Hugh. — Enormes!

Enquanto o sangue corria do nariz quebrado de Jay Wells, Pavel, com os ombros caídos, patinava no rinque, expulso do jogo por má conduta.

— E cachos de garota — acrescentou Claude com seu sotaque franco-canadense. — Mas não pior que Jagr. Ele é um maricas.

Dmitri tirou os olhos da TV enquanto seu conterrâneo, Pavel Bure, era escoltado ao vestiário.

— Jaromir Jagr é veadinho? — perguntou ao astro da ala do Pittsburgh Penguin.

Hugh balançou a cabeça com um sorriso largo. Em seguida parou e olhou para John.

— O que você acha, Paredão?

— Não, Jagr bate forte demais — respondeu dando de ombros. — Não é veado.

— Sim, mas ele usa todas aquelas correntes douradas no pescoço — argumentou Hugh, que era famoso por falar bobagem só para provocar. — Ou Jagr é um maricas ou é fã do B.A.

Dmitri se irritou e apontou para três colares de ouro ao redor do próprio pescoço.

— Correntes não deixam ninguém virar veado.

— Quem é B.A.? — Claude quis saber.

— Nunca assistiu ao *Esquadrão classe A* na tevê? O B.A. é o negro grandão com cabelo moicano e cheio de joias douradas — explicou Hugh. — Ele e George Peppard trabalhavam para o governo e explodiam coisas.

— Usar corrente não tem nada a ver com ser maricas — insistiu Dmitri.

— Talvez não — reconheceu Hugh. — Mas sei que usar muitas correntes tem a ver com o tamanho do pau do cara.

— Não fala merda. — Dmitri riu.

John soltou uma risada e esticou o braço sobre o encosto do sofá bege de couro.

— Como você sabe, Hugh? Andou espiando?

Hugh ficou de pé e apontou para John uma lata vazia de Coca-Cola que segurava na altura da virilha. Os olhos dele se estreitaram e um sorriso se formou em sua boca. John conhecia aquele olhar. Já presenciara centenas de vezes o Troglodita partir para o ataque e avacalhar com qualquer jogador do time adversário que ousasse patinar perto da linha do goleiro.

— Tomei banho com homens a minha vida toda e não preciso espiar para saber que os caras que se curvam com o peso do ouro estão compensando a falta do pau.

Claude riu e Dmitri balançou a cabeça.

— Não é verdade — disse ele.

— Sim, é, Tronco — Hugh garantiu enquanto ia para a cozinha. — Na Rússia, muitas correntes de ouro podem significar que você é realmente um garanhão, mas você agora está nos Estados Unidos e não pode sair por aí anunciando algo como um pau pequeno. Você tem que aprender o nosso estilo se não quiser passar vergonha.

— Ou se quiser namorar mulheres norte-americanas — John acrescentou.

A campainha tocou quando Hugh passou pela porta de entrada.

— Quer que eu atenda? — perguntou.

— Claro. Deve ser o Heisler — respondeu John, referindo-se ao mais novo atacante dos Chinooks. — Ele disse que daria uma passada.

— John — Dmitri chamou a atenção do companheiro, deslizando para a beira da poltrona de couro em que estava sentado. — É verdade? As mulheres norte-americanas acham que correntes significam não ter pau?

John lutou para segurar o riso.

— Sim, Tronco, é verdade. Está tendo problemas em encontrar alguém para sair?

Dmitri olhou perplexo e encostou-se de novo na poltrona.

John explodiu em uma gargalhada. Olhou para Claude, que achou hilária a confusão de Dmitri.

— Ei, Paredão. Não é o Heisler — Hugh anunciou.

A risada de John morreu instantaneamente quando viu Georgeanne parada no hall de entrada.

— Se estiver interrompendo, posso voltar outra hora. — Ela olhava de um homem para outro enquanto dava uns passos para trás em direção à porta.

— Não — disse John levantando-se rapidamente, chocado com aquela aparição repentina. Pegou o controle remoto na mesinha de centro e desligou a televisão. — Não, não vá — insistiu enquanto jogava o controle no sofá.

— Você está ocupado e eu deveria ter ligado. — Olhou para Hugh, que estava em pé ao lado dela, e de volta para John. — Eu liguei, na verdade, mas você não atendeu. Então lembrei que você disse que nunca atende, e aproveitei e dirigi até aqui e... Bem, o que eu queria dizer era... — A mão dela agitou-se e ela respirou fundo. — Sei que chegar sem ser convidada é falta de educação, mas posso tomar alguns minutos do seu tempo?

Georgeanne estava obviamente aturdida por descobrir-se objeto de interesse de quatro imensos jogadores de hóquei. John quase sentiu pena dela.

— Sem problemas — disse enquanto contornava o sofá e se aproximava dela. — Podemos ir lá em cima ou lá fora no deque.

Mais uma vez, Georgeanne olhou para os outros homens na sala.

— Acho que o deque seria melhor.

— Certo. — Ele fez um gesto indicando a porta francesa do outro lado da sala. — Você na frente — disse e, enquanto ela passava, percorreu lentamente o corpo dela.

O vestido vermelho sem mangas, abotoado até o pescoço, expunha os ombros macios e comprimia os seios. Com a barra na altura dos joelhos, não era muito justo ou revelador. Mas ela ainda conseguia se apresentar como uma opção favorita dos

SIMPLESMENTE
Irresistível

pecados dele, envolta em uma embalagem individual bem conveniente. Pensando que não deveria ficar observando sua aparência, parou de admirar os cachos macios que lhe tocavam os ombros e olhou para Hugh. O goleiro fitava Georgeanne como se a conhecesse mas não soubesse quando, ou onde, haviam se encontrado. Hugh às vezes se fazia de tonto, o que realmente não era, e não demoraria a se lembrar de que ela era a noiva fujona de Virgil Duffy. Claude e Dmitri jogavam nos Chinooks havia pouco tempo e não tinham ido ao casamento, mas provavelmente conheciam a história.

John foi até a porta e abriu um dos lados para Georgeanne. Quando ela saiu, virou-se para a sala.

— Sintam-se em casa — disse aos companheiros.

Claude olhava fixo para Georgeanne com um sorriso surgindo no canto da boca.

— Leve o tempo que quiser — disse.

Dmitri não falou nada. Não precisava. A evidente ausência de suas correntes de ouro falava mais alto do que o olhar tolo em seu rosto jovem.

— Não vou demorar — John informou, a testa franzida. Saiu e fechou a porta.

Uma leve brisa tremulava o grande estandarte azul e verde pendurado na sacada de trás, e as ondas batiam suavemente na lateral do barco a motor de vinte e três pés atracado no deque. Os raios do sol do entardecer cintilavam nas ondas provocadas por um veleiro que se movia devagar pela água. As pessoas no barco chamaram John e acenaram automaticamente, mas a atenção dele estava concentrada na mulher que estava parada perto da água com uma mão na altura das sobrancelhas, olhando para o lago.

— Aquele é o Gas Works Park? — perguntou ela e apontou para o outro lado.

Georgeanne era bonita e sedutora, e tão provocante que ele se imaginou jogando-a na água.

143

— Você veio aqui para ver minha vista do lago?

Ela deixou a mão cair e olhou para trás.

— Não — respondeu e voltou-se para ele. — Queria falar com você sobre a Lexie.

— Sente-se. — John apontou para duas cadeiras Adirondack e, quando ela se sentou, acomodou-se na cadeira à frente dela. Com os pés afastados, os cotovelos sobre os apoios de braço, esperou que ela começasse.

— Realmente tentei falar com você. — Ela fitou-o por uns instantes, em seguida fixou o olhar no peito dele, sem querer encará-lo. — Mas sua secretária eletrônica atendeu e eu não quis deixar mensagem O que quero dizer é importante demais para deixar em uma secretária eletrônica, e não queria esperar até você voltar da viagem. Então, resolvi arriscar para ver se estaria em casa e vim até aqui.

Georgeanne fez uma pausa e, como John não dissesse nada, ela olhou em direção à sala.

— Sinto muito mesmo se estou interrompendo algo importante.

John não conseguia pensar em algo mais importante do que o assunto que ela fora tratar. Porque, independentemente de ele gostar ou não do que ela tinha a dizer, provocaria um grande impacto em sua vida.

— Você não está interrompendo nada.

— Ótimo. — Ela finalmente olhou para ele enquanto esboçava um sorriso sem graça. — Por acaso você reconsiderou a possibilidade de deixar Lexie e eu em paz?

— Não — respondeu ele categoricamente.

— Achei que não.

— Então, por que está aqui?

— Porque quero o que é melhor para minha filha.

— Então, queremos a mesma coisa. Apenas não acho que concordamos sobre o que realmente seja o melhor para Lexie.

Georgeanne olhou para as próprias mãos, sobre o colo, e res-

SIMPLESMENTE Irresistível

pirou fundo. Sentia-se tão nervosa quanto um gato olhando para um enorme *doberman*. Esperava que John não tivesse notado sua ansiedade. Precisava assumir o comando, não apenas das próprias emoções, mas também da situação. Não podia permitir que ele e seus advogados controlassem a sua vida ou ditassem o que era melhor para Lexie. Não podia deixar as coisas chegarem a esse ponto. Ela, e não ele, ditaria os termos.

— Você mencionou nesta manhã que planeja contatar um advogado — começou ela e desviou o olhar para a camiseta Nike cinza dele, para o queixo sombreado pela luz de fim de tarde e depois para os olhos azuis. — Acho que podemos chegar a um acordo razoável sem envolver a Justiça. Uma batalha legal magoaria Lexie e não quero isso. Não quero nenhum advogado envolvido.

— Então me dê uma alternativa.

— O.k. — Georgeanne disse lentamente. — Talvez Lexie deva conhecer você como um amigo da família.

Uma sobrancelha negra ergueu-se na testa dele.

— E?

— E você vai conhecê-la também.

John observou-a por longos segundos.

— É isso? Esse é o seu "acordo razoável"?

Georgeanne não queria fazer isso. Ela não queria dizer e odiava John por forçá-la.

— Quando Lexie conhecê-lo bem e estiver confortável com você, e quando eu achar que é o momento certo, contarei que você é o pai dela. "E minha filha provavelmente me odiará por essa mentira", ela pensou.

John inclinou levemente a cabeça para o lado. Não parecia muito feliz com a proposta dela.

— Então... — começou — devo esperar até que você ache que chegou o momento certo para contar a Lexie sobre mim?

— Isso.

— Por que eu devo esperar, Georgie?

— Ninguém mais me chama de Georgie — ela retrucou. Não provocava mais ninguém, nem flertava para conseguir o que queria. Ela não era mais Georgie Howard. — Prefiro que me chame de Georgeanne.

— Não me importa o que você prefere — disse John, cruzando os braços no peito. — Agora, por que não me diz por que eu deveria esperar, *Georgeanne*?

— Com certeza será um choque para ela, e acho que isso deve ser feito da forma mais gentil possível. Minha filha tem apenas seis anos e tenho certeza de que uma batalha de custódia a magoaria e a deixaria confusa. Não quero minha filha magoada por uma corte...

— Antes de mais nada — ele interrompeu —, a criança a quem você fica se referindo como *sua* filha, na verdade, é tanto minha quanto sua. Segundo, não me transforme no cara mau aqui. Eu não teria falado em advogado se você não tivesse deixado bem claro que não vai me deixar ver a Lexie de novo.

Georgeanne sentiu o próprio ressentimento se agitar e respirou fundo.

— Bem, mudei de opinião. — Ela não poderia sustentar uma briga com ele, não ainda. Não até que conseguisse algumas concessões.

John afundara ainda mais na cadeira e colocara os polegares nos bolsos da frente de seu *jeans*. O olhar dele se estreitou e a desconfiança apertou os cantos de sua boca.

— Não acredita em mim?

— Francamente, não.

Georgeanne tinha analisado uma série de cenários enquanto se dirigia à casa dele, momentos antes naquela noite. Imaginou em sua cabeça todas as perguntas dele e as respostas que daria, mas nem tinha passado por sua cabeça que ele não acreditava nela.

— Você não confia em mim?

John olhou Georgeanne como se ela fosse louca.

SIMPLESMENTE
Irresistível

— Nem por um segundo.

Então estavam quites, ela pensou. Pois também não confiava nele.

— Muito bem. Não precisamos confiar um no outro, já que ambos queremos o melhor para Lexie.

— Não quero magoá-la, mas, como eu disse antes, não acho que concordaremos sobre o que é melhor. Tenho certeza de que você ficaria satisfeita se eu morresse amanhã. Porém, isso não agradaria a mim. Quero conhecer Lexie e quero que ela me conheça. Se você acha que devo esperar para eu contar que sou pai dela, tudo bem, esperarei. Você a conhece melhor que eu.

— Eu é que tenho de contar pra ela, John.

Georgeanne esperou por uma discussão e ficou surpresa quando John não se opôs.

— Certo.

— Você tem que me dar sua palavra sobre isso.

A persistência dela tinha uma razão de ser. Não estava convencida de que em alguns meses John não mudaria de ideia e acabaria se revelando um pai ausente. Se ele abandonasse Lexie depois de ela saber a verdade, com certeza partiria o coração da menina. E Georgeanne sabia, por experiência, que a dor do abandono de um pai era pior do que não conhecê-lo.

— A verdade tem que vir de mim — ela enfatizou.

— Achei que não confiássemos um no outro. Que valor tem minha palavra?

John tinha razão.

— Vou confiar em você se me der sua palavra — disse, sem alternativa.

— Você a tem, mas não confie que eu vá esperar muito tempo. Não me enrole — alertou ele. — Quero ver Lexie quando voltar.

— Esse é outro motivo pelo qual vim hoje mesmo — Georgeanne disse enquanto levantava da cadeira. — No domingo que vem, Lexie e eu estamos planejando um piquenique no parque Marymoor. Você será bem-vindo para ir com a gente se não tiver outros planos.

— A que horas?

— Meio-dia.

— O que devo levar?

— Pode deixar que Lexie e eu vamos providenciar tudo. Exceto a bebida alcoólica. Se quiser cerveja, terá de levá-la, embora eu prefira que não leve.

— Não será um problema.

Georgeanne observou-o se levantar. Sempre se surpreendia com a altura dele e com a largura dos ombros.

— Vou levar uma amiga junto, então fique à vontade se quiser convidar um de seus amigos também. Embora, claro, eu prefira que o amigo não seja uma tiete de hóquei — acrescentou sorrindo docemente.

John sentiu-se relaxar um pouco e olhou zombeteiro para ela.

— Também não será um problema.

— Ótimo.

Georgeanne começou a andar em direção à porta, mas parou.

— Ah... e precisamos fingir que gostamos um do outro.

Os lábios de John se estreitaram.

— Isso poderá ser um problema — disse sarcasticamente.

* * *

Georgeanne cobriu os ombros de Lexie com o cobertor e olhou seus olhos sonolentos. O cabelo escuro espalhava-se sobre o travesseiro e as bochechas estavam pálidas de exaustão. Quando bebê, assemelhava-se a um brinquedo de corda. Num momento estava engatinhando pelo chão e, minutos depois, podia ser encontrada deitada e adormecida no chão da cozinha. Mesmo agora, quando estava cansada, Lexie apagava rápido, o que Georgeanne considerava uma bênção.

SIMPLESMENTE
Irresistível

— Amanhã teremos nosso chá depois de assistir ao *General hospital* — disse à filha. Fazia mais de uma semana que elas tinham descoberto um horário para ver juntas a novela favorita da garota.

— Certo... — Lexie bocejou.

— Agora me dê um pouco de dengo — Georgeanne ordenou, e quando Lexie franziu os lábios, inclinou-se para dar-lhe um beijo de boa-noite. — Sou louca por seu rostinho lindo — disse, e então, levantou-se.

— Eu também. Mae vem para o chá amanhã? — Lexie virou de lado e roçou o rosto no cobertor dos Muppets que tinha desde bebê.

— Vou convidá-la. — Georgeanne deu uns passos e pisou em um trailer de Barbie e em uma pilha de bonecas nuas. — Pelo amor de Deus, este quarto está um chiqueiro — declarou enquanto passava por cima de um bastão com fitas roxas penduradas nas pontas. Olhou para trás e viu que os olhos de Lexie estavam fechados. Apagou a luz e saiu pelo corredor.

Antes de Georgeanne entrar na sala, podia sentir Mae esperando impacientemente por ela. No início da noite, quando a amiga chegara para ficar com Lexie, Georgeanne tinha lhe explicado brevemente a situação com John. Enquanto estavam sentadas esperando que Lexie fosse para a cama, Mae parecia ansiosa para enchê-la de perguntas.

— Ela dormiu? — Mae perguntou quase num sussurro quando Georgeanne entrou na sala.

Georgeanne confirmou com a cabeça e se sentou na outra ponta do sofá. Pegou uma almofada bordada com seu monograma e algumas flores e colocou-a no colo.

— Estive pensando sobre isso — Mae começou. — E agora muitas coisas fazem sentido.

— Que coisas? — Georgeanne olhava para a amiga pensando que, com seu novo corte de cabelo, Mae ficara parecida com Meg Ryan.

— Por exemplo, odiamos homens atletas. Você sabe que eu odeio jogadores porque eles costumavam bater no meu irmão. E sempre deduzi que você não gostava deles por causa dos seus peitos. — Mae segurou os próprios seios como se estivesse agarrando dois melões. — Imaginava que você devia ter sido apalpada pelo time de futebol ou algo tão terrível assim e nunca quis falar a respeito. — Deixou as mãos caírem sobre as coxas. — Nunca pensei que o pai de Lexie fosse jogador. Mas agora isso também faz sentido, porque ela é muito mais ligada em esportes do que você.

— Sim, é sim — Georgeanne concordou. — Mas isso não quer dizer nada.

— Lembra quando ela tinha quatro anos e tiramos as rodinhas da bicicleta dela?

— Eu não tirei, você tirou. — Georgeanne olhou para os olhos castanhos de Mae e continuou: — Eu queria deixar para o caso de ela cair.

— Eu sei, mas as rodinhas estavam para cima, nem mesmo tocavam o chão. — Mae descartou a preocupação de Georgeanne com um gesto de mão. — Deixa pra lá. De qualquer jeito, não iam ajudar mesmo. Na época, eu achava que Lexie devia ter herdado a coordenação motora dos genes do pai, porque não herdou de você.

— Mae! Isso não foi legal — Georgeanne reagiu, mas não se ofendeu realmente. Era verdade.

— Mas nunca, em um milhão de anos, eu teria pensando em John Kowalsky. Credo, Georgeanne, o homem é um jogador de hóquei! — Pronunciou "jogador de hóquei" como se estivesse se referindo a um *serial killer* ou a um vendedor de carros usados.

— Sei disso.

— Você já o viu jogar?

— Não. — Ela olhou para a almofada no colo e franziu a testa para uma mancha marrom no canto. — Mas já o vi em alguns lances que aparecem nos noticiários esportivos.

— Bem, eu o vi jogar! Você se lembra de Don Rogers?

SIMPLESMENTE Irresistível

— É claro — respondeu enquanto passava a mão na mancha da almofada. — Você namorou uns meses com ele no ano passado, como eu não ia me lembrar? Mas terminou porque achava que ele tinha uma afeição muito peculiar pelo labrador dele. — Ela fez uma pausa e falou de repente: — Você deixou a Lexie comer na sala? Acho que tem chocolate na almofada.

— Esquece a almofada! — Mae suspirou e passou os dedos nas laterais dos cabelos curtos. — Don era fanático pelos Chinooks, então fui a um jogo com ele. Não conseguia acreditar em como aqueles caras batiam forte uns nos outros. E nenhum batia mais forte do que John Kowalsky. Ele fez um cara dar uma cambalhota no ar e, em seguida, simplesmente patinou pra longe meio que dando de ombros.

Georgeanne estava imaginando aonde a conversa ia chegar.

— O que isso tem a ver comigo?

— Você dormiu com ele! Não acredito. Ele não só é um jogador, como é um imbecil!

Georgeanne concordou secretamente, mas estava ficando levemente aborrecida.

— Foi muito tempo atrás. E, além disso, sendo que você tem teto de vidro, não joguemos pedras uma na outra, certo?

— O que isso quer dizer?

— Quer dizer que qualquer mulher que tenha dormido com Bruce Nelson não tem o direito de julgar nenhuma outra.

Mae cruzou os braços e afundou no sofá.

— Ele não era assim tão ruim — resmungou.

— Mesmo? Ele era um filhinho da mamãe pegajoso e você só saiu com ele porque conseguia manipulá-lo, como todos os caras com quem você sai.

— Ao menos era uma vida sexual normal.

Elas já tinham tido essa conversa muitas vezes. Mae não achava saudável a falta de sexo de Georgeanne, embora Georgeanne achava que Mae poderia abster-se um pouco mais.

— Sabe, Georgeanne, abstinência não é normal e, qualquer dia, você vai explodir — advertiu ela. — E Bruce não era pegajoso, era fofinho.

— Fofinho? Ele tinha trinta e oito anos e ainda morava com a mãe. Me lembrava meu primo Billy Earl em San Antonio. Billy Earl viveu com a mãe até morrer e, acredite, era mais enrolado que um pedaço de caramelo. Costumava roubar óculos de leitura para o caso de desenvolver astigmatismo. O que, obviamente, nunca teve, porque toda minha família tem visão perfeitamente normal. Minha avó costumava dizer que deveríamos orar por ele. Deveríamos rezar para que ele nunca desenvolvesse uma fobia por cáries, ou as pessoas com dentadura não estariam seguras perto de Billy Earl.

Mae riu.

— Você está de brincadeira.

Georgeanne ergueu a mão direita.

— Juro por Deus. Billy Earl era louco. — Ela olhou de novo para a almofada no colo e passou os dedos sobre as flores brancas bordadas. — De qualquer forma, você obviamente gostava de Bruce, ou não teria dormido com ele. Às vezes nosso coração faz as escolhas...

— Ei. — Mae bateu com a mão no encosto do sofá para chamar a atenção de Georgeanne. — Eu não gostava de Bruce — disse quando Georgeanne olhou. — Eu sentia *pena* dele e estava sem sexo fazia um bom tempo, o que é uma péssima razão para ir para a cama com um homem. Não recomendo. Se pareci estar julgando você, desculpe. Não quis fazer isso, juro.

— Eu sei — disse Georgeanne.

— Ótimo. Agora me diga: como conheceu John Kowalsky?

— Quer saber a história toda?

— Sim.

— Certo. Lembra de que quando a conheci eu estava usando um vestido rosa?

SIMPLESMENTE
Irresistível

— Sim! Era pra você se casar com Virgil Duffy naquele vestido.

— Isso mesmo.

Anos antes, Georgeanne contara a Mae dos planos malsucedidos de casamento, mas deixara de fora a parte de John. E contou para Mae agora. Contou tudo. Tudo, exceto os detalhes íntimos. Nunca fora uma pessoa de falar aberta e livremente sobre sexo. A avó nunca tinha conversado com ela sobre sexo, e tudo o que aprendera tinha sido nas aulas de ciências na escola ou com namorados pouco hábeis que não sabiam ou não se importavam em lhe dar prazer.

Então, conhecera John e ele a ensinara coisas que nunca pensou serem fisicamente possíveis. Ele acendera nela uma chama com aquelas mãos quentes e a boca faminta. E ela tocara nele de maneiras que só ouvira falar. John tinha feito com que ela o desejasse tanto que ela teria feito tudo o que ele sugerisse e muito mais.

Agora, ela nem mesmo gostava de pensar naquela noite. Não reconhecia mais a jovem mulher que dera o corpo e o amor tão facilmente. Aquela mulher não existia mais. E ela não achava que havia motivo para questioná-la.

Georgeanne pulou os detalhes melodramáticos e contou a Mae a conversa que tivera com John naquela manhã e o acordo a que haviam chegado na casa flutuante.

— Não sei como as coisas vão funcionar, apenas torço para que Lexie não se machuque — concluiu, sentindo-se exausta de repente.

— Você vai contar a Charles? — perguntou ela.

— Não sei — respondeu, abraçando o travesseiro contra o peito. Inclinou a cabeça contra o encosto do sofá e ficou olhando para o teto. — Só saí com ele duas vezes.

— Vai vê-lo de novo?

Georgeanne pensou no homem com quem saíra no mês anterior. Conhecera-o quando ele contratou o serviço de bufê da Heron para o décimo aniversário da filha. Ele ligou para ela no dia seguinte e encontraram-se para jantar no The Four Seasons. Georgeanne sorriu.

— Espero que sim.

— Então é melhor contar.

Charles Monroe era divorciado e um dos homens mais agradáveis que Georgeanne conhecera. Era proprietário de um canal de tevê a cabo local, rico, e tinha um sorriso maravilhoso que fazia os olhos cinza dele brilharem. Não se vestia com ostentação. Não era um modelo lindo da revista *GQ* e seus beijos não deixavam as sobrancelhas dela pegando fogo. Eram mais como uma brisa morna. Agradável. Relaxante.

Charles nunca a pressionara nem a agarrara, e com o tempo talvez Georgeanne se envolvesse em uma relação íntima com ele. Gostava bastante dele e, muito importante, Lexie o conhecera e gostara dele também.

— Acho que vou contar.

— E eu acho que ele não vai gostar nem um pouco dessa novidade — previu Mae.

Georgeanne virou a cabeça e olhou para a amiga.

— Por quê?

— Porque, embora eu abomine homens impetuosos, John Kowalsky é um garanhão e Charles provavelmente sentirá ciúme. Talvez fique preocupado que role algo entre você e o jogador de hóquei.

Georgeanne imaginou que Charles poderia ficar aborrecido com ela porque contara a mentira-padrão sobre o pai de Lexie, mas não se preocupou com o ciúme dele.

— Charles não tem por que se preocupar — disse ela, convicta de que não havia a mais remota possibilidade de envolver-se com John outra vez. — Além disso, mesmo que eu fosse uma completa doente mental e me apaixonasse por John, ele me odeia. Nem mesmo gosta de olhar para mim. — A ideia de uma reconciliação com John era tão absurda que ela nem queria ocupar seus neurônios pensando no assunto. — Vou contar a Charles quando almoçar com ele na quinta.

* * *

Quatro dias depois, Georgeanne se encontrou com Charles em um bistrô, na Madison Street. Fora preparada para contar sobre John, mas as coisas tomaram um caminho completamente inesperado. Nos primeiros dez minutos do encontro, ele atingiu-a com uma proposta que a deixou sem fala.

— O que você acha de ter seu próprio programa de televisão ao vivo? — perguntou Charles sobre os sanduíches de *pastrami* e salada de repolho. — Um tipo de Martha Stewart do nordeste. Colocaríamos no espaço de sábado entre meio-dia e meia e uma da tarde. É logo após a *Garagem da Margie* e antes da nossa programação esportiva da tarde. Você teria liberdade de fazer o que quisesse. Poderia cozinhar e em seguida fazer um arranjo com flores secas, ou mudar os azulejos de uma cozinha.

— Não posso mudar os azulejos de uma cozinha — ela sussurrou, visivelmente chocada.

— Foi só uma ideia, Georgeanne. Confio em você. Você tem um talento natural e ficaria ótima no vídeo.

— Eu?! — exclamou ela com a voz falhando e uma mão no peito.

— Sim, você. Quando falei com a minha gerente, ela achou uma ótima ideia. — Ele sorriu, encorajador.

Georgeanne quase acreditou que poderia ficar diante de uma câmera de televisão e apresentar seu próprio *show*. A oferta de Charles lhe agradava pelo lado criativo, mas a realidade falava mais alto. Ela era disléxica. Aprendera a lidar com sua limitação, mas, se não fosse cuidadosa, ainda errava na leitura das palavras quando ficava nervosa, precisava parar e pensar para saber qual era o lado esquerdo e qual o direito. E havia o peso. Uma câmera supostamente acrescentava uns três quilos a uma pessoa. Bem, se acrescentasse mais uns três quilos a ela, não apenas apareceria na tevê lendo palavras que não existiam, como pareceria gorda. Além disso, tinha que considerar Lexie. Georgeanne já se sentia péssima pela quantidade de horas que a filha passava na creche ou com babás.

Olhou nos olhos cinzas de Charles.

— Não, obrigada — disse ela.

— Não vai pensar a respeito?

— Já pensei — disse enquanto pegava o garfo e espetava a salada de repolho. Não queria pensar mais nisso. Não queria pensar nas possibilidades ou na oportunidade que acabara de recusar.

— Não quer saber quanto paga?

— Neca. — O governo ficaria com a metade e ela ficaria parecendo uma idiota gorda pela metade do que valia.

— Gostaria que pensasse um pouco mais.

— Vou pensar então — disse, pois ele parecia muito desapontado.

Mas Georgeanne sabia que não mudaria de ideia.

Depois do almoço, Charles levou-a até o carro e, quando pararam ao lado do Hyundai marrom dela, ele pegou a chave de sua mão e colocou na fechadura.

— Quando a verei de novo?

— Neste fim de semana é impossível — disse ela, sentindo-se um pouco culpada por não ter mencionado John. — Por que você e Amber não vêm na próxima terça para jantar comigo e Lexie?

Charles pegou-lhe o pulso e colocou as chaves na palma da mão.

— Uma boa ideia — disse, enquanto acariciava o braço dela. — Mas quero vê-la sozinha com mais frequência. Em seguida, tocou os lábios de Georgeanne com os seus.

O beijo foi como uma pausa no dia turbulento. Um "ah..." relaxante ou um mergulho em uma piscina morna. Qual o problema se os beijos dele não a enlouqueciam? Ela não queria um homem

SIMPLESMENTE
Irresistível

que a fizesse perder o controle. Não queria nunca mais o toque de nenhum homem que a transformasse em uma ninfomaníaca. Já passara por isso, fizera isso e ficara ferida por um longo tempo.

Georgeanne tocou a língua dele com a sua e sentiu a respiração rápida dele. A mão livre de Charles encontrou sua cintura e puxou-a para mais perto. Segurou-a mais forte. Ele queria mais. Se não estivessem parados em um estacionamento no centro de Seattle, ela poderia ter lhe dado o que ele queria.

Gostava de Charles e, com o tempo, talvez se apaixonasse por ele. Já haviam se passado anos desde que fizera amor. Anos desde que se entregara a um homem. Quando deu um passo para trás e olhou nos olhos pesados dele, pensou que poderia ser o momento de mudar isso. Talvez fosse o momento de tentar de novo.

Nove

— Ei, olhe para mim!

Mae desviou o olhar dos guardanapos cuidadosamente dobrados em suas mãos, enquanto Lexie corria carregando uma pipa rosa da Barbie atrás dela. O chapéu de sarja com um grande girassol na frente voou da cabeça e pousou na grama.

— Você está indo bem — gritou Mae.

Ela arrumou os guardanapos e afastou-se para olhar a mesa de piquenique com olhar crítico. As bordas da toalha listrada de azul e branco flutuavam com a leve brisa, enquanto o boneco Chia[1] de Lexie estava sentado sobre uma tigela emborcada no centro da mesa. Era um porquinho coberto de grama que usava óculos escuros de cartolina e uma echarpe rosa brilhante no pescoço.

— O que você está tentando provar? — perguntou ela.

— Não estou tentando provar nada — Georgeanne respondeu, depositando em uma das pontas da mesa uma bandeja de

---

[1] Bonecos de terracota de onde brota gramínea quando umedecidos em determinadas regiões (normalmente na parte superior, para a vegetação imitar cabelos). (N.T.)

SIMPLESMENTE
Irresistível

trouxinhas de salmão e aspargos, patê de anchovas defumadas e torradinhas redondas.

Por alguma razão, um pequeno gato de porcelana lambendo as patinhas estava colocado no meio da bandeja. Na cabeça do gato havia um chapéu pontudo de feltro amarelo. Mae conhecia Georgeanne bem o bastante para saber que havia um tema para o piquenique em algum lugar. Ela apenas não conseguira descobrir ainda, mas descobriria.

Desviou o olhar do gato para a variedade de comida que ela reconhecia dos bufês servidos na semana anterior. Reconheceu as panquecas de queijo e o pão chalá tradicional do *bar mitzvah* de Mitchell Wiseman. Os bolinhos de caranguejo e os canapés pareciam ter vindo da festa anual ao ar livre da sra. Brody. E o frango assado e as minicosteletas com molho de ameixa foram apresentados no churrasco que serviram na noite anterior.

— Bem, parece que você está tentando provar a alguém que sabe cozinhar.

— Apenas limpei nosso *freezer*, só isso — respondeu Georgeanne.

Não, não era só isso. A fruteira habilmente arrumada e cuidadosamente polida não viera do trabalho. As maçãs, peras e bananas estavam perfeitas. Os pêssegos e as cerejas tinham sido arranjados com esmero e um pássaro de penas azuis vestindo um manto de estampa Paisley olhava para baixo de um poleiro em cima de um amontoado de uvas brilhantes roxas e verdes.

— Georgeanne, você não precisa provar a ninguém que é uma mulher bem-sucedida ou uma boa mãe. Sei que você é e você sabe disso também. E, como nós duas somos as únicas adultas aqui que contam, por que se matar para impressionar um jogador de hóquei estúpido?

Georgeanne olhou para um pato de cristal com um vestido havaiano que ela colocara ao lado dos canapés.

— Eu disse a John que trouxesse um amigo, portanto não acho que venha sozinho. E não estou tentando impressioná-lo. Com certeza não me importo com o que ele pensa.

Mae não argumentou. Pegou uma pilha de copos de plástico transparente e colocou-os na mesa perto do chá gelado. Intencionalmente ou não, Georgeanne havia arrumado tudo para impressionar o homem que a largara no aeroporto sete anos antes. Mae compreendia a necessidade de Georgeanne provar que fora bem-sucedida na vida. Embora achasse que os *brownies* em formato de cachorros de Georgeanne fossem um pouco demais.

E a aparência de Georgeanne também estava um pouco perfeita demais para um dia no parque. Mae ficou imaginando se ela estava tentando convencer John Kowalsky de que era a perfeita June Cleaver. O cabelo escuro estava preso nas laterais com pentes dourados. As argolas de ouro brilhavam em suas orelhas e a maquiagem estava impecável. O vestido verde-esmeralda combinava com os olhos e o esmalte rosa das mãos combinava com o dos pés. Ela havia tirado as sandálias e o anel de ouro no terceiro dedo brilhava com o sol.

Um pouco perfeita demais para uma mulher que não se importava em impressionar o pai de sua filha.

Quando Mae contratou Georgeanne, sentira-se um pouco desmazelada parada ao lado dela, como um vira-lata ao lado de um *poodle* com *pedigree*. Mas o constrangimento não durara muito. Georgeanne não conseguia evitar ser uma rainha do *glamour* mais do que Mae não podia deixar de sentir-se confortável de *jeans* e camiseta. Ou com uma bermuda feita de calça *jeans* cortada e uma regata, como agora.

— Que horas são? — Georgeanne perguntou, servindo-se de chá.

Mae olhou para o grande relógio do Mickey Mouse em seu pulso.

— Onze e quarenta.

— Temos ainda vinte minutos, então. Talvez tenhamos sorte e ele não apareça.

— O que você disse a Lexie? — Mae perguntou enquanto colocava cubos de gelo no copo.

— Só isso, que John talvez viesse ao nosso piquenique.

Georgeanne ergueu a mão até a sobrancelha e observou Lexie correr com a pipa.

Mae pegou a jarra de chá e serviu-se.

— *Talvez* viesse ao seu piquenique?

Georgeanne deu de ombros.

— Uma garota pode ter esperança. E, além disso, não estou convencida de que John realmente desejará ser parte da vida de Lexie para sempre. Não posso evitar pensar que cedo ou tarde ele se cansará de ser pai. Apenas espero que aconteça mais cedo do que mais tarde, porque, se ele a abandonar depois de ela começar a gostar dele, ela vai ficar com o coração partido. Você sabe como sou protetora e, obviamente, algo assim acionaria a minha irritação. Eu naturalmente me sentiria compelida a retaliar.

Mae considerava Georgeanne uma das mulheres mais genuinamente gentis que ela conhecia, exceto quando ficava irritada.

— O que você fará?

— Bem, a ideia de colocar cupins na casa flutuante dele é certamente atraente.

Mae balançou a cabeça. Era intensamente leal às duas, mãe e filha, e as considerava sua família.

— Muito pouco.

— Atropelá-lo com meu carro?

— Está esquentando.

— Passar de carro atirando?

Mae sorriu, mas mudou de assunto, pois Lexie vinha na direção delas, arrastando a pipa atrás. A garotinha despencou no chão aos pés de sua mãe, a bainha do vestido de verão de *jeans* subindo até a calcinha da Pocahontas. Havia pedaços de grama presos nas sandálias de plástico transparente.

— Não consigo mais correr — falou ofegante.

Desta vez, o rosto dela estava sem maquiagem.

— Você fez um ótimo trabalho, minha querida preciosa — elogiou Georgeanne. — Quer suco?

— Não. Você corre comigo e me ajuda a empinar minha pipa?

— Já falamos sobre isso. Você sabe que não posso correr.

— Eu sei — Lexie suspirou e sentou-se. — Machuca seus peitos e é brega.

Ela colocou o chapéu de volta na cabeça e olhou para Mae.

— Pode me ajudar?

— Ajudaria, mas não uso sutiã.

— Por que não? — Lexie queria saber. — Mamãe usa.

— Bem, mamãe precisa, mas a tia Mae não. Onde está toda aquela gosma que você normalmente usa no rosto? — perguntou depois de estudar a garotinha por um breve momento.

Lexie revirou os olhos.

— Não é gosma. É minha maquiagem e mamãe me disse que eu ganharia um gatinho se eu não usasse hoje.

— Eu disse a você que compraria um gatinho de verdade se você não usasse mais nada. Você é muito nova para ser escrava da Max Factor.

— Mamãe diz que não posso ter um gatinho nem um cachorro nem nada.

— Está certo — Georgeanne disse e olhou para Mae. — Lexie não tem idade para a responsabilidade de um bichinho de estimação e eu não quero o fardo. Vamos mudar de assunto antes que Lexie comece. — Fez uma pausa e baixou a voz. — Acho que vou finalmente acabar com a fixação dela para que eu tenha um... Bem, você sabe.

Sim, Mae sabia, e ela achava que Georgeanne era bastante esperta em não falar em voz alta e lembrar Lexie disso. Nos últimos seis meses, Lexie estava preocupada com a ideia de que Georgeanne deveria providenciar um irmãozinho ou irmãzinha para ela. Ela deixava todo mundo doido e Mae estava ali-

SIMPLESMENTE
Irresistível

viada em não ter que ouvir falar sobre bebês de novo. A criança já tinha uma obsessão por ter um bichinho e recebera um atestado de hipocondríaca desde o nascimento, o que era cem por cento culpa de Georgeanne, pois ela sempre fazia drama com qualquer arranhãozinho.

Mae pegou o chá, deu um gole e colocou de volta na mesa. Caminhando na direção dela, vinham dois imensos homens de porte atlético. Ela reconheceu o homem com uma camisa sem colarinho enfiada para dentro da calça *jeans* desbotada: John Kowalsky. O outro, levemente mais baixo e com menos massa, ela nunca vira antes.

Homens fortes e grandes sempre intimidaram Mae e não apenas porque tinha um metro e meio de altura e pesava cinquenta quilos. O estômago dela embrulhou e ficou imaginando que se ela estava nervosa, Georgeanne, então, estava prestes a pirar. Olhou para a amiga e viu a ansiedade nos olhos dela.

— Lexie, levante-se e limpe a grama do vestido — Georgeanne disse lentamente.

A mão dela tremia enquanto ajudava a filha a limpar os pés.

Mae já vira Georgeanne nervosa muitas vezes, mas não a via assim fazia anos.

— Você vai ficar bem — ela sussurrou.

Georgeanne confirmou com um aceno e Mae ficou observando a amiga enquanto colocava um sorriso no rosto e acionava o modo anfitriã.

— Olá, John — disse quando os dois se aproximaram. — Teve dificuldade em nos encontrar?

— Não — respondeu ele, parando diretamente na frente dela. — Nenhuma.

Os olhos dele estavam cobertos por caros óculos escuros. Os lábios formavam uma linha reta e por vários estranhos segundos os dois apenas se encararam. Então, Georgeanne abruptamente voltou a atenção para o amigo dele. Mae estimara que ele tinha um metro e oitenta.

— Você deve ser amigo de John.

— Hugh Miner — ele se apresentou, sorrindo, e estendeu a mão.

Enquanto Georgeanne pegava a mão dele entre as suas, Mae estudava Hugh. Com um olhar superficial, concluiu que o sorriso dele era muito agradável para um homem com olhos amendoados e intensos. Era muito grande, muito bonito e o pescoço era muito grosso. Não gostou dele.

— Que bom que pôde vir — Georgeanne disse, largando a mão de Hugh e em seguida apresentando os dois a Mae.

John e Hugh disseram "oi" ao mesmo tempo. Mae, que não era tão boa em esconder os sentimentos como Georgeanne, deu um sorriso, ou algo parecido. Era realmente mais uma contração muscular.

— Esse é o sr. Miner e você lembra do sr. Kowalsky, não lembra, Lexie? — Georgeanne perguntou, continuando com a apresentação.

— Sim! Olá.

— Oi, Lexie. Como está? — perguntou John.

— Bem... — Lexie começou com um suspiro dramático — ontem dei uma topada com meu dedo na porta da frente de nossa casa e bati forte meu cotovelo na mesa, mas estou melhor agora.

John enterrou as mãos nos bolsos dianteiros de sua calça *jeans*. Olhou para Lexie e se perguntou o que os pais diriam para garotinhas que davam topadas com seus dedos e batiam os cotovelos.

— Fico feliz que esteja melhor — foi tudo o que lhe veio à mente.

Ele não conseguia pensar em nada mais, portanto, ficou apenas olhando. Perdoou-se e a observou como queria fazer desde que soubera que ela era sua filha. Olhou o rosto dela, sem as camadas de batom e sombras nos olhos, vendo-a realmente pela primeira vez. Notou minúsculas sardas em seu nariz pequeno e reto. A pele parecia macia como um creme e as bochechas redondas estavam rosadas como se tivesse corrido. Os lábios eram amuados como os de Georgeanne, mas os olhos eram seus, da cor aos cílios que ele herdara da mãe.

SIMPLESMENTE
Irresistível

— Tenho uma pipa — Lexie disse para ele.

O cabelo castanho-escuro caía em cachos debaixo do chapéu com um grande girassol costurado nele.

— Mesmo? Isso é bom — pronunciou, perguntando-se qual era o problema com ele.

John assinava cartões de colecionador para crianças todo o tempo. Alguns de seus companheiros de time levavam os filhos para os treinos e ele nunca tivera nenhum problema em lidar com eles. Mas, por algum motivo, não conseguia pensar em nada para dizer para a própria filha.

— Bem, está um dia adorável para um piquenique — disse Georgeanne e Lexie se afastou de John. — Fizemos um pequeno lanche. Espero que os cavalheiros estejam com fome.

— Estou faminto — confessou Hugh.

— E você, John?

Enquanto Lexie caminhava em direção à mãe, John ficou olhando tufos de grama na parte de trás do vestidinho de *jeans*.

— Eu? — ele perguntou, voltando de seus pensamentos.

Georgeanne caminhou para o lado oposto da mesa e olhou para ele.

— Sim, você. Está com fome?

— Não.

— Quer um copo de chá gelado?

— Não. Nada de chá.

— O.k. — Georgeanne disse com o sorriso hesitante. — Lexie, pode alcançar os pratos para Mae e Hugh enquanto sirvo o chá?

A resposta de John obviamente irritara Georgeanne, mas ele não se importava. Estava tão nervoso quanto ficava antes dos jogos. Lexie o assustava tremendamente e ele não sabia por quê.

Já enfrentara alguns dos *enforcers* mais fortes que a NHL, a Liga Nacional de Hóquei, jogara em cima dele. Tivera o pulso e o tornozelo quebrados, a clavícula partida como um galho — por duas vezes — e levara cinco pontos na sobrancelha esquerda, seis no lado direito da cabeça e catorze dentro da boca. E esses eram apenas os ferimentos de que conseguia se lembrar no momento. Depois de se recuperar de cada incidente, pegava o taco e patinava no gelo, novamente, sem medo.

— Sr. Paredão, quer suco? — Lexie perguntou, subindo no banco.

Ele olhou para as pernas finas dela e foi como se alguém tivesse dado uma cotovelada em seu estômago.

— Que sabor do suco? Mirtilo ou morango?

— Mirtilo — ele respondeu.

Lexie pulou do banco e correu ao redor da mesa até um *cooler*.

— Ei, Paredão, você deveria provar essas coisas de salmão e aspargos — aconselhou Hugh, enchendo a boca de comida, enquanto se colocava na frente de John e ao lado de Georgeanne.

— Que bom que gostou. — Georgeanne sorriu para Hugh, não o sorriso falso que deu para John. — Não tinha certeza se havia fatiado o salmão fino o bastante. Prove as minicosteletas. O molho *barbecue* de ameixa está de matar. — Ela olhou para a amiga, que estava em pé do outro lado. — Não acha, Mae?

A loira baixinha de mau humor deu de ombros.

— Sim, com certeza.

Os olhos de Georgeanne arregalaram-se quando encarou a amiga. Então, voltou-se para Hugh.

— Por que não experimenta o patê enquanto pego um pouco de frango para você? — Não esperou pela resposta e pegou uma faca grande. — Enquanto faço isso, dê uma olhadinha na mesa. Se chegar perto, vai encontrar uma porção de animaizinhos com trajes de piquenique.

John cruzou os braços no peito e olhou para o porco coberto de grama, de óculos escuros e echarpe. Sentiu um formigamento esquisito na base do crânio.

— Lexie e eu achamos que hoje seria a oportunidade perfeita para ela exibir a coleção de verão dos animais dela.

SIMPLESMENTE
Irresistível

— Ah, agora entendi — disse Mae enquanto pegava um bolinho de caranguejo.

— Coleção de trajes para animais? — Hugh parecia tão incrédulo quanto John.

— Sim! Lexie gosta de fazer roupas para todos os animais de vidro e porcelana da casa — Georgeanne respondeu, enquanto fatiava o frango. — Sei que parece estranho, mas ela herdou isso. A bisavó Chandler, que é do lado do meu avô, costumava criar roupas para os galetos. Talvez vocês não saibam, já que são do norte, mas um galeto é um frango novo. Novo porque não ficará muito velho antes de... — Fez uma pausa e levou a faca a alguns centímetros da garganta, imitando sons de estrangulamento. — Bem, vocês sabem. — Ela deu de ombros e baixou a faca. — E fazia também para as franguinhas fêmeas, porque obviamente seria uma grande perda de tempo e talento fazer roupas para galos, que são predispostos a temperamentos desagradáveis. De qualquer forma, a bisavó costumava fazer capinhas com o gorro combinando para as frangas da família. Lexie herdou o tino de sua bisavó para moda e está carregando uma tradição de família.

— Está falando sério? — perguntou Hugh, enquanto Georgeanne deslizava as fatias de frango no prato.

Ela ergueu a mão direita.

— Juro por Deus.

O formigamento de John disparou em direção ao cérebro quando uma sensação de *déjà-vu* tomou conta dele.

— Oh, Deus...

Georgeanne olhou para ele e John a enxergou como ela era sete anos antes, uma bela garota que tagarelava sobre gelatinas e batistas que lavavam os pés. Viu os olhos verdes matadores e sua boca *sexy*. Viu o corpo convidativo envolto no robe preto de seda dele. Ela o enlouquecera com os olhares provocantes e a voz melosa. E, por mais que odiasse admitir, não era imune a ela.

— Sr. Paredão.

John sentiu uma puxada no passante do cinto e olhou para Lexie.

— Aqui está seu suco, sr. Paredão.

— Obrigado — disse ele e pegou a caixinha azul.

— Já coloquei o canudinho.

— Sim, estou vendo. — Ele sugou o suco azul pelo canudo.

— Tá bom?

— Hum... — disse ele, tentando não fazer careta.

— *Truxe* isto também. — Entregou um guardanapo de papel para ele, dobrado em um formato que ele não reconheceu. — É um coelho.

— Sim. Estou vendo — ele mentiu.

— Tenho uma pipa.

— É?

— Sim, mas ela não vai voar. Minha mãe usa um sutiã muito grande, mas mesmo assim não pode correr. — A menina balançou a cabeça com tristeza. — E Mae não pode correr também, porque ela não usa nenhum sutiã.

O silêncio desceu sobre o piquenique como uma cortina da morte. John ergueu o olhar para as duas mulheres do outro lado da mesa. Estavam paralisadas. Mae apertava com os dedos uma azeitona preta que pretendia levar à boca, enquanto Georgeanne segurava a faca no ar com um pedaço de frango espetado. Os olhos delas eram imensos e um vermelho intenso manchava suas bochechas.

John tossiu no guardanapo de coelho para esconder a risada, mas ninguém disse uma palavra.

Exceto Hugh. Ele inclinou-se para a frente, o olhar indo e voltando de Georgeanne para a amiga.

— É sério isso, queridas? — perguntou com um grande sorriso.

As duas mulheres baixaram as mãos ao mesmo tempo. Georgeanne ocupou-se seriamente em cortar o frango e recompor-se, e Mae fulminou Hugh com o olhar.

SIMPLESMENTE
Irresistível

Hugh não percebeu o olhar zangado de Mae ou não se importou. Conhecendo o amigo, John apostaria que seria a segunda opção.

— Sempre fui a favor das mulheres liberais — continuou ele. — Na verdade, estou pensando em entrar para a Organização Nacional das Mulheres, a NOW.

— Homens não podem pertencer à NOW — informou Mae laconicamente.

— É aí que você se engana. Acredito que Phil Donahue seja membro.

— Isso não é verdade — argumentou Mae.

— Bem, se ele não for, deveria ser. É mais feminista do que qualquer mulher que já conheci.

— Duvido que reconheceria uma feminista se ela mordesse sua bunda.

O Troglodita sorriu.

— Nunca fui mordido na bunda por nenhuma mulher, feminista ou não. Mas estou à disposição, se você estiver.

— Por sua falta de modos, o tamanho de seu pescoço e o declive em sua testa, deduzo que você seja jogador de hóquei — disse Mae, cruzando os braços debaixo dos seios.

Hugh olhou para John e riu. Provocar e receber o troco era uma das coisas de que John gostava em Hugh.

— Declive em sua testa... — Hugh riu enquanto os olhos retornavam para Mae. — Essa foi boa.

— Você joga hóquei?

— Sim. Sou goleiro dos Chinooks. E você, o que faz? É adestradora de *pit bulls*?

— Picles? — Georgeanne pegou o prato com petiscos e entregou-o a Hugh. — Eu mesma fiz.

Mais uma vez John sentiu um puxão no passante do cinto.

— Sabe empinar pipa, sr. Paredão?

Ele olhou para baixo, para o rosto de Lexie voltado para cima. Ela apertava os olhos contra o sol.

— Posso tentar.

Lexie sorriu e uma covinha surgiu na bochecha direita.

— Mamãe! — ela gritou enquanto corria para o outro lado da mesa. — O sr. Paredão vai empinar pipa comigo.

O olhar de Georgeanne voltou-se para ele.

— Não precisa fazer isso, John.

— Eu quero. — Ele colocou a caixinha de suco na mesa.

— Vou com vocês dois — disse Georgeanne, baixando o prato de petiscos.

— Não. — Ele precisava e queria um tempo sozinho com a filha. — Lexie e eu nos viramos sozinhos.

— Mas não acho que seja uma boa ideia.

— Bem, eu acho.

Ela lançou um olhar rápido para Lexie, que se ajoelhara no chão para desembaraçar o fio de sua pipa. Agarrou o braço dele e puxou-o, afastando-se um pouco.

— Certo, mas não muito longe — disse, parando na frente dele.

Georgeanne ficou na ponta dos pés, olhou por cima dos ombros para os outros e sussurrou algo sobre Lexie.

Mas John não prestou atenção. Com a proximidade dela, podia sentir seu perfume. Os dedos finos seguravam o bíceps dele. A única coisa que impedia que os seios roçassem em sua pele era um minúsculo espaço.

— O que você quer? — ele perguntou, agora observando-lhe o pescoço delicado.

Georgeanne ainda era uma sedutora.

— Acabei de falar. — Ela soltou do braço dele e baixou os calcanhares.

— Por que não me diz de novo? Só que deixe seus seios fora da conversa.

Uma ruga surgiu entre as sobrancelhas dela.

— Meus o quê? Do que você está falando?

A perplexidade de Georgeanne parecia tão sincera que John quase acreditou na inocência dela. Quase.

— Se quiser falar comigo, não use o corpo pra isso. A menos, é claro, que queira que eu estude sua oferta.

Ela balançou a cabeça, enojada.

— Você é um homem doente, John Kowalsky. Se conseguir manter os olhos longe do meu decote e a mente longe do meu pescoço, temos algo mais importante para discutir do que suas fantasias absurdas.

John ficou atônito. Não era doente. Ao menos não achava que fosse. Não era tão doente como alguns dos caras que conhecia.

Georgeanne inclinou a cabeça para o lado.

— Quero que se lembre da sua promessa.

— Que promessa?

— De não contar a Lexie. Ela deve ouvir de mim.

— Certo — disse ele e tirou os óculos de sol. Em seguida pendurou-os por uma das hastes num bolso dianteiro do *jeans*.

— E eu quero que se lembre de que Lexie e eu vamos nos conhecer. Sozinhos. Vou levá-la pra brincar e você não vai nos seguir daqui a dez minutos.

— Lexie é muito tímida — disse ela depois de pensar por um momento. — Vai precisar de mim.

John duvidava seriamente que houvesse um só osso tímido no corpo de Lexie.

— Não venha com papo-furado, Georgie.

Os olhos verdes se estreitaram.

— Então não vá aonde eu não possa vê-los.

— O que você acha que vou fazer? Raptá-la?

— Não. — John sabia que Georgeanne não confiava nele mais do que ele confiava nela. Achou que era exatamente o que ela estava pensando. — Não iremos longe. — E caminhou para junto dos outros.

Ele havia contado a Hugh sobre Georgeanne e Lexie e sabia que poderia contar com a discrição do amigo.

— Está pronta, Lexie? — perguntou.

— Tô.

Lexie segurava a pipa rosa na mão e, juntos, ambos se distanciaram de algumas pessoas que jogavam *frisbee*, indo para uma grande área gramada. Depois que a menina enroscou o pé na cauda da pipa pela segunda vez enquanto caminhava, John pegou-a dela. A cabeça de Lexie mal chegava à cintura dele, fazendo-o se sentir imenso ao lado dela. Novamente, não sabia o que dizer e conversou pouco. Mas nem precisou conversar.

— Ano passado, quando eu era uma garotinha, estava no jardim de infância — ela começou.

Lexie deu o nome de cada criança de sua sala, contando quem tinha bichinho de estimação e descrevendo a raça. John só ouvia.

— E ele possui três cachorros. — Ela ergueu três dedos. — Isso não é justo.

John olhou para trás, para o grupo no piquenique, e decidiu que caminhariam uns sessenta metros mais e parariam.

— Acho que aqui é um bom lugar.

— Você possui cachorros?

— Não, nenhum. — E estendeu o carretel de linha para ela.

A garota balançou a cabeça com tristeza.

— Nem eu, mas quero um dálmata — disse enquanto agarrava as pontas do carretel. — Um bem grande com muitas manchas.

— Mantenha o fio esticado, Lexie.

John segurou a pipa rosa acima da cabeça e sentiu um puxão leve da brisa.

— Não preciso correr?

— Hoje não.

John moveu a pipa para a esquerda e o vento a levou com mais força.

— Agora, ande para trás, mas não libere nada de fio até que eu diga.

Lexie assentiu com a cabeça e parecia tão séria que ele quase riu.

SIMPLESMENTE
Irresistível

Depois de dez tentativas, a pipa subiu uns seis metros.

— Me ajuda! — Ela entrou em pânico, o rosto virado para o céu. — Vai cair de novo.

— Agora não vai, não. Se cair, faremos voar de novo.

Ela balançou a cabeça, voltando para perto dele, e o chapeuzinho caiu no chão.

— Vai cair, eu sei! Pegue você. — E entregou a linha enrolada para ele.

John abaixou-se, apoiando um joelho no chão ao lado dela.

— Você consegue — disse e, quando ela se encostou de lado no peito dele, seu coração parou de bater por alguns segundos. — Apenas solte mais fio, devagar.

John olhou para o rosto da garotinha enquanto ela observava a pipa voar mais alto. Rapidamente a expressão dela se transformou de aflição e expectativa para uma tranquila satisfação.

— Consegui — ela sussurrou e olhou para trás, para o rosto dele.

A respiração suave de Lexie acariciou o rosto dele e penetrou em sua alma. Em um instante, o coração parecia que tinha parado, e agora se dilatava. Um balão estava sendo inflado sob o seu esterno. Foi crescendo, rápido e intensamente, e John teve de olhar para longe. Olhou para as pessoas empinando pipa ao redor dele. Olhou para os pais, as mães e os filhos. Famílias. Ele era pai de novo. "Mas por quanto tempo desta vez?", perguntou seu subconsciente cético.

— Eu consegui, sr. Paredão. — Ela falou muito baixinho, como se temesse que a pipa caísse no chão com o som de sua voz.

John voltou a olhar a filha.

— Meu nome é John.

— Eu consegui, John.

— Sim, conseguiu.

Ela sorriu.

— Gosto de você.

— Gosto de você, Lexie.

Ela olhou de volta para a pipa no alto.

— Você possui filhos?

A pergunta pegou-o de surpresa e John esperou um momento antes de responder.

— Sim.

Não ia mentir para ela, mas ela não estava pronta para a verdade e, obviamente, ele prometera a Georgeanne.

— Eu tinha um garotinho, mas ele morreu quando era bebê.

— Como?

John olhou para a pipa.

— Libere mais um pouco de fio — alertou.

Lexie seguiu o conselho.

— Ele nasceu muito cedo.

— Puxa, que horas? — ela quis saber.

— O quê?

John olhou para o rostinho tão próximo ao dele.

— Que horas ele nasceu?

— Por volta das quatro da manhã.

Ela balançou a cabeça como se aquilo tivesse dito tudo.

— Sim, muito cedo. Todos os médicos estavam dormindo. Eu nasci tarde.

John sorriu, divertido com a lógica dela. Ela era obviamente brilhante.

— Qual era o nome dele?

— Toby.

"E ele era seu irmão", foi o que John imediatamente pensou.

— É um nome estranho.

— Eu gosto — John disse, sentindo-se relaxado pela primeira vez desde que entrara no parque.

Lexie deu de ombros.

— Quero ter um bebê, mas mamãe diz que não.

Com cuidado, John a acomodou melhor em seu peito e tudo parecia se encaixar como um ponto de jogada única: deslizar, bater, marcar. Colocou as mãos nas pontas da madeira do carretel e relaxou mais um pouco. O queixo dele tocou a têmpora dela.

— Bem, você é muito pequena para ter um bebê — disse.

Lexie riu e sacudiu a cabeça.

— Não eu! Minha mãe. Quero que minha mãe tenha um bebê.

— E ela disse não, certo?

— Sim, porque ela não tem marido, mas ela poderia ter um se tentasse mais.

— Um marido?

— Sim, e daí ela poderia ter um bebê também. Minha mãe disse que foi ao jardim e me colheu como se eu fosse uma cenoura, mas eu sei que não é verdade. Bebês não vêm do jardim.

— De onde eles vêm?

Ela bateu a cabeça no queixo de John quando olhou depressa para ele, os olhos arregalados.

— Você não sabe?

Ele já sabia há *muito* tempo.

— Por que não me conta?

Ela deu de ombros e voltou a olhar para a pipa.

— Bem, um homem e uma mulher se casam e, então, vão para casa e deitam na cama. Fecham os olhos, bem apertado mesmo, e pensam bem forte. Então, um bebê vai para a barriga da mãe.

John riu, não conseguiu se controlar.

— Sua mãe sabe que você acha que os bebês são concebidos por telepatia?

— Hã?

— Deixa para lá.

John tinha ouvido, ou lido em algum lugar, que os pais deveriam conversar com os filhos sobre sexo ainda cedo.

— Talvez seja melhor dizer a sua mãe que você sabe que os bebês não nascem em jardins.

— Não. Minha mamãe gosta de contar essa história à noite, às vezes — disse ela depois de pensar um pouco. — Mas eu disse pra ela que já estava muito grande para acreditar no coelhinho da Páscoa.

Ele tentou parecer chocado.

— Você não acredita no coelhinho da Páscoa?!

— Não.

— Por que não?

Lexie olhou-o como se ele fosse um idiota.

— Porque os coelhos possuem patas pequenas e não podem pintar os ovos.

— Ah, é verdade...

Novamente, ficou impressionado com a lógica dos seis anos dela.

— Então, aposto que você é muito velha para acreditar em Papai Noel.

Ela engasgou, escandalizada.

— Mas Papai Noel é de verdade, ora!

John deduziu que o mesmo racionínio que determinava que os coelhos não podiam pintar ovos não se aplicava a renas voadoras, um homem gordo descendo pela chaminé ou pequenos elfos animados que se dedicavam a fazer brinquedos trezentos e sessenta e quatro dias por ano.

— Solte mais um pouco — disse, relaxando em seguida.

Pôs-se a ouvir o tagarelar sem trégua de Lexie e percebeu alguns detalhes nela. Ficou observando a brisa agitar o cabelo macio e notou como ela curvava os ombros e levava os dedos aos lábios sempre que ria. E ela ria muito. Os assuntos favoritos eram, claro, animais e bebês. Tinha uma queda pelo drama e era indiscutivelmente hipocondríaca.

— Ralei meu joelho — ela disse depois de recitar uma longa lista de machucados que sofrera nos últimos dias. Puxou o vestido até as coxas finas, esticou uma perna para a frente e colocou o dedo em um *band-aid* verde-neon. — E olha meu dedo — acrescentou, apontando para um outro *band-aid*, agora rosa, num dedo que a sandália de plástico não cobria. — Tropecei na Amy. Você possui algum dodói?

— Dodói? Hum... — Ele pensou por um momento. — Cortei meu queixo fazendo a barba hoje de manhã — respondeu.

Os olhos dela quase se juntaram enquanto olhava para o queixo dele.

— Minha mãe tem *band-aid*. Ela possui um monte na bolsa. Posso pegar um pra você.

John se imaginou com um curativo rosa-neon.

— Não precisa, obrigado.

John notara também outras peculiaridades de Lexie, como a maneira com que ela dizia com frequência a palavra "possui" em vez de "tem". Ele concentrou toda a atenção nela e fez de conta que eram as duas únicas pessoas no parque. Mas, obviamente, não eram e não levou muito tempo para que dois garotos caminhassem na direção deles. Aparentavam ter uns treze anos e vestiam *shorts* pretos largos, camisetas grandes e bonés com a aba virada para trás.

— Você não é John Kowalsky?

— Sim, sou eu — ele disse enquanto ficava em pé.

Normalmente não se importava com a intrusão, em especial por crianças que gostavam de conversar sobre hóquei. Mas naquele momento teria preferido que ninguém o abordasse. Bem, deveria ter previsto. Depois da última temporada, os Chinooks estavam maiores e mais populares do que nunca no estado. Ao lado de Ken Griffey e Bill Gates, o rosto dele era o mais reconhecido no estado de Washington, especialmente depois dos *outdoors* que fizera para a Associação de Laticínios.

Os colegas de equipe tinham zombado demais dele por causa do bigode de leite e, embora fingisse o contrário, ele se sentia um idiota sempre que passava por um daqueles anúncios. Mas, enfim, aprendera havia muito tempo a não levar muito a sério aquela badalação de "atleta celebridade".

— Vimos você jogar contra os Black Hawks — disse um dos garotos, com uma foto de um *snowboarder* na camiseta. — Adorei como você deu um chega pra lá no Chelios no meio do gelo. Cara, ele voou.

John se lembrava daquele jogo também. Recebera uma falta menor e um hematoma do tamanho de um melão. Uma dor infernal, mas era parte do jogo. Parte de seu trabalho.

— Que bom que vocês gostaram — disse ele, atento ao olhar dos garotos.

A adoração que em geral via nos fãs, como se ele fosse um herói, deixava-o desconfortável. Sempre deixava.

— Vocês jogam hóquei?

— Só de rua — o outro garoto respondeu.

— Onde?

John pegou a mão de Lexie, para não isolá-la da conversa.

— Do outro lado da escola perto da minha casa. Reunimos um bando de garotos e jogamos.

Enquanto os dois garotos o fartavam com hóquei de rua, ele percebeu uma mulher caminhando na direção deles. O *jeans* que usava era tão apertado que parecia machucá-la, e a regata não chegava ao umbigo. John podia detectar uma coelhinha sexualmente atirada a cinquenta passos. Estavam sempre ao redor. À espera no saguão de um hotel, do lado de fora do vestiário e estrategicamente posicionadas ao lado do ônibus do time. As mulheres ansiosas para transar com celebridades eram percebidas com facilidade no meio de uma multidão. Deixavam transparecer na maneira de caminhar e jogar o cabelo. No olhar determinado.

Ele torceu para que a mulher passasse reto.

Mas não passou.

— David, sua mãe quer falar com você — disse ela, parando ao lado dos dois garotos.

— Diz que eu vou em um segundo.

— Ela disse agora.

SIMPLESMENTE
Irresistível

— Maldição!

— Prazer em conhecê-los, garotos — John se antecipou e estendeu a mão para eles. — Quando forem a outro jogo, me esperem fora do vestiário que apresento vocês para alguns dos rapazes.

— Mesmo?

— Certo!

Quando os dois se afastaram, a mulher ficou para trás. John soltou da mão de Lexie e olhou para ela.

— Está na hora de recolher a pipa — disse. — Sua mãe vai ficar se perguntando o que aconteceu conosco.

— Você é John Kowalsky?

Ele ergueu o olhar.

— Isso mesmo — respondeu, o tom de voz claramente alertando-a de que não estava interessado na companhia dela.

A mulher era muito bonita, mas magra demais e tinha o estilo loira falsa, como se tivesse ficado no sol por muito tempo. A determinação endureceu os olhos azul-claros dela, e ele ficou imaginando como o impediria de se afastar dali.

— Bem, John — disse ela e lentamente ergueu os cantos dos lábios em um sorriso sedutor. — Sou Connie. — Olhou-o de cima a baixo. — Você está muito bonito nesses *jeans*.

Ele certamente já tinha ouvido essa frase antes, mas fazia muito tempo e não se lembrava muito bem. Não só ela estava invadindo sua privacidade com Lexie, como era muito pouco original.

— Mas eu acho que você poderia ficar melhor. Por que não os tira para vermos?

Agora John lembrava. A primeira vez que ouvira, tinha vinte anos e acabara de assinar com o Toronto. Ele provavelmente fora estúpido o bastante para morder a isca.

— Acho que nós dois deveríamos ficar de calça — disse.

Por que os homens eram o único gênero acusado de usar cantadas baratas? As investidas das mulheres eram igualmente ruins e a maioria completamente vulgar.

179

— Certo. Eu poderia simplesmente rastejar aí dentro — ela insistiu. Em seguida passou a ponta de uma unha comprida e vermelha pelo cós, e então desceu.

John ergueu a mão para retirar o dedo dela de sua braguilha, mas Lexie cuidou do assunto. Tirou a mão da mulher com um tapa e se colocou entre eles.

— Esse é um gesto feio — disse Lexie enquanto encarava Connie. — Você pode se meter em uma grande encrenca.

O sorriso da mulher ficou hesitante quando olhou para baixo.

— É sua?

John riu suavemente, achando graça da expressão feroz de Lexie. Claro que ele já precisara de seguranças, em especial na Filadélfia, a "Cidade do Amor Fraterno", onde as fãs podiam ser realmente más se alguém ofendesse seu time. Mas nunca fora guardado por uma garota, muito menos uma garota de menos de um metro e vinte.

— A mãe dela é minha amiga — disse com um sorriso.

Ela olhou de volta para John e jogou o cabelo para o lado.

— Por que não a manda de volta para a mamãe e então você e eu podemos dar uma volta no meu carro? Tenho um grande banco traseiro.

Uma rapidinha no banco traseiro de um Buick nem mesmo despertava a curiosidade dele.

— Não estou interessado.

— Farei coisas com você que nenhuma mulher já fez.

John duvidava seriamente daquela declaração. Imaginava que já tinha feito de tudo ao menos uma vez; ou melhor, tinha feito duas vezes, só para ter certeza. Colocou a mão no ombro de Lexie e considerou várias maneiras diferentes de dizer para a loira ir embora. Com a filha por perto, tinha de ser cuidadoso ao expressar sua rejeição.

A aproximação de Georgeanne salvou-o.

— Espero que não esteja interrompendo nada — disse ela com a voz melosa de sempre.

Simplesmente Irresistível

John se aproximou e pegou-a na cintura. Com a mão em seu quadril, sorriu para o rosto atônito.

— Sabia que não conseguiria ficar longe da gente.

— John...? — ela ofegou.

Em vez de responder à pergunta implícita na voz dela, ele tirou a mão do ombro de Lexie e apontou para a mulher.

— Georgie, querida, essa é a Connie.

Georgeanne forçou um de seus sorrisos falsos.

— Olá, Connie.

A loira mediu-a de cima a baixo e deu de ombros.

— Poderia ter sido divertido.

Assim que Connie se afastou, John observou os lábios carnudos de Georgeanne formarem uma linha reta. Os olhos verdes o fulminavam.

— Está chapado?

Ele sorriu e sussurrou-lhe ao ouvido:

— Deveríamos ser amigos, lembra? Estou fazendo a minha parte.

— Você apalpa todas as suas amigas?

John riu. Riu dela, de toda a situação, mas, mais do que tudo, riu dele mesmo.

— Somente as bonitas de olhos verdes e boca atrevida. Talvez queira se lembrar disso.

Dez

Naquela noite, depois do piquenique, Georgeanne ainda se sentia em brasas. Lidar com John liquidara o último resquício de serenidade que pudesse ainda ter, e Mae certamente não ajudara nem um pouco. Em vez de oferecer apoio, a amiga passara o tempo todo insultando Hugh Miner, que parecia ter gostado do abuso. Hugh comeu com gosto, riu tolerantemente e provocou Mae até que Georgeanne começou a se preocupar com a segurança do jogador.

Agora, tudo o que ela queria era um banho quente, pepino no rosto e uma bucha vegetal. Mas o banho teria de esperar até que revelasse tudo a Charles. Se quisesse qualquer tipo de futuro com ele, tinha de contar-lhe sobre John. Precisaria contar que mentira sobre o pai de Lexie. E teria de ser nesta noite. Não estava ansiosa pela conversa, mas queria resolver esse assunto.

A campainha tocou e ela foi recebê-lo.

— Onde está Lexie? — Charles perguntou, espiando na sala.

Ele vestia calça de sarja cáqui e camisa polo branca, e parecia relaxado. O leve grisalho das têmporas conferia dignidade ao rosto bonito.

— Coloquei-a na cama.

Charles sorriu e pegou o rosto dela entre as mãos. Deu-lhe um beijo longo e gentil. Um beijo que oferecia mais do que uma paixão quente. Mais do que uma única noite de amor.

Depois do beijo, Charles olhou-a nos olhos.

— Você parecia preocupada ao telefone.

— Estou um pouco — ela confessou.

Pegando-o pela mão, sentou-se com ele no sofá.

— Você se lembra de quando contei que o pai de Lexie estava morto?

— Claro, o F-16 dele foi abatido na Guerra do Golfo.

— Bem, talvez eu tenha enfeitado um pouco. Na verdade, muito.

Ela respirou fundo e contou-lhe sobre John. Contou sobre o encontro sete anos antes e sobre o piquenique naquela tarde. Quando terminou, Charles não parecia satisfeito e ela temeu ter estragado a relação entre eles.

— Você poderia ter me contado a verdade desde o início.

— Talvez, mas eu estava tão acostumada a mentir sobre isso que nunca realmente parei para pensar sobre a verdade. Então, quando John voltou para minha vida, achei que ele iria embora, pois se cansaria de brincar de papai, e eu não teria que contar a ela nem a ninguém.

— Você não acha mais que ele vai se cansar de Lexie?

— Não. Hoje, no parque, foi muito atencioso com ela e combinou de levá-la à exposição no Pacific Science Center na semana que vem. — Ela balançou a cabeça. — Não acho que ele vai embora.

— Como você se sente ao vê-lo?

— Eu? — perguntou ela olhando nos olhos acinzentados dele.

— Ele está em sua vida. Você o verá de vez em quando.

— Isso mesmo. Assim como a sua ex-mulher está na sua.

Ele baixou o olhar.

— Não é a mesma coisa.

— Por que não?

Ele sorriu de leve.

— Porque acho Margaret extremamente desagradável.

Ele não estava bravo. Estava com ciúme, como Mae previra.

— E John Kowalsky — continuou — é um cara bonito.

— Você também é.

Ele pegou a mão dela.

— Você precisa me dizer se estou competindo com um jogador de hóquei.

— Não seja ridículo. — Georgeanne riu do absurdo. — John e eu nos odiamos. Em uma escala de um a dez, ele é menos trinta. Acho-o tão desagradável quanto uma gengivite.

Charle sorriu e puxou-a para junto dele.

— Você tem um jeito único de se expressar. É uma das muitas coisas de que gosto em você.

Georgeanne deitou a cabeça no ombro dele e suspirou aliviada.

— Estava com medo de perder sua amizade.

— Isso é tudo o que sou para você? Um amigo?

Ela ergueu o olhar para ele.

— Não.

— Ótimo. Quero mais do que amizade.

Os lábios dele roçaram a testa dela.

— Eu poderia me apaixonar por você.

Georgeanne sorriu e acariciou-o do peito até o pescoço.

— Talvez eu possa me apaixonar por você, também — disse e beijou-o.

Charles era exatamente o tipo de homem de que ela precisava. Confiável e equilibrado. Devido ao trabalho agitado e cheio de compromissos de ambos, eles não tinham muito tempo sozinhos juntos. Georgeanne trabalhava nos fins de semana e, se tinha uma noite livre, passava com Lexie. Charles normalmente não trabalhava à noite nem nos fins de semana e, devido aos conflitos de agenda, se encontravam com frequência

SIMPLESMENTE
Irresistível

para almoçar. Talvez fosse o momento de mudar isso. Talvez fosse o momento de se encontrarem para o café da manhã. Sozinhos. No Hilton. Suíte 231.

* * *

Georgeanne fechou a porta do escritório, deixando de fora o zumbido das batedeiras e a conversa dos empregados. Como sua casa, o escritório que compartilhava com Mae era cheio de flores e rendas. E fotos. Dúzias delas espalhadas pela sala. A maioria de Lexie, várias de Mae e Georgeanne juntas em diversos trabalhos do bufê. Três eram de Ray Heron. O finado irmão gêmeo de Mae aparecia de *drag queen* em duas delas, e na terceira ele parecia bem normal vestindo *jeans* e um suéter fúcsia. Georgeanne sabia que Mae pensava no irmão diariamente, mas também sabia que a dor de Mae não era mais tão grande quanto já fora. Ela e Lexie tinham preenchido o espaço vazio deixado pela morte de Ray, enquanto Mae se tornara uma irmã para ela e uma tia para Lexie. As três formavam uma família.

Georgeanne foi até a janela e ergueu a cortina, deixando o sol do início da tarde entrar. Colocou um contrato de três páginas sobre a escrivaninha antiga e se sentou. Mae não era esperada até o fim do dia e Georgeanne tinha uma hora ainda até o almoço com Charles. Analisou as listas de itens, relendo-as para ter certeza de que não deixara escapar nada importante. Quando leu as últimas linha do contrato, os olhos se arregalaram e ela cortou o dedo na borda do papel. Se a sra. Fuller queria que a festa de aniversário em setembro tivesse um tema medieval, ia pagar *muito* dinheiro por isso. Distraidamente, sugou o dedo entre os lábios e releu os pratos, que eram bem fora do comum. Contratar a Sociedade Medieval para as apresentações e transformar o jardim da casa da sra. Fuller em uma feira medieval demandaria muito trabalho e muito dinheiro.

Georgeanne baixou a mão e suspirou fundo enquanto olhava o cardápio especial. Normalmente, adorava um desafio. Divertia-se criando eventos maravilhosos e planejando cardápios originais. Adorava o sentimento de realização ao final dos eventos, quando tudo era embalado de novo e colocado nas vans. Mas desta vez não se sentia animada. Estava cansada e nem um pouco a fim de encarar um jantar para cem pessoas. Gostaria que já fosse setembro. Talvez sua vida estivesse mais organizada até lá, mas desde o dia em que John reaparecera em sua vida, duas semanas antes, ela se sentia em uma montanha-russa. Depois do piquenique no parque, havia levado Lexie para se encontrar com ele no Seattle Aquarium, depois os três foram ao restaurante favorito de Lexie, o Iron Horse. Os dois eventos foram tensos, mas ao menos no escuro do aquário ela não tivera que pensar em nada mais sério do que tubarões e lontras marinhas. No Iron Horse foi diferente. Enquanto esperavam que os hambúrgueres fossem trazidos à mesa por um pequeno trem, a tentativa de uma conversa educada foi torturante. O tempo todo ela ficara angustiada, prendendo o fôlego, esperando pelo apito final. O único momento em que conseguiu respirar foi quando os fãs de hóquei se aproximaram da mesa e pediram um autógrafo para John.

Se as coisas estavam hostis entre Georgeanne e John, Lexie não parecia ter notado. Ela se afeiçoara imediatamente ao pai, o que não era surpresa para Georgeanne. Lexie era cordial, extrovertida e gostava verdadeiramente de pessoas. Sorria, ria com facilidade e acreditava que todos a achavam a invenção mais maravilhosa desde o velcro. John, obviamente, também achava. Ouvia com atenção as histórias repetidas de cães e gatos e ria das piadas de elefante dela, que eram muito ruins e nada engraçadas.

Georgeanne colocou o contrato de lado e pegou a nota fiscal de um eletricista que passara dois dias consertando a ventilação na cozinha. Estava tentando não deixar que a situação de John

SIMPLESMENTE
Irresistível

a incomodasse. Lexie se comportava com John da mesma forma com que se comportava com Charles. Mesmo assim, havia um risco com John que não havia com nenhum outro homem. John era o pai de Lexie e uma parte de Georgeanne temia a relação dos dois. Era uma relação que ela não podia compartilhar. Uma relação que nunca conheceria, nunca compreenderia e só poderia assistir de longe. John era o único homem que poderia ameaçar sua intimidade com a própria filha.

Nesse instante alguém bateu à porta do escritório. Georgeanne ergueu o olhar quando a primeira-cozinheira enfiou a cabeça na sala. Sarah era uma estudante universitária brilhante e uma *chef* confeiteira de talento.

— Tem um homem aqui para vê-la.

Georgeanne reconheceu o brilho excitado nos olhos da garota. Nas últimas duas semanas, vira esse olhar em vários rostos femininos no bufê. Normalmente seguido por risadinhas, bajulações ridículas e pedidos de autógrafos. A porta se abriu por completo e ela viu, atrás de Sarah, o homem que reduzia as mulheres a esse comportamento vergonhoso. O homem que parecia estranhamente à vontade em um *smoking* formal.

— Oi, John — cumprimentou ela, levantando-se.

Ele entrou no escritório, preenchendo a sala pequena e feminina com seu tamanho e forte presença máscula. Uma gravata preta de seda pendia sobre uma camisa branca plissada. O fecho dourado de cima estava aberto.

— O que posso fazer por você?

— Estava na vizinhança e pensei em fazer uma visita — ele respondeu e tirou o paletó.

— Precisa de algo? — Sarah perguntou.

Georgeanne foi até a porta.

— Por favor, sente-se, John — disse.

Olhou na direção da cozinha, para os empregados, que não estavam preocupados em esconder o interesse.

— Não, Sarah, obrigada — disse, fechando a porta nos rostos curiosos.

Avaliou a aparência de John com um olhar. O paletó estava pendurado no ombro, seguro por dois dedos em forma de gancho. Em contraste com a camisa branca, suspensórios pretos subiam pelo peito largo dele, descendo em Y nas costas. Ele estava simplesmente delicioso.

— Quem é? — John perguntou segurando um porta-retratos de porcelana.

Ray Heron o encarava de volta, especialmente atraente com uma peruca de corte oriental e um quimono vermelho. Embora Georgeanne não o tivesse conhecido, admirava a habilidade de Ray com o delineador e sua queda por cores intensas. Nem toda mulher, ou homem, podia usar aquele tom de vermelho e ficar tão bem nele.

— É o irmão gêmeo de Mae — ela respondeu e voltou para trás da escrivaninha.

Esperou que John dissesse algo depreciativo e cruel. Ele não disse nada. Apenas ergueu uma sobrancelha e colocou a foto de volta na mesa.

Mais uma vez Georgeanne foi lembrada de como ele ficava deslocado no ambiente dela. Ele não se encaixava. Era muito grande, muito masculino e incrivelmente bonito.

— Vai se casar? — brincou ela, sentando-se.

Ele olhou em volta e jogou o paletó nas costas da poltrona.

— Claro que não! Isto não é meu. — Puxou a cadeira e sentou-se. — Estava no Pioneer Square dando uma entrevista — explicou com ar indiferente e enfiou as mãos nos bolsos dianteiros da calça de lã.

O Pioneer Square ficava a uns oito quilômetros do escritório de Georgeanne. Não era exatamente na vizinhança.

— Belo *smoking*. De quem é?

— Não sei. A revista provavelmente pegou emprestado em algum lugar.

— Qual revista?

— *GQ.* Eles queriam algumas fotos na cascata — ele respondeu, com enfado.

Georgeanne ficou imaginando se ele estava se fazendo propositadamente de entediado.

— Precisava de um tempo, então saí. Você tem alguns minutos?

— Alguns — respondeu ela e olhou para o relógio no canto da mesa. — Vou servir um bufê às três.

Ele inclinou a cabeça de lado.

— Quantas festas vocês fazem por semana?

Por que ele estava investigando?

— Depende da semana — ela respondeu de modo evasivo. — Por quê?

John olhou o escritório.

— Vocês parecem estar indo muito bem.

Ela não confiava nele nem por um segundo. Ele queria algo.

— Está surpreso?

— Não sei. Acho que nunca imaginei você como uma empresária. Sempre pensei que voltaria para o Texas e agarraria um marido rico.

A especulação nada lisonjeira dele a irritara, mas ela supôs que não era complemente sem justificativa.

— Como você sabe, isso não aconteceu. Fiquei aqui e ajudei a construir este negócio. Estamos indo muito bem — acrescentou, sem conseguir evitar de vangloriar-se.

— Estou vendo.

Georgeanne olhou séria para o homem à frente dela. Ele se parecia com John. Tinha o mesmo sorriso, a mesma cicatriz na sobrancelha, mas não estava agindo como ele. Estava agindo... bem, quase que agradável. Onde estava o cara que a olhava duro e adorava provocá-la?

— É por isso que está aqui? Para falar sobre meu negócio?

— Não. Tem algo que quero perguntar a você.

— O quê?

— Você tira férias?

— Claro — respondeu ela, desconfiada.

Aonde ele queria chegar? Achava que ela nunca saía de férias com Lexie? No verão anterior, elas tinham ido ao Texas visitar a tia Lolly.

— Julho é normalmente devagar no ramo de bufês. Então, Mae e eu fechamos por algumas semanas.

— Quais semanas?

— As duas do meio.

Ele a fitou seriamente.

— Quero que Lexie venha comigo para Cannon Beach por alguns dias.

— Cannon Beach, no Oregon?

— Sim. Tenho uma casa lá.

— Não — respondeu ela tranquilamente. — Ela não pode ir.

— Por que não?

— Porque ela ainda não o conhece direito para fazer uma viagem com você.

Ele franziu a testa.

— Obviamente você viria junto.

Georgeanne estava incrédula. Colocou as mãos em cima da mesa e inclinou-se para a frente.

— Você quer que eu fique na sua casa? Com você?

— É claro.

Era uma ideia impossível.

— Você enlouqueceu totalmente?

Ele deu de ombros.

— Provavelmente.

— Preciso trabalhar.

— Você disse que fecham por duas semanas no próximo mês.

— É verdade.

— Então diga sim.

SIMPLESMENTE
Irresistível

— De jeito nenhum.

— Por quê?

— Por quê? — ela repetiu, pasma por ele ter considerado ficarem juntos em outra casa de praia. — John, você não gosta de mim.

— Nunca disse que não gosto de você.

— Você não precisa dizer. Você olha para mim e eu sei que é verdade.

As sobrancelhas dele se ergueram juntas.

— Como eu olho para você?

Ela recostou-se de novo.

— Você olha carrancudo e franze a testa para mim, como se eu tivesse feito algo de mau gosto, como coçar-me em público.

Ele sorriu.

— Ruim assim, é?

— Sim!

— E se eu prometesse não olhar carrancudo para você?

— Não acho que seja uma promessa que possa manter. Você é de lua.

Ele retirou uma mão do bolso e colocou-a sobre o plissado da camisa.

— Sou bem fácil de lidar.

Georgeanne revirou os olhos.

— E Elvis está vivo criando visom em algum lugar do Nebraska.

John riu.

— Certo, geralmente eu sou fácil de lidar, mas você tem que admitir que essa situação entre nós é incomum.

— É verdade — ela concordou, embora duvidasse que ele pudesse ser confundido com um cara legal e sensível.

John colocou os cotovelos nos joelhos e inclinou-se para a frente. As pontas da gravata pendiam sobre suas coxas, enquanto os suspensórios estavam esticados contra o peito.

— Isso é importante para mim, Georgie. Não tenho muito tempo antes de ir para a concentração. Preciso ficar com Lexie em algum lugar onde as pessoas não me reconheçam.

— As pessoas não vão reconhecê-lo no Oregon?

— Provavelmente não e, se reconhecerem, ninguém no Oregon dá a mínima para um jogador de hóquei de Washington. Quero dar atenção total a Lexie, sem interrupções. Não posso fazer isso aqui. Você tem saído comigo. Vê como é.

Ele não estava se gabando, apenas constatando um fato.

— Imagino que ter de dar autógrafos o tempo todo deva ser meio chato.

Ele deu de ombros.

— Normalmente eu não me importo. Exceto quando estou na frente de um mictório e minhas mãos estão cheias.

Mãos. Que ego! Ela tentou não rir.

— Seus fãs devem realmente gostar de você para segui-lo no banheiro.

— Eles não me conhecem. Gostam do que acham que sou. Sou um cara normal que joga hóquei para viver em vez de dirigir uma retroescavadeira. — Um sorriso autodepreciativo torceu-lhe um canto da boca. — Se realmente me conhecessem, provavelmente não gostariam de mim mais do que você gosta.

"Nunca disse que não gosto de você." A frase estava parada entre eles, não dita e esperando que Georgeanne tivesse algum tato e a repetisse. Ela poderia dizer que gostava dele, tranquilamente. Fora criada com mentiras educadas. Mas, quando olhava naqueles olhos azul-cobalto, não tinha certeza de quanto era mentira. Enquanto ele estava ali sentado, do jeito que toda mulher fantasiava, fazendo charme com seus sorrisos, ela não tinha certeza de quanto realmente ainda desgostava dele. De alguma forma, ele passara de menos trinta para um menos dez. Uma melhora desde uma hora antes.

— Gosto de você mais do que desse cortador de papel — admitiu ela enquanto erguia o dedo indicador. — Mas menos do que um dia de cabelo ruim.

Ele olhou para ela por vários e longos minutos.

— Então... Estou em algum lugar entre um cortador de papel e um dia de cabelo ruim?

— Isso mesmo.

— Posso lidar com isso.

Georgeanne não sabia o que dizer para ele quando estava sendo tão cordato. Foi salva do problema com o toque do telefone.

— Com licença, um momento — disse e atendeu. — Bufê Heron, Georgeanne falando.

A voz masculina do outro lado não esperou para dizer a ela exatamente o que queria.

— Não — disse ela em resposta. — Não fazemos bolos de busto nu.

John riu abafado enquanto se levantava. Percorreu a sala com o olhar e foi até uma estante debaixo da janela. O sol fazia a abotoadura brilhar em seu pulso quando levou a mão por trás de uma samambaia e pegou uma das fotos de que Georgeanne menos gostava. Mae tirara a foto de Georgeanne no oitavo mês de gravidez, por isso estava escondida atrás da planta.

— Tenho certeza — disse ela ao telefone —, o senhor nos confundiu com outra empresa.

O cavalheiro argumentou com determinação que seria positivo para o Heron servir na festa de solteiro do amigo dele. Entrou em detalhes e Georgeanne foi forçada a baixar a voz.

— Eu sei com certeza de que nunca providenciamos garçonetes de *topless* para nenhuma ocasião — disse. — Nem mesmo sei o que é uma garota bunduda.

Olhou para o perfil de John, mas ele estava absorto, não parecia tê-la ouvido. As sobrancelhas dele estavam baixas enquanto olhava a foto dela, maior do que uma tenda de circo, dentro de um vestido de gestante de poá rosa e branco.

Quando ela desligou, levantou-se e deu a volta na escrivaninha.

— É uma foto horrível — disse ela, parando ao lado dele.

— Você estava imensa.

— Obrigada.

Ela fez menção de pegar a foto, mas John tirou do alcance dela.

— Não quis dizer gorda — disse ele olhando para a foto. — Quis dizer bem grávida.

— Eu estava *bem* grávida.

Ela ergueu a mão de novo e perdeu.

— Agora me dê aqui.

— O que você desejava?

— Do que você está falando?

— Mulheres grávidas têm desejos de picles e sorvete.

— Sushi.

Ele fez uma careta e olhou para ela com o canto do olho.

— Gosta de *sushi*?

— Não mais. Comi tanto que não pude nem sentir o cheiro de peixe por muito tempo. E beijos. Desejava beijos todas as noites às nove e meia.

O olhar dele desceu até a boca de Georgeanne.

— De quem?

Ela sentiu o estômago borbulhar. Um sentimento perigoso.

— Beijos de chocolate.

— Peixe cru e beijos de chocolate.

Ele olhou para os lábios dela por mais alguns segundos e, então, de volta para a foto.

— Quanto Lexie pesava quando nasceu?

— Quatro quilos e duzentos.

John sorriu, os olhos arregalados, como se estivesse muito orgulhoso de si mesmo.

— Puta merda!

— Foi o que Mae disse quando pesaram a Lexie.

Georgeanne levou a mão até a foto de novo e desta vez conseguiu pegá-la.

Ele se virou para ela e estendeu a mão.

SIMPLESMENTE
Irresistível

— Não terminei de olhar.

Ela escondeu-a atrás das costas.

— Sim, já terminou.

— Não me faça bloqueá-la com o corpo.

— Você não faria isso.

— Ah, sim, faria. — A voz saiu baixa e sedosa. — É meu trabalho e sou profissional.

Fazia muito tempo que Georgeanne não flertava nem se insinuava. Não fazia mais aquele tipo de coisa. Recuou alguns passos.

— Não sei o que significa bloquear com o corpo. É como estivesse revistando a pessoa?

— Não. — Ele balançou a cabeça e fechou levemente as pálpebras, com um ar maroto. — Mas posso querer mudar as regras para você.

A borda da mesa parou Georgeanne. A sala pareceu ficar muito menor e o olhar dele fazia o coração dela agitar-se como os cílios postiços de uma debutante.

— Vamos, desista — ele disse.

Antes que Georgeanne soubesse exatamente como aconteceu, sete anos de autoaperfeiçoamento voaram pela janela. Ela abriu a boca e as palavras saíram como manteiga aquecida.

— Não escuto esse papo doce desde a escola — falou de modo arrastado.

John abriu o sorriso.

— Funcionou?

Ela também sorriu e negou com a cabeça.

— Vai me fazer pegar pesado com você?

— Isso também não funcionou.

A risada profunda e deliciosa dele encheu a sala e iluminou-lhe os olhos. O homem parado na frente dela era intrigante e magnético. Esse era o John que a encantara e tirara a roupa dela havia sete anos e, depois, a jogara fora como lixo tóxico.

— O pessoal da *GQ* não está esperando por você?

Sem tirar os olhos dela, John ergueu o braço e desabotoou o punho. Deu uma olhada rápida no relógio de ouro.

— Está me expulsando?

— Absolutamente.

Ele ajeitou o punho e pegou o paletó.

— Pense sobre Oregon.

— Não preciso pensar nisso. — Ela não ia. Ponto final.

A porta abriu-se e Charles entrou, impedindo qualquer discussão e trazendo consigo uma mudança no ar. Com as sobrancelhas erguidas, olhou de Georgeanne para John e voltou o olhar para ela.

— Olá — disse ele.

Georgeanne endireitou-se.

— Achei que não nos veríamos antes do meio-dia.

Ela colocou a foto na escrivaninha.

— Terminei minha reunião cedo e pensei em passar aqui e pegá-la.

Charles olhou de novo para John e algo se passou entre os dois. Alguma coisa primitiva e intrinsecamente masculina. Uma linguagem não verbal em código que ela não entendia.

Georgeanne quebrou o silêncio e apresentou os dois.

— Georgeanne me disse que você é o pai de Lexie — Charles disse depois de vários e tensos minutos.

— Isso mesmo.

A mente dela estava mais enredada que um novelo de lã. John era dez anos mais jovem que Charles. Era alto e atlético. Um homem bonito com um corpo bonito. Charles era uns dois centímetros mais alto que ela e magro em vez de musculoso. O visual dele era mais distinto, como um senador ou um deputado. Era saudável.

— Lexie é uma garotinha maravilhosa — Charles continuou.

— Sim. É sim.

— Georgeanne é uma mãe fantástica e uma mulher incrível — Charles elogiou e passou um braço possessivo pela cintura dela, puxando-a para perto. — E uma cozinheira talentosa.

— Sim. Eu lembro.

As sobrancelhas de Charles baixaram.

— Ela não precisa de nada.

— De quem? — perguntou John.

— De você.

John olhou de Charles para Georgeanne. Um sorriso esperto mostrou os dentes brancos e alinhados.

— Ainda deseja beijos à noite, querida?

Ela sentiu vontade de dar um soco nele. Ele estava tentando provocar Charles de propósito. E Charles... Ela não sabia qual era o problema com ele.

— Não mais — disse ela.

— Talvez não esteja beijando a pessoa certa — John cutucou. Em seguida vestiu o paletó e ajeitou os punhos.

— Ou talvez eu esteja satisfeita.

Ele lançou um olhar cético para Charles antes de se despedir dela.

— Vejo você depois. — E saiu do escritório.

Georgeanne observou-o sair.

— O que foi tudo isso? — indagou. — O que estava acontecendo entre vocês dois?

Charles ficou em silêncio por um momento, as sobrancelhas ainda baixas sobre os olhos acinzentados.

— Um antigo campeonato de mijo.

Ela nunca o ouvira usar aquele linguajar antes. Ficou chocada e alarmada. Não queria que ele achasse que precisava competir com John. Os dois homens estavam em categorias diferentes. John era bruto e lascivo e usava palavrões como uma segunda língua. Charles era educado e um cavalheiro. John era um lutador que jogava sujo para ganhar a qualquer custo. Charles não tinha chance contra um homem que usava as duas mãos para urinar.

Charles balançou a cabeça.

— Desculpe pela expressão vulgar.

— Tudo bem.

John parecia trazer à tona o pior das pessoas.

— O que ele queria?

— Falar sobre a Lexie.

— O que mais?

— Só isso.

— Então por que perguntou a você sobre desejar beijos?

— Estava me provocando. Algo que ele faz muito bem. Não deixe que ele o incomode. — Passou os braços ao redor do pescoço de Charles, restaurando a confiança dele e a de si mesma. — Não quero falar sobre John. Quero falar de nós. Acho que, no domingo, talvez possamos pegar as garotas e passar o dia observando as baleias perto de San Juan. Eu sei que é uma coisa para turista, mas nunca fiz isso e sempre quis. O que você acha?

Ele a beijou e sorriu.

— Acho que você é linda e farei qualquer coisa que você quiser.

— Qualquer coisa?

— Sim!

— Então me leve para almoçar. Estou faminta.

Georgeanne pegou a mão de Charles e, enquanto saíam, notou que a foto dela parecendo uma tenda de circo havia sumido.

Onze

Pela primeira vez em sete anos, Mae sentia-se quase alegre com a morte do irmão. Os amigos de Ray estavam se mudando do estado ou morrendo e ele nunca conseguiria lidar com a deserção. Mesmo que o desertor não tivesse outra opção.

Mae empurrou os óculos escuros no nariz e atravessou o saguão do hospital, em direção à saída. Se Ray estivesse vivo, não suportaria ver Stan, o amigo querido e amante, definhando de um câncer relacionado à aids. Ficaria muito emotivo, incapaz de esconder a dor. Mas não Mae. Mae sempre fora mais forte que o irmão gêmeo.

Abaixou a cabeça e empurrou uma das pesadas portas de vidro. Ela era uma louca centrada. E daí? Se não fosse, talvez não conseguisse ir até o hospital para dar o último adeus a Stan. Se não fosse o autocontrole, desabaria antes mesmo de chegar em casa. Poderia desmoronar ali mesmo e chorar pelo homem que a ajudara a superar a morte do irmão. O homem que adorava piadas, jogar golfe e a memorabilia de Liberace. Stan era muito mais do que um esqueleto esperando a família levá-lo para morrer em casa. Era muito mais do que a última baixa da aids. Era amigo dela e ela o amava.

Mae respirou fundo a brisa da manhã e liberou os pulmões do antisséptico hospitalar. Pegou a Décima Quinta Avenida em direção à casa que partilhava com seu gato, o Botinhas.

— E aí, Mae?

Ela parou e, olhando para trás, encontrou o sorriso largo de Hugh Miner. Um boné escondia-lhe os olhos e o cabelo castanho-claro saía pelas beiradas, virado para cima como anzóis. Ele segurava três grandes tacos de hóquei em uma mão, e os patins estavam pendurados sobre um ombro largo. Vê-lo por ali era uma surpresa. Mae vivia em Capital Hill, uma área afastada do centro de Seattle, bem conhecida por sua população gay e lésbica. Mae estivera cercada por gays a vida toda e sabia dizer a preferência sexual de uma pessoa minutos após conhecê-la Na primeira e única vez em que encontrara Hugh, soubera em segundos que ele era cem por cento heterossexual.

— O que está fazendo aqui? — perguntou ela.

— Vou largar esses tacos no hospital.

— Por quê?

— Para um leilão.

— As pessoas realmente pagam por seus velhos tacos de hóquei?

— Pode apostar. — O sorriso dele se alargou. — Sou um ótimo goleiro.

Ela balançou a cabeça.

— Você é um egomaníaco.

— Você diz isso como se fosse uma coisa depreciativa. Algumas mulheres realmente gostam disso em mim.

Mae não se interessava por aquele tipo de homem, bonito e metido.

— Algumas mulheres estão desesperadas. — Ele riu. — O que vai fazer hoje, além de espalhar alegria?

SIMPLESMENTE
Irresistível

— Caminhar até em casa.

O sorriso dele caiu.

— Você vive por aqui?

— Sim.

— Você é lésbica, querida?

Ela pensou em como Georgeanne teria rolado de rir com essa pergunta.

— Isso importa?

Ele deu de ombros.

— Seria uma grande lástima, mas explicaria por que você é tão geniosa.

Mae não era normalmente geniosa com os homens. Ela adorava os homens. Só não do tipo atlético.

— Só porque sou rude com você não significa que eu seja lésbica.

— Bem, você é?

Ela hesitou.

— Não.

— Que bom. — Ele suspirou aliviado. — Quer tomar um café ou uma cerveja em algum lugar?

Mae forçou um sorriso.

— Caia na real — zombou enquanto caminhava até o meio-fio. Olhou para os dois lados da Décima Quinta e esperou o tráfego diminuir.

— Desculpe por isso, coração — Hugh gritou atrás dela, como se Mae lhe tivesse feito uma pergunta. — Mas não vou participar dessa proposta pervertida.

Mae olhou para ele enquanto caminhava entre dois carros estacionados. Ele andava de costas para a entrada do hospital, apontando os tacos de hóquei para ela.

— Mas, se for boazinha e vestir algo bem *sexy*, talvez eu leve você ao cinema pornô ali na Primeira Avenida. Estão apresentando *A orgia francesa*, e sei que você adora esses filmes estrangeiros.

— Você é doente — ela resmungou e atravessou a rua.

201

Mae tirou Hugh da sua cabeça facilmente. Tinha coisas mais importantes em que pensar do que em um jogador com um pescoço grosso. O círculo de amigos dela estava ficando menor com o tempo. Na semana anterior, tivera que dar adeus ao parceiro e vizinho Armando "Mandy" Ruiz. Nem mesmo sabia que ele estava pensando em se mudar, até o dia em que o viu colocar a bagagem em sua Chevy. Saíra de Seattle para Los Angeles. Atendera ao chamado dos holofotes e fora atrás do sonho de se tornar o próximo Ru Paul. Mae sentiria falta de Stan, e de Mandy também.

Mas ainda tinha sua família. Ainda tinha Georgeanne e Lexie. Bastavam por ora. Por enquanto estava satisfeita com a própria vida.

*   *   *

John abriu a porta da frente e examinou Georgeanne com um rápido olhar. Às 10 horas da manhã, ela estava bem-disposta e perfeitamente impecável. Penteara o cabelo escuro em um coque, e brincos de brilhante enfeitavam suas orelhas. Vestia um de seus horríveis e poderosos *tailleurs* que escondiam a linha entre os seios e a cobriam até os joelhos.

— Trouxe o que combinamos? — perguntou, saindo de lado para deixá-la entrar em sua casa.

Depois que Georgeanne passou por ele, ergueu o próprio braço e cheirou rapidamente a axila. Ele não cheirava tão mal, mas deveria ter tomado um banho depois da corrida. E trocado seu *short* e a camiseta cinza amarrotada.

— Sim, trouxe várias.

Georgeanne entrou na sala de estar e ele fechou a porta.

— Mas você precisa manter sua parte no acordo — ela continuou.

— Primeiro deixe eu ver a mercadoria.

SIMPLESMENTE
Irresistível

Enquanto ela procurava na pasta bege, John a observava. A severidade do cabelo dela e o azul e branco do tecido listrado a faziam parecer quase assexuada. Quase. Mas os olhos eram um pouco verdes demais, a boca um pouco carnuda demais e muito vermelha. E o corpo dela... Bem, que diabo, não havia uma maldita roupa que ela vestisse que escondesse realmente os seios. Só de olhar para ela, um homem teria pensamentos perversos.

— Aqui. — Ela estendeu uma foto emoldurada para ele.

John pegou a foto de Lexie e levou Georgeanne em direção ao sofá de couro. Era uma foto da escola, com Lexie dando um verdadeiro sorriso "xis" para a câmera.

— Que notas ela tem tirado na escola? — perguntou ele.

— Eles não dão notas no jardim.

Ele se sentou, bem à vontade.

— Então como eles sabem se ela está aprendendo o necessário?

— Ela fez dois anos de pré-escola. Lê e escreve palavras simples muito bem, graças a Deus. Eu tinha medo de que Lexie tivesse dificuldades.

Quando ela se sentou ao lado dele, John encarou-a.

— Por quê?

Os cantos da boca de Georgeanne se ergueram.

— Nenhum motivo.

Era visível que ela estava mentindo, mas ele não queria discutir. Ainda não.

— Odeio quando você faz isso.

— O quê?

— Sorri quando não quer sorrir.

— Que pena. Tem muitas coisas de que não gosto em você.

— Tipo o quê?

— Como roubar aquela foto horrível do meu escritório ontem e pedir resgate por ela. Não gosto de chantagem.

Ele não tivera intenção de chantageá-la. Pegara a foto porque gostara. Nenhuma outra razão. Queria ficar admirando o rosto lindo de Georgeanne e a barriga grávida, imensa com o bebê dele. Quando olhava para a foto, seu peito inflava de orgulho, quase sufocando-o com um machismo à moda antiga.

— Georgie, Georgie — suspirou. — Achei que tivéssemos limpado essas acusações feias na noite passada pelo telefone. Eu disse que peguei a foto apenas *emprestada* — mentiu.

Não tinha intenção de devolvê-la, mas ela ligara e gritara com ele, então decidiu usar as emoções dela em benefício próprio.

— Agora, me dê a foto que você roubou.

John balançou a cabeça.

— Não até que você a substitua com algo de igual ou maior valor. Essa é meio que forçada — disse e colocou a foto da escola na mesinha de centro. — O que mais tem aí?

Georgeanne entregou-lhe um retrato tirado em um dos estúdios famosos no *shopping*. Ele viu sua garotinha parecendo uma pequena vadia com maquiagem pesada, brincos compridos imitando diamantes e um boá roxo. Franziu a testa e jogou a foto na mesa.

— Acho que não.

— É a favorita dela.

— Então pensarei a respeito. O que mais?

Ela fez um olhar zangado e inclinou-se para vasculhar a pasta. Uma fenda da saia abriu-se e revelou sua coxa, agraciando-o com um vislumbre da carne nua acima da meia cor da pele e da liga azul-acinzentada. Minha Nossa Senhora!

— Aonde vai vestida assim?

Georgeanne se endireitou. A saia fechou e o *show* terminou.

— Vou me encontrar com uma cliente na casa dela, em Mercer — respondeu, entregando-lhe outra foto.

Mas John não olhou para a fotografia.

— Tem certeza de que não vai se encontrar com seu namorado?

— Charles?

— Você tem mais de um?

— Não, não tenho mais de um e tenho certeza de que não vou encontrá-lo.

John não acreditou nela. As mulheres não vestiam aquele tipo de *lingerie* a menos que planejassem mostrá-la para alguém.

— Quer café?

John se levantou antes que a imaginação o sugasse para uma fantasia de pernas macias e renda azul.

— Claro.

Georgeanne seguiu-o até a cozinha, preenchendo o espaço com o som de seus saltos no chão de madeira.

— Charles não gosta de mim, você sabe disso — John comentou enquanto servia café em duas canecas.

— Eu sei, mas também não tive a impressão de você ter gostado dele.

— Não. Não gosto.

Mas esse não gostar não era pessoal. O cara era um verdadeiro insulto, na verdade, mas essa não era a primeira objeção dele. John odiava a ideia de qualquer homem na vida de Lexie. Ponto final.

— A relação de vocês é para valer? — perguntou.

— Não é da sua conta.

Talvez, mas ele ia insistir no assunto de qualquer maneira. Estendeu uma caneca para Georgeanne.

— Creme ou açúcar?

— Tem adoçante?

— Tem. — Vasculhou o armário à procura de um pacote azul e entregou a ela uma colher. — Seu namorado é da minha conta se ele passa algum tempo com minha filha.

Os dedos longos de Georgeanne esvaziaram o adoçante no café e ela mexeu-o lentamente. As unhas estavam lilases, longas e perfeitas. A luz do sol entrava pela janela acima da pia, incidindo no cabelo e nos brincos.

— Lexie viu Charles duas vezes e parece gostar dele. Ele tem uma filha de dez anos e as duas brincaram juntas. —

Colocou a colher na pia e encarou-o. — Acho que isso é tudo o que precisa saber.

— Se Lexie só o encontrou duas vezes, então você não o conhece há muito tempo.

— Não, não muito.

Ela fez um biquinho com os lábios e assoprou o café. John encostou-se no balcão de azulejo e olhou-a tomar um gole. Podia apostar que ela não tinha dormido com ele ainda. Isso explicaria por que o homem fora hostil com ele.

— O que ele vai dizer quando descobrir que você e Lexie vão comigo para Cannon Beach?

— Nada. Nós não vamos.

John passara a noite anterior pensando em uma maneira de convencê-la a concordar com seus planos de férias. Apelaria para as emoções dela. Deus sabia que ela as tinha em grande quantidade. Tudo o que ela sentia estava ali naqueles olhos verdes. Embora tentasse esconder-se por trás de sorrisos brandos, ele passara a vida lendo o rosto de homens duros e sem emoção. Homens que se controlavam enquanto liberavam golpes arrasadores com precisão. Georgeanne não tinha a menor chance. Ele apelaria para o lado maternal dela. Se isso não funcionasse, improvisaria.

— Lexie precisa passar um tempo comigo e eu tenho de construir uma relação com ela. Não sei muito sobre garotinhas — confessou com um dar de ombros —, mas comprei um livro escrito por uma médica. Ela escreve que a relação que uma menina tem com o pai pode determinar como ela vai se relacionar com os homens no futuro. Digamos, se um pai não for presente, ou se ele for um imbecil, ela pode realmente se fod... bem, ser passada pra trás.

Georgeanne olhou para John por um longo tempo e, então, cuidadosamente, colocou a caneca no balcão. Sabia por experiência própria que ele estava certo. Ela fora passada para trás por muitos anos. Mas ele estar certo não a persuadia a passar as férias em sua casa de praia.

SIMPLESMENTE
Irresistível

— Lexie pode conhecê-lo aqui. Nós três sozinhos seríamos um desastre.

— Não é com nós três que você está preocupada. É com a gente. — Ele apontou para ela e para si. — Você e eu.

— Você e eu não nos damos bem.

Ele cruzou os braços no peito largo e a gola gasta da camiseta escorregou pelo ombro, mostrando a clavícula e a base do pescoço.

— Acho que você está com medo de nos darmos muito bem. Tem medo de acabar na minha cama.

— Não seja louco! — ela exclamou, revirando os olhos. — Nem mesmo gosto muito de você e não estou nem um pouco atraída por você.

— Não acredito.

— Não me importa no que acredita.

— Está com medo de que, quando estivermos sozinhos, você não consiga resistir e pule na cama comigo.

Georgeanne riu. John era rico e bonito. Era um atleta famoso e tinha o corpo poderoso de um guerreiro. Ela não estava preocupada em pular na cama com ele. Nem mesmo se ele fosse o último homem na Terra e segurasse uma arma apontada para a sua cabeça.

— Você precisa superar isso.

— Acho que estou certo.

— Não. — Ela balançou a cabeça e saiu da cozinha. — Você está delirando.

— Mas você não precisa se preocupar — continuou ele, seguindo-a de perto. — Sou imune a você.

Georgeanne pegou a pasta e colocou-a no sofá.

— Você é bonita e Deus sabe que tem um corpo de fazer um padre chorar, mas simplesmente não estou tentado.

As palavras dele a atingiram mais do que queria admitir. Secretamente, ela queria que ele sofresse o diabo cada vez que colocasse os olhos nela. Queria que ele se martirizasse por largá-la do jeito que fez. Ergueu uma sobrancelha como se não acreditasse nele e apontou para a mesinha de centro.

— Quais fotos você quer?

— Deixe todas.

— Certo. — Ela tinha cópias em casa. — Agora entregue a foto que roubou do meu escritório.

— Em um minuto.

Mas, antes de buscar a fotografia, John pegou no braço dela e olhou-a nos olhos.

— Estou tentando dizer que você estaria completamente segura na minha casa. Poderia tirar suas roupas e perambular nua que eu nem olharia.

Ela sentiu sua antiga personalidade surgir para salvar-lhe o orgulho, a velha Georgeanne que não tinha certeza de nada, a não ser de seu efeito sobre os homens.

— Querido, se eu tirasse minhas roupas, saltariam veias nos seus olhos e seu coração palpitaria descontrolado. Eu teria de lhe fazer uma respiração boca a boca.

— Está enganada, Georgie. Desculpe magoá-la, mas acho você completamente resistível — disse ele, deixando a mão cair e ferindo ainda mais o orgulho dela. — Você poderia me imobilizar, me dando uma gravata, e enterrar sua língua em minha boca. Mesmo assim eu não reagiria.

— Está tentando convencer a mim ou a si mesmo?

Ele olhou para ela de cima a baixo.

— Apenas citando os fatos.

— Ahã. Bem, aqui está um fato para você.

Ela devolveu-lhe o mesmo olhar, avaliando-o. Começou nas panturrilhas firmes e subiu pelas coxas musculosas, pelo peito amplo e ombros largos até seu rosto bonito. Ele estava com uma aparência bem máscula e um pouco suado.

— Prefiro beijar um peixe morto.

SIMPLESMENTE
Irresistível

— Georgie, eu vi seu namorado. Você beija um peixe morto, realmente.

— Melhor do que um jogador estúpido como você.

Os olhos dele se estreitaram.

— Tem certeza disso?

Ela sorriu, satisfeita com a provocação.

— Absoluta.

Antes que ela se desse conta, John agarrou-a pela cintura e a puxou. Enfiou os dedos no coque dela.

— Abra a boca e diga "ah" — disse ele, colando a boca firmemente na dela.

Georgeanne ofegou, sem conseguir se mover, os olhos azuis cravados nos seus. Logo ele suavizou o beijo e tocou-lhe o lábio superior com a ponta da língua, em seguida lambeu-lhe o canto da boca e mordiscou de leve. Os olhos dele se fecharam e o braço musculoso apertou-a ainda mais. Um tremor quente percorreu a espinha de Georgeanne e sua cabeça formigou. A boca de John estava quente e úmida e, sem poder resistir, ela se entregou àquele beijo. Tocar sua língua na dele deixou-a em brasa.

Então, da mesma forma repentina que a agarrara, John a afastou.

— Vê? — disse ele, respirando fundo e devagar. — Nada.

Georgeanne piscou e ficou olhando para ele ali parada, tão fria quanto um dia de inverno. Ainda sentia a pressão da boca de John. Ele a tinha beijado, e ela deixara.

— Não há nenhum motivo que nos impeça de dividir uma casa por alguns dias. — Ele passou o polegar pelo lábio inferior, removendo a mancha vermelha de batom. — A menos, obviamente, que você tenha sentido algo com esse beijo.

— Não, nadinha — ela garantiu, mas sabendo que sentira.

Ainda sentia. Uma sensação quente e leve na boca do estômago. Deixara que ele a beijasse e não sabia por quê. Agarrou a pasta e dirigiu-se para a porta antes de gritar ou chorar, fazendo-se de tola. Talvez fosse muito tarde. Corresponder ao beijo certamente fora uma estupidez.

Ao entrar no carro, Georgeanne se deu conta de que na pressa esquecera a foto que ele tinha roubado. Bem, não ia voltar para pegá-la. Não agora. Tampouco iria para o Oregon com ele. De jeito nenhum. Não ia rolar. Nada.

*　*　*

Parado no deque aos fundos da casa, John olhava para o lago Union. Ele a beijara. Tocara. E agora se arrependia. Tinha dito a ela que não sentira nada. Se ela se preocupasse em verificar, saberia que era mentira.

Não sabia por que a beijara. Talvez porque quisesse assegurá-la de que estaria a salvo na casa dele no Oregon. Ou talvez por ela ter dito que preferiria beijar um peixe morto. Ou ainda — e o mais provável — porque ela era linda e *sexy* e vestia cinta-liga de renda azul e ele queria sentir o gostinho dos lábios dela. Apenas um beijo rápido. Apenas para experimentar. Era tudo o que queria. Ganhou mais. Ganhou um arrebate veloz de desejo e pulsação em sua virilha. Ganhara uma dor dos diabos e nenhuma maneira agradável de curá-la.

John tirou os sapatos e mergulhou na água fria. Não cometeria esse erro de novo. Sem beijos. Sem toque. Sem pensar em Georgeanne nua.

Doze

Georgeanne não tinha intenção de concordar com os planos de férias de John. Queria manter-se firme na decisão. Teria continuado, não fosse por Lexie e seu interesse pelo pai fictício, Anthony.

Um dia depois do passeio para as ilhas San Juan, as perguntas de Lexie começaram. Talvez observar Charles com Amber houvesse despertado sua curiosidade. Talvez fosse a idade. De tempos em tempos ela costumava perguntar sobre Anthony, mas pela primeira vez Georgeanne tentou responder sem evasivas. Então, ligou para John e disse que as duas se encontrariam com ele no Oregon. Se Lexie fosse se relacionar com John, precisava mesmo passar um tempo com ele antes de saber que era seu pai. Agora, ao pegar a estrada para Cannon Beach, esperava não estar cometendo um erro colossal. John prometera não provocá-la, mas ela não acreditava.

— Serei mais comportado que nunca — dissera.

Sim. Certo. E os elefantes subiam em árvores.

Olhou para a filha no banco ao lado, sob o cinto de segurança. Enquanto Lexie coloria meticulosamente o desenho de um bebê Muppet, o boné preto com um *smiley* escondia-lhe a testa e os óculos de sol azuis cobriam-lhe os olhos. Era sábado, então os lábios estavam pintados de um vermelho vivo. E finalmente aqueles lábios vermelhos estavam imóveis, e o silêncio enchia o interior do Hyundai.

A viagem começara bem agradável, mas então, em algum lugar na região de Tacoma, Lexie começara a cantar, e a cantar, e a cantar. Cantou o único verso que conhecia de "Puff the Magic Dragon" e todos os versos de "Where Is Thumbkin?". Gritava as palavras de "Deep in the Heart of Texas" e batia palmas entusiasticamente como qualquer texano orgulhoso. Infelizmente, ela foi cantando até Astoria.

Justo quando Georgeanne tinha terminado de calcular quantos anos faltavam até que enviasse Lexie com segurança para a faculdade, a cantoria parou e Georgeanne sentiu-se uma mãe horrível por imaginar-se chutando a filha do ninho.

Mas, em seguida, as perguntas começaram: "Já chegamos?", "Quanto tempo ainda?", "Onde estamos?", "Lembrou de trazer meu cobertor?" De Astoria a Seaside, ficou preocupada com o lugar onde ia dormir e com o número de quartos na casa de John. Não conseguia lembrar se colocara as unhas postiças na mala e estava na dúvida se havia pegado uma quantidade suficiente de Barbies para brincar durante os cinco dias. Lembrou-se dos brinquedos de praia, mas e se chovesse o tempo todo? E ficou perguntando se haveria crianças na vizinhança, quantas e de que idade.

Agora, enquanto Georgeanne dirigia por Cannon Beach, foi lembrada das dezenas de outras comunidades artísticas que pontilhavam a costa nordeste. Estúdios, cafés e lojas de presente lado a lado na rua principal. As fachadas das lojas eram de tons suaves de azul, cinza e verde-mar, e havia baleias e estrelas-do-mar pintadas por toda parte. As calçadas estavam cheias de turistas e bandeiras coloridas tremulavam com a brisa constante.

SIMPLESMENTE
Irresistível

Olhou para o relógio digital acima do rádio, no console do carro. Fora educada para respeitar a pontualidade e normalmente chegava no horário, mas agora estava meia hora adiantada. Em algum lugar entre Tacoma e Gearhart o pé dela pisara fundo no acelerador. Em algum lugar entre a primeira nota de "Where Is Thumbkin?" e o "Já chegamos?" ela passara dos cento e trinta. A possibilidade de ser parada por um policial e ganhar uma multa nem a preocupara. Na verdade, uma conversa adulta seria bem-vinda.

Olhou no mapa que John desenhara e passou por casas envelhecidas prensadas entre *resorts* na praia. Diminuiu para ler a letra rabiscada dele e, em seguida, virou em uma rua sombreada e seguiu em frente. Encontrou a casa facilmente. Guiou o Hyundai para o lado do Range Rover verde-escuro de John e estacionou na entrada de uma casa térrea branca, com um telhado bem inclinado de telhas de madeira. Pinho nodoso e acácia cobriam a varanda, pintada de cinza-claro. Deixou a bagagem no carro e, segurando Lexie pela mão, caminhou até a porta da frente. A cada passo, seu coração precisava recobrar o ritmo. A cada passo, crescia a sensação de estar cometendo um grande erro.

Tocou a campainha e bateu diversas vezes. Ninguém respondeu. Analisou o mapa cuidadosamente de novo. Se ela o tivesse desenhado, era provável que os números estivessem trocados.

— Ele pode estar tirando uma soneca — sugeriu Lexie. — Talvez devamos entrar e acordá-lo.

— Sim, talvez.

Georgeanne olhou para o número da casa mais uma vez, foi até a caixa de cartas e abriu a tampa. Olhou lá dentro torcendo para que nenhum vizinho ou funcionário dos correios estivesse vendo. Pegou uma correspondência comercial endereçada a John.

— Acha que ele esqueceu? — perguntou Lexie.

— Espero que não — Georgeanne respondeu, girando a maçaneta e abrindo a porta.

E se tivesse esquecido? E se estivesse dormindo em algum lugar na casa? Ou tomando banho... com uma mulher? Ela sabia que chegara um pouco cedo... Poderia estar na cama, entrelaçado com alguma mulher ingênua...

— John? — chamou entrando no hall.

Os pés de Georgeanne afundaram no carpete champanhe e, com Lexie seguindo-a bem de perto, caminhou até a sala de estar. Imediatamente percebeu que a casa não era térrea como parecia de fora. À sua esquerda uma escada levava ao piso inferior, e à direita outra escada levava para um *loft* aberto acima da sala de jantar. A casa fora construída numa encosta de morro, com vista para a praia e o mar, e toda a parte de trás era feita de janelas emolduradas por carvalho branqueado. Três claraboias dominavam o teto da sala de estar.

— Uau — Lexie falou sem fôlego, enquanto girava em um círculo. — O John é rico?

— Parece que sim, não?

Os móveis eram modernos, de madeira embranquecida e ferro. Um sofá de canto azul-escuro estava disposto de modo a se ter uma visão do mar ou da lareira na parede esquerda. Acima da lareira havia uma foto grande do avô de John ao lado de um enorme peixe azul, daqueles que os turistas pescavam na costa da Flórida. Fazia muito tempo que Georgeanne vira Ernie, mas ela o reconheceu facilmente.

— Será que John caiu em algum lugar? — Lexie perguntou, dirigindo-se a uma das portas de vidro. — Talvez tenha quebrado a perna ou se cortado.

Juntas, as duas olharam para o deque que descia até a praia. Depois do deque, Haystack Rock projetava-se para o céu azul e límpido. Aves marinhas circulavam e flutuavam acima da vegetação que se agarrava ao topo da enorme rocha, enquanto seus guinchos contínuos se misturavam ao bater das ondas.

— John! — Lexie gritou. — Onde você está?

SIMPLESMENTE
Irresistível

Georgeanne abriu a porta de correr e deixou entrar a brisa pesada que trazia o aroma de água salgada e algas marinhas e o som do mar. Saiu para o deque, inspirou profundamente e expirou lentamente. Talvez passar uma semana naquela bela casa, naquele lugar maravilhoso, não fosse tão difícil. Se John não tentasse seduzi-la e mantivesse os lábios afastados dela, talvez ganhasse pontos em sua escala de amabilidade e a viagem não fosse um grande erro.

Debaixo dos pés, sob suas alpargatas, Georgeanne sentiu um baque. Ouviu o som de passos subindo as escadas e sentiu-se amolecer por dentro. Em seguida, John surgiu, um pedaço de cada vez. Os fones de ouvido amarelos formavam uma tiara nos cabelos molhados de suor e o rosto estava coberto com uma sombra escura da barba por fazer. A seguir, os ombros largos e o peito forte. Vestia uma regata folgada cuja parte de baixo parecia ter sido extirpada com uma motosserra. Georgeanne ficou imaginando por que ele se dava o trabalho de vestir aquilo. A barriga plana estava descoberta, e os pelos escuros ao redor do umbigo desciam como a seta de uma flecha para desaparecer no *short* de corrida azul-marinho. Ele tinha pernas longas e bronzeadas, com musculosas coxas grossas.

— Vocês estão adiantadas — ele disse, recuperando o fôlego e olhando o relógio de pulso esportivo, virado para baixo. — Se soubesse estaria aqui.

— Desculpe... — pediu ela.

Georgeanne recusava-se a ficar vermelha diante da visão dele. Era adulta. Podia lidar com um homem quente, suado e seminu. Podia certamente lidar com John Kowalsky. Sem problemas. Só tinha de pensar nele como um dia de cabelo ruim: resistente, irritante e desalinhado.

— Meu pé pesou um pouco no acelerador.

— Há quanto tempo estão aqui?

John pegou uma toalha branca pendurada na grade. Secou o rosto e o cabelo como se tivesse acabado de sair do chuveiro e, então, a cabeça toda desapareceu no algodão grosso.

— Alguns minutos.

— Hum, pensamos que você tinha caído ou se machucado — Lexie contou, distraída pela visão da barriga nua.

Lexie nunca estivera perto de um homem seminu. Ela olhava toda aquela pele e os pelos e deu um passo para a frente para olhar melhor.

— Achei que talvez tivesse quebrado a perna ou se cortado — ela completou.

A cabeça dele surgiu de baixo da toalha. Olhou para Lexie e sorriu.

— Você trouxe um *band-aid* por precaução? — ele perguntou, deslizando a toalha ao redor do pescoço, segurando-a nas pontas com as duas mãos.

Ela balançou a cabeça.

— Você tem uma barriga cabeluda, John. Muito cabeluda. — disse e virou-se para o parapeito, a atenção voltada para a atividade na praia abaixo.

John olhou para seu abdômen duro e colocou uma mão grande sobre ele.

— Não acho que seja ruim — disse, esfregando a mão na pele. — Conheço caras que são muito piores. Ao menos não tenho cabelo nas costas.

Georgeanne observou a mão dele deslizar mais para baixo no abdômen, os dedos longos acariciando os pelos e as memórias tremulando na cabeça dela como uma miragem. Lembrou-se de quando o tocara, fazia muito tempo, e o sentira quente e viril debaixo de suas mãos.

— O que está olhando, Georgeanne?

Ela ergueu os olhos. Fora pega. Poderia reagir mortificada e culpada — ou mentir.

— Estava vendo seus tênis.

John riu silenciosamente.

— Estava olhando meu pacote.

Ou ela poderia admitir.

— Foi uma longa viagem — disse, dando de ombros. — Vou pegar as coisas no carro.

John parou na frente dela.

— Eu pego suas coisas.

— Obrigada.

— De nada — disse ele deslizando a porta, com um sorriso arrogante no rosto, e cruzou a sala.

— Ei, John! — Lexie gritou e passou correndo pela mãe, fazendo Georgeanne seguir os dois. — Trouxe meus patins. E adivinha só.

— O quê?

— Mamãe comprou joelheiras da Barbie para mim.

— Barbie?

— Sim.

Ele abriu a porta da frente.

— Legal.

— E adivinha o que mais?

— O quê?

— Possuo novos óculos de sol. — Ela tirou a armação azul do rosto e segurou-a no ar. — Olha só.

— Ei, são muito bonitos. — Ele parou e olhou para o rosto dela. — Você vai usar toda essa coisa roxa enquanto estiver aqui? — perguntou, referindo-se à aplicação generosa de sombra nos olhos.

Ela assentiu com a cabeça.

— Posso usar no fim de semana.

Ele caminhou até o Hyundai.

— Como está de férias, talvez possa dar um tempo em toda essa maquiagem — disse ele.

— De jeito nenhum. Gosto dela. É a coisa de que mais gosto.

— Achei que o que mais gostasse fossem cães e gatos.

— Bem, maquiagem é o que mais gosto do que posso *ter*.

O suspiro dele foi de resignação enquanto tirava duas malas e uma sacola de brinquedos do banco de trás do carro.

— Isso é tudo? — perguntou ele.

Georgeanne sorriu e destrancou o porta-malas.

— Caraca! — John exclamou, olhando para as três malas, duas capas de chuva amarelas, uma sombrinha grande e um salão de beleza da Barbie. — Vocês trouxeram toda a casa?

— Já foi reduzida várias vezes desde a carga original. — Ela pegou as capas e a sombrinha. — E, por favor, não blasfeme na frente da Lexie.

— Eu blasfemei? — perguntou John, parecendo inocente.

Georgeanne confirmou com a cabeça.

Lexie riu e pegou o salão de beleza da Barbie.

Georgeanne e Lexie o seguiram para dentro da casa e desceram a escada. Ele mostrou o quarto de hóspedes decorado com tons de bege e verde, e saiu em seguida para pegar a bagagem. Depois de levar tudo para dentro, mostrou rapidamente o andar de baixo. Uma sala cheia de pesos e equipamentos de ginástica separava a sala de visitas do quarto principal.

— Preciso de um banho — John falou enquanto iam para o *hall*, depois de Lexie inspecionar os três banheiros da casa. — Quando eu sair, podemos olhar as piscinas formadas pela maré, se quiserem.

— Por que não nos encontra lá? — sugeriu Georgeanne, esperando aproveitar o sol antes que esfriasse.

— Boa ideia. Precisam de toalhas de praia?

Georgeanne nunca fora uma escoteira, mas estava quase sempre preparada para qualquer coisa. Levara toalha para elas. Depois de John deixá-las, ambas trocaram de roupa. Lexie vestiu seu biquíni rosa e roxo e colocou por cima uma camiseta que dizia "Não mexa com o Texas". Georgeanne vestiu um *short* de cordão laranja e amarelo, um *top* combinando e, como se sentiu muito exposta, enfiou os braços em uma blusa leve de algodão. O tecido amarelo pendeu para trás e ela deixou a blusa desabotoada. Tanto ela como Lexie enfiaram suas papetes, pegaram as toalhas de praia, protetor solar e saíram.

SIMPLESMENTE
Irresistível

Quando John se uniu a elas na praia, Lexie havia encontrado um ouriço-do-mar quebrado, meia concha e uma pequena garra de siri. Colocou-os no baldinho e agachou-se ao lado de Georgeanne para inspecionar uma anêmona-do-mar presa em uma das muitas pequenas rochas expostas pela maré baixa.

— Toque nela — disse Georgeanne. — É grudenta.

Lexie balançou a cabeça.

— Sei que é grudenta, mas não vou pegar.

— Não vai morder você — disse John, fazendo sombra sobre as duas.

Georgeanne olhou para cima e levantou-se lentamente. John se barbeara e vestia *short* cargo bege e uma camiseta oliva. Estava harmonioso e casual, muito másculo e sensual para parecer completamente respeitável.

— Acho que Lexie tem medo que a anêmona agarre o dedo dela e não solte — disse Georgeanne.

— Não, não tenho — discordou Lexie balançando a cabeça de novo.

Ela ficou em pé e apontou para Haystack Rock, a uns trinta metros de distância.

— Quero ir lá.

Juntos, os três tomaram o rumo da imensa formação. John ajudava Lexie de rocha em rocha e, quando o terreno ficou um pouco difícil para as perninhas dela, ergueu-a e colocou-a sobre os ombros sem o menor esforço, como se ela não pesasse nada.

Lexie segurou-se na cabeça de John e seu baldinho balançava e batia na face direita dele.

— Mamãe, estou alta! — ela gritou.

John e Georgeanne se entreolharam e começaram a rir da declaração ambígua. Lexie era muito nova para ingerir bebidas alcoólicas e ficar "alta".

— Tudo o que toda mãe anseia ouvir — disse ela, ainda rindo.

Quando as risadas pararam e foram superadas pelo som das ondas, o sorriso de John permaneceu.

— Estava começando a pensar que você só usava vestidos e saias — disse, segurando os tornozelos de Lexie.

Georgeanne não ficou surpresa com a observação. Ele era esse tipo de cara.

— Não uso *short* ou calça com frequência.

— Por quê?

Ela não queria de fato responder. Lexie, porém, não tinha problema em dar informações pessoais.

— Porque ela tem um bumbum grande.

John olhou para Lexie, os olhos semicerrados por causa do sol.

— Mesmo?

Lexie concordou com a cabeça.

— Sim. Ela sempre fala isso.

Georgeanne sentiu o rosto enrubescer.

— Não vamos discutir esse assunto, Lexie.

Pegando a barra da camisa amarela, John ergueu a parte de trás e inclinou a cabeça para o lado a fim de olhar melhor.

— Não parece grande — disse ele com indiferença, como se estivesse discutindo o tempo. — Pra mim está muito bom.

Georgeanne sentiu-se uma tola pela queimação de prazer na boca do estômago. Bateu na mão dele e puxou a camisa para baixo.

— Bem, é sim — disse, e pôs-se a caminhar à frente deles.

Georgeanne se lembrou do que acontecera sete anos antes quando ele virou a cabeça dela com seus elogios bajuladores. Toda garota do sul sonhava em ser uma rainha da beleza e com pouco esforço ele a fizera sentir-se a *miss* Texas. Ela pulara avidamente na cama dele. Agora, caminhando ao redor de um penedo não muito grande, pensava que, embora charmoso, ele também era detestável.

Ao chegaram à base da rocha, os três a exploraram. John colocou Lexie de volta no chão e juntos examinaram a variedade da vida marinha. O céu continuava limpo e o dia bonito.

SIMPLESMENTE
Irresistível

Georgeanne ficou observando John e Lexie juntos. Ficou observando-os enquanto descobriam estrelas-do-mar laranja e roxas, mariscos e mais anêmonas grudentas. Observou as cabeças escuras inclinadas sobre uma piscina formada pela maré e tentou esconder suas inseguranças.

— Está perdido — disse Lexie, quando Georgeanne se agachou ao lado dela junto à piscina.

— O que é?

Lexie apontou para um peixinho marrom e preto nadando sob a superfície de uma água limpa e gelada.

— É um bebê e a mamãe se foi.

— Não acho que seja um bebê — disse John. — Acho que é apenas um peixe pequeno.

Ela balançou a cabeça.

— Não, John. É um bebê, com certeza.

— Bem, quando a maré voltar a subir, a mamãe dele pode vir e pegá-lo — assegurou Georgeanne à filha, numa tentativa de parar Lexie antes que ficasse muito agitada.

Quando se tratava de órfãos, Lexie ficava muito emotiva.

— Não. A mamãe dele também está perdida — a garota insistiu, balançando a cabeça e o queixo levemente trêmulo.

Como Lexie só conhecia a segurança de um dos pais, ou seja, só da mãe, e não tinha outro familiar além de Mae, que era como se fosse da família, Georgeanne analisava cuidadosamente os filmes que Lexie veria para se assegurar de que todas as crianças e todos os animais tivessem uma mãe ou um pai. No último aniversário, Georgeanne deixara Lexie convencê-la de que tinha bastante idade para ver *Babe*. Grande erro. Lexie chorara por uma semana.

— A mamãe dele não está perdida. Quando a maré subir, ele pode ir para casa.

— Não, as mamães não deixam os bebês, a menos que estejam perdidos. O peixinho não consegue mais ir para casa. —

Ela colocou a testa no joelho. — Ele vai morrer sem a mamãe. — Apertou os olhos fechados e uma lágrima correu pelo nariz.

Georgeanne olhou para John, que a mirou de volta com uma expressão desesperada nos olhos azuis profundos. Claramente esperava que ela fizesse algo.

— Tenho certeza de que o papai dele está nadando por aí, procurando por ele.

Lexie não estava caindo na deles.

— Papais não cuidam dos bebês.

— Claro que cuidam — disse John. — Se eu fosse um papai peixe, estaria por aí procurando pelo meu bebê.

Erguendo a cabeça, Lexie olhou para John por um momento, pesando as palavras dele.

— Você procuraria até encontrar?

— Absolutamente. — Olhou para Georgeanne e depois de volta para Lexie. — Se eu soubesse que tinha um bebê, procuraria para sempre.

Lexie fungou e olhou de volta para a água transparente.

— E se ele morrer antes da maré subir?

— Hum...

John pegou o balde de Lexie, tirou as conchas e colocou o minúsculo peixe dentro.

— O que está fazendo? — Lexie perguntou.

— Levando o peixinho para o papai dele — disse e seguiu para o mar. — Fique aqui com sua mãe.

Georgeanne e Lexie ficaram em uma rocha plana observando John entrar no mar. As ondas gentis varriam suas coxas e ele soltou um gemido quando a água gelada ensopou o fundilho do *short*. Olhou ao redor e, depois de um momento, baixou cuidadosamente o balde no mar.

— Você acha que ele encontrou o papai peixe? — Lexie perguntou ansiosa.

Georgeanne olhou para aquele homem imenso com um baldinho rosa.

SIMPLESMENTE Irresistível

— Ah, com certeza encontrou.

John caminhou de volta até elas. Com um sorriso no rosto. John "Paredão" Kowalsky, jogador de hóquei grandão e mau, herói de garotinhas e guardião de peixinhos, tinha acabado de transpor o Dia de Cabelo Ruim da escala de amabilidade dela.

— Encontrou-o? — Lexie pulou da rocha e entrou na água até chegar aos joelhos.

— Encontrou. Cara, e ele ficou feliz de ver seu bebê.

— Como você sabia que era o pai?

John devolveu o balde a Lexie e pegou a mão dela.

— Porque eles eram parecidos.

— Ah, sim. — Ela assentiu com a cabeça. — O que ele fez quando viu seu bebê?

John parou na frente da rocha onde Georgeanne estava e olhou para ela.

— Bem, ele pulou no ar e, em seguida, nadou ao redor do seu peixinho para ver se estava tudo bem.

— Eu vi ele fazer isso.

John riu e pequenas linhas surgiram no canto dos olhos.

— Mesmo? Daqui?

— Sim. Vou pegar minha toalha, porque estou congelando — Lexie anunciou, saindo para a areia.

Georgeanne olhou para o rosto dele e sorriu também.

— Como é sentir-se um herói?

John pegou na cintura de Georgeanne e ergueu-a facilmente da rocha. Ela segurou-se em seus ombros quando a colocou no mar gelado. As ondas batiam nas pernas dela e o vento revolvia seu cabelo.

— Sou seu herói? — perguntou ele com a voz perigosamente baixa e sedosa.

— Não.

Ela retirou as mãos dos ombros dele e deu um passo para trás. John era um homem grande e forte e, também, muito gentil e carinhoso com Lexie. Era mais escorregadio que sabão e, se ela não fosse cuidadosa, a faria esquecer o passado doloroso.

— Não gosto de você, lembra?

— Hã-hã. — O sorriso deixou claro que não acreditava nela nem por um segundo. — Lembra-se de quando estávamos juntos na praia em Copalis?

Ela buscou Lexie com o olhar e avistou-a na praia, enrolada na toalha para se proteger do frio.

— O que tem?

— Você disse que me odiava e olha o que aconteceu.

Enquanto caminhavam pela beirada do mar, ele a olhava com o canto dos olhos.

— Então, você me achar completamente resistível é uma coisa boa.

Ele baixou os olhos para os seios dela e voltou a olhar para a praia.

— Sim, uma coisa boa.

Quando os três voltaram para casa, John insistiu em preparar o almoço. Sentaram-se à mesa e comeram coquetel de camarão, fatias de frutas frescas e pão sírio com salada de caranguejo. As duas ajudaram John a ajeitar as coisas e, enquanto arrumavam tudo, Georgeanne avistou uma sacola de *delicatessen* atrás da secretária eletrônica.

Às 4 horas da tarde, depois de uma manhã passada no carro com Lexie e da ansiedade da viagem, ela estava exausta. Escolheu uma espreguiçadeira no deque e aconchegou-se com Lexie no colo. John pegou a cadeira ao lado e os três ficaram admirando o oceano, satisfeitos com o mundo. Georgeanne sentia-se calma, não tinha de ir a lugar nenhum, nem nada para fazer. Desfrutava a tranquilidade daquilo tudo. Embora não pudesse dizer que o homem sentado ao lado fosse uma companhia relaxante, John era uma presença marcante e havia um grande histórico de dor entre eles. Assim, estar naquela casa na costa significara um longo caminho percorrido para compensar os momentos hostis em que ele fizera o máximo para provocá-la.

Os sons tranquilos e a brisa suave embalaram Georgeanne até ela adormecer e, quando acordou, estava sozinha. Uma coberta feita à mão, com desenhos de conchas, estava sobre suas pernas. Colocou-a de lado, levantou-se e alongou-se. Vozes vindas da praia elevavam-se na brisa e ela foi até o parapeito. John e Lexie não estavam na praia. Ao tirar a mão do parapeito de madeira, uma farpa afiada entrou em seu dedo do meio. O dedo pulsou, mas ela tinha uma preocupação mais urgente.

Georgeanne não achava realmente que John levaria Lexie para qualquer lugar sem falar com ela primeiro. Mas ele não era o tipo de homem que achava que precisava de permissão. Se tivesse saído com a filha dela, Georgeanne achava que tinha o direito de matá-lo e considerar isso um homicídio justificável. Mas, no final das contas, não precisou matá-lo. Encontrou os dois no andar de baixo, na sala de ginástica.

John estava sentado em uma bicicleta no canto pedalando continuamente. Olhava para Lexie, que estava deitada no chão, com as mãos embaixo da cabeça e um pé sujo sobre o joelho dobrado.

— Por que você precisa pedalar tão rápido? — Lexie perguntou.

— Ajuda na minha estâmina.

Ele ainda vestia a camiseta oliva de antes e, por um segundo, Georgeanne deixou o olhar viajar pelas coxas e pernas fortes, sentiu prazer em observá-lo.

— O que é "estaminina"?

— É resistência. Aquilo que um cara precisa para que não fique sem energia e deixe os malditos caras mais novos acabarem com ele no gelo.

Lexie arfou.

— Você fez de novo.

— O quê?

— Você praguejou.

— Praguejei?

— Sim.

— Desculpe. Vou tomar mais cuidado.

— Foi o que disse da última vez — Lexie reclamou.

Ele sorriu.

— Vou melhorar, treinador.

Lexie ficou quieta por um momento.

— Olha só — disse.

— O quê?

— Minha mãe tem uma bicicleta dessa — apontou na direção de John. — Só que não acho que ela ande nela.

A bicicleta de Georgeanne não era como a de John. Não era tão cara e Lexie estava certa, ela não usava mais. Na verdade, nunca usara.

— Ei! — disse ela, entrando na sala. — Eu uso o tempo todo. Ela tem um papel muito importante como cabide.

Lexie virou a cabeça e sorriu.

— Estamos fazendo ginástica. Eu pedalei primeiro, agora é a vez de John.

John subiu o olhar para ela. Os pedais da bicicleta pararam, mas a roda continuou girando.

— Sim. Estou vendo — disse Georgeanne, desejando ter penteado o cabelo antes de ir ao encontro deles. Tinha certeza de que parecia assustadora.

John certamente não concordava. Ela estava desgrenhada e corada do sono. A voz saía mais baixa do que o normal.

— Como foi sua soneca?

— Eu nem sabia que estava tão cansada.

Ela penteou-se com os dedos e agitou os cabelos.

— Bem, acompanhar as reviravoltas de uma determinada cabecinha é exaustivo — disse ele, perguntando-se se ela estava fazendo aquela coisa com o cabelo de propósito.

— Muito.

Georgeanne foi até Lexie e pegou-a pela mão, ajudando-a a se levantar.

— Vamos encontrar algo para fazer e deixar John terminar.

— Terminei — disse ele, ficando em pé e mantendo os olhos acima do nível do peito de Georgeanne, tentando não olhar como um adolescente para o decote dela.

John realmente não queria ser pego devorando-a com os olhos e deixá-la achando que ele era algum tipo de idiota pervertido. Era a mãe de sua filha e, embora nunca houvesse dito nada específico, sabia que ela não tinha um conceito muito bom a respeito dele. Talvez ele merecesse esse conceito negativo. Ou não.

— Na verdade, eu não ia fazer isso hoje, mas Lexie e eu ficamos um pouco entediados esperando por você. Era pedalar ou brincar com o salão de beleza da Barbie.

— Não imagino você brincando de Barbie.

— Somos dois.

Mas havia apenas um problema com as boas intenções dele: o *top* que ela usava estava tirando-lhe o controle. Meio como super-homem e criptonita.

— Lexie e eu estávamos falando sobre ir atrás de umas ostras para o jantar.

— Ostras... — Ela voltou-se para Lexie. — Você não vai gostar de ostras.

— John disse que eu vou gostar.

Georgeanne não argumentou, mas uma hora depois, sentados no restaurante de frutos do mar, Lexie olhou para a imagem das ostras no cardápio e torceu o nariz.

— É nojento — disse ela.

Quando a garçonete se aproximou da mesa, Lexie pediu um sanduíche quente de queijo com pão "fresco", fritas em um prato separado e *ketchup* Heinz.

A garçonete virou-se para Georgeanne e John encostou-se na cadeira. Observou o poder do charme sulista e do sorriso de um milhão de *watts*.

— Sei que você está muito ocupada e sei, por experiência própria, que seu trabalho é ingrato e extremamente frenético, mas você parece ser bem querida e espero poder fazer algumas mudanças — começou, a voz revelando compaixão pela mulher e seu trabalho "ingrato".

Quando terminou, pediu salmão com "molho de manteiga marrom, cebolinha e limão" que nem sequer estava no cardápio. Substituiu batatinhas por arroz "sem manteiga, apenas um traço de sal e uma pitada de cebolinha". Ela pediu o melão servido em um prato separado, porque "o melão não pode ser servido quente". John meio que esperava que a mulher a mandasse para o inferno, mas ela não o fez. A garçonete parecia no mínimo feliz demais por mudar o cardápio para Georgeanne.

Comparado ao de suas companhias femininas, o pedido de John foi extremamente fácil. Ostras abertas. Nenhum extra. Nenhum acompanhamento. Assim que a garçonete saiu, ele olhou para as duas mulheres com ele. As duas usavam vestidos leves de verão. O de Georgeanne combinava com seus olhos verdes. O de Lexie combinava com a sombra azul dela. Ele tentava não franzir a testa, mas odiava ver toda aquela maquiagem em sua garotinha. Era embaraçoso e ficou grato pela escuridão do ambiente.

— Vai comer isso? — perguntou Lexie quando a comida chegou. Inclinou-se para a frente, fascinada, embora enojada, com o jantar dele.

— Sim. — Ele pegou uma concha e levou aos lábios. — Hum... — deliciou-se, sugando a ostra para a boca e descendo-a pela garganta.

Lexie gritou e Georgeanne sentiu-se um pouco enojada, assim voltou a atenção ao seu salmão com molho de manteiga marrom, cebolinha e limão.

A refeição progrediu muito bem. Conversaram com um pouco menos de tensão do que o habitual, mas a calma da noite terminou quando a garçonete colocou a conta ao lado dele.

SIMPLESMENTE
Irresistível

Georgeanne pegou-a, mas ele parou-a com a mão. Os olhos dela cruzaram a mesa e pareciam os de uma mulher que queria tirar as luvas e brigar pela conta.

— Fico com ela — Georgeanne disse, autoritária.

— Não me faça ser indelicado com você — John alertou e apertou a mão dela.

John não se opunha à luta, apenas ao ringue.

Em vez de argumentar, ela deixou que ele ganhasse, mas seu olhar dizia claramente que queria discutir mais tarde, quando estivessem sozinhos.

A caminho de casa, Lexie adormeceu no banco de trás do Range Rover. John carregou-a para dentro de casa, sentindo sua respiração morna no pescoço. Ele gostaria de segurá-la por mais tempo, mas não o fez. Gostaria de ficar, enquanto Georgeanne a preparava para dormir, mas se sentiu meio esquisito e saiu.

Georgeanne observou John sair e tirou os sapatos de Lexie. Vestiu-lhe o pijama e colocou-a na cama. Em seguida, foi procurar por John. Queria pedir-lhe uma pinça para tirar a lasca de seu dedo e precisava conversar sobre o dinheiro que ele estava gastando com as duas. Queria que parasse. Ela podia pagar para si. E podia pagar para Lexie, também.

Encontrou-o em pé junto às janelas, olhando para o mar. As mãos estavam enfiadas nos bolsos da frente da calça *jeans*. As mangas da camisa de sarja tinham sido enroladas e o pôr do sol lançava sobre ele um brilho ardente, fazendo-o parecer maior do que era. Quando entrou na sala, ele voltou-se para ela.

— Preciso falar com você, John — disse, indo na direção dele, segurando-se para não se exaltar.

— Sei o que vai falar, e se isso for tirar o franzido de sua linda testa, pode ficar com a conta da próxima vez.

— Puxa... — Parou na frente dele. Ela ganhara antes de começar e sentia-se de alguma forma vazia. — Como você sabia que era sobre isso que eu queria falar?

— Você está franzindo a testa pra mim desde que a garçonete colocou a conta ao lado do meu prato. Por alguns segundos, pensei que fosse realmente saltar sobre a mesa e lutar comigo.

Por alguns segundos ela também pensara.

— Nunca lutaria em público.

— Bom ouvir isso.

No acinzentado da noite que se aproximava, Georgeanne viu um canto da boca dele erguer-se de leve.

— Porque eu poderia ganhar — ele completou.

— Talvez — disse ela, sem querer admitir. — Você tem uma pinça?

— O que você vai fazer? Arrancar minhas sobrancelhas?

— Não. Tenho uma farpa no dedo.

John caminhou até a sala de jantar e acendeu a luz acima da mesa.

— Deixe eu ver.

Georgeanne não o seguiu.

— Não foi nada.

— Deixe eu ver — repetiu.

Com um suspiro, ela desistiu e foi até a sala. Estendeu a mão e mostrou-lhe seu dedo médio.

— Não está ruim — anunciou ele.

Ela se inclinou para olhar melhor e as cabeças quase se tocaram.

— É imenso.

Um franzido baixou as sobrancelhas dele.

— Já volto — disse ele e saiu da sala, voltando em seguida com uma pinça. — Sente.

— Posso fazer sozinha.

— Sei que pode. — Ele virou a cadeira de costas e sentou-se com as pernas abertas. — Mas eu posso usar as duas mãos, tiro mais fácil. — Colocou os braços no encosto e sinalizou a outra cadeira. — Prometo que não vou machucá-la.

SIMPLESMENTE
Irresistível

Georgeanne sentou-se cautelosamente e estendeu a mão para ele, mantendo a extensão do braço entre eles de propósito. John reduziu a distância aproximando a cadeira até que os joelhos dela tocassem o assento de madeira, tão perto que ela teve de comprimir as pernas para que não roçassem a parte interna da coxa dele. Ela se inclinou para trás o máximo que pôde. John pegou a mão dela e apertou a almofada do dedo do meio.

— Ai...

Ela tentou puxar a mão, mas ele segurou mais forte.

— Isso não doeu, Georgie.

— Sim, doeu.

Ele não discutiu, mas também não soltou. Baixou o olhar e cutucou a pele com a pinça.

— Ai...

John encarou-a.

— Criança.

— Idiota.

Ele riu e balançou a cabeça.

— Se você não fosse tão patricinha, não seria tão ruim.

— Patricinha? O que é uma patricinha?

— Olhe-se no espelho.

Isso não disse muito a Georgeanne. Tentou puxar a mão de volta.

— Apenas relaxe — disse ele, continuando a buscar a farpa. — Parece que você vai pular da cadeira. O que acha que vou fazer? Golpear você com uma pinça?

— Não.

— Então relaxe, está quase saindo.

Relaxar? Ele estava tão próximo que ocupava todo o espaço. Ali estava John com sua mão calejada segurando a dela e a cabeça escura inclinada sobre seus dedos. Estava tão perto que ela podia sentir o calor de suas coxas através da calça *jeans* e do vestido fino de algodão verde-kiwi. John tinha uma presença tão forte que relaxar com ele ali, daquele jeito, era impossível. Ergueu os olhos e observou a sala de estar. Ernie e o grande peixe azul olhavam para ela. As lembranças que tinha do avô de John eram de um cavalheiro idoso e agradável. Ficou se perguntando sobre o que ele achava do fato de John ser pai de Lexie. Decidiu perguntar.

Ele não ergueu o olhar, apenas deu de ombros.

— Ainda não contei pro meu avô nem pra minha mãe. Ainda — disse ele.

Georgeanne estava surpresa. Sete anos antes, ela pensara que John e Ernie eram muito próximos.

— Por quê?

— Porque os dois andam me incomodando pra casar de novo e começar uma família. Quando descobrirem sobre Lexie, virão para Seattle como um foguete. Quero tempo para conhecer Lexie primeiro antes de ser atacado pela minha família. Além disso, concordamos em esperar para contar a ela, lembra? E, com minha mãe e Ernie cercando e pressionando, Lexie pode se sentir desconfortável.

Casar de novo? Georgeanne não ouviu nada do que ele disse depois dessas palavras.

— Você foi casado?

— Sim.

— Quando?

Ele soltou a mão dela e colocou a pinça na mesa.

— Antes de encontrar você.

Georgeanne olhou para o dedo e a lasca da madeira se fora. Ficou imaginando a qual encontro ele se referia.

— Da primeira vez que nos encontramos?

Ele agarrou o encosto da cadeira, inclinou-se para trás e franziu um pouco a testa.

— Sim. Os dois casamentos.

Georgeanne estava confusa.

— Dois casamentos?

— Sim. Mas não acho que o segundo realmente conte.

Ela não pôde evitar. Sentiu as duas sobrancelhas se erguerem e o queixo cair.

— Você foi casado duas vezes? — Ela ergueu dois dedos. — Duas vezes?

— Duas não é tanto assim.

Para Georgeanne, que nunca fora casada, duas soava como muito.

— Como eu disse, a segunda vez não contou, de qualquer maneira. Fui casado apenas o tempo de pedir o divórcio.

Uau, ela não sabia de nenhuma vez. Começou a imaginar as duas mulheres que tinham se casado com John, o pai de sua filha. O homem que partira o coração dela. Ela não podia ficar sem saber.

— Onde estão essas mulheres agora? — perguntou.

— Minha primeira mulher, Linda, morreu.

— Sinto muito — Georgeanne pronunciou debilmente. — Como ela morreu?

Ele olhou para ela por um bom tempo.

— Apenas morreu — disse. Assunto encerrado. — E não sei por onde DeeDee Delícia anda. Eu estava muito bêbado quando me casei com ela. Quando me divorciei também, a propósito.

DeeDee Delícia? Ela olhou séria para ele, completamente perdida. *DeeDee Delícia? Como assim?* Precisava perguntar. Não ia conseguir resistir.

— DeeDee era uma... uma... dançarina?

— Era uma *stripper* — disse ele indiferente.

Embora Georgeanne tivesse deduzido, era chocante ouvir John confessar que fora casado com uma *stripper*. Era chocante demais.

— Mesmo? Como ela era?

— Não lembro.

— Sei... — disse ela, com a curiosidade insatisfeita. — Nunca me casei, mas acho que lembraria. Você devia estar *muito* bêbado.

— Eu disse que estava.

John pareceu meio exasperado.

— Mas não precisa se preocupar com Lexie perto de mim. Não bebo mais.

— Você é alcoólatra? — ela quis saber, a pergunta saindo antes que pudesse pensar direito. — Desculpe. Não precisa responder algo tão pessoal.

— Tudo bem. Provavelmente eu seja — respondeu com mais suavidade do que ela poderia esperar. — Nunca estive em uma clínica de reabilitação, mas eu bebia pesado e meus neurônios estavam virando uma bosta. Eu estava totalmente fora do controle.

— Foi difícil largar?

Ele deu de ombros.

— Não foi fácil, mas, pelo meu bem-estar físico e mental, tive de desistir de algumas coisas.

— Tipo o quê?

Ele abriu um sorriso.

— Álcool, mulheres bêbadas e Macarena.

John inclinou-se para a frente e apoiou os pulsos no encosto da cadeira.

— Agora que já viu os esqueletos no meu armário, responda uma coisa pra mim.

— O quê?

— Sete anos atrás, quando comprei uma passagem pra você ir para casa, eu tinha a impressão de que você estava sem dinheiro. Como você viveu, sozinha, para começar um negócio?

— Tive muita sorte. — Ela fez uma pausa antes de continuar. — Vi um anúncio de emprego para o Heron.

Então, como ele tinha sido verdadeiro e nada que ela fizera se igualava a uma *stripper*, acrescentou um pequeno fato que ninguém, a não ser Mae, sabia.

— E eu estava usando um diamante que vendi por dez mil dólares.

Ele não piscou um olho.

— Do Virgil?

— Virgil deu para mim. Era meu.

Um sorriso lento que poderia significar qualquer coisa surgiu nos cantos da boca de John.

— Ele não quis de volta?

Georgeanne cruzou os braços sob os seios e inclinou a cabeça para um lado.

— Claro que quis e eu planejava devolvê-lo. Mas ele pegou minhas roupas e doou para o Exército da Salvação.

— Isso mesmo. Ele estava com todas as suas roupas, não?

— Sim. Quando saí do casamento, deixei tudo, exceto minha maquiagem. E tudo o que eu tinha era aquele vestido rosa estúpido.

— Lembro daquele vestido.

— Quando liguei para ele sobre as minhas coisas, ele nem mesmo quis falar comigo. Disse para a empregada pedir para eu deixar o anel no escritório com a secretária. A empregada não foi nada agradável também, mas contou o que ele tinha feito com minhas coisas.

Georgeanne não estava orgulhosa de ter vendido o anel, mas Virgil tinha parte da culpa.

— Tive que comprar todas as minhas roupas novamente, por quatro ou cinco dólares a peça, e não tinha nada de dinheiro.

— Então vendeu o anel.

— Para um joalheiro que ficou feliz em comprá-lo pela metade do que valia. Quando conheci Mae, o serviço de bufê dela não estava indo muito bem. Dei a ela muito daquele dinheiro do anel para pagar alguns credores. O dinheiro pode ter me ajudado, mas ralei muito para chegar aonde estou hoje.

— Não estou julgando-a, Georgie.

Ela não percebera que se revelava tão defensiva.

— Algumas pessoas poderiam julgar, se soubessem da verdade.

Um deleite surgiu nos cantos dos olhos dele.

— Quem sou eu para julgar? Meu Deus, me casei com Dee-Dee Delícia.

— Verdade. — Georgeanne riu, sentindo-se um pouco Scarlett O'Hara desabafando seus feitos desonrosos com Rhett Butler. — Virgil já sabe de Lexie?

— Não, ainda não.

— O que acha que ele vai fazer quando descobrir?

— Virgil é um empresário esperto e sou um jogador franqueado dele. Não acho que fará alguma coisa. Já se passaram sete anos e são águas passadas. Agora, não estou dizendo que vai ficar feliz quando eu lhe contar sobre Lexie, mas ele e eu trabalhamos juntos muito bem. Além disso, está casado agora e parece feliz.

É claro que ela sabia que ele estava casado. Os jornais tinham noticiado o casamento dele com Caroline Foster-Duffy, diretora do Museu de Arte de Seattle. Georgeanne esperava que John estivesse certo e que Virgil estivesse feliz. Ela não guardava nenhum rancor dele.

— Responde outra coisa?

— Não. Respondi à sua pergunta, é minha vez de perguntar. John balançou a cabeça.

— Contei sobre DeeDee e a bebida. São dois esqueletos. Você me deve mais um.

— Certo. O quê?

— O dia em que você levou as fotos de Lexie, mencionou estar aliviada por ela não ter dificuldades na escola. O que quis dizer com isso?

Ela não queria falar sobre sua dislexia com John Kowalsky.

— É porque você acha que sou um atleta estúpido?

Ele agarrou o encosto da cadeira e inclinou-se para trás.

A pergunta a surpreendera. John parecia calmo e tranquilo como se a resposta dela não importasse, independentemente de qual fosse. Mas ela tinha a sensação de que ele se importava mais do que deixava transparecer.

— Desculpe ter chamado você de estúpido. Sei o que é ser julgado pelo que você faz ou como você é.

Muitas pessoas sofriam de dislexia, ela lembrou a si mesma, mas saber que alguém famoso como Cher, Tom Cruise e Einstein tinham passado por isso também não tornava mais fácil revelar-se para um homem como John.

— Minha preocupação com Lexie não tem nada a ver com você. Quando eu era criança, tinha dificuldades na escola. Tive muitos problemas com leitura, escrita e matemática.

Exceto por uma leve ruga entre as sobrancelhas, ele continuou sem expressão. Não disse nada.

— Mas você deveria ter me visto na escola de etiqueta e de balé — continuou, forçando frivolidade na voz e tentando obter um sorriso dele. — Embora eu tenha sido a pior bailarina a saltar em um palco, acredito ter sido uma excelência em etiqueta. Na verdade, me formei como primeira da classe.

John balançou a cabeça e a ruga desapareceu de sua testa.

— Não duvido nem por um segundo.

Georgeanne riu e baixou um pouco a guarda.

— Enquanto as outras crianças memorizavam suas tabuadas, eu estudava como servir uma mesa. Eu conhecia as posições corretas para tudo, de garfos para camarão a tigelas de lavanda. Lia sobre modelagens de prataria enquanto algumas garotas liam Nancy Drew. Não tinha problemas em distinguir entre a prataria para o almoço e para o jantar, mas palavras como *lua* e *rua*, ou *ler* e *ser*, me deixavam doida

Os olhos dele se estreitaram um pouco.

— Você é disléxica?

Georgeanne se endireitou na cadeira.

— Sim.

Ela sabia que não deveria sentir vergonha.

— Mas aprendi a superar — acrescentou. — As pessoas acham que alguém que sofre de dislexia não consegue ler. Isso não é verdade. Apenas aprendemos de um modo diferente. Eu leio e escrevo como a maioria das pessoas, mas matemática nunca será o meu forte. Ser disléxica não me incomoda mais hoje.

Ele olhou para ela por um momento.

— Mas incomodava quando criança — disse ele.

— Claro.

— Você foi examinada?

— Sim. Na quarta série, fui examinada por um tipo de médico. Não lembro direito.

Georgeanna se remexeu na cadeira e levantou-se, sentindo o ressentimento dentro de si. Ressentimento por John forçá-la a contar, como se fosse da conta dele. E sentia a velha amargura em relação ao médico que virara a adolescência dela de cabeça para baixo.

— Ele disse para minha avó que eu tinha disfunção, o que não está de todo errado, mas é um termo muito duro e um diagnóstico muito generalizado. Nos anos setenta, tudo, de dislexia ao retardo mental, era considerado disfunção.

Ela deu de ombros e forçou uma risadinha.

— O médico disse que eu nunca seria brilhante. Então, cresci sentindo-me um pouco retardada e muito perdida.

John levantou-se lentamente e tirou a cadeira do caminho. Os olhos muito estreitos.

— Ninguém nunca mandou esse médico se foder?

— Bem, eu... eu... — Georgeanne gaguejou, surpresa com a raiva dele. — Não consigo imaginar minha vó falando isso. Ela era batista.

— Ela não levou você a outro médico? Você foi examinada em outro lugar? Encontrou um tutor? Qualquer outra maldita coisa?

— Não.

"Ela me matriculou em uma escola de etiqueta", Georgeanne pensou.

— Por que não?

— Ela achava que não havia nada a ser feito. Foi na metade dos anos setenta e não havia muita informação como agora.

Mas, mesmo hoje, nos anos noventa, as crianças são mal diagnosticadas às vezes.

— Bem, não deveria ser assim.

O olhar dele passeou pelo rosto dela, voltando para os olhos. Ele ainda parecia bravo, mas ela não conseguia pensar em uma razão pela qual ele pudesse se importar. Era um lado de John que ela nunca vira. Um lado cheio do que parecia ser compaixão. Aquele homem em pé na frente dela, o homem que se parecia com John, a confundia.

— Melhor eu ir me deitar agora.

John abriu a boca para dizer algo, mas fechou-a de novo.

— Bons sonhos — disse ele e deu um passo para trás.

Mas Georgeanne não teve bons sonhos. Não sonhou nada por muito tempo. Deitou na cama e ficou olhando para o teto e ouvindo a respiração de Lexie a seu lado. Ficou acordada, pensando na reação de John, e a confusão dela cresceu.

Pensou nas esposas dele, mas principalmente pensou em Linda. Depois de tantos anos, ele ainda não conseguia falar sobre a morte dela. Georgeanne ficou imaginando que tipo de mulher inspirara tanto amor em um homem como John. E ficou imaginando se havia uma mulher em algum lugar que pudesse ocupar o lugar de Linda no coração dele.

Quanto mais pensava nisso, mais ela se dava conta de que torcia para que não existisse mesmo. Os sentimentos dela não eram muito nobres, mas eram verdadeiros. Não queria que John encontrasse felicidade com alguma mulher magricela. Queria que ele se arrependesse do dia em que a largara no aeroporto. Queria que ele punisse a si próprio. Não que ela fosse algum dia ficar com ele de novo, porque, é claro, nem mesmo considerava isso. Apenas queria que ele sofresse. Então, talvez, quando ele já estivesse sofrendo por bastante tempo, ela o perdoaria por ser um imbecil insensível e por partir o coração dela.

Talvez.

Treze

Georgeanne podia escolher entre andar de bicicleta de areia, guiar um carrinho bate-bate ou andar de patins *in-line* no passeio da orla. Nenhuma das opções a empolgava, na verdade, todas lhe pareciam obras do demônio, mas, como tinha de optar, ou levar Lexie para escolher, resolveu patinar. Não escolheu pela habilidade. Na última vez em que tentara, caiu tão feio que precisou segurar as lágrimas. Ficou sentada enquanto as crianças pequenas passavam zunindo, as luzes piscavam e o cóccix dela latejava tanto que teve de ser forte o bastante para não ficar segurando o traseiro com as duas mãos.

A experiência dela com patins estava tão vívida que quase escolhera o carro bate-bate e arriscara uma contusão no pescoço, mas então viu o passeio. Era como uma expansão da calçada que se estendia ao longo da praia, ladeando o mar, protegido por um muro de pedra de cerca de setenta a noventa centímetros de altura. Os bancos construídos ali logo captaram seu olhar, e ela realmente fez a sua escolha.

SIMPLESMENTE
Irresistível

Agora, com a brisa do mar erguendo as pontas de seu rabo de cavalo, Georgeanne suspirava alegremente. Esticou um braço por cima do banco de pedra e cruzou um joelho sobre o outro; o patim no pé esquerdo balançava para a frente e para trás como a maré do oceano a centenas de metros. Achou que provavelmente parecia meio estranha sentada ali com uma blusa de seda sem mangas que amarrava na frente, uma saia branca e roxa e patins alugados. Mas era melhor parecer esquisita do que levantar-se e cair de costas.

Estava mais do que satisfeita só de ficar sentada ali e ver John ensinar Lexie a patinar. Em casa, Lexie andava para lá e para cá por toda a vizinhança com seus patins da Barbie, mas aprender a equilibrar-se em uma fileira de rodas de borracha exigia prática. Georgeanne estava aliviada por haver alguém mais atlético do que ela para ajudar Lexie. E também estava um pouco surpresa por descobrir que, em vez de sentir-se isolada, tinha a sensação de ter sido libertada de uma obrigação arriscada.

No início, os tornozelos de Lexie cambalearam um pouco, mas John a posicionou na frente dele, segurou-lhe os braços e colocou seus próprios patins por fora dos dela. Assim, ele deu um impulso e os dois começaram a se mover. Georgeanne não conseguia ouvir o que ele dizia a Lexie, mas via a filha assentir com a cabeça e mover os pés ao mesmo tempo que John.

Com a altura extra das rodas, John parecia imenso. A parte de trás da cabeça de Lexie mal alcançava o cós da bermuda *jeans* dele, onde enfiara sua camiseta "Bad Dog". Lexie, de *short* de ciclista rosa-neon e camiseta de gatinho rosa, parecia muito pequena e delicada patinando entre os pés grandes do pai.

Georgeanne viu os dois se distanciarem e desviou o olhar para os turistas que caminhavam no calçadão. Um jovem casal passou por ela empurrando um carrinho de bebê, e Georgeanne ficou se perguntando, embora ela conseguisse se virar bem sozinha, como seria ter um marido, ter uma família dentro dos padrões comuns e, ter um homem com quem dividir as preocupações.

Pensou em Charles e sentiu-se culpada. Contara a ele sobre os planos dela e de Lexie de passar férias em Cannon Beach, mas deixou de fora um importante detalhe. Deixou John de fora. Charles tinha ligado uma noite antes de ela partir para desejar uma viagem segura. Poderia ter contado a ele, mas não contou. Teria que contar em algum momento. Ele não ia gostar, mas não poderia culpá-lo.

Um bando de gaivotas guinchou acima dela, desviando sua atenção dos problemas com Charles para as várias crianças que jogavam migalhas de pão sobre o passeio. Georgeanne ficou olhando os pássaros e as pessoas por um tempo até que vislumbrou John e Lexie. John patinava de costas e ela deixou o olhar passear lentamente, subindo pelas panturrilhas musculosas, atrás dos joelhos e das coxas rijas até a carteira formando uma saliência no bolso traseiro. A seguir, ele cruzou um pé atrás do outro e começou a patinar de frente, ao lado de Lexie. Georgeanne olhou para a filha e riu. As sobrancelhas de Lexie estavam baixadas e o rosto sério, concentrada no que John dizia. Os dois passaram lentamente por ela e John olhou para Georgeanne. As sobrancelhas baixaram quando a viu e Georgeanne ficou perplexa com a semelhança entre os dois. Sempre achara que Lexie se parecia mais com John do que com ela, mas, com os dois franzindo a testa, as semelhanças eram impressionantes.

— Achei que você fosse praticar por aqui — lembrou ele, parando um pouco.

Foi o que ela tinha dito e ele acreditara.

— Ah, eu pratiquei — mentiu.

— Então vamos lá — ele convidou, com um movimento de cabeça.

— Preciso praticar um pouco mais. Vão sem mim.

Lexie ergueu o olhar dos pés.

SIMPLESMENTE
Irresistível

— Olha, mamãe, sou boa agora.

— Sim, estou vendo.

Assim que se afastaram, Georgeanne voltou a observar as pessoas ao redor. Esperava que quando Lexie e John voltassem da próxima vez já estivessem cansados e os três poderiam aposentar os patins e se concentrar nas lojas de presentes ao longo da Broadway.

Mas as esperanças dela foram destruídas quando Lexie passou patinando ousadamente como se tivesse nascido com patins nos pés.

— Não vá muito longe — John alertou a garota e sentou-se ao lado de Georgeanne no banco de pedra. — Ela é muito boa para uma menina da idade dela — disse e sorriu, obviamente satisfeito consigo mesmo.

— Ela sempre pega as coisas muito rápido. Começou a caminhar uma semana antes de completar nove meses.

Ele olhou para os próprios pés.

— Acho que eu também.

— Mesmo? Tive medo de que ela ficasse com as pernas arqueadas por caminhar tão cedo, mas não havia jeito de pará-la, a não ser amarrando os pés. Além disso, Mae disse que toda essa coisa de pernas arqueadas é lenda.

Ficaram em silêncio por um momento, observando a filha. Ela caiu sentada, ergueu-se e saiu de novo.

— Uau, essa é inédita! — exclamou Gerorgeanne, surpresa por Lexie não ter patinado até ela com lágrimas nos olhos.

— O quê?

— Ela não está nem berrando, nem exigindo *band-aids*.

— Ela me disse que seria uma garota grande hoje.

— Humm...

Os olhos de Georgeanne se estreitaram na filha. Talvez Mae estivesse certa. Talvez Lexie estivesse mais para rainha do drama do que imaginava.

John cutucou o braço nu dela com o cotovelo.

— Está pronta?

— Para quê? — perguntou ela, embora tivesse o mau pressentimento de que sabia qual seria a resposta.

— Patinar.

Ela descruzou as pernas e virou-se para ele no banco. Através do fino tecido de sua saia, o joelho roçou no dele.

— John, vou ser bem honesta com você. Odeio patinar.

— Então, por que escolheu isso?

— Por causa deste banco. Achei que poderia ficar sentada aqui só olhando.

Ele ficou em pé e estendeu-lhe a mão.

— Vamos.

O olhar dela viajou da mão aberta até o braço. Olhou para o rosto dele e recusou com a cabeça.

John respondeu imitando sons de galinha.

— Isso é criancice, John. — Georgeanne revirou os olhos. — Você pode me cobrir de ervas e especiarias e me servir em um balde, mas eu não vou patinar.

John riu e rugas surgiram nos cantos dos olhos azuis.

— Como prometi me comportar ao máximo, não vou comentar como eu gostaria de vê-la servida.

— Obrigada.

— Vamos lá, Georgie, eu ajudo.

— Preciso de mais ajuda do que você pode oferecer.

— Cinco minutos. Em cinco minutos você estará patinando como uma profissional.

— Não, obrigada.

— Você não pode ficar só sentada, Georgie.

— Por que não?

— Por que vai ficar entediada. — Ele deu de ombros. — E porque Lexie vai ficar preocupada com você.

— Lexie não vai ficar preocupada comigo.

SIMPLESMENTE
Irresistível

— Claro que vai. Ela me disse que não queria que você ficasse sentada aqui sozinha.

Ele estava mentindo. Como qualquer criança de seis anos, Lexie estava concentrada nela mesma e nem queria saber da mãe.

— Depois de cinco minutos, você continua e me deixa ficar no banco? — perguntou ela, cedendo para que ele a deixasse em paz.

— Prometo, e prometo que não vou deixar você cair.

Georgeanne suspirou com resignação, colocando uma mão na dele e a outra no muro de pedra.

— Não sou muito atlética.

— Bem, seus outros talentos compensam.

Ela estava prestes a perguntar o que isso queria dizer, mas John ficou às suas costas e segurou-a pelo quadril.

— Tirando um bom par de patins — disse ele bem pertinho do ouvido esquerdo dela —, a coisa mais importante é equilíbrio.

Georgeanne sentia a respiração dele no pescoço e ficou tão perturbada que sua pele começou a formigar.

— Onde coloco as mãos? — perguntou.

Ele levou tanto tempo para responder que ela achou que não fosse fazê-lo. Então, quando ela abriu a boca para repetir a pergunta, ele respondeu:

— Onde quiser.

Ela fechou a mão e manteve-as ao lado do corpo.

— Você precisa relaxar — disse ele ao patinarem lentamente pelo calçadão. — Está parecendo um poste sobre rodas.

— Não consigo.

As costas dela batiam no peito de John e as mãos dele apertavam-lhe os quadris.

— Consegue, sim. Antes de qualquer coisa, precisa dobrar um pouco os joelhos e equilibrar o peso sobre os pés. Depois, empurre com o pé direito.

— Não passaram os cinco minutos ainda?

— Não.

— Vou cair.

— Não vou deixar.

Georgeanne deu uma olhada rápida para o calçadão, visualizou Lexie a uma curta distância e olhou para baixo, para os patins.

— Tem certeza? — perguntou ela uma última vez.

— É claro. Faço isso para viver. Lembra?

— Certo.

Dobrou levemente os joelhos com cuidado.

— Ótimo. Agora dê um pequeno impulso — John instruiu.

Assim que Georgeanne fez o que ele disse, seus pés começaram a deslizar depressa, fazendo-a perder o equilíbrio. Mas John passou um braço por sua cintura e, com a outra mão, agarrou-a e evitou que ela caísse. Ela viu-se comprimida contra o peito dele, a respiração congelada nos pulmões. Ficou imaginando se ele sabia o que havia agarrado.

Sem sombra de dúvidas John sabia. Mesmo se fosse cego, saberia que tinha agarrado um dos seios grandes e macios de Georgeanne. Em um segundo, seu autocontrole fora abalado. Até então tinha conseguido controlar razoavelmente seus instintos diante do corpo dela. Agora, pela primeira vez desde que a vira na manhã anterior em pé no deque, perdera por completo esse domínio.

— Você está bem? — Ele deu um jeito e tirou a mão cuidadosamente do seio dela.

— Sim!

John tinha dito a si mesmo que estar perto de Georgeanne não seria um problema. Que ele conseguiria lidar com a presença dela em sua casa por cinco dias. Mas estava errado. Deveria tê-la deixado sentada no banco.

— Não quis pegar seu... seu... hã...

As nádegas dela pressionavam a virilha de John e, por um momento de descuido, o desejo circulou por ele como uma bola de fogo. Baixou o rosto, ficando com a cabeça bem ao dado dela. Que merda, pensou, imaginando se aquele pescoço delicado seria tão saboroso quanto parecia. Fechou os olhos e perdeu-se em uma fantasia. Inalou o perfume do cabelo cacheado.

— Acho que os cinco minutos terminaram agora — disse.

A sanidade havia retornado e John colocou as mãos na cintura de Georgeanne, impondo alguns centímetros entre eles. Tentou ignorar o desejo embrulhando seu estômago. Disse a si mesmo que envolver-se sexualmente com ela *não* era uma boa ideia. E era péssimo o corpo dele não estar ouvindo.

Desde que a vira na praia no dia anterior, de *top* e *short*, tivera de ficar o tempo todo se lembrando de ignorar suas pernas longas e a linha profunda entre os seios. Tivera de se lembrar o tempo todo de quem ela era e do que tinha feito para ele. Porém, depois da noite anterior, isso parecia não importar mais.

Na noite anterior, ele vira por trás daquele rosto lindo e do corpo de revista. Vira a dor que ela tentava esconder com risadas e sorrisos. Georgeanne lhe contara das arrumações de mesa e pratarias, da dislexia e de crescer achando que era retardada e sentindo-se perdida. Contara tudo isso como se não importasse. Mas importava. Para ela e para ele.

Olhara por trás daqueles olhos lindos e dos grandes seios e vira uma mulher que merecia seu respeito. Era a mãe de sua filha. Também era a estrela de suas fantasias selvagens e dos seus sonhos eróticos.

— Vou ajudá-la a voltar para o banco — disse.

John guiou-a para o muro de pedra. Disse a si mesmo para pensar nela como a irmã caçula de seu melhor amigo, mas isso não funcionou. Decidiu então pensar nela como *sua* irmã, mas, algumas horas depois, após passarem por lojas de presentes e galerias, desistiu de pensar nela como irmã de qualquer pessoa. Simplesmente não funcionava.

Resolveu concentrar-se na filha. Lexie e sua conversa intermitente forneciam a distração de que precisava. Ela era como um pequeno balde de água fresca e todas as perguntas que fazia afastaram os pensamentos de Georgeanne deitada em sua cama.

Ao olhar para os olhos de Lexie, viu a empolgação e a inocência dela e ficou maravilhado por ter ajudado a gerar aquela pessoinha perfeita. Quando a pegava e colocava nos ombros, ou lhe dava a mão, seu coração batia forte no peito. E, quando ela ria, ele sabia que tudo tinha valido a pena. Tê-la ao lado valia muito mais do que desejar a mãe dela.

Na volta para casa, manteve-se distraído com o som da vozinha de Lexie elevada em uma canção ardorosa. Ouvia pacientemente as mesmas piadas tolas que ela lhe contara duas semanas antes e, ao chegarem, ela o recompensou pulando na banheira. Ele ficara ouvindo-a cantar, rira das piadas, e sua pequena distração largou-o por uma banheira cheia de água e uma boneca Skipper.

John pegou um exemplar da revista *The Hockey News* e sentou-se à mesa de jantar. Os olhos passaram pela coluna de Mike Brophy, mas não prestou muita atenção. Georgeanne estava junto do balcão da cozinha cortando vegetais. O cabelo estava solto e tinha os pés descalços. Ele passou a uma reportagem de três páginas que destacava Mario Lemieux. Gostava de Mario. Respeitava-o, mas no momento não conseguia se concentrar em nada que não fosse o *chop-chop-chop* da faca de Georgeanne.

Por fim, desistiu e desviou o olhar da foto de Lemieux, afundando na cadeira niquelada.

— O que está fazendo? — perguntou.

Georgeanne olhou para ele por cima do ombro, baixou a faca e virou-se.

— Pensei em fazer uma bela salada para acompanhar nossas caudas de lagosta.

Ele fechou a revista e levantou-se.

— Não quero uma bela salada.

— Ah, então o que você quer?

Ele tirou o olhar dos olhos verdes e desceu para a boca. "Algo bem obsceno", pensou. Ela tinha passado uma coisa rosa e brilhosa nos lábios e delineado com uma cor mais escura. Desceu o olhar pelo pescoço, seios e, então, para os pés. John nunca achara um pé algo *sexy*. Nunca pensava muito nessa parte do corpo de ninguém, mas o fino anel de ouro que ela usava no terceiro dedo mexeu com suas entranhas. Ela parecia uma garota de harém.

— John?

Ele caminhou até o balcão e olhou de volta para o rosto dela. Uma garota de harém com olhos verdes semicerrados e uma boca voluptuosa, perguntando-lhe o que ele queria. Depois daquele dia na casa flutuante, achou que era melhor não beijá-la.

— O que você quer?

Para o inferno com tudo aquilo, ele pensou, parando diretamente na frente dela. Apenas um beijo. Ele conseguiria parar. Já parara antes, e, com Lexie a um quarto de distância, na banheira, brincando com as Barbies, as coisas não poderiam avançar muito. Georgeanne não era a irmã do amigo ou sua própria irmã, tampouco era a Madre Teresa.

John deslizou o nó dos dedos pelo maxilar dela.

— Vou mostrar o que eu quero — disse e viu os olhos dela se arregalarem enquanto abaixava a cabeça. Sua boca roçou a dela, dando-lhe tempo para afastar-se. — Quero isto.

Os lábios de Georgeanne se separaram em uma respiração profunda e estremecida, e os olhos se fecharam. Ela era macia e doce e o batom tinha sabor de cereja. Ele a desejava. Desejava se queimar. Com os dedos percorrendo os cabelos sedosos, inclinou-lhe a cabeça e mergulhou em um beijo profundo. Um beijo arrojado e selvagem. Nutria-se da boca, do desejo dela e do seu próprio. Sentiu as mãos delicadas em seu ombro, no pescoço e na parte de trás da cabeça, mantendo-o junto dela, enquanto ela lhe envolvia levemente a língua cada vez mais funda na sua boca. O desejo agitou-o. Ele queria mais e levou a mão ao laço que mantinha a blusa dela fechada. Puxou e desceu o tecido pelo peito dela, afastando-se em seguida da boca quente e úmida. Os belos olhos verdes estavam letárgicos de paixão e os lábios molhados e inchados do beijo. Deslizou o olhar do pescoço para os seios. A blusa aberta, o cordão branco entrecruzando o decote profundo. Sabia que estava perigosamente próximo de um caminho sem retorno. Próximo, mas não lá. Tinha espaço para mais uma manobra antes de chegar ao limite.

John pegou os seios fartos nas mãos, levando o rosto até a fenda entre eles. A pele era quente e tinha cheiro de talco, e ele sentia a respiração rápida dela enquanto beijava a borda recortada do sutiã de cetim. Puxou o ar para os pulmões e fechou os olhos, pensando em todas as coisas que queria fazer com ela. Coisas quentes e úmidas. Coisas que se lembrava de ter feito com ela antes. Deslizou a ponta da língua pela pele fresca e prometeu a si mesmo que pararia quando buscasse o ar.

— John, precisamos parar agora — ela ofegou, mas não se afastou, nem tirou as mãos da cabeça dele.

Ele sabia que Georgeanne estava certa. Mesmo que não fosse pela filha deles no quarto ao lado, continuar seria uma estupidez. E, embora tivesse sido um imbecil em algumas ocasiões, John nunca fora realmente um imbecil. Não nos últimos anos.

Beijou a curva do seio direito dela e, com o corpo ansiando por continuar, desejando empurrá-la para o chão e dar-lhe vinte e dois centímetros de prazer, ele se afastou. Quando olhou para o rosto dela, chegou bem perto de ceder à fome física. Ela parecia um pouco assustada, mas parecia principalmente uma mulher que queria passar o resto da noite nua.

— Meu Deus — ela sussurrou e levou a mão para a blusa, fechando-a.

Aquele sotaque doce como o mel saindo de sua boca fez com que ele se lembrasse da garota que pegara sete anos antes. Lembrou-se de como ela se enrolara nos lençóis dele.

— Acho que você gosta de mim mais do que um dia de cabelo ruim.

Georgeanne olhou para baixo e amarrou o cordão.

SIMPLESMENTE
Irresistível

— Preciso ver Lexie — disse, saindo quase correndo da cozinha.

John observou-a sair. A pele dele estava rija e ele estava duro o bastante para martelar pregos. A frustração sexual rasgava-lhe as entranhas e percebeu que tinha três escolhas. Poderia agarrá-la e arrancar-lhe as roupas, poderia resolver a situação ele mesmo ou poderia trabalhar a frustração na sala de ginástica. Escolheu a terceira opção, a mais saudável.

Precisou de trinta minutos na esteira até conseguir clarear a mente, dissipar o sabor da pele dela e a sensação daqueles seios em suas mãos. Fez mais trinta minutos de bicicleta ergométrica, depois parou para um treino de força.

Aos trinta e cinco anos, John calculava ter apenas mais alguns anos antes de se aposentar do hóquei. Queria dar o seu máximo nos últimos anos e precisava dar mais duro do que nunca.

Para os padrões do hóquei, estava velho. Era veterano, o que significava que tinha que jogar melhor do que aos vinte e cinco anos e enfrentar a especulação de que estava *muito* velho e muito lento para o jogo. Os comentaristas esportivos e a administração executiva perguntavam sobre os veteranos. Queriam saber de Gretzky, Messier e Hull. E queriam saber de Kowalsky também. Se tivesse uma noite ruim, se os golpes fossem muito suaves, se as jogadas fossem muito longe do alvo, os comentaristas esportivos questionariam abertamente se ele valia o contrato. Não questionavam isso aos vinte anos, mas o faziam agora.

Talvez algumas das coisas que diziam a respeito dele fossem verdade. Talvez estivesse alguns segundos mais lento, mas ele mais do que compensava isso com pura força física. Compreendera, havia alguns anos, que, se quisesse sobreviver, teria de se adaptar e se ajustar. Ainda jogava um jogo praticamente físico, mas jogava com mais inteligência, usando também suas outras habilidades.

Sobrevivera na última temporada com lesões pequenas. Agora, com apenas algumas semanas antes da concentração, estava na melhor condição física de sua vida. Estava saudável, em forma e pronto para sacudir o rinque.

Estava pronto para a Copa Stanley.

John fez um treino de perna até que os músculos queimassem, depois caprichou em duzentos e cinquenta abdominais e pulou para o chuveiro. Vestiu *jeans* e uma camiseta branca antes de ir para o andar de cima.

Quando saiu no deque, encontrou Georgeanne e Lexie juntas na mesma *chaise*, olhando para a maré. Nem John nem Georgeanne falaram quando ele acendeu a grelha; os dois obviamente querendo deixar que Lexie preenchesse o silêncio forçado. Durante o jantar, Georgeanne mal olhava na direção dele e, depois, apressou-se em lavar a louça. Como ela parecia ansiosa por se afastar, ele deixou-a.

— Você possui algum jogo, John? — perguntou Lexie, segurando o queixo com as mãos. — O cabelo dela fora trançado nas costas e ela usava uma camisola púrpura. — Como Candy Land ou algo parecido?

— Não.

— Cartas?

— Talvez.

— Quer jogar tapa?

Tapa parecia ser uma boa diversão.

— Claro. — Levantou-se e foi em busca de um baralho, mas não conseguiu encontrar. — Acho que não tenho cartas — disse para uma Lexie desapontada.

— Ah... Quer brincar de Barbies, então?

Ele preferiria cortar seu testículo esquerdo.

— Lexie — Georgeanne disse da porta da cozinha, onde secava as mãos em uma toalha —, não acho que John queira brincar de Barbies.

— Por favor — Lexie implorou. — Deixo você escolher as melhores roupas.

Ele olhou para a carinha dela com aqueles olhos azuis e bochechas rosadas.

— Certo, mas eu serei o Ken — ouviu-se falando.

Lexie pulou da cadeira e saiu correndo da sala.

— Não possuo nenhum Ken, porque as pernas dele quebraram — disse, olhando para trás.

Ele olhou para Georgeanne, que estava ali em pé com uma expressão de pena nos olhos enquanto balançava a cabeça. Ao menos ela não o estava mais evitando.

— Você vai brincar? — perguntou, calculando que, se Georgeanne também brincasse, ele poderia desistir depois de um tempo.

Ela riu silenciosamente e caminhou para o sofá.

— Sem chance. Você vai poder escolher as melhores roupas primeiro.

— Você pode escolher primeiro — prometeu ele.

— Desculpe, garotão. — Ela pegou uma revista e sentou-se. — Está por sua conta.

Lexie voltou para a sala carregada de brinquedos e John teve um pressentimento de que ficaria preso por um tempo.

— Você pode ser a Barbie Jewel Hair — Lexie disse, enquanto jogava para ele uma boneca nua, e em seguida abriu os braços e deixou os acessórios de plástico cair no chão.

John sentou-se no chão com as pernas cruzadas, pegou a boneca e rapidamente analisou-a. Quando criança, teria dado qualquer coisa para tocar em uma Barbie nua, mas nunca tivera sorte de chegar perto de uma. Agora que podia dar uma boa olhada nela, descobria que ela tinha uma bunda esquelética e os joelhos faziam um som muito estranho. Resignado com o próprio destino, examinou uma pilha de roupas. Escolheu um *colant* com estampa de leopardo e uma calça *legging* combinando.

— Tenho uma bolsa que combine? — perguntou a Lexie, que estava ocupada arrumando o salão de beleza.

— Não, mas possui botas.

Ela vasculhou em suas coisas e entregou-as a ele.

John as examinou.

— Exatamente o que toda mulher bem-vestida precisa: um par de botas de prostituta.

— O que são botas de prostituta?

— Deixe para lá — disse Georgeanne de onde estava, atrás da revista.

Brincar com bonecas era uma experiência nova para John. Ele não tinha irmã nem amizade com meninas da idade dele. Quando criança, brincava com bonecos de ação, mas, na maioria das vezes, apenas jogava hóquei. Ele puxou o *colant* para cima, sobre os seios de plástico duro da Barbie, e pegou a calça *legging*. Enquanto vestia a boneca, deu-se conta de várias coisas. Primeiro, colocar calça *legging* em pernas de borracha era difícil demais e, segundo, se a Barbie fosse de verdade, não seria o tipo de mulher que ele ia querer ajudar a se vestir ou se desvestir. Era esquelética, dura e os pés eram pontudos. Também se deu conta de mais uma coisa.

— Hã, Georgeanne?

— Humm?

Ele olhou para ela.

— Você não vai contar a ninguém sobre isso, vai?

Ela baixou um pouco a revista e os olhos grandes e verdes olharam para ele.

— O quê?

— Isso — disse ele, apontando para o salão de beleza. — Algo assim poderia prejudicar seriamente minha reputação de ser um cara com colhões. Ah, desculpe. — E corrigiu-se antes que as duas tivessem a oportunidade: — Algo assim poderia tornar minha vida um inferno.

A risada franca de Georgeanne encheu o espaço entre eles e John não pôde deixar de rir também. Ficou pensando que parecia muito estúpido sentado ali, tentando enfiar botas em uma Barbie.

SIMPLESMENTE
Irresistível

Então Georgeanne parou abruptamente de rir e jogou a revista na ponta da mesa.

— Vou tomar um banho — disse, levantando-se.

— Você quer seu permanente agora? — Lexie perguntou a John.

Ele observava o gingado dos quadris enquanto Georgeanne saía da sala.

— Preciso fazer permanente? — perguntou, voltando a atenção para a filha.

— Precisa.

Ele ergueu a Barbie com botas de prostituta sobre a cadeira rosa do salão. Não sabia muito sobre salões de beleza, mas tivera uma ou duas namoradas que gastavam neles o tempo delas e o dinheiro dele.

— Poderia fazer minhas unhas enquanto estou aqui? — perguntou, em seguida pedindo depilação de virilha e uma esfoliação facial.

Lexie riu e disse que ele era engraçado. De repente, John achou que brincar de Barbie não era assim tão ruim.

* * *

Lexie foi até as 10 horas da noite. Exausta, insistiu para que John a levasse para a cama. Por sujeitar-se ao salão de beleza da Barbie, ele fizera muitos pontos com a filha.

Em qualquer outro momento, Georgeanne teria ficado magoada com a rejeição da filha, mas naquela noite tinha outras coisas na mente. Outros problemas. Grandes problemas. Depois do beijo na cozinha, John não apenas ultrapassara um dia de cabelo ruim, como tinha ultrapassado também a depilação de sobrancelha com pinça. E, como se isso não tivesse sido o bastante, sentou-se no chão e brincou de boneca com uma garotinha de seis anos. Primeiro ele estava engraçado. Um homem grande e musculoso de mãos grandes preocupando-se com uma bolsa que combinasse e botas de plástico. Um jogador másculo de hóquei preocupando-se com sua reputação com os rapazes. Então, de repente, ele não estava mais engraçado. Era como se ele estivesse no seu *habitat* ali no chão, enfiando calça *legging* em uma Barbie. Ele se parecia com um pai e ela era a mãe, e de repente eles pareciam uma família de verdade. Só que não eram. Quando se olharam e riram, ela sentiu uma dor no coração.

Não havia nada de engraçado naquilo. Nada mesmo, Georgeanne pensava enquanto caminhava pelo deque. Ela mal podia ver as ondas do mar, porém, conseguia ouvi-las. A temperatura caíra e sentia-se bem com um suéter de tricô azul e uma saia de sarja. Os dedos estavam um pouco frios e ela desejou ter se lembrado dos sapatos. Cruzou os braços na frente do corpo, abraçando-se, e olhou para o céu da noite. Nunca fora boa em astronomia, mas adorava olhar as estrelas.

Ouviu a porta abrir e fechar às suas costas e sentiu uma manta sendo colocada sobre seus ombros.

— Obrigada — agradeceu e enrolou-se na manta de lã feita à mão.

— De nada. Acho que Lexie apagou antes mesmo de tocar nos lençóis — disse John, debruçando-se no parapeito, ao lado dela.

— Normalmente é assim. Sempre achei isso uma bênção. Amo Lexie, mas adoro quando dorme. — Ela balançou a cabeça. — Isso soou mal.

Ele riu suavemente.

— Não, não soou. Posso ver como ela pode dar uma canseira em alguém. Tenho um novo respeito pelos pais.

Georgeanne olhou para o perfil dele, enquanto ele fitava o oceano. A luz da casa iluminava os remendos alongados do deque de madeira e fazia sombras no rosto de John. Ele vestia uma jaqueta azul-marinho impermeável e a brisa salgada brincava com a gola alta verde contrastante.

SIMPLESMENTE
Irresistível

— Como você era quando criança? — perguntou, curiosa.

Lexie e ela não eram tão parecidas como todos acreditavam.

— Hiperativo. Acho que tirei uns dez anos ou mais da vida do meu avô.

Ela olhou para ele.

— Na noite passada você mencionou Ernie e sua mãe. E seu pai?

John encolheu os ombros.

— Não me lembro dele. Morreu em um acidente de carro quando eu tinha cinco anos. Minha mãe tinha dois empregos, então praticamente fui criado pela minha avó e pelo meu avô. Vovó Dorothy morreu quando eu estava com vinte e três.

— Acho que temos algo em comum, então. Fomos criados pelas nossas avós.

John olhou-a de lado, a luz da casa iluminava o perfil dele.

— E sua mãe?

Quando o conhecera, mentira sobre seu passado, inventara, tornara-o bonito. Ele obviamente não se lembrava. Agora ela estava confortável com quem era e não sentia necessidade de mentir.

— Minha mãe não me quis.

— Não quis você?

As sobrancelhas dele baixaram.

— Por quê?

Ela deu de ombros e virou-se para olhar para a noite negra e a silhueta ainda mais negra da Haystack Rock.

— Ela não era casada e acho... — Fez uma pausa. — A verdade é que eu realmente não sei — continuou. — Descobri apenas no ano passado, com a minha tia, que ela tentou fazer um aborto, mas minha avó a impediu. Quando nasci, minha avó me levou do hospital para casa. Não acho que minha mãe tenha olhado para mim antes de sair da cidade.

— Está falando sério? — Ele parecia incrédulo.

— É claro.

Georgeanne se aconchegou na manta.

— Eu sempre tive certeza de que ela voltaria e tentava ser uma boa menina para que ela me quisesse. Mas nunca voltou. Nem mesmo ligou.

Ela deu de ombros de novo e esfregou os braços.

— Mas minha avó tentava compensar isso. Clarissa June me amou e cuidou de mim como pôde. Isso significava me preparar adequadamente para ser a esposa de alguém. Ela queria me ver casada antes de morrer e, no fim da vida, estava muito determinada em encontrar um marido para mim. A coisa ficou tão ruim que eu nem mesmo ia ao mercado com ela. — Georgeanne sorriu com a lembrança. — Ela costumava tentar armar para mim, desde os caixas até o gerente de produtos. Mas o coração dela estava secretamente voltado ao açougueiro, Cletus J. Krebs. Clarissa foi criada em uma fazenda de porcos e era naturalmente favorável a um bom corte de suíno. Quando descobriu que ele era casado, ficou arrasada.

Ela esperava uma risada de John, mas ele nem mesmo deu um sorriso.

— E seu pai?

— Não sei quem ele é.

— Nunca ninguém contou a você?

— Ninguém além da minha mãe sabia, e ela nunca diria. Quando eu era uma garotinha, às vezes ficava pensando... — Parou e balançou a cabeça, envergonhada. — Deixe para lá — disse e enterrou o nariz na manta.

— O que você pensava? — perguntou ele.

Ao tom gentil na voz dele, ela respondeu:

— É tolice, mas sempre pensei que, se ele soubesse, teria me amado, porque eu sempre tentei ser boa.

— Isso não é tolice. Tenho certeza de que, se ele a conhecesse, a teria amado muito.

— Acho que não.

SIMPLESMENTE
Irresistível

Pela experiência dela, os homens que mais queria que a amassem não conseguiam. John era um excelente exemplo disso. Virou a cabeça e olhou para o mar.

— Ele não teria se importado, mas é muito gentil de sua parte dizer isso.

— Não, não é. Tenho certeza de que é verdade.

Ela tinha a mesma certeza de que não era, mas não importava. Deixara as fantasias de lado havia muitos anos.

A brisa agitou o cabelo de ambos e o silêncio pairou enquanto olhavam para as ondas negras e prata. Então, John falou, a voz mais alta devido ao vento.

— Você parte meu coração, sabia? — Enfiou as mãos nos bolsos da jaqueta e virou-se para ela. — Precisamos conversar sobre o que aconteceu na cozinha mais cedo.

Georgeanne estava atônita com a confissão e não queria conversar sobre o beijo. Não sabia por que ele a beijara, ou por que ela correspondera, como se ele tivesse minado a vontade dela de dizer não. Os pés dela agora estavam frios e ela pensou que seria uma boa hora para se retirar e organizar os pensamentos.

— Estou obviamente atraído por você.

Georgeanne decidiu que poderia ficar um pouco mais e ouvir o que ele tinha a dizer.

— Sei que disse que era imune a você e que a achava completamente resistível. Bem, menti sobre isso. Você é bonita e macia, e, se as coisas entre nós fossem diferentes, eu desistiria de um pulmão para fazer amor com você. Mas elas não são, então, se você me pegar olhando para você como se eu fosse atacá-la, quero que saiba que não vou. Tenho trinta e cinco anos e consigo me controlar. Não quero que fique preocupada, achando que tentarei algo de novo.

Nunca ninguém se oferecera para desistir de um órgão do corpo para estar com ela.

— Quero garantir-lhe que não vou beijá-la ou tocá-la, ou tentar levar esse corpo para a cama. Acho que podemos concordar que o sexo entre nós seria um erro.

Embora concordasse, Georgeanne sentia-se um pouco desapontada por ele conseguir se controlar.

— Você está certo, é claro.

— Arruinaria o progresso que fizemos para uma relação viável.

— Verdade.

John voltou-se para ela.

— Se ignorarmos, isso desaparecerá. — O olhar dele viajou pelos cabelos de Georgeanne, depois pelo rosto.

— Você acha?

Uma ruga surgiu entre suas sobrancelhas e ele balançou a cabeça lentamente.

— Ora, estou falando um monte de besteiras. — Ele segurou-lhe o rosto entre as mãos quentes. O polegar acariciou a pele fria, e ele descansou a cabeça sobre a dela. — Sou muito egoísta e quero você — disse, com a voz baixa. — Quero beijá-la e tocá-la e... — fez uma pausa e ela viu o sorriso nos olhos dele — ...levar esse corpo lindo para a cama. Mesmo tendo trinta e cinco anos, acho impossível me controlar com você. O desejo assumiu o controle e penso em fazer amor com você todo o tempo. Sabia disso?

John envolveu-a, tirando-lhe o ar, e acabou com a resistência dela. Incapaz de falar, Georgeanne balançou a cabeça.

— Tive um sonho muito erótico com você na noite passada. Foi selvagem. Fiz coisas com você sobre as quais jamais falaremos, pois, se eu contar, posso me meter em encrenca.

"Ele sonhou comigo?" Ela tentou pensar em algo inteligente e provocante, mas não conseguiu. A capacidade de pensar racionalmente a abandonara quando ele confessou que queria levar seu corpo lindo para a cama. Sempre achara seu corpo desajeitado e sem atrativos.

SIMPLESMENTE
Irresistível

— Então, estou contando com a sua sensatez. Esperando que você me diga não. — Roçou a boca na dela. — Diga não e deixarei você em paz — disse.

John estava tão perto e tão belo, e ela o queria demais para ser sensata. Nem mesmo considerava dizer não. As mãos largaram a manta, que caiu de seus ombros e amontoou-se em seus pés. Agarrou as lapelas abertas da jaqueta dele e segurou-as. A ponta de sua língua tocou-lhe os lábios entreabertos e ele abriu a boca para recebê-la. O beijo que haviam trocado antes começara lento, mas alcançara o calor máximo em segundos. Esse beijo permanecia nos lábios deles. Ambos abriram a boca e se tocaram de leve com a língua. Tinham a noite toda pela frente e nenhum deles estava com pressa.

Anos antes, ela saberia como satisfazer um homem. As habilidades que aperfeiçoara como forma de arte estavam adormecidas dentro dela. Não sabia se ainda sabia como provocar, como enlouquecer um homem. Moveu as mãos até o cós da calça dele e deslizou lentamente as mãos sob a jaqueta, subindo do abdômen quente até o peito. Com aquele toque, os músculos dele se enrijeceram e sua boca envolveu a dela, criando uma suave sucção. A língua dela o provocava e ela sentia-lhe a batida forte do coração. John levou uma das mãos aos quadris de Georgeanne e puxou-a para junto dele.

Ela sentiu-o intumescer contra seu ventre. Grande e duro. Paixão e satisfação feminina se misturavam e brotavam nela, ocupando o alto de suas coxas. Roçou nele de leve, a paixão girando em uma espiral ardente. Ele segurou-a com mais força nos quadris, afastando-se dos lábios dela.

— Você era gostosa sete anos atrás — disse ele, com a brisa da noite remexendo-lhe o cabelo. — Tenho um pressentimento de que está ainda melhor.

Georgeanne poderia ter dito que não era devido à prática. Na verdade, estava tão fora de forma que nem mesmo tinha uma resposta provocante à altura. Sem a distração da boca sensual dele e do som das palavras descaradas ao seu ouvido, sentiu o vento fresco penetrar o suéter e estremeceu.

— Vamos — disse ele e pegou-a pela mão. Puxou-a para perto dele e, juntos, entraram na casa, fechando a porta atrás deles.

John beijou-a de leve nos lábios e tirou a jaqueta.

— Ainda está com frio? — perguntou, atirando a jaqueta no sofá.

Os pelos nos braços de Georgeanne se eriçaram, mas não era de frio.

— Estou bem — disse ela, esfregando os braços cobertos pelo suéter.

— Que tal acender o fogo, de qualquer forma?

Ela não queria esperar tanto tempo para sentir os lábios dele novamente, mas também não queria parecer faminta por amor.

— Se não for muito incômodo.

Ele deu um sorriso preguiçoso.

— Ah, acho que posso lidar com isso — disse ele, caminhando até a cornija da lareira azul e branco, e virou uma chave.

Uma chama laranja brotou dos jatos de gás e cobriu as lenhas falsas.

O sorriso de Georgeanne uniu-se ao dele.

— Acho que isso é trapaça.

— Somente se eu tivesse sido um escoteiro, mas não fui.

— Deveria ter adivinhado.

Ela se virou para olhar pelos janelões, mas não conseguiu ver nada além do próprio reflexo. Sentiu um momento de pânico quando, rapidamente, tentou lembrar se estava usando sua *lingerie* de cetim ou se tinha colocado apenas uma básica de algodão branco.

— O quê? — ele perguntou quando parou atrás dela. — Que eu não fui escoteiro?

Ele puxou-a contra o peito.

— Ou que eu tenho fogo falso?

Georgeanne viu no vidro da janela o reflexo saliente dele. Fitou aquele rosto lindo e não se importava mais se usava calcinha Hanes ou Victoria's Secret. Arqueou as costas um pouco e pressionou suas nádegas na virilha dele.

— Seu fogo é falso, John?

Ele respirou fundo e a risada saiu um pouco trêmula.

— Se você for uma boa garota, mostrarei mais tarde — disse. Beijou-a na cabeça e segurou a barra do suéter que ela vestia.

— Mas, por ora, você me mostra.

Tirou o suéter e jogou-o para o lado. O primeiro instinto de Georgeanne foi erguer as mãos para esconder os seios. Porém, deixou-as ao lado do corpo e ficou ali, de saia e sutiã de cetim azul. Os dedos de John deslizaram pela barriga nua e ele segurou os seios pesados em suas mãos fortes.

— Você é linda — disse roçando os polegares no cetim que cobria os bicos. — Tão linda que mal posso respirar.

Georgeanne conhecia aquela sensação. Sentia-se como se o ar fosse arrancado de seus pulmões enquanto observava as mãos dele em seus seios. Não conseguiu desviar o olhar enquanto ele abria o sutiã e descia lentamente as alças. O cetim azul deslizou, tremulando nos bicos para, então, cair no chão. Sentindo-se de repente envergonhada, Georgeanne tentou se virar e proteger-se daquele olhar ardente. Mas ele segurou-a pela cintura para mantê-la onde estava.

— Alguém pode nos ver — disse ela.

— Não tem ninguém lá fora.

Ele roçou levemente as pontas dos dedos nas pontas dos seios. A respiração de Georgeanne ficou curta.

— Pode ter.

— Não estamos no nível da praia. Estamos bem no alto.

Ela ficou olhando enquanto ele gentilmente pegava os bicos enrugados entre o polegar e o indicador, e de repente ela não se importava mais. Um ônibus lotado de Shriners poderia ter desfilado pelo deque e ela não se incomodaria. Ela arqueou as costas e ergueu os braços. Passou as mãos por trás da cabeça de John e trouxe seus lábios para os dela. Enfiou a língua em sua boca e deu-lhe um beijo ardente e voraz. Um gemido brotou fundo do peito dele quando brincava com os seios dela. Ele ergueu-os e apertou, depois moveu as mãos até o botão na cintura dela. A saia e a calcinha acetinada azul foram empurradas pelos quadris e coxas, caindo nos pés de Georgeanne. Ela chutou-as para o lado. Estava nua, as nádegas pressionadas contra o zíper do *jeans* dele. John estava totalmente vestido, enquanto ela estava totalmente nua, e a sensação do *jeans* gasto contra sua pele era extremamente erótica. Ele inclinou os quadris e pressionou sua ereção na bunda de Georgie enquanto a boca trilhava beijinhos ardentes pelo pescoço. Mordeu-lhe de leve no ombro e chupou a pele.

Georgeanne olhou para a janela e viu, pelo reflexo do vidro, as mãos grandes deslizando por seu corpo. Ele acariciou-lhe os seios, o ventre, os quadris. Colocou um dos pés entre os dela e separou-os. Deslizou a mão pelas coxas separadas e acariciou-as gentilmente. O toque de John provocava-lhe um forte desejo, irradiando por sua pele. Ela derretia-se por dentro, umedecendo a profundidade de sua pélvis. As mãos dele, a boca, o olhar ardente. Ela via o reflexo do próprio rosto e não reconhecia a mulher que a olhava de volta. A mulher na janela parecia drogada. Ouviu-se gemer e temeu que, se não o parasse, chegaria ao clímax sozinha. Não queria isso. Desejava-o com ela.

Georgeanne saboreou o prazer das mãos dele por alguns maravilhosos segundos e, então, virou-se, abraçando-lhe o pescoço. Beijou-o avidamente, esfregando o joelho nu na coxa dele. Os dedos de John traçaram um caminho sensual pela espinha dela e, então, agarrou-a pela bunda e ergueu-a do chão, pressionando a própria pélvis na dela. A boca de Georgeanne afagou-o no pescoço e saboreou a pele morna. Ele gemeu e ela escorregou pelo corpo dele, tocando os pés no chão. As mãos passearam pelo peito de John e desceram até a barra da camiseta. Então puxaram o elástico do cós da calça.

Ele ergueu um braço, levou-o às costas e agarrou a parte de trás da camiseta. Puxou-a pela cabeça e jogou-a para o lado. Georgeanne desviou o olhar dos olhos azuis cheios de paixão para os curtos cabelos encaracolados que cobriam o peito grande e musculoso. Seus seios tocaram-no um pouco abaixo dos bicos lisos e marrom. Uma trilha de cabelo descia pelo peito, colada à fenda dos seios dela.

— Olhe para você — ele disse quase num sussurro. Sua voz era rouca de desejo. — Você é como o melhor presente que eu já ganhei, como se fosse todos os natais embrulhados em um único e maravilhoso pacote.

Georgeanne puxou o botão até abrir.

— Você foi um bom garoto? — perguntou, deslizando as mãos dentro do *jeans*.

A respiração dele ficou mais rápida.

— Nossa, sim.

Ela enganchou os dedos no elástico da cueca e puxou-a, afastando-a da barriga rija.

— Nesse caso — murmurou, correndo um dedo pela delícia longa e grossa —, como quer brincar? Como um garoto perverso ou bonzinho?

John encheu os pulmões, enquanto pisava na parte de trás dos tênis e jogava-os para longe.

— Não sei como ser bonzinho e passei muitos anos no banco de suspensão.

— Perverso, então?

Ela empurrou o *jeans* e a cueca para baixo e correu as mãos pelas coxas nuas dele. Os músculos se enrijeceram com o toque dela e Georgeanne se deliciou com o efeito que lhe provocava.

— Ah, sim. — A voz dele estava tensa quando se livrou das roupas.

John tirou a carteira da calça e jogou-a na mesa ao lado do sofá. Então, ficou em pé na frente dela, completamente nu, um atleta alto, sólido e perfeitamente tonificado pelos anos de treino. Não havia nada macio nele; sua profissão se revelava no corpo vigoroso.

Georgeanne se aproximou e a cabeça voluptuosa do pênis ardente tocou seu umbigo. Deslizou as mãos pelo abdômen liso e, quando ergueu os olhos para observar-lhe o rosto, percebeu que não tinha esquecido como dar prazer a um homem. Não esquecera como dar prazer àquele homem. Sete anos antes, ele lhe mostrara como enlouquecê-lo e Georgeanne não esquecera. Inclinou-se para a frente e tocou-o no bico do peito com a ponta da língua. Sob os lábios dela, ele se retesou e ficou mais duro que couro. John mergulhou os dedos nos cabelos castanhos.

— Você está me matando. Estou morrendo.

Georgeanne ficou na ponta dos pés, deslizando os bicos dos seios pelo peito dele.

— Então, que Deus tenha piedade de sua alma — ela sussurrou, mordiscando-lhe o lóbulo da orelha e roçando em seu corpo quente.

Mordicou-lhe o pescoço e o ombro, trilhou uma série de beijos pela coluna de cabelo fino que descia pelo ventre. Depois se ajoelhou e beijou-o, acariciou e afagou.

— Tempo esgotado — ele ofegou, passando as mãos sob os braços dela e colocando-a de pé.

— Sem tempo esgotado — disse ela, colocando a palma das mãos no peito dele e empurrando-o.

Ele deu um passo para trás e ela seguiu-o.

— Isto não é um jogo de hóquei — ela acrescentou, e continuou empurrando até que os calcanhares de John batessem no sofá. — E eu não sou um dos rapazes.

Ele se sentou e ela parou entre as pernas dele.

SIMPLESMENTE
Irresistível

— Georgie, querida, ninguém pensaria que você é um garoto.

Uma mão acariciou a bunda dela e puxou-a para mais perto. Ele sugou um bico do seio com a boca quente e moveu a outra mão para atiçar o fogo com os dedos. Vê-lo beijar seus seios fazia uma emoção primitiva pulsar pelas veias. Aquele era John, o homem que conseguia fazê-la sentir-se bela e desejada. O homem que arrancara seu coração e o devolvera nove meses depois. Ela fechou os olhos e puxou-o para mais perto. Segurou-o enquanto ele a tocava com as mãos e a boca, e disse a si mesma que já bastava. Quando se sentiu próxima ao clímax, deu um passo para trás.

Sem dizer uma palavra, John pegou a carteira na mesa e tirou uma embalagem de preservativo. Abriu a embalagem com os dentes, mas, antes que pudesse colocá-la, Georgeanne pegou a camisinha das mãos dele.

— Nunca peça para um homem fazer o trabalho de uma mulher — disse ela, esticando o fino látex por todo o comprimento dele.

Sentiu-o pulsar em sua mão, pronto e pressionando para se extravasar. Posicionou-se de pernas abertas no colo dele e olhou naqueles olhos azuis. Lentamente, foi sentando sobre John.

Ele estava grande e duro, e, depois de várias tentativas, ele a penetrou por completo. Ela sentou-se quieta por um momento com ele dentro dela, sentindo-se alongar para acomodá-lo. Ele se sentia quente e ela satisfeita, porém impaciente ao mesmo tempo. Os músculos no pescoço dele estavam rijos e ela cravou os dedos nos ombros sólidos. Os olhos dele estavam vidrados e seu maxilar, tenso. Ela beijou-o nos lábios e começou a se mover. Pela excitação ou pela inexperiência, os movimentos dela estavam esquisitos. Os joelhos dela afundavam no sofá e, quando ele a empurrou, ela se levantou.

— Relaxe — disse ele, com as mãos segurando-lhe a bunda. — Não se apresse.

Georgeanne apertou sua boca na dele e gemeu de frustração. Não conseguia relaxar e estava longe de se acalmar.

John desprendeu a boca, passou o braço ao redor de suas costas e das nádegas, e virou-a para que se deitasse no sofá olhando para ele. Ainda estava dentro dela. Tinha um joelho no sofá e outro pé plano no chão.

— Nunca peça para uma mulher fazer o trabalho de um homem — disse, saindo de dentro dela.

Um gemido profundo escapou da garganta de Georgeanne até que ele a penetrasse fundo de novo. Ela se agarrou nele enquanto a penetrava repetidas vezes, empurrando-a para o precipício. Ela proferia palavras incoerentes de estímulo, palavras que provavelmente a deixariam com vergonha depois, mas por ora não conseguia se controlar, nem se importava.

— Isso, querida — sussurrou ele mergulhando fundo dentro dela. — Diga o que você quer.

E ela o fez, com detalhes. O peito de John se ergueu e ele segurou-lhe o rosto com as mãos. Disse-lhe que era linda e o bem que fizera a ele. A cada estocada, ele a incendiava e, no instante em que ela chegou ao clímax, gritou o nome de John. O corpo dela estremeceu fortemente e, quando ela sentiu o orgasmo acalmando, ele recomeçou.

Os olhos de John continuavam fechados e a respiração sibilava entre os dentes. Ele respondeu aos gritos dela com gemidos de satisfação. Penetrou-a uma última vez e, quando gozou, seus músculos viraram pedra e ele praguejou como um jogador de hóquei.

Catorze

John sentou-se na beirada da cama e enfiou os pés no tênis prata e azul. O quarto parecia uma zona de guerra. Os lençóis estavam embolados no meio do colchão e a manta e os travesseiros se achavam jogados no chão. Pratos com sanduíches de presunto pela metade empilhavam-se na cômoda e o quadro a óleo que comprara de um artista local estava apoiado na parede com a moldura quebrada.

Terminou de amarrar os tênis e levantou-se. O quarto tinha o cheiro dela, dele, de sexo. Passou por cima de uma pilha de toalhas molhadas e pegou o *walkman* na cômoda. Olhou para os fones de ouvido ao redor do pescoço e o aparelho no cós do *short*.

Selvagem. Essa era a única palavra em que conseguia pensar para descrever a noite anterior. Sexo selvagem com uma linda mulher selvagem. A vida não podia ficar melhor.

Exceto por um problema. Georgeanne não era uma mulher qualquer. Ela não era alguém com quem estava saindo. Não era sua namorada. E certamente não era dessas mulheres que querem apenas transar com um jogador de hóquei. Ela era a mãe de sua filha. As coisas estavam prestes a se complicar.

Caminhou até o *hall*. Seus pés pararam na frente da porta entreaberta do quarto de hóspedes e ele olhou para dentro. Os olhos de Georgeanne estavam fechados, voltados para o amanhecer que se infiltrava pelas cortinas, e a respiração era lenta e calma. Vestia uma camisola abotoada até a base do pescoço, algo do estilo *Os pioneiros*. Mas, quatro horas antes, ela estava completamente nua em sua *jacuzzi* no banheiro da suíte, fazendo sua melhor imitação de rainha do rodeio. Com um pouco de prática, ela ficara boa nisso também. Ele gostou principalmente da maneira como ela mexia a pélvis contra ele, enquanto sussurrava o nome dele com aquela voz sulista.

Um movimento atrás de Georgeanne chamou a atenção de John e ele ergueu o olhar para Lexie. Ficou vendo-a virar de lado e levar junto quase todo lençol. Deu um passo para trás e subiu as escadas.

Na noite anterior, Georgeanne mais uma vez mostrara uma parte do passado dela, esclarecera um pouco da garotinha confusa e ferida, iluminara-se para ele ver e dera outra dimensão à maneira com que ele a enxergava como adulta. Não achava que ela tivera intenção de modificar algo entre eles, certamente não na opinião dela. Mas o fizera.

John entrou na cozinha e abriu a geladeira. Pegou um iogurte rico em proteína e carboidrato. Fechando a porta com o pé, tirou o lacre da bebida energética e pressionou o botão de rebobinar na secretária eletrônica. Aumentou o volume, apoiou o quadril no balcão e levou a bebida aos lábios. A primeira mensagem era de Ernie e, enquanto ouvia as queixas habituais do avô sobre ter que deixar mensagem, pensou em Georgeanne. Pensou em sua voz quando falara com tanta casualidade sobre a mãe. Brincou sobre a avó tentar casá-la com o açougueiro no mercado Piggly Wiggly e se achava tola por esperar o amor do pai. Ela parecera envergonhada, como se tivesse esperado muito.

A secretária eletrônica soou e a voz do agente Doug Hennessey preencheu a cozinha, informando John da reunião que marcara com a Bauer. Precisava sentar-se com as pessoas que faziam seus patins sob encomenda e descobrir por que as botas tinham começado a incomodá-lo na última temporada. John sempre usara as botas da Bauer. E sempre usaria. Não era supersticioso como alguns caras que conhecia, mas era supersticioso o bastante para consertar o problema em vez de mudar de fabricante.

Sorveu o resto do iogurte, amassou o recipiente com um aperto de mão e jogou-o no lixo. A secretária eletrônica desligou-se e John saiu da cozinha. A névoa envolvia o deque e a praia lá embaixo. Os poucos raios da manhã penetravam a neblina e emitiam fragmentos de luz através das janelas da sala.

Na noite anterior ele a assistira pelo reflexo daquelas janelas. Assistira às roupas dela deslizarem pelo belo corpo e vira a paixão suavizar os lábios e entorpecer seus olhos. Vira as mãos dele deslizando sobre a pele lisa e segurando os seios macios. Assistira-lhe roçar a bunda nua para cima e para baixo em sua braguilha e ele quase explodira bem ali na cueca.

Silenciosamente, John saiu da casa para o deque. Desceu os degraus até a praia numa corrida bem leve. Não queria acordar Georgeanne. Depois da noite que haviam tido, calculava que ela precisaria dormir.

Ele precisava pensar. Precisava pensar sobre o que acontecera e precisava pensar sobre o que fazer agora. Não poderia evitar Georgeanne, nem queria. Gostava dela. Respeitava-a por tudo o que conquistara na vida, especialmente agora que a entendia um pouco melhor. Ele, agora, tinha uma compreensão maior de por que ela não lhe contara sobre Lexie sete anos antes. Não podia dizer que estava exatamente contente por ela não ter contado, mas não estava mais furioso com isso.

Mas não estar furioso e estar apaixonado eram coisas diferentes. *Gostava* dela. Esperava que ela não quisesse mais saber dele, porque começava a achar que não era capaz de dar-lhe mais. Já fora casado duas vezes e nunca amara nenhuma das duas mulheres.

As pessoas confundiam sexo com amor. John nunca confundira. As duas coisas eram completamente separáveis. Amava o avô. Amava a mãe. O amor que sentiu pelo primeiro filho, Toby, e agora por Lexie, penetrava-lhe nos ossos. Mas nunca *amara* uma mulher, não o tipo de amor que enlouquece um homem. Esperava que Georgeanne conseguisse manter o sexo e o amor separados. Achava que ela conseguiria, mas, se não conseguisse, lidar com ela se tornaria algo muito difícil.

Deveria ter mantido as mãos longe dela na noite anterior, entretanto, no que dizia respeito a Georgeanne, ele obviamente tinha dificuldades com o que *deveria* fazer. Desejá-la o deixava confuso e o sexo fora inevitável. Poderia dizer a si mesmo agora para manter as mãos afastadas dela, mas sabia por experiência que provavelmente não o faria. Não tinha um bom histórico com Georgeanne. Ela tinha um corpo maravilhoso e o sexo com ela fora melhor do que tinha sido no passado.

Os pés de John atingiram a areia úmida e ele ergueu o pé esquerdo para trás. Agarrou o tornozelo e alongou o quadríceps.

A relação entre ambos já era frágil sem acrescentar outras complicações. Ela era mãe de sua filha, e ele deveria tentar manter os pensamentos puros. Não pensaria em beijar sua boca macia enquanto deslizava bem fundo nela. Ia se controlar. Era um atleta disciplinado. Conseguiria fazer isso.

E, se falhasse...

John abaixou o pé e alongou a outra perna. Não falharia. Nem mesmo pensaria nisso. Também não pensaria em ir à casa dela duas vezes por semana com sua conversa mole apenas para lhe tirar a roupa.

*   *   *

Georgeanne deu um grande bocejo enquanto colocava leite em uma tigela de Froot Loops. Empurrou o cabelo para trás da orelha, atravessou a cozinha e colocou o cereal na mesa.

SIMPLESMENTE
Irresistível

— Onde está John? — Lexie perguntou, pegando a colher.

— Não sei.

Georgeanne sentou-se em uma cadeira na frente da filha e puxou as pontas do robe para fechá-lo. Pôs os cotovelos na mesa e segurou o queixo com as mãos. Estava exausta e os músculos da coxa doíam. Não sentia tanta dor desde as aulas de aeróbica que fizera três dias por semana no ano passado.

— Ele provavelmente está correndo de novo — disse Lexie.

A garota pegou uma porção de Froot Loops com a colher e enfiou na boca. Dormira com o cabelo trançado e agora ele estava crespo e frisado. Uma letra "O" verde caiu em seu pijama da princesa Jasmine e ela jogou-a de volta na tigela.

— Provavelmente — Georgeanne respondeu, imaginando por que John precisava se exercitar depois da noite anterior.

Tinham feito amor em diversos locais, com o *grand finale* na *jacuzzi*. Ela o ensaboara por inteiro e ia beijando as partes que enxaguava. Ele dera o troco lambendo as gotas de água da pele dela. Georgeanne diria que os dois tinham feito um trabalho completo. Fechou os olhos e pensou naqueles braços fortes e no peito esculpido. Imaginou-se comprimida contra as costas e a bunda musculosa, suas mãos acariciando o abdômen duro, e sentiu um frio no estômago.

— Talvez ele volte logo — disse Lexie, mastigando o cereal.

Georgeanne abriu os olhos. A visão de John nu evaporou, substituída pela filha comendo, a boca cheia de "Os coloridos".

— Por favor, mastigue com a boca fechada — lembrou automaticamente a Lexie.

Quando olhou para o rosto da filha, sentiu-se uma descarada. Ter aqueles pensamentos na frente de uma criança inocente era indecente e, em algum lugar no mundo, ela tinha certeza de que era considerado falta de educação visualizar um homem nu antes do café da manhã.

Georgeanne voltou para a cozinha e abriu o armário para pegar um pacote de café Starbucks e filtro de papel. John a fazia sentir-se viva de uma maneira que não sentia havia muito tempo. Ele olhava para ela com o desejo queimando seus olhos azuis e fazia com que se sentisse desejada. Deslizava os dedos por sua pele como se ela fosse feita de uma delicada seda e a fazia sentir-se linda. O sexo com John era maravilhoso. Em seus braços, ela se transformava em uma mulher confiante da própria sexualidade. Pela primeira vez, desde a puberdade, sentia-se confortável com o próprio corpo. E sentia-se segura como amante pela primeira vez na vida.

Mas não importava quanto fora maravilhoso, fazer sexo com John fora um erro. Soube disso quando estava na porta do quarto de hóspedes e ele lhe dera um beijo de boa-noite. Sentiu isso no apelo faminto do próprio coração. John não a amava e estava surpresa com a dor que sentia.

Sabia desde o início que ele não a amava. Ele nunca tinha dito ou insinuado que nutria por ela algo além de desejo. Não o culpava. A dor era culpa só dela, e teria de lidar com isso sozinha.

Georgeanne encheu o reservatório de água na cafeteira e apertou o botão. Encostou-se no balcão e cruzou os braços debaixo dos seios. Achara que podia amá-lo com o corpo, mas não com o coração. Agora, todas as ilusões tinham desaparecido, consumidas pela luz da manhã. Ela sempre amaria John. Podia admitir para si mesma, mas não sabia o que fazer em relação a isso. Como conseguiria vê-lo regularmente e fingir que não sentia nada mais do que uma leve amizade? Não sabia como. Só sabia que era o que tinha de fazer.

O telefone tocou, assustando Georgeanne. A secretária eletrônica bipou duas vezes e atendeu.

— Oi, John — uma voz masculina disse na secretária. — Aqui é Kirk Schwartz. Desculpe a demora em dar um retorno. Estive fora do estado, de férias, nas duas últimas semanas. De qualquer forma, como você solicitou, tenho uma cópia da certidão de nascimento de sua filha na minha frente. A mãe registrou como pai desconhecido.

Georgeanne congelou por dentro. Olhou para a fita de áudio e ficou observando-a girar lentamente.

— Se a mãe ainda quiser cooperar, então não vai precisar de muito para fazer a alteração. Quanto à visita e à custódia, conversaremos sobre os direitos legais quando voltar para a cidade. Da última vez que conversamos, decidimos que a melhor ação no momento seria manter a mãe feliz até determinarmos o que fazer legalmente. Ah! Acho que o fato de você não saber de sua filha até recentemente e de que você tem uma renda substancial e quer sustentá-la, coloca-o em uma posição muito boa aqui. Provavelmente ganhará a mesma custódia como se houvesse um divórcio entre você e a mãe. Discutiremos tudo isso quando você voltar. Falaremos, então. Até logo!

A fita desligou e Georgeanne piscou. Virou-se para Lexie e observou-a pegar um Froot Loop da parte de trás da colher.

O tremor começou no peito de Georgeanne e foi se tornando visível. Ela ergueu a mão trêmula e pressionou os dedos nos lábios. John tinha contratado um advogado. Ele dissera que não faria isso, mas obviamente mentiu. Ele queria Lexie, e Georgeanne tinha displicentemente dado a ele o que queria. Ela tentara deixar de lado os temores e dera a John a liberdade de passar um tempo com a filha. Tentara desconsiderar os próprios medos porque queria fazer o que fosse certo para Lexie.

— Apresse-se e termine seu cereal — disse ela, saindo da cozinha.

Precisava fugir, fugir daquela casa e dele.

Em dez minutos, Georgeanne trocou de roupa, escovou os dentes e o cabelo e jogou tudo nas malas. "Manter a mãe feliz..." Georgeanne ficou enjoada quando pensou na felicidade que ele lhe dera na noite anterior. Dormir com ela estava acima de qualquer obrigação.

Mais cinco minutos e o carro estava carregado.

— Vamos, Lexie — ela gritou, caminhando de volta para a casa.

Georgeanne não queria estar ali quando John voltasse. Não queria confronto. Não confiava em si mesma. Fora legal. Tentara ser justa, mas acabara. A fúria dela a abastecia como um tubo de gás abastecendo um maçarico. Sentia queimar incontrolavelmente por dentro. Era melhor sentir aquela fúria do que a humilhação e a mágoa que entorpeciam-lhe a alma.

Lexie saiu da cozinha, ainda vestindo seu pijama roxo.

— Vamos para algum lugar?

— Para casa.

— Por quê?

— Porque está na hora de ir.

— John vai também?

— Não.

— Não quero ir ainda.

Georgeanne abriu a porta da frente.

— Que droga!

Lexie franziu a testa e saiu da casa.

— Ainda não é sábado — falou com beiço enquanto andavam pela calçada. — Você disse que ficaríamos até sábado.

— Houve uma mudança de planos. Vamos para casa mais cedo. — Colocou o cinto de segurança nela no assento do passageiro e deu uma camisa, um *short* e uma escova de cabelo para ela. — Quando estivermos na estrada, você pode trocar de roupa — explicou sentando atrás do volante. Deu a partida e engatou a ré.

— Esqueci minha Skipper na banheira.

Georgeanne pisou no freio e olhou para uma Lexie mal--humorada. Sabia que se não voltasse lá e pegasse a Skipper Lexie ficaria preocupada e inquieta, e falaria sobre isso todo o caminho de volta a Seattle.

— Qual delas?

— A que Mae me deu de aniversário.

— Que banheira?

— Ao lado da cozinha.

Georgeanne estacionou o carro de novo e saiu.

— O motor está ligado, portanto, não mexa em nada.

Lexie deu de ombros com indiferença.

Pela primeira vez desde a infância, Georgeanne correu. Correu de volta para a casa e para o banheiro. A boneca Skipper estava na saboneteira junto da parede de azulejos e pegou-a pelas pernas. Virou-se e quase colidiu com John. Ele estava parado na porta com as mãos plantadas no batente de madeira.

— O que está acontecendo, Georgeanne?

O coração dela saltou no peito. Ela o odiava. Ela se odiava. Pela segunda vez na vida, permitira que ele a usasse. Pela segunda vez, ele causava-lhe uma dor tão forte que ela mal conseguia respirar.

— Saia do meu caminho, John.

— Onde está Lexie?

— No carro. Não vamos mais ficar.

Os olhos dele se estreitaram.

— Por quê?

— Por sua causa.

Ela colocou as mãos no peito dele e o empurrou. Deu alguns passos, mas não foi muito longe antes de ele agarrá-la pelo braço e impedi-la de abrir a porta da frente.

— Você age assim com os outros caras com quem dorme ou eu dei sorte?

Georgeanne rodopiou e atacou-o com sua única arma. Bateu forte no ombro dele com a boneca molhada. A cabeça da boneca saltou fora e voou pela sala de estar. Ela fervia por dentro e se sentia como se sua cabeça estivesse prestes a saltar como a da pobre Skipper.

John olhou da boneca sem cabeça para o rosto dela. As sobrancelhas se ergueram.

— Qual é o seu problema?

A graça sulista inata, as lições de etiqueta da srta. Virdie e os anos da influência educada e adequada de sua avó viraram cinzas no inferno da raiva que sentia.

— Tire sua mão pegajosa de mim, seu filho da puta imoral!

O aperto dele ficou mais forte e os olhos sustentaram os dela.

— Na noite passada você não me achou pegajoso. Posso ser um filho da puta, mas não pelo que fizemos juntos. Na noite passada você estava excitada, eu estava duro, e cuidamos desse assunto. Pode não ter sido a escolha mais inteligente que fizemos, mas aconteceu. Agora, lide com isso como uma adulta, pelo amor de Deus.

Georgeanne livrou o braço das mãos dele e deu um passo para trás. Desejava ser grande e forte e poder bater bem forte nele. Desejava ser rápida com palavras mordazes e destroçar o coração de John. Mas não era nem fisicamente forte, nem rápida sob pressão.

— Você garantiu que eu estivesse feliz de verdade na noite passada, não?

Ele piscou.

— "Feliz" não é uma boa palavra para você, presumo. Embora eu prefira "saciada", se quiser usar "feliz", por mim tudo bem. Você estava feliz. Eu estava feliz. Nós dois estávamos divinamente felizes.

Ela apontou a Skipper sem cabeça para ele.

— Seu idiota dissimulado. Você me usou.

— Sim, quando foi isso? Quando sua língua estava na minha garganta ou quando sua mão baixava minha calça? Da maneira como eu vejo, havia um uso mútuo acontecendo.

Georgeanne encarou-o através de sua ira. Eles não estavam falando da mesma coisa, embora uma coisa estivesse ligada à outra.

— Você mentiu para mim.

— Sobre o quê?

Em vez de lhe dar a oportunidade de mentir de novo, Georgeanne foi até a cozinha e rebobinou a secretária eletrônica. Então, apertou o *play* e observou o rosto de John quando a voz do advogado preencheu a sala silenciosa. Suas feições não revelaram nada.

— Você está criando caso por causa disso — disse ele assim que a secretária eletrônica desligou. — Não é o que você pensa.

— É seu advogado.

— Sim!

— Então, qualquer contato futuro entre nós acontecerá através de advogados. Fique longe da Lexie — disse ela, extremamente calma.

— Sem chance.

John avolumou-se sobre ela. Um homem grande e forte que costumava conseguir as coisas através da simples força do desejo.

Georgeanne não se intimidou.

— Você não tem lugar em nossa vida.

— Sou o pai de Lexie, não uma invenção estúpida chamada Tony. Você mentiu para ela por toda a sua vida. Já está na hora de Lexie saber a verdade. Os problemas que temos entre nós não mudam o fato de ela ser minha garotinha.

— Ela não precisa de você.

— Para o diabo que não.

— Não quero você perto dela.

— Você não pode me deter.

Georgeanne sabia que ele provavelmente estava certo. Mas também sabia que faria qualquer coisa para não perder a filha.

— Fique longe — alertou mais uma vez e virou-se para partir.

Seus pés falsearam.

Lexie estava parada à porta da cozinha. Ainda vestia o pijama e o cabelo permanecia arrepiado ao redor da cabeça. O olhar estava parado em John como se nunca o tivesse visto antes. Georgeanne não sabia quanto tempo ela estava ali, mas temia pelo que ela tivesse ouvido. Agarrou a mão da filha e arrastou-a para fora da casa.

— Não faça isso, Georgeanne — John gritou atrás dela. — Podemos resolver tudo.

Mas ela não parou. Já dera muito a ele. Dera-lhe o coração, a alma e a confiança. Não lhe daria a coisa mais importante na sua vida. Poderia viver sem o próprio coração, mas não sem Lexie.

* * *

Mae apanhou o jornal na varanda de Georgeanne e entrou na casa. Lexie estava sentada no sofá com um *muffin* de queijo cremoso e framboesa na mão, enquanto a televisão tocava a música tema de *A família sol-lá-si-dó*. *Muffins* de queijo cremoso e framboesa eram os favoritos de Lexie e uma óbvia tentativa de suavizar a dor com açúcar. Mas, depois do que Georgeanne contara a ela ao telefone na noite anterior, Mae não estava certa se um *muffin* doce e grudento melhoraria as coisas.

— Onde está sua mãe? — perguntou, jogando o jornal no chão.

— Lá fora — respondeu Lexie sem tirar os olhos da tela.

Mae decidiu deixar Lexie sozinha por ora e foi para a cozinha fazer um expresso. Em seguida, foi para fora e encontrou Georgeanne em pé ao lado da varanda de tijolos podando suas rosas Albertine e jogando as flores mortas em um carrinho de mão. Nos últimos três anos, Mae vira Georgeanne diligentemente cuidar com carinho das rosas para que subissem pela pérgula que emoldurava a porta dos fundos. Uma profusão de dedaleiras rosas e esporas cor de lavanda ocupava os canteiros ao pé de Georgeanne e enchia o jardim ao longo da cerca. O orvalho da manhã agarrava-se às pétalas delicadas e molhava a barra do robe. Sob a seda laranja, ela vestia uma camiseta amarrotada e calça branca de algodão. O cabelo pendia em um rabo de cavalo despenteado e o esmalte lilás na mão direita estava lascado como se Georgeanne tivesse roído tudo. A situação com Lexie estava pior do que Mae pensava.

— Dormiu alguma coisa na noite passada? — perguntou do último degrau da escada.

Georgeanne balançou a cabeça e pegou outra rosa murcha.

— Lexie não fala comigo. Não falou ontem a caminho de casa e não vai falar comigo hoje. Não foi dormir antes das 2 horas da manhã. — Jogou outra rosa no carrinho. — O que ela está fazendo?

— Vendo *A família sol-lá-si-dó* — respondeu Mae cruzando o pátio pavimentado. Colocou o café sobre uma mesa de ferro forjado e sentou-se em uma cadeira. — Quando você ligou ontem à noite, não me contou que ela estava tão aborrecida a ponto de não conseguir dormir. Ela não é nem um pouco assim.

Georgeanne deixou as mãos caírem e olhou por sobre o ombro.

— Eu falei que ela não estava falando. Ela não é nem um pouco assim também. — Caminhou até Mae e colocou a tesoura de poda em cima da mesa. — Não sei o que fazer. Tentei falar com ela, mas me ignora. Primeiro, pensei que poderia estar braba porque estava se divertindo muito na praia e a fiz vir embora. Agora, sei que isso era apenas o que eu queria que fosse. Deve ter ouvido minha discussão com John.

Georgeanne afundou-se na cadeira ao lado de Mae, um amontoado deplorável de sofrimento.

— Ela sabe que menti sobre o pai.

— O que você vai fazer?

— Preciso marcar uma hora com um advogado. — Bocejou e apoiou o queixo nos punhos. — Ainda não sei quem, ou onde vou arrumar dinheiro para as taxas legais.

— Talvez John não vá adiante com a custódia. Talvez se você falasse com ele, ele...

— Não quero falar com ele — interrompeu Georgeanne, repentinamente viva. — Sentou-se reta na cadeira e os olhos se estreitaram. — Ele é mentiroso e desprezível. Brincou com a minha fraqueza. Eu deveria ter feito sexo durante esses anos. Eu deveria ter ouvido você. Você estava certa. Eu meio que explodi e me tornei uma ninfomaníaca. Acho que sexo não é algo que você deva adiar até explodir.

Mae ficou de queixo caído.

— Não brinca!

— Ah, brinco. Já brinquei.

— Com o jogador de hóquei?

Georgeanne confirmou com a cabeça.

— De novo?

— Você achou que eu tivesse aprendido na primeira vez.

Mae não sabia o que dizer. Georgeanne era uma das mulheres mais reprimidas que ela conhecia.

— Como isso foi acontecer?

— Não sei. Estávamos nos dando bem e simplesmente aconteceu.

Mae não se considerava promíscua. Apenas nem sempre dizia não quando deveria. Porém, Georgeanne *sempre* dizia não.

— Ele me enganou. Foi legal e tão bom com a Lexie que eu esqueci. Bem, não esqueci de fato que ele poderia ser um imbecil, mas meio que me permiti perdoá-lo.

Mae não acreditava em perdão e em esquecimento. Gostava da coisa da ira do Deus do Antigo Testamento e acreditava no olho por olho. Mas conseguia visualizar como um cara boa-pinta igual a John podia fazer uma mulher deixar passar algumas coisas, como ser largada em um aeroporto depois de uma noite de amor, caso fosse o tipo de mulher que se atraía por noventa quilos de músculo sólido — o que, obviamente, não era o caso de Mae.

— Ele não precisou fazer muito. Eu estava dando tudo o que ele pedia. Toda vez que queria ver a Lexie, eu dava um jeito. — A raiva se misturava com as lágrimas nos olhos de Georgeanne. — Ele não tinha que dormir comigo. Não sou um caso de caridade.

SIMPLESMENTE
Irresistível

Mesmo no seu pior dia, de cabelos desarrumados, olheiras e unhas descascadas, Mae não acreditava que homem algum consideraria Georgeanne um caso de caridade.

— Você realmente acredita que ele fez amor com você por pena?

Georgeanne deu de ombros.

— Não acho que foi difícil para ele, mas sei que queria me manter feliz até que ele e o advogado pudessem se reunir e decidir o que fazer para obter a guarda da Lexie. — Ela cobriu o rosto com as palmas das mãos. — É tão humilhante.

— O que posso fazer para ajudar?

Mae inclinou-se para a frente e colocou a mão no ombro de Georgeanne. Ela moveria o mundo para as pessoas que amava. Havia momentos em sua vida em que sentia que precisava fazer isso. Nos últimos tempos não muito, mas, quando Ray era vivo, lutava pelos dois, especialmente na escola quando os atletas grandões achavam engraçado bater nele com toalhas molhadas. Ray odiava educação física, mas Mae odiava os jogadores que comandavam a aula de ginástica.

— O que quer que eu faça? Quer que eu fale com Lexie?

Georgeanne balançou a cabeça.

— Acho que Lexie precisa de tempo para organizar tudo na cabeça dela.

— Quer que eu fale com John? Eu poderia dizer a ele como você se sente e talvez...

— Não. — Ela secou a face com as costas da mão. — Não quero que ele saiba como me magoou de novo.

— Poderia contratar alguém para quebrar os joelhos dele.

— Não — respondeu Georgeanne depois de uma pausa. — Não temos dinheiro para contratar um atirador profissional e é muito difícil encontrar uma boa ajuda sem dinheiro vivo. Olhe o que aconteceu com Tonya Harding. Mas obrigada pela oferta.

— Ah, para que servem os amigos?

— Já passei por essa dor antes com John. É claro que Lexie não era um problema na época, mas vou superar isso de novo. Não sei como ainda, mas vou. — Ajeitou a gola do robe e ficou séria. — E ainda tem Charles. O que vou dizer a ele?

Mae pegou o expresso.

— Absolutamente nada — respondeu, e tomou um gole.

— Você acha que eu tenho que mentir?

— Não. Apenas não conte a ele.

— O que vou dizer se ele perguntar?

Mae colocou o café de volta na mesa.

— Isso depende de quanto você gosta dele.

— Eu gosto mesmo do Charles. Sei que não parece, mas gosto.

— Então, minta.

Os ombros de Georgeanne se encolheram e ela suspirou.

— Sinto-me tão culpada. Não acredito que pulei na cama de John. Nem sequer pensei em Charles. Talvez eu seja uma dessas mulheres sobre as quais lemos nas revistas, que destroem uma relação porque lá no fundo não acham que têm valor. Talvez eu esteja destinada a amar homens que não possam me amar de volta.

— Talvez você devesse parar de ler essas revistas.

Georgeanne balançou a cabeça.

— Baguncei tudo. O que vou fazer?

— Vai superar isso. Você é uma das mulheres mais fortes que conheço.

Mae deu um tapinha no ombro de Georgeanne. Tinha muita fé na força e na determinação da amiga. Sabia que ela nem sempre se via como uma mulher desse porte, mas Georgeanne nem sempre se via com olhos precisos e objetivos.

— Ei, contei a você que Hugh, o goleiro, me ligou enquanto você estava em Oregon?

— O amigo de John? Por quê?

— Queria me levar para sair.

Georgeanne encarou Mae por alguns incrédulos segundos.

— Achei que você tivesse deixado seus sentimentos claros no dia em que o encontrou no hospital.

— Deixei, mas ele convidou de novo.

— Mesmo? Esse é incansável.

— Sim, eu que o diga.

— Bem, espero que você o tenha dispensado gentilmente.

— Dispensei.

— O que você disse?

— Que diabos, não!

Normalmente, Georgeanne e Mae teriam debatido a rejeição rude de Mae. Porém, Georgeanne deu de ombros.

— Bem, acho que você não terá que se preocupar com ele ligando pela segunda vez.

— Ele ligou uma segunda vez, mas acho que queria me provocar. Ligou pra perguntar se eu ainda lutava com *pit bulls*.

— O que você disse?

— Nada. Desliguei na cara dele, e ele só me ligou uma vez desde então.

— Bem, tenho certeza de que é melhor ficar longe de jogadores de hóquei. Melhor para nós duas.

— Não será um problema para mim.

Mae pensou em contar a Georgeanne sobre seu último namorado, mas decidiu não fazê-lo. Ele era casado e Georgeanne era meio moralista em relação a esse tipo de coisa. Mas Mae não se sentia mal por dormir com o marido de outra mulher desde que não tivessem filhos. Ela não queria casamento. Não queria olhar para o rosto de um cara no jantar todas as noites. Não queria lavar a roupa dele nem parir seus filhos. Queria sexo, e homens casados eram perfeitos. Podia procurá-los quando quisesse e controlar quando, onde e com que frequência.

Nunca contara a Georgeanne com que frequência namorava homens casados. Embora a amiga tivesse uma aparente fraqueza carnal quando se tratava de John Kowalsky, às vezes conseguia ser um pouco puritana.

Quinze

Depois de várias horas de treino desgastante, preparadores e jogadores lotaram o gelo para um amistoso com dois discos. No terceiro dia na concentração, os Chinooks estavam prontos para um pouco de divertimento. Dois dos goleiros da equipe estavam agachados em suas posições, em lados opostos no rinque, alertas, esperando que alguém jogasse um disco de borracha na cabeça deles.

Palavrões inflamados e o barulho contínuo dos patins enchiam os ouvidos de John enquanto ziguezagueava no gelo. As mangas da camisa de treino flutuavam conforme ele desviava através do tráfego. Mantinha a cabeça erguida e o disco deslizando perto da lâmina do taco. Podia sentir a respiração de um novato da terceira fila de defesa no pescoço dele e, para evitar ser arremessado para a arquibancada, fez um arremesso de direita, num pequeno desvio para Hugh Miner.

— Engula essa, garotão — disse, colocando o peso nas extremidades dos patins e parando abruptamente na frente do gol.

SIMPLESMENTE
Irresistível

Um jato de gelo pulverizou as joelheiras de Hugh.

— Manda, velhote — rosnou Hugh, chegando atrás dele para pegar o disco.

Hugh lançou o disco para a outra ponta do rinque, agachou-se e bateu o taco nos postes vermelhos e na trave, atingindo seu propósito sem tirar os olhos da disputa.

John riu e patinou de volta para a disputa. Quando o treino terminou, mesmo contundido pela batalha, sentia-se feliz por estar de volta à guerra. Depois, no vestiário, entregou os patins a um preparador físico para que fossem afiados para o dia seguinte e entrou no banho.

— Ei, Kowalsky — um assistente do técnico chamou da porta do vestiário. — O sr. Duffy quer vê-lo quando estiver vestido. Ele está com o técnico Nystrom.

— Obrigado, Kenny.

John amarrou os sapatos, vestiu uma camiseta verde com um logo dos Chinooks e enfiou-a por dentro da calça de moletom azul. Os colegas de equipe passeavam pelo vestiário em vários estágios de nudez, falando sobre hóquei, contratos e as novas regras que a NHL estabelecera para a temporada seguinte.

Não era raro Virgil Duffy pedir para falar com John, especialmente quando o gerente-geral da equipe estava fora do estado em busca de novos talentos. John era o capitão dos Chinooks. Era um jogador veterano e ninguém conhecia hóquei melhor que os homens que já jogavam havia trinta anos. Virgil respeitava a opinião de John, que respeitava a astúcia do dono do negócio, mesmo que às vezes não concordassem. No momento, estavam debatendo um *enforcer* para a segunda fila. Bons *enforcers* não eram baratos e Virgil nem sempre queria pagar milhões por um jogador.

Enquanto seguia para o escritório, John ficou pensando em como Virgil reagiria quando descobrisse a existência de Lexie. Não achava que o homem fosse ficar muito satisfeito, mas não tinha mais medo de ser negociado. Embora não estivesse completamente seguro. Virgil era meio explosivo. Quanto mais tempo levasse para saber do que acontecera sete anos antes, melhor. John não estava mantendo Lexie em segredo de propósito, mas achava que tampouco havia necessidade de esfregar isso no nariz de Virgil.

Pensou em Lexie e franziu a testa. Desde aquela manhã em Cannon Beach, um mês e meio antes, Georgeanne a mantinha afastada dele. Ela contratara um *pit bull* de batom como advogada, que insistia em um teste de paternidade. Adiaram o teste por semanas e, no dia em que a corte solicitou que fosse realizado, mudaram a tática e Georgeanne assinou um documento reconhecendo legalmente a paternidade de John. Com um golpe da caneta de Georgeanne, ele foi declarado legalmente pai de Lexie.

Uma assistente social fora designada para entrevistar John e inspecionar sua casa flutuante. A mesma assistente social conversou com Georgeanne e Lexie e recomendou várias visitas curtas de apresentação entre o pai e a criança antes que John tivesse permissão de pegar Lexie por tempos mais longos. No final do período de apresentação, John receberia a mesma custódia que era concedida aos pais em situação de divórcio, apenas não precisava aparecer perante um juiz. Quando Georgeanne reconheceu John como pai de Lexie, tudo começou a caminhar com rapidez.

John fechou a cara. Por ora, Georgeanne ainda estava no comando. Ele não se sentia contente com a experiência, mas ela obviamente gostava do poder. Bem, era melhor ela aproveitar enquanto durasse, porque, no final das contas, o que Georgeanne queria não importaria muito. Ela não queria que ele pagasse pensão, nem sua parte da mensalidade escolar de Lexie e do seguro-saúde. Por intermédio do advogado, ele oferecera uma pensão bem generosa, mais pagamento total da escola e do seguro-saúde. Queria dar suporte à filha e estava disposto a pagar por qualquer coisa de que ela precisasse, mas Georgeanne recusava tudo. De acordo com a advogada, ela não queria nada dele. No final, nada disso ia fazer diferença. Os advogados estavam trabalhando nos últimos detalhes. Georgeanne teria que aceitar o que ele oferecia.

Ele não vira nem falara com Georgeanne desde aquela manhã na casa da praia, quando ela enlouquecera por nada. Exagerara chamando-o de mentiroso pegajoso, quando ele não mentira de fato. Certo, talvez naquela primeira noite, quando ela foi até a casa flutuante, ele tivesse omitido. Então, eles tinham concordado em não contratar nenhum advogado, mas ele já tinha acertado com Kirk Schwartz duas horas antes de ela aparecer na porta dele. Ele já tinha uma ideia de seus direitos mesmo antes de falar com Georgeanne naquela noite. Talvez devesse ter contado, mas calculava que ela ficaria furiosa e tentaria afastar Lexie dele. E estava certo. Mas, mesmo agora, não mudaria o que tinha feito. Precisava saber. Tinha que saber das opções legais no caso de Georgeanne mudar de cidade ou se casar, ou ainda recusar-se a deixá-lo ver Lexie. Ele queria saber quem estava registrado como pai de Lexie na certidão de nascimento. Queria informações. O futuro com Lexie era importante demais para ele não conhecer seus direitos.

A imagem de Lexie parada na cozinha da casa em Cannon Beach ainda estava vívida na mente dele. Lembrava-se da confusão no rosto dela e do olhar perplexo quando o olhou por cima do ombro, enquanto Georgeanne a arrastava pela calçada. Ele não queria que Lexie ficasse sabendo dele daquela maneira. Queria passar mais tempo com ela primeiro. Queria que ela se divertisse tanto quanto ele.

Não sabia o que a menina estava pensando agora, mas saberia em breve. Em dois dias a veria na primeira visita curta.

John entrou no escritório do técnico e fechou a porta. Virgil Duffy estava sentado no sofá de courino, vestindo um terno de linho da Quinta Avenida, e exibia um bronzeado do Caribe.

— Olhe para isso — disse Virgil, apontando para uma televisão portátil. — Esse garoto é feito de cimento.

Sentado atrás da mesa, Larry Nystrom não olhava tão entusiasmado quanto Virgil.

— Mas ele tem a pontaria de um cego.

— Ele pode ser ensinado a lançar o disco. Você não pode ensinar coragem. — Virgil olhou para John e apontou a tela. — O que você acha?

John sentou-se na outra ponta do sofá e olhou para a tevê a tempo de ver o novato do Florida Panther jogar Philly Flyer Eric Lindros para as bordas. O sessenta e quatro Lindros não se apressou em levantar antes de patinar lentamente até o banco.

— Pela minha experiência, posso dizer que ele bate alto, como um *linebacker*. E bate forte, mas não tenho certeza se ele tem posição. Quanto?

— Quinhentos mil.

John encolheu os ombros.

— Provavelmente vale cinco, mas precisamos de um cara como Grimson ou Domi.

Virgil balançou a cabeça.

— Muito.

— Quem mais você está observando?

Virgil apertou o botão de avançar rápido no videocassete e, juntos, os três homens analisaram outras possibilidades. O preparador da equipe chegou com uma pilha de papéis e sentou-se na frente de Nystrom. Enquanto o vídeo rodava, os dois homens analisavam cada papel.

— Sua gordura corporal é menos de doze por cento, Kowalsky — comentou o técnico sem levantar a cabeça.

John não estava surpreso. Ele não podia mais se dar o luxo de ficar lento devido ao peso e dava duro para manter-se assim.

SIMPLESMENTE
Irresistível

— E Corbet? — perguntou sobre o companheiro de equipe.

O ala direita dos Chinooks tinha chegado à concentração como se tivesse passado o verão se alimentando em churrascarias.

— Meu bom Deus! — exclamou Nystrom. — Ele tem vinte por cento de gordura.

— Quem é? — Virgil perguntou e apertou no *stop*.

A fita saiu e um canal local mostrou um comercial de fraldas na tela.

— Aquele maldito Corbet — o preparador respondeu.

— Vou ter que acender uma fogueira debaixo daquele rabo gordo — ameaçou o técnico. — Vou ter que suspendê-lo ou enviá-lo para Jenny Craig.

— Consiga um preparador para ele — sugeriu John.

— Ponha-o em uma das dietas de Caroline — Virgil sugeriu. — Quando ela entra naquelas dietas, fica bem mal-humorada.

Caroline era mulher de Virgil havia quatro anos e somente uma década mais jovem que o marido. Para John, era uma mulher legal e eles pareciam felizes juntos.

— Dê a ele uma xícara de arroz branco e cinquenta gramas de frango antes de cada jogo, depois se sente e o veja sair arrebentando — completou o dono do time.

O comercial de fraldas terminou e uma voz que John não escutava havia quase dois meses falou com ele pela tevê.

— Vocês voltaram bem a tempo — dizia Georgeanne na tela de doze polegadas. — Vou acrescentar uma dose de pecado e vocês não vão querer perder isso.

— Mas que diabos... — murmurou John, inclinando-se para a frente.

Georgeanne pegou uma garrafa de Grand Marnier e colocou uma dose em uma tigela.

— Agora, se tiverem filhos, vão querer separar um pouco da musse antes de adicionar o licor ou o pecado líquido, como minha avó costumava chamar todas as bebidas alcoólicas.

Os olhos verdes semicerrados olhavam para a câmera e ela sorria.

— Se não puder ingerir álcool por motivos religiosos, se tiver menos de vinte e um anos ou se preferir seu pecado servido puro, pode desistir completamente do Grand Marnier e acrescentar no lugar um pouco de casca de laranja ralada.

John olhou para ela, como um roedor burro hipnotizado, lembrando-se da noite em que servira a Georgeanne uma dose de pecado. Então, na manhã seguinte, ela batera nele com uma boneca estúpida e o acusara de usá-la. Era lunática. Uma mulher louca e vingativa.

Georgeanne vestia uma blusa branca com gola bordada e um avental azul-escuro amarrado no pescoço. O cabelo estava preso num coque e pequenas pérolas salpicavam suas orelhas. Alguém se esforçara para disfarçar sua sensualidade, mas não tinha funcionado. Estava tudo ali. Nos olhos sedutores e na boca carnuda vermelha. Certamente, ele não era o único que via isso. Ela parecia ridícula, como uma garota do *SOS Malibu* representando em um programa de culinária. Viu-a servir a musse em pequenos potes de porcelana e manter um bate-papo contínuo ao mesmo tempo. Quando terminou, ergueu a mão, abriu os lábios e sorveu o chocolate dos dedos. John debochava porque sabia, *simplesmente sabia*, que ela estava fazendo aquela merda pela audiência. Ela era uma mãe, pelo amor de Deus. Mães de garotinhas não deveriam comportar-se como gatas no cio na televisão.

A tevê ficou preta de repente e John se conscientizou da presença de Virgil pela primeira vez desde que o rosto de Georgeanne surgira na tela. O dono do time parecia atônito e um pouco branco sob o bronzeado. Mas, além do choque, seu rosto não expressava nada. Nem raiva nem fúria. Nem amor, nem sentimento algum a respeito da traição cometida pela mulher que o deixara no altar. Virgil levantou-se, jogou o controle remoto no sofá e, sem dizer uma palavra, saiu pela porta.

SIMPLESMENTE
Irresistível

John observou-o ir e voltou a atenção para os outros homens. Ainda estavam discutindo sobre o gordo. Não viram Georgeanne, mas, mesmo que tivessem visto, John não tinha certeza de que se dariam conta de quem ela era. Quem era para ele. Quem era para Virgil.

* * *

Georgeanne sentia-se acabada. Gravara seis *shows* e a cada vez se saía um pouco melhor. Disse a si mesma para relaxar e se divertir. Não estava ao vivo na tevê e, se errasse, poderia parar e recomeçar. Mas ainda tremia quando olhava para a câmera e confessava: "Não sei se vocês sabem, mas sou de Dallas, a terra dos chapéus e cabelos grandes. Estudei a culinária do mundo inteiro, mas minha especialidade é a cozinha texano-mexicana. Quando se fala em texano-mexicana, a maioria das pessoas pensa em tacos. Bem, vou mostrar algo um pouco diferente".

Por uma hora, Georgeanne picou mangas, pimenta e tomates. Quando terminou, tirou do forno um jantar simples, porém elegante, com tema texano.

— Na semana que vem — disse, em pé ao lado de um vaso de margaridas amarelas — vamos fazer uma pausa na cozinha e vou mostrar a vocês como personalizar seus porta-retratos. É bem fácil de fazer e muito divertido. Até lá.

A luz em cima da câmera apagou e Georgeanne expirou profundamente. A gravação daquele dia não fora ruim. Apenas derrubara o lombo de porco uma vez e lera palavras erradas três vezes. Não fora tão mal como em sua estreia. Levara sete horas para gravar o primeiro programa. Já fora ao ar alguns dias antes, e ela estava tão certa de que a musse de chocolate tinha sido um fracasso com os espectadores que não teve coragem de assistir a si mesma. Charles vira o programa, é claro, e insistiu que não fora chato. E que ela não ficara parecendo nem gorda nem estúpida. Provavelmente ele quis agradar-lhe.

Lexie pisou sobre vários cabos presos no chão e caminhou até Georgeanne.

— Preciso ir ao banheiro — anunciou.

Georgeanne levou a mão às costas e desamarrou o avental. Estava conectada a um microfone portátil.

— Me dê alguns minutos e eu levo você.

— Posso ir sozinha.

— Eu a levo — ofereceu uma jovem assistente de produção.

Georgeanne sorriu agradecida.

Lexie franziu a testa e pegou a mão da assistente.

— Não tenho mais cinco anos — resmungou.

Georgeanne observou a filha ir e tirou o avental. Uma das condições para fazer o programa era levar Lexie às gravações. Charles concordara e dera a Lexie um título de "consultora criativa". Lexie ajudava com ideias, ia ao estúdio e preparava com a mãe os pratos finalizados de antemão.

— Você esteve ótima hoje — cumprimentou Charles surgindo do fundo do estúdio. — Esperou que o microfone de Georgeanne fosse retirado e colocou o braço sobre seus ombros. — O primeiro programa teve boa resposta dos telespectadores.

Georgeanne deu um suspiro de alívio. Não queria que ele continuasse com o programa apenas por causa da relação entre os dois.

— Tem certeza de que não está apenas sendo gentil comigo?

Ele encostou os lábios na têmpora dela.

— Tenho certeza. Se os números não prestarem, prometo que a despedirei.

Ela podia sentir o sorriso de Charles enquanto falava.

— Obrigada.

— De nada.

Ele a beijou e soltou-a.

— Por que você e Lexie não vêm jantar comigo e Amber?

Georgeanne pegou a bolsa de trás do balcão de cozinha do cenário.

— Não posso. John vai pegar a Lexie hoje à noite para a primeira visita.

As sobrancelhas de Charles se uniram sobre os olhos acinzentados.

— Quer que eu esteja lá com você?

Georgeanne balançou a cabeça.

— Ficarei bem — disse, mas não achava que ficaria.

Tinha receio de desmoronar depois que Lexie saísse e queria estar só se isso acontecesse. Charles estava sendo um ótimo amigo, mas não podia ajudá-la, não desta vez.

Três dias depois que voltara de Cannon Beach, ela contara a Charles sobre a viagem. Contou tudo a ele, exceto a parte do sexo. Ele não ficou feliz em ouvir que ela passara um tempo com John, mas também não fez muitas perguntas. Porém, deu-lhe o nome da advogada da ex-mulher e ofereceu novamente um programa de televisão de meia hora. Ela precisava do dinheiro e aceitou, desde que os programas fossem gravados, e não ao vivo, e que Lexie pudesse acompanhá-la.

Uma semana depois, assinou o contrato.

— O que Lexie acha de passar um tempo com o pai?

Georgeanne pendurou a bolsa de couro no ombro.

— Não sei, mesmo. Sei que está um pouco confusa com seu sobrenome agora, Kowalsky. Teve dificuldade em escrevê-lo, mas, além disso, não disse muita coisa.

— Ela não fala sobre ele?

Por várias semanas depois de Lexie descobrir que John era seu pai, ficara fria e distante com Georgeanne. Georgeanne tentara explicar por que mentira e Lexie ouvira silenciosamente. Então, direcionou toda a raiva para a mãe, ferindo a ambas antes que esse sentimento passasse. A vida delas nunca mais foi a mesma. Mas, no geral, era a mesma garotinha que fora antes de descobrir sobre John, embora ficasse surpreendentemente quieta em alguns momentos. Nessas ocasiões, Georgeanne não precisava perguntar no que a filha estava pensando, pois já sabia.

— Contei a ela que John vai pegá-la hoje à noite. Ela não falou muito a respeito, apenas perguntou quando a traria de volta para casa.

Lexie voltou do banheiro e os três saíram do estúdio, indo em direção à entrada do prédio.

— Adivinha só, Charles.

— O quê?

— Estou na primeira série. O nome da minha professora é sra. Burger. Como hambúrguer, mas sem o "ham". Gosto dela porque é legal e possui um esquilo na nossa classe. Ele é marrom e branco e tem orelhas bem pequenas. Todos o chamam de Stimpy. Eu queria chamá-lo de Pongo, mas não consegui.

Lexie manteve uma conversa intermitente durante o percurso entre o prédio e o estacionamento. No entanto no carro, a caminho de casa, ficou muito quieta. Georgeanne tentou falar com ela, mas estava claramente distraída.

A uma quadra de distância, Georgeanne percebeu o Range Rover de John estacionado na frente da casa. Viu-o sentado na varanda, os pés separados e os braços apoiados nas coxas. Parou o carro na entrada e deu uma olhada para o banco do carona. Lexie olhava reto para a porta da garagem e apertava o lábio superior entre os dentes. As mãozinhas seguravam com força a prancheta que Charles lhe dera para que escrevesse suas ideias para os novos programas. No papel, ela desenhara vários gatos e cachorros sem forma e escrevera *pet sho*.

— Está nervosa? — Georgeanne perguntou, sentindo as próprias mãos tremendo.

Lexie deu de ombros.

— Se não quiser ir, não acho que ele vá forçá-la — acrescentou, na esperança de que ela falasse a verdade.

— Você acha que ele gosta de mim? — perguntou Lexie depois de uns segundos de silêncio.

A garganta de Georgeanne apertou-se. Lexie, que sempre fora segura de si, sempre tão certa de que todos a amavam, não tinha certeza a respeito do pai.

— É claro que ele gosta de você. Ele gostou de você desde a primeira vez em que a viu.

— Ah... — foi tudo o que ela disse.

Juntas, as duas saíram do carro e andaram pela calçada. Por trás dos óculos pretos e grandes, Georgeanne viu-o levantar-se. Parecia à vontade, vestindo uma calça de sarja bege, camiseta branca e uma camisa xadrez aberta por cima. O cabelo escuro estava mais curto que da última vez em que o vira, a franja caía em pontas sobre a testa. O olhar estava fixo na filha.

— Oi, Lexie.

Ela abaixou os olhos, para a prancheta, repentinamente interessada.

— Oi.

— O que tem feito desde a última vez que a vi?

— Nada.

— Como está a primeira série?

Ela não olhava para John.

— O.k.

— Gosta da professora?

— Hã-hã.

— Qual o nome dela?

— Sra. Burger.

A tensão era quase tangível. Lexie era mais amistosa com o carteiro do que estava sendo com o próprio pai, e os dois sabiam disso. John ergueu o olhar para Georgeanne, os olhos azuis acusando-a. Ela irritou-se. Podia não gostar dele, mas não dissera uma palavra contra ele, ao menos não ao ouvido de Lexie. Só porque não queria deitar e deixá-lo passar por cima dela de novo, não significava que tentaria envenenar Lexie contra o pai. Ela estava surpresa pelo surto incomum de timidez da filha, mas sabia o motivo. A causa para sua reserva estava na frente dela, como um gigante enorme e musculoso, e ela não sabia como se comportar com ele agora.

— Por que não conta a John sobre o esquilo? — sugeriu, introduzindo o assunto da fixação mais recente de Lexie.

— Possuímos um esquilo.

— Onde?

— Escola.

John não conseguia acreditar que aquela era a garotinha que ele conhecera em junho. Olhou para baixo e ficou imaginando para onde tinha ido a tagarelice.

— Quer entrar? — Georgeanne perguntou.

Ele preferia sacudi-la e exigir saber o que tinha feito com a filha.

— Não. Precisamos ir.

— Aonde?

John olhou para aqueles grandes óculos escuros e pensou em dizer que não era da conta dela.

— Quero mostrar a Lexie onde moro. — Pegou na prancheta e puxou-a suavemente da mão de Lexie. — Trago-a de volta às 21 horas. — disse e entregou a prancheta para Georgeanne.

— Tchau, mamãe. Amo você.

Georgeanne olhou para Lexie e colocou um sorriso forçado no rosto.

— Dê-me um pouco de dengo, minha preciosa.

Lexie ficou na ponta dos pés e deu um beijo de tchau na mãe. Enquanto assistia, John sabia que queria o mesmo que Georgeanne tinha. Queria o amor e a afeição da filha. Queria que ela passasse os braços pelo pescoço dele, lhe desse um beijo e dissesse que o amava. Queria ouvi-la chamá-lo de "papai". Tinha certeza de que, quando a levasse a sua casa e ela relaxasse, quando estivesse longe da influência de Georgeanne, ela se transformaria na garotinha que ele conhecia.

Mas isso não aconteceu. A garotinha que ele pegou às 19 horas era a mesma que devolveu às 21 horas. Conversar com ela foi como patinar pelo gelo mole, lento e desagradável como o diabo. Ela não teve muito a dizer sobre sua casa flutuante e não quis saber de imediato onde ficavam todos os banheiros, o que o surpreendeu, porque em Cannon Beach a localização dos banheiros parecia algo sério para ela.

John mostrou a ela o banheiro que tinha preparado para ela e disse que a levaria para fazer compras e que o decoraria do jeito que ela quisesse. Ele achou que ela gostaria da ideia, mas Lexie apenas acenou com a cabeça e pediu para sair no deque. Ela mostrou uma centelha de interesse pelo barco dele, então pularam no Sundancer e navegaram pelo lago lentamente. Ele observou-a inspecionando a cabine e abrindo o frigobar no console da galé. Colocou-a no colo para que ela pudesse pilotar. Os olhos dela se arregalaram e os cantos da boca finalmente se curvaram em um sorriso, mas ela não disse nada.

Quando ele estacionou na frente da casa dela, duas horas depois de tê-la levado, o humor dele combinava com as nuvens de tempestade que se formavam rapidamente sobre a cabeça dos dois. Não conhecia a garotinha com quem tinha passado o início da noite, ela não era Lexie. A Lexie dele ria, dava gargalhada e falava sem parar.

O Range Rover mal tinha parado e Georgeanne já estava fora da casa caminhando em direção a eles. Usava um vestido de renda solto que flutuava sobre os tornozelos quando ela se movia e o cabelo estava preso no topo da cabeça.

Uma garotinha parada em um jardim do outro lado da rua chamou o nome de Lexie e abanou freneticamente com uma Barbie de cabelos longos e loiros.

— Quem é? — John perguntou, ajudando Lexie a soltar o cinto de segurança.

— Amy — respondeu ela, enquanto abria a porta e pulava do carro. — Mamãe, posso ir brincar com a Amy? Ela possui uma nova Barbie Sereia e posso mostrar a você porque é a que eu quero.

Georgeanne olhou para John enquanto ele dava a volta pela frente do Range Rover. Os olhares de ambos se cruzaram antes de ela se dirigir à filha.

— Vai chover, Lexie.

— Por favor — implorou a garota, pulando como se tivesse mola nos sapatos. — Só por alguns minutos.

— Quinze minutos.

Georgeanne segurou o ombro de Lexie antes que ela saísse correndo.

— O que você diz ao John?

Lexie parou e olhou para a barriga dele.

— Obrigada, John — disse quase num sussurro. — Eu me diverti muito.

Sem beijos. Nenhum "te amo, papai". Ele não esperava amor e afeição tão cedo, mas, quando viu que ela nem o olhara nos seus olhos, soube que teria de esperar mais tempo do que imaginara.

— Talvez da próxima vez a gente vá ao Key Arena, e você vai conhecer onde trabalho.

A oferta não teve nenhuma resposta entusiasmada.

— Ou podemos ir ao *shopping* — ele acrescentou.

John odiava ir ao *shopping*, mas era um homem paciente.

Os cantos da boca de Lexie se ergueram.

— Certo — disse, andando para o meio-fio. Em seguida olhou para os dois lados e atravessou a rua. — Ei, Amy — gritou —, adivinha o que eu fiz. Fui num barco grande e dirigimos pelo Gas Works Park e vi um peixe pular na água e John o atropelou. John tem uma cama e uma geladeira no barco e eu o dirigi por muito, muito tempo.

SIMPLESMENTE
Irresistível

John observou as duas garotas irem para a porta da frente da casa de Amy e virou-se para Georgeanne.

— O que você fez com ela?

Ela o encarou e as sobrancelhas se uniram acima dos olhos verdes.

— Não fiz nada.

— Besteira. Essa não é a Lexie que conheci em junho. O que você disse a ela?

Georgeanne olhou-o demoradamente.

— Vamos entrar — sugeriu.

Ele não queria entrar. Não queria tomar chá nem discutir as coisas racionalmente. Não sentia vontade de cooperar com ela. Estava furioso e queria gritar.

— Aqui está bom.

— John, não vou ter essa conversa com você no meu jardim.

Ele devolveu o olhar e acenou para que ela lhe mostrasse o caminho. Seguindo-a pelo lado da casa, manteve propositadamente o olhar fixo na cabeça dela. Não queria observar a maneira como se movia. Se em outras ocasiões gostara de apreciar o jeito como os quadris dela faziam a barra do vestido ondular, agora ele não estava com humor para apreciar nada a respeito dela.

John seguiu-a até o pátio repleto de cores pastel, um caleidoscópio feminino tão típico de Georgeanne. Flores balançavam na brisa que antecipava a tempestade, enquanto um irrigador regava a grama perto de um balanço listrado azul e branco. O carrinho de supermercado de plástico que ele reconheceu da primeira vez que vira Lexie estava ao lado do carrinho de mão; os dois cheios de flores mortas e ervas daninhas. Quando olhou ao redor do pátio, ficou impressionado com o contraste entre a casa de Georgeanne e a dele. A casa dela tinha um pátio e um balanço, um jardim de flores e um gramado que precisava ser aparado. Ela vivia em uma rua onde uma criança podia andar de bicicleta e onde havia uma calçada plana para Lexie patinar. Só o ancora-douro para a casa flutuante de John custava quase tanto quanto toda a hipoteca de Georgeanne. Ele tinha uma grande vista e uma ótima casa, mas não era um lar de fato. Não como aquele que via. Ele não tinha jardim, nem pátio, nem uma calçada plana.

"Uma família vive aqui", ele pensou, olhando Georgeanne levar a mão a uma torneira por trás das flores de lavanda. A família dele. Não. Não era a família dele. A filha dele.

— Antes de mais nada — Georgeanne começou, endireitando-se —, nunca me acuse de fazer ou dizer alguma coisa para magoar Lexie. Não gosto de você, mas nunca disse uma palavra contra você na frente da minha filha.

— Não acredito em você.

Georgeanne deu de ombros e esforçou-se em aparentar uma calma que ela não sentia. Seu estômago embrulhava-se como se tivesse comido alguma coisa estragada, enquanto John estava em pé na frente dela gostoso o bastante para ser devorado com uma colher. Achava que podia lidar com o fato de estar bem próxima a ele, mas não tinha mais certeza.

— Não me importa no que acredita.

— Por que ela não fala comigo como fazia antes?

Ela podia dar a opinião dela, mas por quê? Por que ajudá-lo a tomar sua filha?

— Dê tempo a ela.

John balançou a cabeça.

— Na primeira vez em que a encontrei, ela falou como uma tagarela. Agora que ela sabe que sou seu pai, mal diz uma palavra. Não faz sentido.

Fazia muito sentido para Georgeanne. A única vez em que ela encontrara a mãe, ficara apavorada com a rejeição e não sabia o que dizer a Billy Jean. Georgeanne tinha vinte anos na época e conseguia imaginar como uma criança se sentia. Lexie não sabia o que dizer a John agora e tinha medo de si mesma.

John colocou o peso em uma perna e inclinou a cabeça para o lado.

— Você deve tê-la enchido de mentiras sobre mim. Eu sabia que estava aborrecida, mas não imaginei que iria tão longe.

Georgeanne envolveu o estômago com os braços e segurou a dor. A opinião baixa dele a machucava, embora não devesse.

— Não fale comigo sobre mentiras. Nada disso teria acontecido se não tivesse mentido sobre contratar um advogado. *Você* é um mentiroso e um jogador lascivo. Mas isso não basta para me fazer dizer a Lexie qualquer coisa ruim a seu respeito.

John olhou para ela com os olhos estreitos.

— Ah, agora entendi. Você está furiosa por ficar nua no meu sofá.

Georgeanne esperava que o rosto dela não ficasse vermelho, mas sentia que enrubescia como uma colegial.

— Você está insinuando que, devido ao que aconteceu entre nós dois, eu tentaria envenenar minha filha contra você?

— Diabos, não estou insinuando nada. Estou dizendo na cara. Você ficou louca porque não enviei flores ou qualquer outra merda. Não sei, talvez tenha acordado na manhã seguinte e quisesse uma rapidinha no chuveiro, mas eu não estava por perto para dar o que você precisava.

Georgeanne não conseguia mais segurar a dor e partiu para o ataque.

— Ou talvez eu estivesse enojada por tê-lo deixado me tocar.

Ele deu um sorriso.

— Você não estava enojada. Estava ardendo. Não estava saciada.

— Olhe para você, John — escarneceu ela. — Você não foi assim tão memorável.

— Nao diga merda. Quantas vezes transamos? — perguntou ele e, erguendo um dedo, começou a contar. — No sofá. — Fez uma pausa e ergueu outro dedo. — No *futon*, no *loft*, com as estrelas brilhando sobre seus seios nus. — Três dedos. — Na *jacuzzi* com toda aquela água quente em nossa bunda e espirrando no chão. Tive que tirar o carpete no dia seguinte para evitar que o chão apodrecesse. — Ele sorriu e ergueu um quarto dedo. — Na parede, no chão e na minha cama, o que estou contando como uma, afinal só gozei uma vez. Você pode ter gozado mais de uma vez, porém.

— Não gozei.

— Desculpe. Acho que confundi com a primeira vez no sofá.

— Você tem passado muito tempo no vestiário — disse ela entre os dentes. — Um homem de verdade não precisa falar de sua vida sexual.

Ele se aproximou.

— Gatinha, pela maneira como agiu na minha cama, eu diria que sou o único homem *de verdade* que você conhece.

Tudo o que ela dissera parecia ter ricocheteado no peito duro, e agora as palavras dele machucavam-lhe o coração. Ela não ia vencê-lo, portanto fez o máximo para parecer aborrecida.

— Se você diz, John...

Ele aproximou-se ainda mais, deixando apenas alguns centímetros entre eles, e um sorriso arrogante curvou seus lábios.

— Se pedir com jeitinho, posso deixá-la polir meu taco. — Aproximou o rosto do dela e pediu com voz sedosa. — Quer dirigir o Zamboni?

Georgeanne manteve-se firme e ergueu o olhar para ele. Desta vez não ia perder a razão e xingá-lo como tinha feito no Oregon. Ergueu o queixo.

— Você está se humilhando — disse com uma voz envolta em censura sulista.

O olhar dele se estreitou.

— Quem sabe se você tivesse sido mais legal sem ter de tirar suas roupas não estaria casada agora.

Como sempre, John ocupara todo o espaço. Ele tirava-lhe o ar, mas ela conseguiu encher os pulmões, inspirando o perfume da pele dele e da loção pós-barba.

SIMPLESMENTE
Irresistível

— Está me dando um conselho? Você que se casou com uma *stripper*!

John ergueu a cabeça e deu um passo para trás. Pela expressão dele, ela viu que suas palavras finalmente tinham surtido efeito.

— Verdade — disse ele. — Sempre me comporto como um imbecil diante de um belo par de tetas. — Ele virou o pulso e olhou o relógio. — Não me divertia assim desde que torci meu tornozelo em Detroit, mas preciso ir. Volto no sábado para pegar a Lexie. Apronte-a para as 15 horas. — Mal olhou para ela e virou-se para ir embora.

Georgeanne colocou uma mão no pescoço e observou-o sair pelo portão dos fundos. Vencera. Finalmente vencera John. Não sabia como tinha feito, mas, definitivamente, tinha acabado com aquele ego enorme.

O peito dela estava apertado. Foi até a varanda e sentou-se no degrau de baixo.

Se ganhara, porque então não se sentia melhor?

Dezesseis

— Está de matar — Mae resmungou depois de levar o Kahlúa com creme aos lábios e tomar um gole.

Uma sandália preta brilhante pendia de seus dedos, enquanto balançava o pé direito. Por cima do copo, ela viu um Chevy rebaixado passar lentamente, com o grave da música bombando, vomitando gases tóxicos. Acenou com a mão e ficou imaginando se não tinha cometido um erro ao escolher sentar-se na parte da frente do bar de *jazz*. Da mesa estilo bistrô, tinha uma visão clara de qualquer um que se dirigisse ao local. O som melodioso do saxofone atravessava as portas abertas e saía para o pôr do sol poeirento do centro da cidade. Ao redor, casais conversavam sobre o que interessava à maioria das pessoas em Seattle: chuva, café e Microsoft.

Colocou a bebida de volta na mesa e olhou para o relógio.

— Ele não vem — disse a si mesma e colocou a sandália novamente.

Era sexta à noite. Não precisava trabalhar e não usara batom e rímel para nada. Até mesmo colocara um vestido. Um belo vestido solto preto sem nada por baixo. Estava congelando e seu último amante, Ted, lhe dera o cano.

Ele provavelmente foi detido pela mulher, pensou, pegando a bolsa. Mae normalmente não carregava bolsa, mas nesta noite não tinha nenhum lugar para colocar o dinheiro, nem mesmo a calcinha. Tirou uma nota de vinte dólares e colocou na mesa. Não ia esperar mais. Não estava assim tão desesperada.

— Ora, o que uma garota como você está fazendo aqui sozinha?

Mae olhou para cima e abriu a boca para dizer para o cara sumir. Porém, franziu a testa.

— Bem, quando eu achava que a noite não podia ficar pior — disse.

Hugh Miner riu e virou-se para os homens que estavam com ele.

— Vão na frente — disse, puxando uma cadeira na frente de Mae. — Encontro vocês em um minuto.

Mae viu os homens entrarem e pegou a bolsa.

— Eu já estava saindo.

— Não pode ficar para mais uma bebida?

— Não.

— Por que não?

"Porque estou congelando", pensou.

— Por que eu iria querer?

— Porque estou pagando.

Bebida grátis nunca foi um incentivo para Mae, mas neste momento uma garçonete de cabelo vermelho veio até a mesa e se fez de boba. Sussurrou, esfregou-se no ombro de Hugh e fez tudo, exceto abaixar-se e dar a ele um prazer oral. Era bonita, de olhos azuis e tinha um corpo legal, onde pediu que Hugh autografasse, mas, para crédito dele, ele recusou.

— Vou dizer uma coisa pra você, Mandy — dirigiu-se à garçonete. — Se você trouxer uma Becke's e... — Fez uma pausa e virou-se para Mae. — O que está bebendo? — perguntou.

Ela não tinha como ir embora. Não neste momento. Não quando Mandy a fuzilava com olhos de ciúme. Normalmente, outras mulheres não tinham ciúme de Mae Heron.

— Kahlúa com creme.

— Se me trouxer uma Beck's e um Kahlúa com creme, ficarei muito grato.

— Quão grato? — A garçonete olhou ao redor, inclinou-se e sussurrou ao ouvido dele.

Hugh riu silenciosamente.

— Mandy — disse —, não estou interessado. O que você está pedindo é contra a lei em alguns estados. Mas, ouça, vim aqui hoje com Dmitri Ulanov. Ele é estrangeiro e não sabe que pode ser preso pelo que você está sugerindo. Talvez ele tope fazer isso com você.

Enquanto Mandy ria e se afastava, Hugh se inclinou para trás e grudou os olhos na bunda dela.

— Achei que não estivesse interessado.

— Olhar não tem nada demais — disse ele e voltou-se para Mae. — Mas ela não é tão bonita quanto você.

Mae tinha tanta certeza de que ele dizia isso para todas as mulheres que conhecia que nem se sentiu lisonjeada.

— O que ela queria fazer?

Hugh balançou a cabeça e os olhos amendoados brilharam.

— Isso seria contar vantagem.

— E você nunca conta?

— Neca.

Ele tirou a jaqueta de couro de aviador e estendeu a Mae por cima da mesa. Os ombros dele pareciam mais largos sob a camisa creme.

— Meu arrepio é visível do outro lado da mesa? — perguntou ela e aceitou, agradecida.

A jaqueta era enorme e o calor envolveu seus ombros. Tinha um cheiro masculino almiscarado.

Ele sorriu para ela.

— Seus arrepios estavam bem notáveis, sim.

Mae não precisou perguntar quais arrepios e era experiente o bastante para ficar nervosa ou envergonhada.

— Vai responder à minha pergunta? — Hugh perguntou.

— Que pergunta?

— O que uma garota como você está fazendo aqui sozinha?

— Como eu?

— Sim. — Ele riu através de um sorriso. — Doce. Charmosa. Imagino que muitos homens são atraídos por sua personalidade quente.

Ela não achou engraçado.

— Você quer mesmo saber por que estou aqui?

— Eu perguntei.

Mae poderia mentir ou inventar algo. Porém, decidiu chocá-lo com a verdade. Envolveu os punhos com a jaqueta e inclinou-se na mesa.

— Vou encontrar meu amante casado e vamos fazer sexo selvagem a noite toda no Marriott.

— Tá brincando?

Ela o chocara. Perfeito. Agora esperava ofensas de um homem que ela suspeitava estar praticamente arruinado no quesito moralidade.

— A noite toda?

Desapontada pela reação dele, sentou-se para trás.

— Bem, íamos fazer sexo selvagem, mas ele não apareceu. Acho que não conseguiu sair.

A garçonete se aproximou trazendo as bebidas. Quando serviu a cerveja de Hugh, sussurrou-lhe algo ao ouvido. Ele balançou a cabeça e pegou a carteira no bolso de trás, então entregou à garota duas notas de cinco.

— O que ela queria desta vez? — perguntou Mae, mal a garçonete se afastou.

Hugh levou a cerveja aos lábios e tomou um longo gole antes de colocar de volta na mesa.

— Saber se John ia aparecer esta noite.

— E vai?

— Não, mas, mesmo que estivesse aqui, ela não é o tipo dele. Mae tomou um gole de sua bebida.

— Qual é o tipo dele?

Hugh sorriu.

— Sua amiga.

Quando ele sorriu e os olhos brilharam, Mae percebeu por que algumas mulheres o achavam lindo.

— Georgeanne?

— Sim.

Ele girou o gargalo da garrafa entre os dedos.

— Ele gosta de mulheres com o tipo de corpo dela. Sempre gostou. Se não gostasse, não estaria nessa confusão. Ela o deixou muito mal.

Mae quase engasgou. Lambeu a bebida com sabor de café do lábio superior.

— Deixou-o mal? — bravejou. — Georgeanne é uma pessoa maravilhosa e ele transformou a vida dela em um inferno.

— Não sei sobre isso. Só ouço o lado de John e ele não discute sua vida pessoal com ninguém. Mas sei que quando descobriu sobre Lexie meio que pirou. Ficou bem tenso e nervoso por um tempo. Só falava nela. Cancelou uma viagem para Cancún, que tinha planejado havia meses, e retirou-se da Copa Mundial também. E convidou Lexie e Georgeanne para ir à casa dele no Oregon.

— Só porque ele queria fazer com que Georgeanne confiasse nele, enquanto fodia com ela, de mais de uma maneira.

Ele deu de ombros.

— Não sei o que aconteceu no Oregon, mas parece que você sabe.

— Eu sei que ele machucou...

— Mae? — uma voz masculina interrompeu.

Ela se virou para a esquerda e olhou para Ted, que estava em pé ao lado da mesa.

— Desculpe, estou atrasado, tive dificuldades em sair.

Ted era baixo e magrelo e Mae percebeu pela primeira vez que ele usava a calça um pouco acima da cintura. Parecia um verdadeiro maricas ao lado daquele pedaço de mau caminho do outro lado da mesa.

— Oi, Ted — ela cumprimentou e apontou para Hugh. — Esse é Hugh Miner.

Ted sorriu e estendeu a mão para o goleiro famoso.

Hugh não sorriu e não apertou a mão de Ted. Porém, levantou-se e encarou o tampinha.

— Vou dizer apenas uma vez — disse com voz calma. — Dê o fora daqui ou vou tirá-lo à força.

O sorriso e a mão de Ted caíram ao mesmo tempo.

— O quê?

— Se chegar perto de Mae novamente, bato em você até virar uma massa sangrenta.

— Hugh! — ela ofegou.

— Então, quando sua mulher for ao hospital para identificar seu corpo — continuou —, direi a ela por que acabei com você.

— Ted!

Mae levantou-se rapidamente e ficou entre os dois.

— Ele está mentindo. Não vai machucá-lo.

Ted olhou de Hugh para Mae e, sem dizer uma palavra, virou-se e praticamente saiu correndo pela rua. Mae moveu-se e atirou a jaqueta de Hugh para a mesa. Fechando os punhos, socou-o no peito.

— Seu grande boçal.

As pessoas das outras mesas do bar se viraram para olhá-la, mas ela não se importou.

— Ai. — Hugh ergueu a mão e esfregou a frente da camisa.
— Por tão pouco você bate muito forte.

— Qual é o seu problema? Aquele era meu encontro.

— Sim, e você deveria me agradecer. Que fuinha.

Ela sabia que Ted parecia uma fuinha, mas era uma gracinha de fuinha. Levara três meses para encontrá-lo e não transara com ele ainda. Pegou a bolsa da mesa e olhou para a rua. Se andasse depressa, talvez conseguisse alcançá-lo. Ela se virou para sair e sentiu os dedos fortes envolverem seu braço.

— Deixe-o ir.

— Não.

Mae tentou soltar o braço, mas não conseguiu.

— Maldição! — ela praguejou, com um último vislumbre do fugitivo. — Ele provavelmente não vai me ligar de novo.

— Provavelmente, não.

Ela olhou séria para o rosto sorridente de Hugh.

— Por que fez isso?

Ele deu de ombros.

— Não gostei dele.

— O quê? — Mae riu sem humor. — Quem se importa se gosta dele ou não? Não preciso de sua aprovação.

— Ele não é o homem certo para você.

— Como sabe?

Hugh sorriu.

— Porque acho que eu sou o homem certo.

Desta vez a risada dela foi com sarcasmo.

— Você deve estar brincando.

— Estou falando sério.

Ela não acreditava nele.

— Você é exatamente o tipo de cara com quem nunca saio.

— Que tipo é esse?

Ela olhou para a mão ainda em seu braço.

— Macho, musculoso e egocêntrico. Homens que pensam que podem intimidar pessoas menores e mais fracas que eles.

SIMPLESMENTE
Irresistível

Ele largou o braço de Mae e pegou a jaqueta da mesa.

— Não sou egocêntrico e não intimido as pessoas.

— Mesmo? E o Ted?

— Ted não conta. — E colocou a jaqueta de novo sobre os ombros dela. — Posso dizer que ele tem a síndrome do homem pequeno. Provavelmente bate na mulher.

Mae franziu a testa com essa suposição exagerada.

— E eu?

— E você o quê?

— Você está me intimidando.

— Docinho, você é tão frágil quanto uma bola de demolição. — Ergueu a gola da jaqueta ao redor do maxilar de Mae e colocou as mãos nos ombros dela. — E acho que você gosta de mim mais do que deseja admitir.

Mae baixou o olhar e fechou os olhos. Aquilo não estava acontecendo.

— Você nem mesmo me conhece.

— Sei que é bonita e penso muito em você. Estou muito atraído por você, Mae.

Os olhos dela se abriram.

— Por mim?

Homens como Hugh não se sentiam atraídos por mulheres como ela. Ele era um atleta famoso. Ela, uma garota magrela, sem peitos, que nunca tivera um encontro até a formatura do ensino médio.

— Isso não é engraçado.

— Também não acho. Gostei de você na primeira vez em que a vi no parque. Por que acha que fico ligando para você?

— Achei que gostasse de assediar as mulheres.

Ele riu.

— Não. Só você. Você é especial.

Mae se permitiu acreditar nele por um momento. Um momento para se sentir lisonjeada pelas atenções de um jogador grande que ela não tinha intenção de namorar. O momento não durou muito, pois se lembrou de como ele a provocara no dia do piquenique de Georgeanne.

— Você é um verdadeiro idiota — disse.

— Espero que me dê uma chance de fazê-la mudar de opinião. Ela agarrou o pulso dele.

— Acabou a brincadeira.

— Nunca achei que fosse. Normalmente gosto de garotas que gostam de mim também. Nunca me apaixonei por alguém que me odiasse.

Hugh parecia tão sério que ela quase acreditou.

— Não odeio você — confessou ela.

— Bem, já é um começo, eu acho.

Ele moveu as mãos para o pescoço dela e acariciou-lhe o queixo com os polegares.

— Ainda está com frio?

— Um pouco.

O calor daquelas mãos em seu pescoço deixou Mae um pouco trêmula. Estava chocada e de alguma forma espantada com a própria reação.

— Quer pegar as bebidas e entrar?

O choque se transformou em confusão.

— Quero ir para casa.

O desapontamento estampou-se no rosto de Hugh e ele pegou-a pelo braço.

— Levo você até o carro.

— Vim de táxi.

— Então, levo você pra casa.

— Certo, mas não vou convidá-lo pra entrar.

Algumas mulheres a considerariam promíscua, mas ela tinha seus padrões. Hugh Miner era lindo e bem-sucedido e estava se comportando como um perfeito cavalheiro. Só não era o tipo dela.

— Isso é com você.

SIMPLESMENTE
Irresistível

— Eu falei sério. Você não pode entrar.

— Acredito em você. Se fizer você se sentir melhor, prometo que nem mesmo desço da moto.

— Moto?

— Sim, vim na minha Harley. Você vai adorar.

Ele passou o braço sobre o ombro dela e foram até a entrada do bar.

— Primeiro preciso encontrar Dmitri e Stuart e avisar que estou indo.

— Não posso ir de moto com você.

Pararam na entrada e deixaram um grupo de pessoas sair.

— Pode, sim. Não vou deixar você se machucar.

— Não estou preocupada com isso.

Mae olhou para o rosto de Hugh, banhado pela luz laranja do luminoso da Miller acima da porta.

— Não estou usando calcinha.

Ele congelou por alguns segundos e, então, sorriu.

— Bem, aí está. Temos algo em comum. Nem eu.

* * *

John seguiu Caroline Foster-Duffy pelo *hall* da propriedade rural de Virgil em Bainbridge. O cabelo loiro tinha algumas mechas acinzentadas e linhas finas se alojavam no canto dos olhos. Era uma daquelas mulheres com sorte de amadurecer com sabedoria e graça. Tinha a sabedoria de não lutar contra a idade com tinturas no cabelo ou cirurgias plásticas, e a graça de ser bonita apesar dos sessenta e cinco anos.

— Ele está esperando por você — disse ela, enquanto passavam pela sala de jantar formal.

Quando chegaram à frente das portas duplas de mogno, Caroline olhou para John com a preocupação brilhando nos olhos azuis pálidos.

— Preciso pedir que seja uma visita curta. Sei que Virgil pediu que o encontrasse agora à noite, mas ele está trabalhando mais do que o habitual nos últimos dias. Está exausto, mas não descansa. Sinto que há algo errado, mas ele não vai dividir comigo. Você sabe o que aconteceu para aborrecê-lo? São os negócios?

— Não sei — respondeu John.

John estava no segundo ano de um contrato de três, portanto não precisava se preocupar com negociações por mais um ano. Por isso duvidava que Virgil o tivesse chamado para discutir o contrato. Além disso, o dono do time não lidava diretamente com as negociações — pagava uma empresa de gerenciamento esportivo para cuidar dos interesses profissionais dele.

— Presumo que ele queira falar sobre a escalação dos jogadores — disse, embora achasse esquisito que Virgil quisesse falar com ele pessoalmente, em especial às 21 horas de uma sexta-feira.

Uma ruga se formou na testa de Caroline antes de ela abrir a porta.

— John está aqui — anunciou, entrando no escritório de Virgil.

John seguiu-a até a sala decorada com madeira de cerejeira e couro, esculturas de pescadores japoneses e litografias Currier & Ives. As diferentes texturas se misturavam e criavam um ambiente de riqueza e bom gosto.

— Mas só vou deixá-lo ficar por meia hora — ela continuou. — Então vou pedir que vá embora para você descansar.

Virgil tirou o olhar de vários papéis espalhados pela mesa executiva diante dele.

— Feche a porta quando sair — foi a resposta à esposa.

Os lábios de Caroline formaram uma linha fina, mas ela não disse nada e saiu da sala.

— Por que não senta? — Virgil indicou uma poltrona de couro na frente da mesa.

John olhou no rosto do velho homem e soube por que ele estava sendo intimado. Amargura e fadiga formavam pequenas

SIMPLESMENTE
Irresistível

bolsas sob os olhos de Virgil. Ele aparentava cada um de seus setenta e cinco anos. John sentou e esperou.

— No outro dia, você parecia genuinamente surpreso ao ver Georgeanne Howard na televisão.

— Fiquei.

— Você não sabia que ela tinha seu próprio programa aqui em Seattle?

— Não.

— Como pode ser isso, John? Vocês dois são bem próximos.

— Não somos assim tão próximos — respondeu John, perguntando-se exatamente quanto Virgil sabia.

Virgil pegou uma folha de papel e entregou-lhe.

— Isso prova que você é um mentiroso.

John pegou o documento e analisou rapidamente a cópia da certidão de nascimento de Lexie. Ele estava registrado como pai de Lexie, o que o deixava satisfeito, mas não apreciava que alguém vasculhasse sua vida pessoal. Jogou o papel de volta à mesa e encontrou o olhar de Virgil.

— Onde conseguiu isso?

Virgil respondeu à pergunta de John com um aceno de mão.

— É verdade?

— Sim, é. Onde conseguiu isso?

Virgil deu de ombros.

— Pedi que alguém fizesse uma pequena investigação a respeito de Georgeanne e imagine minha surpresa quando vi seu nome.

Ele segurava uma série de documentos do tribunal com o reconhecimento legal da paternidade de John. Virgil não os entregou, mas não precisava. John tinha suas próprias cópias em casa.

— Aparentemente, você gerou uma filha com Georgeanne.

— Você sabe que sim, então por que não corta a conversa fiada e vai direto ao ponto?

Virgil colocou os papéis de volta na mesa.

— Isso é algo que sempre gostei em você, John. Não fica enrolando com nada. — O olhar dele não hesitou quando questionou: — Você fez sexo com minha noiva antes ou depois de ela me deixar plantado no meu pátio parecendo um velho tolo ridículo?

Embora John não tivesse gostado de ver alguém remexendo no seu passado, nem daquela pergunta pessoal, achava que era justa. Respeitava Virgil o bastante para acreditar que ele merecia uma resposta.

— Vi Georgeanne pela primeira vez depois que ela deixou o casamento. Nunca a vi antes de sair correndo de sua casa e me pedir carona. Ela não estava usando vestido de noiva e eu não sabia quem era.

Virgil recostou-se na cadeira.

— Mas em algum momento ficou sabendo.

— Sim!

— E, depois de descobrir quem era, você dormiu com ela de qualquer jeito.

John franziu a testa.

— Obviamente.

Segundo seu modo de ver as coisas, John fizera um favor a Virgil de tirar Georgeanne daquele casamento. Ela podia ser bem malvada e John não achava que o velho pudesse suportar ouvir que não era memorável na cama. Não como John.

Virgil estava melhor sem ela. Ela podia fazer um homem arder e ficar excitado, e depois dizer a ele que estava se humilhando. E então, com aquela voz gotejando mel e farpas, lembrá-lo de seu segundo casamento com uma *stripper*. Ela era cruel, sem dúvida.

— Quanto tempo foram amantes?

— Não muito.

Ele sabia que Virgil não o chamara apenas para ouvir os detalhes picantes.

— Vá direto ao ponto.

— Você joga um hóquei muito bom pra mim e nunca me importei onde você coloca seu pau. Mas, quando fodeu Georgeanne, me fodeu junto.

John levantou-se e considerou seriamente pular sobre a mesa e bater em Virgil. Se Virgil não fosse tão mais velho, talvez tivesse batido. Georgeanne era a mulher mais sedutora e ardente com quem já estivera, não era apenas uma foda. Ela era mais do que isso para ele e não merecia ser mencionada como se fosse lixo. Com esforço, segurou a fúria.

— Você ainda não disse o que quer.

— Você pode ter sua carreira com os Chinooks ou pode ter Georgeanne. Não pode ter os dois.

John gostava menos ainda de ser ameaçado do que ver pessoas fuçando em sua vida pessoal.

— Está me ameaçando com uma negociação?

— Somente se você me forçar a isso — disse Virgil mortalmente sério.

John considerou mandar Virgil enfiar tudo no rabo velho e enrugado dele. Cinco meses antes teria feito isso. Embora John adorasse jogar pelos Chinooks e não conseguisse ver-se capitão em outro time, não respondia bem a ameaças. E tinha muito a perder agora. Acabara de descobrir que tinha uma filha e acabara de conseguir guarda compartilhada.

— Temos uma filha juntos, portanto, talvez devesse me contar o que quer dizer com "ter".

— Veja sua filha quanto quiser — começou Virgil. — Mas não toque na mãe dela. Não a namore. Não se case com ela, ou você vai ter problemas.

Se Virgil tivesse feito a ameaça um ano ou alguns meses antes, John provavelmente teria ido embora dali e forçado uma contratação por outro time. Mas como poderia ser um pai para Lexie se tivesse de mudar para Detroit ou Nova Iorque, ou até mesmo Los Angeles? Como poderia ver Lexie crescer se não estivesse morando no mesmo estado?

— Bem, Virgil — disse ele, observando o homem levantar-se —, não sei quem desgosta mais de quem, Georgeanne ou eu. Se me perguntasse na semana passada, teria economizado transtornos a você e me poupado do transtorno de dirigir até aqui. Quero Georgeanne tanto quanto quero um tratamento de canal, e ela me quer menos ainda.

Os olhos fatigados de Virgil chamaram John de mentiroso.

— Apenas se lembre do que eu disse.

— Não sou esquecido.

John olhou para o homem uma última vez, virou-se e saiu da sala. Deixou a casa com o ultimato dele ecoando em seus ouvidos. "Você pode ter sua carreira com os Chinooks ou pode ter Georgeanne. Não pode ter os dois."

Esperou quinze minutos pela balsa e, quando chegou à casa flutuante, o absurdo da ameaça de Virgil levou-o a uma risada tensa. O velho homem achava que tinha encontrado a vingança perfeita. E poderia ter sido, mas John e Georgeanne não suportavam ficar juntos na mesma sala. Forçá-los a ficar juntos teria sido uma punição mais adequada.

* * *

Sirenes e buzinas, pneus cantando e vidros quebrados enchiam os ouvidos de John enquanto assistia a Lexie bater em árvores, subir nas calçadas e achatar pedestres.

— Estou ficando muito boa — ela gritou acima da atmosfera caótica do fliperama.

Ele olhou para a tela na frente de Lexie e sentiu uma dor começando nas têmporas.

— Cuidado com aquela senhora — alertou tarde demais.

Lexie matou uma senhora e mandou o andador de alumínio dela pelos ares.

John não gostava de *video games* nem de fliperamas. Não gostava de *shopping centers*, preferia pedir o que precisava pelo correio e não se importava com filmes animados.

O *video game* terminou e John olhou o relógio de pulso.

SIMPLESMENTE Irresistível

— Está na hora de ir.

— Eu ganhei, John? — Lexie perguntou, olhando para a pontuação na tela grande.

Ela usava no dedo médio um anel de filigrana de prata, comprado por ele em uma joalheria no Pike Place Market, e no assento ao lado dela estava o gatinho de vidro soprado que comprara em outra tenda. A parte de trás do Range Rover estava cheia de brinquedos e agora matavam tempo antes de ir ao cinema assistir a *O corcunda de Notre-Dame*.

John tentava comprar o amor da filha. Não estava arrependido. Não se importava. Queria comprar qualquer coisa para ela, passar seu tempo em dezenas de fliperamas barulhentos ou ficar horas sentado vendo Disney se pudesse ouvir a filha chamá-lo de "papai" ao menos uma vez.

— Você quase ganhou — mentiu e pegou a mão dela. — Pegue seu gato — disse e os dois saíram do fliperama.

Ele faria quase tudo para ter a antiga Lexie de volta.

Quando a apanhara em casa no começo da tarde, ela o encontrara na porta sem um traço de sombra no olho nem *blush*. Era sábado e, embora ele preferisse vê-la sem a maquiagem de vadia, estava tão desesperado para ver a garota que conhecera em junho que lhe sugeriu que usasse um pouco de *gloss*. Ela recusou, balançando a cabeça.

John teria tentado falar com Georgeanne novamente sobre o comportamento incomum de Lexie, mas ela não estava em casa. De acordo com a babá adolescente que usava uma argola na narina direita, Georgeanne estava trabalhando, mas estaria em casa quando ele voltasse com Lexie.

Talvez conversasse com Georgeanne mais tarde, pensou, enquanto ele e Lexie rumavam para o cinema. Talvez pudessem se comportar como adultos razoáveis e decidir o que fosse melhor para a filha. Sim, talvez. Mas havia algo com relação a Georgeanne que dava nos nervos dele e o fazia querer provocá-la.

— Olhe!

Lexie parou abruptamente e ficou olhando para uma vitrine. Por trás do vidro, vários gatinhos listrados rolavam como uma bola de pelos e perseguiam uns aos outros em um poste de arranhar forrado com carpete. Cerca de seis filhotinhos eram mantidos em um grande cercado de arame e, enquanto ela olhava maravilhada, John percebia um vislumbre da garotinha que roubara seu coração no Marymoor Park.

— Quer entrar e dar uma olhada? — perguntou a ela.

Lexie olhou para John como se ele tivesse sugerido um crime.

— Minha mamãe diz que eu... — Ela fez uma pausa e um sorriso lento surgiu nos lábios dela. — Certo. Vou entrar com você.

John abriu a porta da Patty's Pets e deixou a filha entrar. A loja estava vazia, exceto pela vendedora atrás do balcão que escrevia algo em um caderno.

Lexie entregou-lhe o gato de vidro que ele comprara e caminhou até o cercado. Colocou a mão dentro e remexeu os dedos. Imediatamente, um tigrado amarelo lançou-se e enrolou seu corpo peludo ao redor do pulso dela. A garota deu risada e levou o gatinho ao peito.

John enfiou o gatinho de vidro no bolso de sua camisa polo azul e verde e ajoelhou-se ao lado de Lexie. Acariciou o gatinho entre as orelhas e os nós dos dedos roçaram no queixo da filha. Não sabia o que era mais macio.

Lexie olhou para ele, tão excitada que mal podia se conter.

— Gosto dela, John.

Ele tocou a orelha do gatinho e roçou com as costas da mão o maxilar de Lexie.

— Você pode me chamar de papai — disse ele, segurando a respiração.

Os olhos azuis dela piscaram uma vez e, então, ela escondeu um sorriso no alto da cabeça do gatinho. Uma covinha surgiu na face pálida, mas ela não disse uma palavra.

SIMPLESMENTE
Irresistível

— Todos os gatinhos estão vacinados — anunciou a vendedora por trás de John.

John olhou para baixo, para os tênis de corrida, o desapontamento arrancando seu coração.

— Estamos apenas olhando hoje — disse, levantando-se.

— Pode ficar com o gatinho tigrado por cinquenta dólares. Esse é um grande negócio.

John se deu conta de que com a obsessão de Lexie por animais, se Georgeanne quisesse ter um, ela teria.

— A mãe dela provavelmente me mataria se eu a levasse para casa com um gatinho.

— E um cachorrinho? Acabei de receber um filhote de dálmata.

— Um dálmata?

Os ouvidos de Lexie se aguçaram.

— Você possui um dálmata?

— Bem ali.

A vendedora apontou para uma parede de vidro.

Lexie colocou gentilmente o gatinho de volta no cercado e moveu-se para o canil. Os cubículos de vidro estavam vazios, exceto pelo dálmata, um pequeno *husky* gordo de costas e adormecido e um rato grande enroscado em uma tigela de comida.

— O que é isso? — perguntou Lexie, apontando para o rato quase careca com orelhas enormes.

— É um *chihuahua*. Ele é um cãozinho muito doce.

John não achava que o animalzinho pudesse ser chamado de cachorro. O cãozinho se sacudiu, parecia patético e deixava os cães em geral com má fama.

— Está com frio? — Lexie perguntou à vendedora e encostou a testa no vidro.

— Acho que não. Tento mantê-lo bem aquecido.

— Ele deve estar com medo. — Lexie colocou a mão no canil. — Sente falta da mamãe dele — disse.

— Ah, não — disse John, quando a lembrança de entrar no Pacífico para salvar um peixinho cruzou sua mente. De maneira alguma iria fingir salvar aquele cão estúpido e trêmulo. — Não, ele não sente falta da mamãe dele. Ele gosta de viver aqui sozinho. Aposto que gosta de dormir no prato de comida. Aposto que está tendo um sonho bom agora e está tremendo porque está sonhando que está em um vento forte.

— *Chihuahuas* são uma raça agitada — informou a vendedora.

— Agitada? — John apontou para o cão. — Ele está dormindo.

A mulher sorriu.

— Ele só precisa de um pouco de calor e amor.

Então, a vendedora sumiu por uma porta de vaivém. Alguns segundos depois, a parte de trás do canil se abriu e duas mãos pegaram o cão enroscado no prato.

— Precisamos ir se quisermos chegar a tempo ao cinema — disse John, tarde demais.

A mulher voltou e enfiou o cão nos braços de Lexie.

— Qual é o nome dele? — Lexie perguntou olhando para os olhos pretos pequenos e brilhantes que a encaravam de volta.

— Ele não tem nome — respondeu a mulher. — O dono é que dá o nome.

A língua rosa do cãozinho saiu apressada e lambeu o queixo de Lexie.

— Ele gosta de mim — ela disse, rindo.

John olhou para o relógio, ansioso para que Lexie e o cão se separassem.

— O filme vai começar. Precisamos ir agora.

— Já vi três vezes — disse ela sem tirar os olhos do cão. — Você é um querido precioso — falou lentamente, parecendo-se incrivelmente com a mãe. — Dê-me um pouco de dengo.

— Não. — John balançou a cabeça, sentindo-se repentinamente como um piloto tentando aterrissar um avião com apenas um motor. "Chega de dengo!"

SIMPLESMENTE
Irresistível

— Ele parou de tremer.

Lexie roçou o rosto na cara do cãozinho e ele lambeu a orelha dela.

— Precisa devolvê-lo agora.

— Mas ele me ama e eu o amo. Posso ficar com ele?

— Ah, não. Sua mãe me mataria.

— Ela não vai se importar.

John ouviu a armadilha na voz de Lexie e ajoelhou-se ao lado dela. Sentiu o outro motor morrer com o solo se aproximando dele. Precisou pensar em algo rápido antes que batesse.

— Sim, ela vai. Mas vamos fazer assim: eu compro uma tartaruga, você deixa na minha casa e, toda vez que for lá, pode brincar com ela.

Com o cãozinho feliz enroscado nos braços dela, Lexie inclinou-se no peito de John.

— Não quero uma tartaruga. Quero o pequeno Pongo.

— Pequeno Pongo? Não pode dar um nome a ele, Lexie. Ele não é seu.

As lágrimas brotaram nos olhos da menina e o queixo dela tremeu.

— Mas eu o amo e ele me ama.

— Você não gostaria de ter um cão de verdade? Podemos olhar cachorros de verdade no próximo fim de semana.

Ela balançou a cabeça.

— Ele é um cachorro de verdade. Apenas é pequeno. Não tem uma mamãe e, se eu deixá-lo aqui, sentirá muito a minha falta. — As lágrimas escorriam pelos cílios inferiores e ela soluçava. — Por favor, papai, me deixe ficar com o Pongo.

O coração de John colidiu com as costelas e subiu pela garganta. Ele olhou para o rostinho triste digno de pena e ficou em pedaços. Ele ardia. Sem chance de reação. Estava atônito. Lexie o chamara de "papai". Pegou a carteira e entregou o cartão de crédito à vendedora feliz.

— Certo — disse ele e colocou os braços ao redor de Lexie, puxando-a para perto. — Mas sua mãe vai nos matar.

— Mesmo? Posso ficar com o Pongo?

— Acho que sim.

As lágrimas aumentaram e ela enterrou o rosto no pescoço dele.

— Você é o melhor pai do mundo — ela choramingou, e John sentiu a umidade em sua pele. — Serei uma boa garota para sempre. — Os ombros dela sacudiram, o cão sacudiu, e John ficou com medo que fosse sacudir junto. — Te amo, papai — ela sussurrou.

Se não fizesse algo rápido, começaria a chorar como Lexie. Começaria a chorar como uma garotinha, bem ali na frente da vendedora.

— Eu te amo, também — disse ele, meio engasgado. — Melhor comprarmos comida.

— E você provavelmente precisará de uma cesta — informou a vendedora, enquanto saía com o cartão de crédito. — E, como ele tem pouco pelo, um suéter também.

Quando John levou Lexie, Pongo e os acessórios do cão para o Range Rover, estava quase mil dólares mais leve. Atravessando a cidade em direção a Bellevue, Lexie tagarelava sem parar e cantava canções de ninar para seu cachorro. Mas, quanto mais se aproximavam da rua dela, mais quieta ela ficava. Quando John estacionou junto ao meio-fio, o silêncio preencheu o carro.

John ajudou Lexie a sair do carro e não falaram nada enquanto caminhavam pela calçada. Pararam sob a luz da varanda, os dois olhando para a porta fechada, adiando o momento em que teriam de encarar Georgeanne com o rato trêmulo nos braços de Lexie.

— Ela vai ficar muito braba — disse Lexie, quase num sussurro.

John sentiu a mãozinha dela agarrar a dele.

— Sim. A merda vai ser jogada no ventilador.

SIMPLESMENTE
Irresistível

Lexie não corrigiu a linguagem dele. Apenas concordou com a cabeça.

— Sim.

"Você pode ter sua carreira com os Chinooks ou pode ter Georgeanne. Não pode ter os dois." Ele quase riu. Mesmo que se apaixonasse repentinamente por Georgeanne, calculava que depois desta noite a carreira dele estava mais segura que o Forte Knox.

A porta se abriu e a previsão de John sobre o ventilador se realizou. Georgeanne olhou de John para Lexie e, então, para o cão trêmulo.

— O que é isso?

Lexie continuou quieta e deixou que John falasse.

— Hã... nós fomos a uma loja de animais e...

— Ah, não. — Georgeanne lamuriou. — Você a levou a uma loja de animais? Ela não tem permissão para entrar em uma. Da última vez, chorou tanto que vomitou.

— Bem, olhe pelo lado bom, ela não ficou enjoada desta vez.

— Lado bom? Isso é um cão? — disse numa voz aguda, apontando para os braços de Lexie.

— É o que a vendedora disse, mas ainda não estou convencido.

— Leve de volta.

— Não, mamãe. Pongo é meu.

— Pongo? Você já deu um nome a ele?

Olhou para John com os olhos estreitos.

— Certo. Pongo pode morar com John.

— Não tenho quintal.

— Tem um deque. Serve.

— Ele não pode morar com o papai, porque só o verei nos fins de semana, então não vou poder treiná-lo para não fazer sujeira no carpete.

— Treinar quem? Pongo ou seu *papai*?

— Isso não tem graça, Georgie.

— Eu sei. Devolva, John.

— Queria poder. Mas o cartaz no caixa dizia que todas as vendas são definitivas. Não posso levar Pongo de volta.

Ele olhou para Georgeanne ali parada, bela como sempre e furiosa como o diabo. Mas, pela primeira vez, desde Cannon Beach, ele não queria brigar com ela. Não queria provocá-la mais do que já tinha feito.

— Sinto muito por isso, mas Lexie começou a chorar e não consegui dizer não. Ela o batizou, chorou no meu pescoço, e eu entreguei o cartão de crédito para a vendedora.

— Alexandra Mae, entre.

— Ai — disse Lexie, que cobriu o cachorro, abaixou a cabeça e passou pela mãe.

John ia segui-la, mas Georgeanne bloqueou o caminho.

— Eu venho dizendo há cinco anos para essa criança que ela não pode ter um animal até ter dez anos. Você a pega por algumas horas e ela volta para casa com um cachorro sem pelo.

Ele ergueu a mão direita.

— Eu sei, desculpe. Prometo que comprarei toda a comida e Lexie e eu vamos levá-lo a todas as aulas de adestramento.

— Eu posso pagar pela droga de comida! — Georgeanne ergueu as mãos e pressionou as sobrancelhas com os dedos. Sentia como se a cabeça fosse explodir. — Estou tão furiosa que não consigo pensar direito.

— Ajudaria se eu dissesse que comprei um livro sobre animais de estimação para você ler?

— Não, John. — Ela suspirou e deixou as mãos caírem. — Não ajudaria.

— Trouxe alguns apetrechos também — Ele pegou no pulso dela e puxou-a.

Georgeanne tentou ignorar o pulo de seu batimento enquanto era puxada.

— Que tipo de apetrechos?

John abriu a porta do carona da Range Rover e entregou a

ela uma cesta de cachorro do tamanho de uma gaveta funda de uma cômoda.

— Ele deve ficar aqui à noite, assim não suja o chão — disse e virou-se para pegar mais coisas no carro. — Aqui está um livro sobre treinamento, outro sobre *chihuahuas* e mais um — fez uma pausa para ler o título —, *Como criar um cão com quem possa viver*. Trouxe comida, biscoitos para os dentes, brinquedos de mastigar, coleira e guia e um pequeno suéter.

— Suéter? Você comprou a loja toda?

— Quase. — Ele se virou e enfiou a cabeça no carro.

Georgeanne olhou para os bolsos traseiros de John apontados para ela. A calça *jeans* estava desbotada em alguns lugares e um cinto de couro atravessava os passantes.

— Sei que está aqui em algum lugar — disse ele.

Georgeanne rapidamente mudou o olhar para a parte de trás do carro. Estava cheio de sacolas de lojas de brinquedos e havia uma grande caixa com a etiqueta Ultimate Hockey.

— O que é tudo isso? — perguntou ela.

John olhou-a por cima do ombro.

— Apenas algumas coisas que Lexie escolheu. Não tem nada pra ela fazer quando vai à minha casa, então compramos algumas coisas. Não acredita quanto custam as Barbies. Não tinha ideia de que era sessenta dólares cada uma. — Ele se endireitou e estendeu-lhe um tubo. — A pasta de dente do Pongo.

Georgeanne estava escandalizada.

— Você pagou sessenta dólares por uma Barbie?

Ele deu de ombros.

— Bem, quando você calcula que uma veio com um *poodle*, a outra com uma jaqueta com estampa de zebra e uma boina combinando, não acho que tenha sido tão explorado.

Ele fora um trouxa. Depois de rasgar a caixa, Lexie despiria as bonecas e pareceria que as pegara em uma venda de garagem. Georgeanne raramente comprava brinquedos caros para

Lexie. A filha não os tratava melhor do que tratava as coisas de menor valor, mas, principalmente, havia meses em que Georgeanne não podia gastar cento e vinte dólares em duas bonecas.

Ela costumava enlouquecer e gastar muito no Natal e nos aniversários, mas tinha um orçamento justo e guardava dinheiro para essas ocasiões. John, não. No mês anterior, enquanto os advogados elaboravam o acordo de custódia, ela descobrira que ele ganhava seis milhões ao ano jogando hóquei, mais metade disso em investimentos e endossos. Ela nunca conseguiria competir com isso.

Georgeanne olhou para o rosto sorridente dele e ficou imaginando qual seria a intenção. Se não tomasse cuidado, ele tiraria tudo dela e a deixaria com nada além de um cão sem pelos.

Dezessete

— Quer o seu leite com café puro ou com chocolate? — Georgeanne perguntou a Mae enquanto enchia o filtro de metal com expresso.

— Puro — respondeu Mae, sem desviar a atenção de Pongo, que estava enroscado em um biscoito canino. — Droga, isso é patético. Meu gato é maior que seu cachorro. Botinhas poderia dar um chute no traseiro dele.

— Lexie! — gritou Georgeanne — Mae está falando mal do Pongo de novo.

Lexie entrou na cozinha enfiando os braços nas mangas da capa de chuva.

— Não fale mal do meu cachorro. — Olhou zangada e pegou a mochila na mesa. — Ele é sensível. — Ficou de joelhos e aproximou o rosto do cão. — Tenho que ir para a escola agora, Pongo, vejo você depois.

O cãozinho parou de comer o biscoito para lamber a boca de Lexie.

— Ei, já falei com você sobre isso — ralhou Georgeanne enquanto pegava uma caixa de leite desnatado do refrigerador. — Ele tem maus hábitos.

Lexie deu de ombros e levantou-se.

— Não me importo. Amo ele.

— Bem, eu me importo. Agora é melhor ir até a Amy antes que perca a carona.

Lexie enrugou os lábios em um beijo de tchau.

Georgeanne balançou a cabeça e levou Lexie até a porta da frente.

— Não beijo garotas que beijam cães que se lambem.

Da entrada, ficou observando Lexie atravessar a rua e voltou para a cozinha.

— Ela é absolutamente louca por esse bicho — disse a Mae enquanto ia até a máquina de café expresso. — Ela o tem há cinco dias e ele já dominou nossa vida. Você precisa ver a roupinha de sarja que fez para ele.

— Tenho algo pra contar — Mae proferiu rapidamente.

Georgeanne olhou por cima do ombro para a amiga. Suspeitava que algo estava acontecendo com Mae. Normalmente ela não aparecia tão cedo para o café e estava distante nos últimos dias.

— O que é?

— Estou amando, amiga.

Georgeanne sorriu e encheu a máquina de expresso com duas xícaras de água.

— Também amo você.

— Não! — Mae balançou a cabeça. — Você não entendeu. Estou amando *Hugh*, o goleiro.

— O quê? — As mãos de Georgeanne paralisaram e as sobrancelhas se contraíram. — O amigo de John?

— Sim!

Georgeanne colocou a jarra de vidro no lugar, mas esqueceu de ligar a máquina.

— Achei que o odiasse.

SIMPLESMENTE
Irresistível

— Odiava, mas não mais.

— O que aconteceu?

Mae parecia tão perplexa quanto Georgeanne.

— Não sei! Ele me levou para casa na volta de um bar sexta à noite e nunca mais foi embora.

— Ele está morando com você nestes últimos seis dias? — Georgeanne deu a volta na mesa da cozinha. Precisava sentar.

— Bem, pelas últimas seis noites, principalmente.

— Isso é uma piada?

— Não, mas entendo que pense assim. Não sei como aconteceu. Em um minuto eu dizia a ele que não podia entrar na minha casa e, no seguinte, antes que eu me desse conta, estávamos nus e brigando para decidir quem ficava por cima. Ele ganhou e eu me apaixonei.

Georgeanne estava muda de choque.

— Tem certeza?

— Sim. Ele ficou por cima.

— Não quis dizer isso.

Se havia uma coisa que Georgeanne desejava mudar em sua relação com Mae era a mania dela de compartilhar detalhes que Georgeanne não queria saber.

— Tem certeza de que está apaixonada por ele?

Mae confirmou com a cabeça e, pela primeira vez em sete anos de amizade, Georgeanne viu lágrimas brotarem daqueles olhos castanhos. Mae sempre fora tão forte que partia o coração de Georgeanne vê-la chorar.

— Oh, querida — suspirou e ajoelhou-se ao lado da cadeira de Mae. — Sinto muito. — Ela abraçou a amiga e tentou confortá-la. — Os homens são tão idiotas.

— Eu sei — soluçou Mae. — Tudo estava maravilhoso e, então, ele teve que fazer isso.

— O que ele fez?

Mae recuou e olhou no rosto de Georgeanne.

333

— Me pediu para casar com ele.

Georgeanne sentou-se nos calcanhares, muda.

— Eu disse a ele que era muito cedo, mas Hugh não me ouvia. Disse que me amava e sabia que eu o amava. — Ela pegou a ponta da toalha de mesa de linho e secou debaixo dos olhos. — Eu disse a ele que não achava que deveríamos casar agora, mas ele não me ouvia.

— É claro que não pode casar com ele agora. — Georgeanne segurou-se na mesa e ficou em pé. — Na semana passada você nem mesmo *gostava* dele. Como ele pode esperar que você tome essa decisão importante em tão pouco tempo? Seis dias não é tempo suficiente para conhecê-lo se quiser passar o resto da vida com ele.

— Eu já sabia na terceira noite.

Georgeanne encontrou a cadeira. Sentia-se tonta e precisava sentar de novo.

— Está me confundindo de propósito? Você quer casar com ele?

— Ah, sim.

— Mas disse a ele que não?

— Eu disse a ele que sim! Tentei dizer não, mas não consegui — respondeu ela e começou a chorar de novo. — Pode parecer tolo e impulsivo, mas eu realmente o amo e não quero jogar fora essa chance de ser feliz.

— Você não parece muito feliz.

— Eu estou. Nunca me senti dessa maneira. Hugh faz com que eu me sinta bem, embora eu nunca tenha sabido que podia me sentir assim. Ele me faz rir e me acha engraçada. Ele me faz feliz, mas... — Fez uma pausa e secou os olhos de novo. — Quero que você seja feliz também.

— Eu?

— Nos últimos meses você tem estado muito triste, especialmente depois do que aconteceu no Oregon. Sinto-me horrível, porque você está infeliz e eu nunca estive tão feliz.

SIMPLESMENTE
Irresistível

— Estou feliz — Georgeanne garantiu a Mae e ficou imaginando se era verdade.

Com tudo acontecendo na vida dela, não parara para pensar em como se sentia. Se fosse pensar sobre isso agora, a única palavra que lhe vinha à mente era *choque*. Mas não era o momento de extrair os próprios sentimentos e analisá-los.

— Ei — disse ela com um sorriso, os braços esticados sobre a mesa. — Neste momento vamos nos concentrar na sua felicidade. Parece que temos um casamento a planejar.

Mae colocou as mãos nas de Georgeanne.

— Eu sei que essa coisa toda soa impetuosa, mas eu realmente amo Hugh — disse, o rosto se iluminando ao falar o nome dele.

Georgeanne fitou os olhos da amiga e deixou que o romance e a excitação de tudo isso superassem suas dúvidas, por ora.

— Escolheram uma data?

— Dez de outubro.

— Daqui a três semanas!

— Eu sei, mas a temporada de hóquei começa no dia cinco, em Detroit, e Hugh não pode perder o primeiro jogo. Depois, ele estará em Nova Iorque e St. Louis, antes de voltar para cá no dia nove jogando contra o Colorado, e ele nunca perde uma chance de superar Patrick Roy. Verifiquei nossa agenda e estamos bem devagar nas três primeiras semanas de outubro. Então, Hugh e eu nos casaremos no dia dez, passaremos a lua de mel no Maui por uma semana e estarei de volta para ajudar no bufê da festa dos Bennet, e Hugh estará em Toronto para um jogo contra os Maple Leafs.

— Três semanas — Georgeanne queixou-se. — Como posso planejar um casamento em três semanas?

— Você não vai. Quero que esteja no casamento e não na cozinha. Decidi contratar Anne Maclean para preparar a coisa toda. Ela trabalha no salão de festas do Redmond e está faminta por assumir um trabalho com prazo tão curto. Só quero duas coisas de você. Adoraria que me ajudasse a escolher o vestido de casamento. Você sabe que não tenho noção desse tipo de coisa. Provavelmente eu escolheria alguma coisa medonha e nunca saberia.

Georgeanne sorriu.

— Adoraria ajudá-la.

— E quero que faça mais uma coisa, também.

O aperto na mão de Georgeanne ficou mais forte.

— Quero que seja minha madrinha. Hugh vai pedir ao John que seja padrinho dele, então você precisará ficar ao lado dele em algum momento.

O choro contido obstruía a garganta de Georgeanne.

— Não se preocupe com os problemas entre mim e John. Adoraria estar ali com você.

— Tem mais um problema e é um grandão.

— O que poderia ser pior do que planejar um casamento em três semanas e ficar ao lado de John?

— Virgil Duffy.

Georgeanne ficou paralisada.

— Eu disse a Hugh que não podia convidá-lo, mas Hugh não tem como evitar. Ele acha que se convidarmos os colegas de equipe, preparadores físicos, treinadores e gerência, não poderemos ignorar o proprietário. Sugeri que convidássemos apenas os amigos chegados, mas os colegas de equipe são seus amigos chegados. Então, como podemos convidar uns e não os outros? — Mae cobriu o rosto com as mãos. — Não sei o que fazer.

— É claro que vão convidar Virgil — Georgeanne orientou, sentindo que o passado vinha assombrá-la.

Primeiro John, agora Virgil.

Mae balançou a cabeça e largou as mãos sobre a mesa.

— Como posso fazer isso com você?

— Sou bem crescidinha. Virgil Duffy não me assusta — disse Georgeanne e ficou se perguntando se era verdade. Sentada na cozinha, ela não tinha medo, mas não estava tão segura de

SIMPLESMENTE Irresistível

como se sentiria quando o visse no casamento. — Convide-o e a quem você quiser. Não se preocupe comigo.

— Eu disse a Hugh que deveríamos ir a Vegas e sermos casados por um daqueles imitadores de Elvis. Isso resolveria o problema.

De maneira alguma Georgeanne permitiria que a amiga fugisse para Vegas devido aos seus erros passados.

— Nem pense nisso — alertou com o nariz em pé. — Você sabe como eu me sinto a respeito de pessoas bregas, e ser casada pelo Elvis é pobre e brega. Eu teria que comprar um presente tão brega quanto. Algo da Ronco, talvez um cortador de vidro para que você possa fazer suas próprias taças de garrafas de Pepsi. E, desculpe, mas não acho que poderia continuar amando você.

Mae riu.

— Certo, sem Elvis.

— Ótimo. Você vai ter um belo casamento — ela previu e foi buscar a sua agenda.

Juntas, ela e Mae começaram a trabalhar. Ligaram para o serviço de bufê que Mae queria usar, pularam no carro de Georgeanne e foram para Redmond.

Durante a semana seguinte, falaram com um florista e olharam uma dúzia de vestidos de casamento. Entre o Heron, o trabalho na tevê, Lexie e a aproximação rápida do casamento, Georgeanne não tinha tempo para si mesma. As únicas horas que teve para sentar e relaxar foram nas noites de segunda e de quarta-feira, quando John pegou Lexie e Pongo e levou-os às aulas de adestramento. Mas nem assim conseguiu relaxar. Não quando John entrava na casa dela, alto e bonito, cheirando a brisa de verão. Ela o via e seu coração estúpido flutuava e, quando se virava para ir embora, o peito dela doía. Ela se apaixonara por ele de novo. Só que desta vez parecia mais devastador do que da última. Ela achava que tinha acabado com essa coisa de amar pessoas que não a amariam de volta, mas, pelo visto, não acabara. Embora ele tivesse partido seu coração, ela provavelmente sempre amaria John. Ele tomara o amor e a filha dela, deixando-a vazia. Mae ia se casar e seguir em frente com sua vida. Georgeanne se sentia deixada para trás. A vida dela estava cheia de coisas de que gostava, mas as pessoas que amava estavam se movendo em direções que não conseguia seguir.

Em poucos dias, Lexie passaria o primeiro fim de semana com John e conheceria Ernie Maxwell e a mãe de John, Glenda. A filha pertencia a uma família que Georgeanne não podia dar a ela. Uma família da qual ela não fazia parte nem nunca faria. John podia dar a Lexie tudo o que ela podia querer e precisar e Georgeanne foi deixada de fora e colocada de lado.

Dez dias antes do casamento, Georgeanne estava sentada no escritório do Heron sozinha, pensando em Lexie, John e Mae e sentindo-se solitária. Quando Charles ligou e sugeriu que o encontrasse para o almoço no McCormick e Schmick, ela aproveitou a oportunidade para sair por algumas horas. Era sexta à tarde, ela tinha um grande serviço de bufê à noite e precisava de um rosto amigo e de uma conversa agradável.

Em meio a mexilhões e caranguejos de casca macia, contou a Charles tudo sobre Mae e o casamento.

— Daqui a uma semana, na quinta — disse ela limpando as mãos no guardanapo de linho. — Com tão pouco tempo, eles tiveram sorte de conseguir uma igreja pequena ecumênica em Kirkland e um salão de festas em Redmond para a recepção. Lexie é a garota das flores e eu, a madrinha.

Georgeanne pegou o garfo e balançou a cabeça.

— Ainda não encontrei um vestido para usar. Graças a Deus tudo vai acabar logo e não precisarei passar por isso de novo até que Lexie se case.

— Você não planeja se casar um dia?

Georgeanne deu de ombros e desviou o olhar. Quando pensava em se casar, sempre imaginava John naquele *smoking* formal que usara no dia das fotos para a revista *GQ*.

— Não pensei muito a respeito.

— Bem, por que não pensa?

Georgeanne olhou de volta para Charles e sorriu.

— Está fazendo uma proposta?

— Estaria de achasse que aceitaria.

O sorriso dela se desfez lentamente.

— Não se preocupe — disse ele, jogando uma casca de mexilhão em uma pilha no prato. — Não vou deixá-la sem jeito neste momento perguntando e não vou me sujeitar à sua rejeição. Eu sei que não está pronta.

Ela o encarou, aquele homem maravilhoso que significava muito para ela, mas a quem não amava como uma esposa deveria amar o marido. A cabeça dela queria amá-lo, mas o coração amava outra pessoa.

— Não rejeite a ideia. Apenas pense nela — disse ele.

E Georgeanne o fez. Pensou que se casasse com Charles resolveria alguns dos problemas dela. Ele poderia proporcionar uma vida confortável para ela e para Lexie e juntos seriam uma família. Ela não o amava como deveria, mas com o tempo talvez amasse. Talvez a cabeça pudesse convencer o coração.

*　*　*

John jogou a camiseta sobre as meias e os tênis de corrida no chão do banheiro. Vestindo apenas *short* de corrida, cobriu o rosto com creme de barbear. Quando pegou a lâmina, olhou pelo espelho na frente dele e sorriu.

— Pode entrar e conversar comigo se quiser — disse a Lexie, que estava parada atrás dele, espiando no banheiro.

— O que está fazendo?

— Me barbeando.

Ele colocou a lâmina debaixo da costeleta do lado esquerdo e raspou para baixo.

— Minha mãe raspa as pernas e as axilas — contou Lexie movendo-se para ficar ao lado dele.

Ela vestia uma camisola listrada branca e rosa e o cabelo estava bagunçado. A noite anterior foi a primeira vez que ela ficou sozinha com ele e, depois de ele matar uma aranha no quarto dela, tudo ficou calmo. Assim que John esmagou o inseto com um livro, ela olhou-o como se ele caminhasse sobre a água.

— Vou poder me raspar quando estiver na sétima série — continuou ela. — Provavelmente estarei bem peluda. — Olhou para ele pelo espelho. — Você acha que Pongo vai ficar peludo algum dia?

John enxaguou a lâmina e balançou a cabeça.

— Não. Ele nunca vai ter muito pelo.

Quando apanhara Lexie na noite anterior, aquele pobre cãozinho estava usando um novo suéter vermelho com joias grudadas por todo o tricô e um boné combinando. Quando entrou na casa, o cão olhou para ele e correu para a outra sala para esconder-se. Georgeanne especulou que ele deveria estar com medo da altura de John, mas John percebeu que o pobre Pongo não queria que outro macho o visse parecendo um maricas.

— Como você fez esse dodói grande na sobrancelha?

— Esta coisinha? — Ele apontou para a velha cicatriz. — Quanto eu tinha dezenove anos, um cara jogou o disco na minha cabeça e eu não me abaixei a tempo.

— Doeu?

Doera como o diabo.

— Não. — John ergueu o queixo e barbeou debaixo do maxilar. Do canto do olho, via Lexie observando-o. — Talvez deva se vestir agora. Sua avó e seu bisavô Ernie estarão aqui daqui a meia hora.

— Vai arrumar meu cabelo? — ela perguntou erguendo uma mão e mostrando uma escova de cabelos.

— Não sei como arrumar cabelos de garotinhas.

SIMPLESMENTE
Irresistível

— Pode fazer um rabo de cavalo. É bem fácil. Ou talvez um rabo do lado. Só precisa ficar alto porque não gosto de rabos baixos.

— Tentarei — disse ele, enxaguando o creme de barbear e os pelinhos da lâmina, indo, então, trabalhar do outro lado. — Mas, se você ficar parecendo uma selvagem, não me culpe.

Lexie riu e encostou a cabeça no lado dele. O cabelo fino roçava em sua pele.

— Se mamãe se casar com Charles, meu nome ainda será Kowalsky como o seu?

A lâmina fez uma pausa abrupta no canto da boca de John. O olhar dele desceu pelo espelho até o rosto virado de Lexie. Lentamente, afastou a lâmina do rosto e segurou-a sob a água quente.

— Sua mãe está planejando se casar com Charles?

Lexie deu de ombros.

— Talvez. Está pensando nisso.

John não tinha refletido com seriedade sobre a possibilidade de Georgeanne se casar. Esse pensamento agora, a ideia de outro homem tocando-a, embrulhou o estômago dele. Terminou rapidamente de barbear-se e fechou a torneira.

— Ela lhe disse isso?

— Sim, mas, como você é meu pai, eu disse a ela para pensar em casar com você.

Ele pegou uma toalha e esfregou o creme branco debaixo da orelha esquerda.

— O que ela disse?

— Ela riu e disse que isso nunca aconteceria, mas você podia perguntar a ela, não podia?

Casar-se com Georgeanne? Ele não poderia se casar com ela. Embora estivessem se dando bem depois do incidente do Pongo, não estava convencido de que ela gostava dele. Ele poderia dizer com honestidade que gostava dela. Talvez até demais. Toda vez que buscava Lexie, imaginava-a sem roupa, mas o desejo não era suficiente para sustentar um compromisso para a vida toda. Ele a respeitava, também, mas respeito tampouco era suficiente. Ele amava Lexie e queria dar a ela tudo o que precisasse para ser feliz, mas aprendera anos antes que nenhum homem podia se casar com uma mulher por causa de um filho.

— Poderia perguntar? Daí, poderíamos ter um bebê.

Lexie olhava para ele com o mesmo olhar pedinte que usara para ganhar o cãozinho, mas desta vez ele não ia ceder. Se, e quando, se casasse de novo, seria porque viver sem uma mulher seria um inferno.

— Não acho que sua mamãe goste de mim — disse ele e jogou a toalha no balcão ao lado da pia. — Como vamos fazer aquele rabo de cavalo?

Lexie entregou-lhe a escova.

— Primeiro escova os nós.

John apoiou-se em um joelho e cuidadosamente passou as cerdas pela parte de trás do cabelo de Lexie.

— Estou machucando você?

Ela balançou a cabeça.

— Minha mamãe gosta de você.

— Ela disse a você que gosta?

— Ela acha você bonito e legal também.

John riu.

— Sei que ela não disse isso.

Lexie deu de ombros.

— Se você beijá-la, ela vai achá-lo bonito. Então, vocês poderão ter um bebê.

Embora a ideia de beijar Georgeanne sempre fosse uma tentação dos diabos para ele, duvidava que um beijo funcionaria como mágica e resolveria os problemas deles. Ele nem mesmo queria pensar em fazer um bebê.

Virou Lexie de lado e escovou de leve um nó debaixo da orelha direita.

SIMPLESMENTE
Irresistível

— Parece que você tem comida enfiada no cabelo — disse ele, cuidando para não puxar forte.

— Provavelmente pizza — disse Lexie despreocupada.

Lexie ficou quieta enquanto John penteava as mechas finas. Ele estava aliviado de o assunto Georgeanne, beijos e bebês haver terminado.

— Se você beijá-la, ela vai gostar de você mais do que de Charles — Lexie sussurrou de repente.

* * *

John abriu as cortinas e olhou para a noite de Detroit. Do quarto dele no Omni Hotel, podia ver o rio parecendo um vazamento de óleo. Sentia-se ansioso e tenso, mas isso não era novidade. Geralmente levava horas até relaxar depois de um jogo, especialmente depois de uma partida com os Red Wings. No ano anterior, o time de Motown quase eliminara os Chinooks do torneio pós-temporada com um falso gol de mão de Sergei Fedorov. Agora os Chinooks tinham começado a longa temporada com uma vitória de quatro a dois sobre os rivais. A vitória foi uma maneira agradável de iniciar a temporada.

A maior parte do time estava no bar, celebrando. John, não. Ele estava ansioso, tenso e muito eufórico para dormir, mas não queria estar no meio das pessoas. Não queria comer amendoins de bar, falar de negócios nem se defender de tietes.

Algo estava errado. Exceto pela pancada de surpresa que recebera de Fetisov, John tinha jogado um hóquei clássico. Estava jogando do jeito que gostava, com velocidade, força, habilidade e combate duro de corpo. Estava fazendo o que amava fazer. O que sempre amara fazer.

Algo estava errado. Não estava satisfeito. "Você pode ter sua carreira com os Chinooks ou pode ter Georgeanne. Não pode ter os dois."

John fechou a cortina e olhou para o relógio. Era meia-noite em Detroit, 21 horas em Seattle. Caminhou até a mesa ao lado da cama, pegou o telefone e discou.

— Alô — ela atendeu depois do terceiro toque, mexendo algo fundo dentro dele.

"Se você beijá-la, ela vai achá-lo bonito. Então, vocês poderão ter um bebê." John fechou os olhos.

— Oi, Georgie.

— John?

— Sim.

— Onde você... O que você...? Meu Deus, estou assistindo você nesse momento na televisão.

Ele abriu os olhos e olhou as cortinas fechadas do outro lado do quarto.

— É uma transmissão com atraso na Costa Oeste.

— Ahh. Ganharam?

— Sim!

— Lexie vai ficar feliz de saber. Ela está na sala vendo você.

— O que ela está achando?

— Bem, acredito que ela realmente estava gostando até que o cara grande de vermelho o derrubou. Então, ela ficou aborrecida.

O "cara grande de vermelho" era um *enforcer* do Detroit.

— Ela está bem agora?

— Sim. Quando viu você patinando de novo, ficou bem. Acho que ela realmente gosta de vê-lo jogando. Deve ser genético.

John baixou o olhar para o bloco de anotações ao lado do telefone.

— E você? — perguntou e ficou se perguntando por que a resposta dela parecia tão importante para ele.

— Bem, normalmente não gosto de assistir a esportes. Não diga a ninguém porque, como sabe, sou do Texas — falou arrastada —, mas gosto mais de ver hóquei do que futebol.

A voz dela o fez pensar na paixão no escuro, nos reflexos da janela e no sexo ardente. "Se você beijá-la, ela vai gostar de você mais do que de Charles." O pensamento dela beijando o namorado foi como se tivesse levado um bumerangue no peito.

— Tenho ingressos para você e Lexie para o jogo na sexta. Quero mesmo ver vocês duas lá.

— Sexta? Na noite depois do casamento?

— Algum problema? Você precisa trabalhar?

Ela fez uma longa pausa.

— Não, podemos ir — respondeu.

John sorriu ao telefone.

— A linguagem pode ficar meio pesada, às vezes.

— Acho que já estamos acostumadas com isso — disse ela, e ele pôde ouvir a risada na voz dela. — Lexie está bem aqui. Vou deixá-lo falar com ela agora.

— Espere, tem mais uma coisa.

— O quê?

"Espere até eu voltar antes de decidir se casar com seu namorado", ele pensou. "Ele é um débil e um *nerd* e você merece alguém melhor." John sentou-se em um lado da cama. Não tinha o direito de exigir nada.

— Deixa para lá. Estou muito cansado.

— Tem mais alguma coisa de que precise?

Ele fechou os olhos e respirou fundo.

— Não, coloque Lexie ao telefone.

Dezoito

Lexie andou pela nave da igreja como se tivesse nascido para ser a garota das flores. Os cachos caíam em seus ombros e as pétalas de rosas flutuavam de sua mão com luva para o carpete da capela. Georgeanne parou do lado esquerdo do pastor e resistiu à vontade de puxar a barra do vestido de alça rosa, de cetim e crepe, que ficava dois centímetros e meio acima dos joelhos. O olhar dela estava fixo na filha, pois Lexie percorria a nave de renda branca radiante como se fosse a razão de o pequeno grupo ter se reunido na igreja. Georgeanne não podia evitar a própria alegria. Estava extremamente orgulhosa de sua pequena rainha do drama.

Quando Lexie chegou ao lado da mãe, virou-se e sorriu para o homem em pé do outro lado da nave que vestia um Hugo Boss azul-marinho. Levantou os três dedos da alça da cesta e os agitou. Um lado da boca de John ergueu-se e ele acenou com três dedos de volta para ela.

A marcha nupcial começou e todos os olhares se voltaram para a porta de entrada. Uma grinalda de rosas brancas e gipsó-

SIMPLESMENTE
Irresistível

filas circundava o cabelo loiro curto de Mae, e o vestido longo de organza branco que Georgeanne ajudara a escolher estava lindo nela. O vestido era simples e salientava Mae em vez de escondê-la em metros de cetim e tule. A fenda na frente dava à pequena estatura dela uma bela linha vertical.

Mae caminhava pela nave sozinha com a cabeça erguida. Não convidara a família, porém enchera o lado da noiva com os amigos do trabalho. Georgeanne tentou persuadi-la a incluir os pais distantes, mas Mae era teimosa. Os pais não tinham ido ao funeral de Ray e ela não os queria no casamento. Não queria que arruinassem o dia mais feliz de sua vida.

Enquanto todos os olhos estavam na noiva, Georgeanne aproveitou para olhar para o noivo. Vestindo um *smoking* preto, Hugh estava muito bonito, mas ela não estava interessada no visual dele ou no corte de seu casaco. Ela observou a reação dele a Mae e o que ela via aliviou algumas preocupações sobre o romance inesperado e o casamento apressado. Ele se iluminou tanto que Georgeanne ficou esperando-o abrir os braços para que Mae pudesse correr até eles. O rosto todo sorria e os olhos brilhavam como se ele tivesse acabado de ganhar na loteria. Parecia um homem desesperadamente apaixonado. Não era de estranhar que Mae tivesse se apaixonado tão rápido.

Quando Mae passou, sorriu para Georgeanne e parou ao lado de Hugh.

— Queridos irmãos...

Georgeanne baixou o olhar para os pés em seus sapatos bege de tiras. "Desesperadamente apaixonado", pensou. Na noite anterior, dissera a Charles que não poderia se casar com ele. Não poderia se casar com um homem a quem não amava desesperadamente. O olhar dela cruzou a nave até os sapatos pretos de franja de John. Várias vezes em sua vida ela o vira olhar para ela com desejo naqueles olhos azuis. Na verdade, na última vez em que ele fora buscar Lexie, ela vira aquele olhar de "quero levar seu corpo para a cama". Mas desejo não era a mesma coisa que amor. O desejo não passava da manhã seguinte, especialmente com John. O olhar dela foi subindo pelas pernas dele, pelo casaco transpassado, até a gravata marinho e bordô. Depois seguiu até o rosto dele e os olhos azuis a encaravam de volta.

Ele sorriu. Apenas um leve sorriso agradável que enviava sinos de alerta para a mente dela. Georgeanne voltou a atenção à cerimônia. John queria algo.

As mulheres sentadas nos bancos da frente começaram a chorar e Georgeanne olhou na direção delas. Mesmo sem conhecê-las antes do casamento, adivinhava que pertenciam à família de Hugh. A família toda se parecia, da mãe e das três irmãs aos oito sobrinhos e sobrinhas.

Choraram por toda a curta cerimônia e, ao final, choraram enquanto acompanhavam o hino. Georgeanne e Lexie caminharam ao lado de John de volta à nave e pelas portas duplas. Por diversas vezes, as mangas do *blazer* marinho dele quase tocaram o braço dela.

No vestíbulo, a mãe de Hugh tirou o filho do caminho para chegar à noiva.

— Você é uma boneca — declarou, abraçando Mae e passando-a para as irmãs dele.

Georgeanne, John e Lexie saíram para o lado, enquanto o pequeno grupo dos amigos de Mae e da família de Hugh se reunia ao redor do casal para parabenizá-los.

— Aqui. — Lexie entregou a cesta de pétalas de rosas para Georgeanne e suspirou. — Estou cansada.

— Acho que podemos sair para a recepção — disse John movendo-se para ficar atrás de Georgeanne. — Por que você e Lexie não vêm comigo?

Georgeanne virou-se e olhou para ele. Ele parecia extremamente bem em seu traje de casamento, exceto pela rosa vermelha caindo da lapela. Ele colocara o alfinete no caule em vez de no corpo da flor.

— Não podemos sair antes de Wendell tirar as fotos.

— Quem?

— Wendell. Ele é o fotógrafo que Mae contratou e não podemos sair até que tire as fotos do casamento.

O sorriso de John se transformou em uma careta.

— Tem certeza?

Georgeanne fez que sim com a cabeça e apontou para o peito dele.

— Sua rosa vai cair.

Ele olhou para baixo e deu de ombros.

— Não sou bom nisso. Pode arrumar?

Contra a vontade, Georgeanne deslizou os dedos sob a lapela do terno marinho. Com a cabeça dele inclinada sobre a sua, puxou o alfinete longo e reto. Estavam tão próximos que ela podia sentir a respiração de John na sua têmpora direita. O cheiro de seu perfume a envolvia e, se ela virasse o rosto, sua boca tocaria a dele. Empurrou o alfinete através da lã e da rosa vermelho-escura.

— Não se machuque.

— Não vou. Faço isso todo tempo.

A mão dela desceu pela lapela, tirando as rugas invisíveis, experimentando a textura da lã cara.

— Você alfineta flores nos homens todo o tempo?

Ela balançou a cabeça e a têmpora roçou no maxilar de John.

— Alfineto em mim e em Mae. Para o trabalho.

Ele colocou uma mão no braço nu de Georgeanne.

— Você tem certeza de que não quer ir comigo para a recepção? Virgil vai estar lá e pensei que você pode não querer chegar sozinha.

Com o caos do casamento, Georgeanne tinha conseguido evitar pensar no ex-noivo. Esse pensamento agora lhe embrulhava o estômago.

— Você contou a ele sobre Lexie?

— Ele sabe.

— Como Virgil recebeu isso? — Ela deslizou os dedos sobre mais uma ruga invisível e baixou a mão.

John sacudiu os ombros grandes.

— Bem. Faz sete anos, então ele já superou.

Georgeanne estava aliviada.

— Então vou sozinha à recepção, mas obrigada pela oferta.

— De nada. — Ele deslizou a mão quente pelo ombro dela, descendo até o pulso. Os pelos do braço dela se eriçaram. — Tem certeza sobre as fotos?

— Como?

— Odeio ficar esperando para tirar fotos.

Ele estava fazendo de novo. Preenchendo todo o espaço e comprometendo a habilidade dela de pensar. Tocá-lo era tanto um doce prazer como uma tortura completa.

— Eu achava que já estaria acostumado com isso.

— Não me importo com as fotos, é a espera. Não sou um homem paciente. Quando quero algo, gosto de dar prosseguimento.

Georgeanne tinha uma sensação de que ele não estava mais falando das fotos. Alguns minutos depois, quando o fotógrafo os posicionou nos degraus da frente do púlpito, ela foi forçada a passar por toda experiência de prazer e tortura de novo. Wendell colocou as mulheres diante dos homens, enquanto Lexie ficava ao lado de Mae.

— Quero ver sorrisos alegres — pediu o fotógrafo, a voz suave sugerindo que talvez estivesse em contato com seu lado feminino. Quando olhou pela câmera no tripé, ele fez sinal com as mãos para que todos ficassem mais juntos. — Vamos lá, quero ver sorrisinhos felizes em seus rostinhos felizes.

— Ele está ligado àquele artista da PBS? — perguntou John pelo canto da boca.

— O cara de cabelo afro que pinta a óleo?

SIMPLESMENTE
Irresistível

— Sim. Ele costumava pintar nuvenzinhas felizes e essas merdas.

— Papai! — sussurrou Lexie. — Não fale palavrão.

— Desculpe.

— Podem todos falar "felicidade"? — pediu Wendell.

— Felicidade! — gritou Lexie.

— Muito bem, garotinha da flor. Que tal todo mundo?

Georgeanne olhou para Mae e elas começaram a rir.

— Vamos lá, se ale-ale-alegrem.

— Maldição, onde você pegou esse cara? — Hugh quis saber.

— Eu o conheço há anos. Era amigo de Ray.

— Ah, isso explica tudo.

John colocou a mão na cintura de Georgeanne e a risada dela parou abruptamente. Deslizou até a barriga dela e puxou-a contra a parede sólida de seu peito.

— Diga "xiiissss" — disse ele com uma voz que era um ronco baixo ao lado do ouvido dela.

A respiração de Georgeanne ficou presa na garganta.

— Xiiisss — ela proferiu com fraqueza e o fotógrafo tirou a foto.

— Agora a família do noivo — anunciou Wendell, avançando o filme.

Os músculos do braço de John ficaram tensos. Os dedos se curvaram em um punho possessivo e a barra do vestido dela subiu pelas coxas. Então, ele abaixou a mão e deu um passo para trás, deixando alguns centímetros entre eles. Georgeanne olhou para ele e, novamente, John deu aquele sorriso agradável.

— Ei, Hugh — disse ele, e voltou a atenção ao amigo como se não tivesse segurado Georgeanne firme contra o peito. — Você pagou a conta do Chelios quando estávamos em Chicago?

Georgeanne disse a si mesma para não atribuir nada àquele abraço. Sabia que não valia a pena procurar por motivos ou atribuir a sentimentos que não existiam. Sabia que não valia a pena se apaixonar por abraços possessivos e sorrisos agradáveis.

Era melhor simplesmente esquecer isso. Não significavam nada, não levavam a lugar nenhum. Sabia que não valia a pena esperar qualquer coisa dele.

Uma hora mais tarde, em pé no salão de festas ao lado da mesa do bufê cheia de comida e flores, ela ainda estava tentando esquecer. Tentava esquecer de ficar procurando por ele a cada minuto e tentava não ficar observando-o em pé com um grupo de homens que eram obviamente jogadores de hóquei ou rindo com alguma loira de pernas bonitas. Tentava esquecer, mas não conseguia. Menos do que conseguia esquecer que Virgil estava em algum lugar no salão.

Georgeanne colocou morangos com chocolate em um prato para Lexie. Acrescentou asa de frango e dois pedaços de brócolis.

— Quero bolo e um pouco daquilo também. — Lexie apontou para uma tigela de cristal com balinhas de casamento.

— Você comeu bolo logo depois que Mae e Hugh o cortaram.

Georgeanne colocou algumas balinhas no prato junto com uma cenoura e entregou o prato a Lexie. O olhar dela analisou rapidamente a multidão.

Então, o estômago dela deu uma reviravolta. Pela primeira vez em sete anos, via Virgil Duffy em pessoa.

— Vá ficar com a tia Mae — disse ela, virando a filha pelo ombro. — Encontro você em um minuto.

Ela deu um leve empurrão em Lexie e observou-a caminhar em direção à noiva e ao noivo. Georgeanne não conseguiria passar o resto da noite imaginando se Virgil a confrontaria ou imaginando o que ele diria. Tinha de encontrá-lo antes que perdesse o controle. Respirou fundo e, com passos longos e calculados, moveu-se para enfrentar o passado. Andou pela multidão de convidados até ficar em pé na frente dele.

— Olá, Virgil — disse ela e observou os olhos dele endurecerem.

— Georgeanne, você tem coragem de me encarar. Fiquei imaginando se iria. — O tom dele sugeria que ele não "superara", como John declarara mais cedo na igreja. — Faz sete anos e eu segui em frente com a minha vida.

— Fácil para você. Não tão fácil para mim.

Fisicamente, ele não mudara muito. Talvez o cabelo estivesse mais ralo e os olhos mais túrgidos com a idade.

— Acho que devemos esquecer o passado — ela continuou.

— Por que eu faria isso?

Georgeanne olhou para ele por um momento, para além das linhas de seu rosto, para um homem amargo por debaixo delas.

— Desculpe pelo que aconteceu e pela dor que lhe causei. Tentei contar na noite anterior ao casamento que eu estava em dúvida, mas você não me ouviu. Não estou culpando-o, apenas explicando como me sentia. Era jovem e imatura e sinto muito. Espero que aceite minhas desculpas.

— Quando o inferno congelar.

Ela ficou surpresa em descobrir que a raiva dele não a incomodava. Não importava que não aceitasse suas desculpas. Encarava o passado e sentia-se liberta da culpa que carregava havia anos. Não era mais jovem, nem imatura. E não tinha medo também.

— Sinto muito por ouvi-lo dizer isso, mas aceitar ou não minhas desculpas não vai me deixar sem dormir à noite. Minha vida está cheia de pessoas que me amam e sou feliz. Sua raiva e hostilidade não podem me ferir.

— Você ainda é tão ingênua quanto era sete anos atrás — disse Virgil, quando uma mulher se aproximou e colocou a mão no ombro dele.

Georgeanne reconheceu imediatamente Caroline Foster-Duffy das fotos nos jornais.

— John nunca se casará com você. Nunca escolherá você em detrimento da equipe — ele acrescentou, virando-se e afastando-se com a esposa.

Georgeanne ficou olhando para o homem, confusa com aquele comentário final. Ficou imaginando se ele ameaçara

John e, se o fizera, por que John não lhe contara. Balançou a cabeça, sem saber o que pensar. Nunca, em seus sonhos mais selvagens, pensou que John se casaria com ela ou a escolheria em detrimento de qualquer coisa.

Certo, ela admitiu, enquanto caminhava em direção a Lexie, que estava cercada pela noiva e pelo noivo e alguns convidados masculinos com cara de durões. Talvez em seus sonhos mais selvagens *houvesse* idealizado que John proporia mais do que uma noite de sexo, mas a realidade não era essa. Embora o amasse e às vezes ele a olhasse com um tipo de desejo faminto nos olhos, não significava que também a amasse. Não significava que ele a escolheria para algo mais do que um relacionamento sexual. Não significava que ele não a abandonaria pela manhã, deixando-a vazia e sozinha.

Georgeanne passou pelo palco, onde uma banda estava se instalando, e os pensamentos se voltaram para Virgil. Ela o enfrentara e se libertara do fardo do passado. E sentia-se muito bem por isso.

— Como está tudo? — perguntou quando ficou ao lado de Mae.

— Ótimo. — Mae ergueu o olhar para ela e sorriu, linda e feliz. — No início, estava um pouco nervosa por estar no mesmo espaço que trinta jogadores de hóquei. Mas, agora que conheci a maioria deles, me parecem realmente muito legais, quase humanos, até. Pena que Ray não esteja aqui. Ele estaria no paraíso com todos esses músculos e bundas firmes.

Georgeanne riu e pegou um morango do prato de Lexie. Olhou pelo salão para John e pegou-o olhando para ela por cima da multidão. Mordeu a fruta e desviou o olhar.

— Ei. — Lexie falou zangada. — Coma essa coisa verde da próxima vez.

— Conheceu os amigos de Hugh? — Mae cutucou o novo marido com o cotovelo.

SIMPLESMENTE
Irresistível

— Ainda não — Georgeanne respondeu e colocou o resto do morango na boca.

Hugh apresentou ela e Lexie a dois homens que usavam ternos caros de lã e gravatas de seda. O primeiro cavalheiro, chamado Mark Butcher, ostentava um espetacular e negro machucado no olho.

— Você deve se lembrar de Dmitri — disse Hugh depois da apresentação. — Ele estava na casa flutuante de John alguns meses atrás, quando você foi lá.

Georgeanne olhou para o homem de cabelo castanho e olhos azuis. Não se lembrava dele de maneira alguma.

— Achei que você me parecia familiar — mentiu.

— Lembro-me de você — disse Dmitri, com um sotaque óbvio. — Você estava de vermelho.

— Estava?

Georgeanne estava lisonjeada por ele se lembrar da cor do vestido dela.

— Estou surpresa de você lembrar.

Dmitri sorriu e pequenas rugas surgiram nos cantos dos olhos.

— Eu lembro. Não uso mais cordões de ouro.

Georgeanne olhou para Mae, que deu de ombros e olhou para um Hugh rindo.

— Isso mesmo. Tive de explicar para Dmitri que as mulheres norte-americanas não gostam de ver joias em homens.

— Oh, não sei — discordou Mae. — Conheço vários homens que parecem ameaçadores com gargantilhas de pérolas e brincos combinando.

Hugh puxou-a para si e beijou-a na cabeça.

— Não estou falando de *drag queens*, querida.

— Essa é sua garotinha? — perguntou Mark a Georgeanne.

— Sim, é.

— O que aconteceu com seu olho? — Lexie entregou o prato a Georgeanne, então apontou seu último morango para Mark.

— O Avalanche pegou-o no canto e deu um soco nele — respondeu John às costas de Georgeanne. Ele pegou Lexie com um braço e ergueu-a até a altura do olho preto. — Não se sinta mal, ele provavelmente mereceu.

Georgeanne olhou para John. Queria perguntar-lhe sobre o comentário de Virgil, mas teria de esperar até que estivessem sozinhos.

— Talvez ele não devesse ter atacado Ricci com o taco — acrescentou Hugh.

Mark deu de ombros.

— Ricci quebrou meu pulso no ano passado — disse ele e a conversa caminhou para qual homem se machucara mais.

No início, Georgeanne ficou assustada com a lista de ossos quebrados, músculos distendidos e o número de pontos. Mas, quanto mais ouvia, mais achava morbidamente fascinante. Começou a imaginar quantos homens no salão tinham seus próprios dentes. Não muitos pelo que ouvia.

Lexie segurou a cabeça de John, virando o rosto dele em sua direção.

— Você se machucou na noite passada, papai?

— Eu? De jeito nenhum.

— Papai! — Dmitri olhou para Lexie. — É sua?

— Sim! — John olhou para os colegas de equipe. — Essa pessoinha preocupada é minha filha, Lexie Kowalsky.

Georgeanne esperava que John dissesse que não conhecia Lexie até recentemente, mas não disse. Não ofereceu nenhuma explicação pela aparição repentina da filha em sua vida. Segurava-a nos braços como se Lexie sempre tivesse estado ali.

Dmitri olhou para Georgeanne, então olhou de volta para John. Ergueu uma sobrancelha interrogativa.

— Sim — disse John, deixando Georgeanne se perguntando sobre o jogo silencioso entre os dois homens.

— Que idade você tem, Lexie? — Mark perguntou.

SIMPLESMENTE
Irresistível

— Seis. Já fiz aniversário e agora estou na primeira série. Possuo um cachorro também, porque meu papai me deu. O nome dele é Pongo, mas ele não é muito grande. Ele não possui muito pelo também e as orelhas dele são frias. Então eu fiz um chapéu para ele.

— É roxo — Mae disse a John. — Parece um boné de burro.

— Como você coloca o chapéu no cachorro?

— Ela prende o cão entre os joelhos dela — Georgeanne respondeu.

John olhou para a filha.

— Você se senta no Pongo?

— Sim, papai, ele gosta.

John duvidava que Pongo gostasse de qualquer coisa ligada a usar um chapéu estúpido. Abriu a boca para sugerir que talvez ela não devesse sentar no cãozinho, mas a banda começou a tocar alguns acordes e ele desviou sua atenção para o palco.

— Boa noite — o cantor disse ao microfone. — Para a primeira música da noite, Hugh e Mae pediram que todos se unam a eles na pista de dança.

— Papai! — gritou Lexie num tom mais alto que o da música. — Posso comer um pedaço de bolo?

— Tudo bem para sua mãe?

— Sim!

Ele se virou para Georgeanne e falou ao ouvido dela:

— Vamos até a mesa de banquete. Quer vir conosco?

Ela negou com a cabeça e John olhou fundo nos olhos verdes.

— Não saia daí.

Antes de ela responder, John e Lexie saíram dali.

— Quero um pedação — Lexie informou-o. — Com muito glacê.

— Vai ficar com dor de barriga.

— Não, não vou.

John colocou-a no chão ao lado da mesa e esperou por longos e frustrantes minutos até ela escolher o pedaço de bolo que tivesse apenas rosas roxas. Pegou um garfo para ela e colocou-a sentada em uma mesa redonda ao lado das sobrinhas de Hugh. Quando voltou o olhar para Georgeanne, viu-a na pista de dança com Dmitri. Normalmente ele gostava do jovem russo, mas não nesta noite. Não quando Georgeanne estava de vestido curto e não quando Dmitri olhava para ela como se estivesse diante de um prato de caviar de beluga.

John caminhou entre a multidão pela pista de dança e colocou uma mão no ombro do companheiro. Não precisou dizer nada. Dmitri olhou para ele, deu de ombros e se afastou.

— Não acho que seja uma boa ideia — disse Georgeanne quando ele a pegou nos braços.

— Por que não?

Ele a puxou para mais perto, encaixando as curvas dela contra seu peito e movendo-se no ritmo da música. "Você pode ter sua carreira com os Chinooks ou pode ter Georgeanne. Não pode ter os dois." Ele pensava no alerta de Virgil e pensava na mulher quente em seus braços. Já tomara uma decisão. Dias antes em Detroit.

— Porque Dmitri me convidou para dançar primeiro.

— Ele é um bastardo comunista. Fique longe dele.

Georgeanne inclinou-se para trás o bastante para olhar o rosto dele.

— Achei que ele fosse seu amigo.

— Era.

Um franzido surgiu na testa dela.

— O que aconteceu?

— Nós dois queremos a mesma coisa.

— O que você quer?

Havia muitas coisas que ele queria.

— Vi você conversando com Virgil. O que ele disse?

— Não muito. Eu disse a ele que sentia muito pelo que aconteceu sete anos atrás, mas ele não aceitou minhas desculpas.

— Ela parecia confusa por um momento, balançou a cabeça e afastou o olhar. — Você disse que ele seguira em frente, mas continua muito amargo.

John deslizou a palma da mão pelo lado do pescoço dela e ergueu-lhe o queixo com o polegar.

— Não se preocupe com ele.

John olhou para o rosto dela e depois para o velho homem que o encarava de volta. Seu olhar também encontrou Dmitri e meia dúzia de outros homens com olhares ardilosos para os seios de Georgeanne. Então, baixou o rosto e os lábios tomaram posse dos dela. Ele a possuía com a boca e a língua, e a mão se movia das costas para as nádegas dela. O beijo foi intencional, longo, firme. Georgeanne se agarrou a ele e, quando ele finalmente afastou a boca, ela estava sem fôlego.

— Céus — sussurrou ela.

— Agora me conte sobre Charles.

O olhar de Georgeanne estava vidrado e pasmo. A paixão na expressão dela o fez pensar nos lençóis enroscados na carne macia.

— Você quer saber de Charles?

— Lexie me disse que você está pensando em se casar com ele.

— Eu disse a ele que não.

O alívio tomou conta dele. Estreitou mais os braços ao redor dela e sorriu, dizendo-lhe ao ouvido:

— Você está linda esta noite.

Então, empurrou-a para trás e olhou-a no rosto, para a boca sedutora.

— Por que não encontramos um lugar onde eu possa me aproveitar de você? Qual é o tamanho do balcão do banheiro das mulheres?

John reconheceu a centelha de interesse nos olhos dela, antes que Georgeanne virasse a cabeça e tentasse esconder o sorriso.

— Você está chapado, John Kowalsky?

— Não hoje à noite. — Ele riu. — Ouvi a campanha "Diga não às drogas" da Nancy Reagan e disse não. E você?

— É claro que não — falou zangada.

A música terminou e começou outra mais rápida.

— Onde está Lexie? — perguntou ela.

John olhou para a mesa onde a deixara e apontou. Lexie descansava a bochecha na palma da mão e as pálpebras estavam semifechadas.

— Parece que vai desmaiar — disse ele.

— Melhor levá-la para casa.

John deslizou as mãos das costas até os ombros dela.

— Eu a levo até seu carro.

Georgeanne pensou na oferta por um momento, então decidiu aceitar.

— Seria ótimo. Vou pegar minha bolsa e encontro vocês lá fora.

John segurou-a mais forte por um momento, liberando-a em seguida. Ela o observava caminhar em direção a Lexie e virou-se para encontrar Mae.

Havia algo definitivamente diferente no toque dele esta noite. Algo na maneira com que a segurara e beijara. Algo ardente e possessivo como se ele estivesse relutante em deixá-la ir. Cuidou para não fazer interpretações sobre isso, mas uma pequena paixão ardente fincou-se no coração dela.

Pegou a bolsa rapidamente e despediu-se de Mae e Hugh. Quando saiu, a noite tinha caído e o estacionamento estava iluminado pelas luzes da rua. Viu John encostado no carro. Envolvera Lexie no seu casaco de lã e a segurava contra o peito. A camisa branca sobressaía no estacionamento escuro.

— Não funciona dessa maneira — ouviu-o falar a Lexie. — Você não pode dar apelido a si mesma. Outra pessoa tem que começar a chamar você de alguma coisa e o apelido simplesmente pega. Você acha que Ed Jovanovski escolheu ser chamado de "Ed Especial"?

SIMPLESMENTE
Irresistível

— Mas eu quero ser O Gato.

— Você não pode ser O Gato.

Ele olhou para Georgeanne e afastou-se do carro.

— Felix Potvin é O Gato.

— Posso ser um cachorro? — perguntou Lexie, descansando a cabeça no ombro dele.

— Não acho que realmente queira que as pessoas chamem você de Lexie Cachorro Kowalsky, quer?

Lexie riu do lado do pescoço dele.

— Não, mas quero ter um nome como você tem.

— Se quiser ser um bichinho, que tal um *hamster*? Lexie Hamster Kowalsky.

— Certo — disse ela em meio a um bocejo. — Papai, você sabe de onde vêm os *hamsters*?

Georgeanne revirou os olhos e colocou a chave na fechadura.

— De "Hamesterdã"? — perguntou ele. — Você já me contou essa piada cinquenta vezes.

— Ah, esqueci.

— Não acho que você se esqueça de algo.

John riu e colocou Lexie no banco do carona. A luz do teto do carro cintilava no cabelo escuro dele e iluminava os suspensórios azuis e vermelhos de estampa Paisley.

— Vejo vocês no jogo de hóquei amanhã.

Lexie pegou o cinto de segurança e engatou-o.

— Me dê um pouco de dengo, papai. — Ela enrugou os lábios e esperou.

Georgeanne sorriu e caminhou até o lado do motorista. A maneira com que John se relacionava com Lexie tocava seu coração. Era um ótimo pai e, independentemente do que acontecesse entre os dois, ela sempre o amaria por amar Lexie.

— Ei, Georgie? — A voz dele a chamava como um toque quente no ar frio da noite.

Ela olhou por cima do teto do carro e para o rosto de John, parcialmente escondido nas sombras da noite.

361

— Aonde vai? — perguntou ele.

— Para casa, é claro.

Ele riu por dentro.

— Não vai dar um pouco de dengo para o papai?

A tentação provocava o desejo e o autocontrole enfraquecidos dela. Que diabos, com quem ela estava brincando? Em relação a John, ela não tinha *nenhum* autocontrole. Especialmente depois do beijo que ele lhe dera na pista de dança. Ela puxou a porta do lado do motorista com força antes de ter oportunidade de considerar a proposta fascinante.

— Hoje não, garanhão.

— Você me chamou de garanhão?

Ela colocou um pé dentro do carro.

— É um progresso em relação ao que chamei você no mês passado — disse ela e sentou-se no banco. Ligou o motor e, com a risada de John preenchendo a noite, saiu do estacionamento.

A caminho de casa, Georgeanne pensou em como John estava diferente naquela noite. O coração dela queria acreditar que tudo isso significava algo maravilhoso, como se ele tivesse sido atingido na cabeça por um disco de hóquei e de repente voltasse a si e percebesse que não poderia viver sem ela. Mas as experiências dela com John diziam o contrário. Sabia que não valia a pena projetar os sentimentos nele e procurar por motivos escondidos. Tentar decifrar cada palavra e toque dele era loucura. Sempre que baixava a guarda, ela se machucava.

Depois de colocar Lexie na cama, Georgeanne pendurou o casaco de John nas costas da cadeira da cozinha e tirou os sapatos. Uma chuva leve tamborilava nas janelas enquanto ela colocava água para fazer um chá de ervas. Foi até a cadeira e passou os dedos de leve pela costura no ombro do casaco, lembrando-se exatamente do visual dele em pé do outro lado da nave na igreja, os olhos azuis encarando os dela. Lembrava-se do perfume e do som da voz dele. "Por que não encontramos

SIMPLESMENTE
Irresistível

algum lugar onde eu possa me aproveitar de você?", perguntara, e ela ficou tentada.

Pongo soltou uma série de latidos pouco antes de a campainha tocar. Georgeanne pegou o cão a caminho da porta. Não ficou realmente surpresa ao encontrar John nos degraus da frente, com pingos de chuva reluzindo no cabelo escuro.

— Esqueci de entregar os ingressos para o jogo de amanhã à noite — disse ele, estendendo um envelope.

Georgeanne pegou os ingressos e, contra sua vontade, convidou-o para entrar.

— Estou fazendo chá. Quer?

— Quente?

— Sim.

— Você tem chá gelado?

— Claro que sim, sou do Texas.

Ela voltou para a cozinha e colocou Pongo no chão. O cachorro correu até John e lambeu-lhe o sapato.

— Pongo está se tornando um ótimo cão de guarda — disse a ele enquanto ia até a geladeira e pegava uma jarra de chá.

— Sim. Estou vendo. O que ele faria se alguém arrombasse a casa? Lamberia os pés do ladrão?

Georgeanne riu e fechou a porta.

— Provavelmente, mas primeiro latiria alucinado. Ter Pongo por perto é melhor do que instalar um alarme. É meio esquisito, mas me sinto mais segura com ele em casa.

Ela colocou o envelope no balcão e encheu um copo.

— Da próxima vez comprarei um cachorro de verdade.

John deu uns passos na direção dela e pegou o chá.

— Sem gelo. Obrigado.

— Melhor não haver uma próxima vez.

— Sempre há uma próxima vez, Georgie — disse ele e levou o copo aos lábios, os olhos observando-a enquanto tomava um longo gole.

— Tem certeza de que não quer gelo?

Ele balançou a cabeça. Lambeu a umidade dos lábios enquanto o olhar deslizava dos seios até as coxas dela, voltando para o rosto.

— Esse vestido está me enlouquecendo a noite toda. Ele me lembra aquele vestido rosa que usava da primeira vez em que a vi.

Ela baixou o olhar.

— Este não tem nada a ver com aquele.

— É curto e é rosa.

— Aquele vestido era bem mais curto, sem alças e tão apertado que eu não conseguia respirar.

— Eu lembro. — Ele sorriu e se encostou no balcão. — Durante todo o caminho até Copalis você ficava puxando em cima e embaixo. Era muito sedutor, como um cabo de guerra erótico. Fiquei observando para ver qual parte ganharia.

Georgeanne apoiou um ombro no refrigerador e cruzou os braços.

— Estou surpresa que se lembre de tudo isso. Da maneira que eu lembro, você não gostou muito.

— E, da maneira que eu lembro, eu gostei de você mais do que era prudente.

— Somente quando eu estava nua. O resto do tempo você era bem rude.

Ele franziu a testa.

— Não lembro dessa forma, mas, se eu fui rude com você, não foi pessoal. Minha vida era um monte de merda na época. Estava bebendo tanto e fazendo tudo o que podia para arruinar a minha carreira e a mim mesmo. — Fez uma pausa e respirou fundo. — Você se lembra de quando contei que fui casado antes?

— É claro. Como poderia esquecer DeeDee e Linda?

— Bem, o que eu não contei foi que Linda se matou. Encontrei-a na banheira. Ela cortou os pulsos com uma lâmina de barbear e, por muitos anos, eu me culpei.

SIMPLESMENTE
Irresistível

Chocada e muda, Georgeanne o encarava. Não sabia o que dizer ou fazer. O primeiro impulso foi passar os braços ao redor da cintura dele e dizer que sentia muito, mas se conteve.

John tomou mais um gole e secou a boca com as costas da mão.

— A verdade disso é que eu não a amava. Fui um marido abominável e só me casei com ela porque estava grávida. Quando o bebê morreu, não havia nada que nos unisse mais. Eu queria sair do casamento. Ela não.

Uma dor apertou o coração dela. Conhecia John e sabia como ele devia ter ficado devastado. Perguntou-se por que ele estava contando isso agora. Por que ele confiaria nela com algo tão doloroso?

— Você teve um bebê?

— Sim. Nasceu prematuro e morreu um mês depois. Toby teria oito anos agora.

— Sinto muito — foi a única coisa que conseguia pensar em dizer.

Ela não conseguia sequer imaginar perder Lexie.

Ele colocou o copo no balcão ao lado de Georgeanne e pegou a mão dela.

— Às vezes, imagino como ele seria se tivesse vivido.

Ela olhou para o rosto de John e mais uma vez sentiu aquela paixão ardente no coração. Ele se importava com ela. Talvez a confiança e o carinho pudessem se transformar em algo mais.

— Queria contar a você sobre Linda e Toby por duas razões. Queria que você soubesse sobre eles e quero que saiba que, embora eu tenha me casado duas vezes, não vou cometer os mesmos erros. Não vou me casar porque existe uma criança envolvida ou pelo desejo. Vou me casar porque estou perdidamente apaixonado.

As palavras dele caíram no desejo ardente de Georgeanne como um balde de água fria e ela tirou sua mão da dele. Eles tinham uma filha e não era segredo que John estava atraído por ela fisicamente. Ele nunca prometera nada a ela além de bons momentos, mas ela fizera de novo. Deixara-se ter esperanças pelas coisas que não podia ter e saber disso causava tanta dor que suas têmporas doíam.

— Obrigada por dividir, John, mas não posso apreciar sua honestidade neste momento — disse ela, indo para a porta da frente. — Acho que é melhor você ir.

— O quê? — Ele a seguia de perto, incrédulo. — Achei que estava chegando a algum lugar.

— Sei que achou. Mas não pode aparecer aqui sempre que quiser sexo e esperar que eu arranque minhas roupas e o satisfaça.

Georgeanne não conseguiu controlar o tremor no queixo enquanto abria a porta da frente. Queria que John fosse embora antes que desabasse por completo.

— É o que você pensa? Que é só uma transa? — perguntou ele.

Georgeanne tentou não retrair-se.

— Sim!

— Que diabos está acontecendo aqui? — Ele tirou a porta da mão dela e bateu-a com força. — Eu me abro por inteiro e você fica pisoteando em mim! Estou sendo honesto com você e você acha que estou tentando levar você para a cama?

— Honesto? Você só é honesto quando quer algo. Mente para mim o tempo todo.

— Quando eu menti para você?

— Sobre o advogado, por exemplo — lembrou-lhe ela.

— Não foi exatamente uma mentira, foi uma omissão.

— Foi uma mentira e você mentiu de novo para mim hoje.

— Quando?

— Na igreja. Disse que Virgil tinha seguido em frente, que tinha superado o que aconteceu sete anos atrás. Mas ele não superou.

John se inclinou para trás e olhou sério para ela.

— O que ele disse?

— Que você não me escolheria no lugar do time. O que ele quis dizer?

— A verdade?

— É claro.

— Certo, ele ameaçou negociar-me com outro time de hóquei se eu me envolvesse com você, mas isso não importa. Esqueça o Virgil. Está louco porque fiquei com um pedaço do que ele queria.

Georgeanne encostou-se na parede.

— Eu?

— Você.

— Isso é tudo o que sou para você?

Ele soltou a respiração e passou os dedos pelos cabelos.

— Se você acha que eu vim aqui para dar uma gozada, está errada.

Ela deixou o olhar viajar pela saliência na calça de lã dele, subindo de volta para o rosto.

— Estou?

A fúria manchou as bochechas dele e ele cerrou o maxilar.

— Não pegue o que sinto por você e transforme em algo sujo. Eu quero você, Georgeanne. Basta você entrar em uma sala e eu a quero. Quero beijá-la, tocá-la e fazer amor com você. Minha resposta física é natural e não vou pedir desculpas por ela.

— E, pela manhã, você terá ido e eu ficarei sozinha de novo.

— Isso é besteira.

— Aconteceu duas vezes.

— Da última vez você fugiu de mim.

Ela balançou a cabeça.

— Não importa quem fugiu e quando. Termina da mesma forma. Você não quer me machucar, mas vai.

— Não quero machucar você. Quero fazê-la sentir-se bem e, se fosse honesta comigo, como queria que eu fosse com você, admitiria que me quer também.

— Não.

Os olhos dele se estreitaram.

— Odeio essa palavra.

— Desculpe, mas tem muita coisa entre nós para ser de outra maneira.

— Ainda está tentando me punir pelo que aconteceu sete anos atrás ou é apenas uma desculpa?

Ele plantou as mãos na parede ao lado da cabeça dela.

— Do que tem medo?

— Não de você.

Ele segurou o queixo dela.

— Mentirosa. Você tem medo que papai não vai amar você.

A respiração ficou presa nos pulmões dela.

— Isso foi cruel.

— Talvez, mas é a verdade. — O polegar deslizou pelos lábios fechados dela. Com a outra mão, ele envolveu-a pela cintura. — Você tem medo de estender a mão e alcançar o que quer, mas eu não. Sei o que quero. — Ele deslizou a mão dela por seu peito rijo e pelos botões da camisa. — Ainda está tentando ser uma boa garota para que papai a note? Bem, adivinhe só, benzinho — ele sussurrou, enquanto movia a mão para a frente das calças e pressionava a ereção intensa na palma da mão de Georgeanne. — Eu notei.

— Pare com isso — disse ela, e perdeu o controle sobre as lágrimas.

Ela o odiava. Ela o amava. Queria que ele ficasse da mesma forma que queria que fosse embora. Ele fora bruto e cruel, mas estava certo. Ela estava apavorada de ele a tocar e com medo de que não a tocasse. Estava com medo de ter o que queria, apavorada pelo fato de que ele pudesse fazer dela uma miserável e infeliz. Ela já estava miserável e infeliz. Não havia maneira de ganhar. Ele era como uma droga, um vício, e ela fora fisgada.

— Não faça isso comigo.

John secou uma lágrima do rosto dela e largou sua mão.

— Quero você e não tenho medo de jogar sujo.

SIMPLESMENTE
Irresistível

Ela tinha que livrar-se de John, na marra. Internar-se na reabilitação. Sem mais beijos ardentes ou toques ou olhares famintos. Precisava ser forte.

— Você só quer um pedaço de... de...

John balançou a cabeça e sorriu.

— Não quero apenas um pedaço. Quero tudo.

Dezenove

John fitou os olhos de Georgeanne e riu silenciosamente. Ela estava tentando ser dura, mas não conseguia nem mesmo dizer a palavra "rabo". Essa era uma das coisas que o fascinavam nela.

— Quero seu coração, sua mente e seu corpo. — Ele abaixou a cabeça e roçou os lábios nos dela. — Quero você toda, para sempre — sussurrou e abraçou-a pela cintura.

Georgeanne colocou as mãos abertas no peito dele como se quisesse empurrá-lo, mas abriu a boca macia e ele sentiu o triunfo tão doce que quase ficou de joelhos. Ansiava pelo corpo e pela alma daquela mulher. Ergueu-a na ponta dos pés e alimentou a própria fome. Em segundos, o beijo se tornou um frenesi carnal de bocas e línguas e prazer ardente, muito ardente. John abriu o fecho nas costas do vestido dela e levou a mão até seus ombros. Deslizou o vestido, as alças finas da combinação e do sutiã para baixo, deixando-a nua até a cintura. Os braços dela estavam grudados ao lado do corpo e ele se afastou para ver os seios nus abundantes esparramados para ele como uma visão pessoal do paraíso. Abraçou-a mais fortemente pela cintura e abaixou o rosto para beijar de leve o bico do seio esquerdo. A língua dele lambia a carne enrugada e ela gemeu. Arqueou-se para ele e John sugou o bico do seio com a boca. Georgeanne lutou para se libertar, mas ele a segurou mais forte.

— John — gemeu ela. — Quero tocá-lo.

Ele afrouxou o braço e começou a sugar o seio direito. Estava pronto. Estava pronto havia meses. A dor em sua virilha o impelia a empurrá-la contra a parede, levantar o vestido e enterrar-se fundo naquele corpo ardente e úmido. Agora.

Ela libertou os braços das alças e tirou a camisa de dentro da calça dele. John se endireitou e olhou para os olhos letárgicos dela. Antes que pudesse dar vazão ao próprio anseio e possuí-la ali mesmo na porta da frente, agarrou a mão dela e puxou-a para os fundos da casa.

— Onde fica seu quarto? — perguntou ele, movimentando-se pelo *hall*. — Sei que há um aqui em algum lugar.

— Última porta à esquerda.

John entrou no cômodo e parou petrificado. A cama tinha uma colcha floral e um dossel de renda. Meia dúzia de travesseiros cheios de babados estavam jogados à cabeceira. Flores estampavam o papel de parede e o tecido das cadeiras. Uma guirlanda de flores estava pendurada acima de uma cômoda e dois vasos de flores espalhados pelo quarto. Ele acabara de entrar em um reduto feminino.

Georgeanne passou por ele, segurando o vestido sobre os seios.

— Qual o problema?

John olhou para ela, em pé ali, cercada de flores, tentando cobrir-se com as mãos sem o menor sucesso.

— Nenhum, exceto que você ainda está vestido.

— Você também está.

Ele sorriu e tirou os sapatos.

— Não por muito tempo.

Em segundos, estava despido e, quando olhou de volta para Georgeanne, quase explodiu. Ela estava fora do alcance dele, vestindo nada além de uma minúscula calcinha e meias presas nas coxas por ligas rosa. O olhar dele moveu-se das coxas sedutoras logo acima das ligas para os quadris fartos. Os seios eram belos e redondos, os ombros suaves e o rosto lindo. Ele levou a mão até ela e puxou-a para si. Ela era quente e macia e tudo o que ele queria em uma mulher. Ele pretendia ir devagar. Queria fazer amor com ela, prolongar o prazer. Mas não conseguiu. Sentiu-se como um garoto correndo para seu parque de diversões favorito, incapaz de parar. A única coisa que o segurava era sua própria indecisão de onde brincar primeiro. Queria a boca, o ombro, os seios. Queria beijar a barriga, as pernas, entre as pernas.

Empurrou-a para a cama, rolando com ela por cima. Beijou-lhe a boca e deslizou as mãos por suas costas até a bunda. Enrolou a calcinha nos dedos e desceu-a pelas pernas. A ereção dele pressionava a barriga lisa dela e ele roçou-a nela. A tensão em sua virilha estava cada vez mais firme até que ele achou que fosse explodir.

Queria esperar. Queria ter certeza de que ela estava pronta. Queria ser um amante carinhoso. Virou-a de costas e arrancou a calcinha pelas pernas. Sentou-se sobre os calcanhares e olhou para ela, nua, exceto pelas meias e ligas. Georgeanne ergueu os braços na direção dele e ele sabia que não conseguiria esperar. Cobriu-a com o corpo, os quadris encaixados entre as coxas macias, segurando-lhe o rosto com as mãos abertas.

— Amo você, Georgeanne — sussurrou olhando naqueles olhos verdes. — Diga que me ama.

Ela gemeu e deslizou as mãos pelas nádegas dele.

— Amo você, John. Sempre amei.

Ele penetrou-a fundo e percebeu imediatamente que esquecera a camisinha. Pela primeira vez em anos, sentia-se envolto por uma carne quente e úmida. Lutou desesperadamente para se controlar, enquanto a necessidade de possuí-la arranhava suas entranhas. Ele tirou, investiu de novo e os dois chegaram ao clímax juntos.

* * *

Já eram 3 horas da manhã quando John deslizou da cama de Georgeanne e começou a se vestir. Ela segurou o lençol ao redor dos seios e sentou-se observando-o abotoar a calça. John estava indo. Ela sabia que ele não tinha escolha. Nenhum dos dois queria que Lexie soubesse que ele passara a noite lá. Mesmo assim, o coração doía com a ida dele. Ele lhe dissera que a amava. Dissera várias vezes. Ainda era difícil acreditar. Difícil para ela confiar na alegria que sentia por dentro.

John pegou a camisa e enfiou os braços nas mangas. Lágrimas nasciam nos olhos de Georgeanne, mas ela segurou. Queria perguntar a ele se o veria na noite seguinte, mas não queria parecer grudenta ou mesquinha.

— Você provavelmente não vai querer chegar cedo ao estádio — disse ele, referindo-se ao jogo de hóquei. — Lexie já terá trabalho em ficar sentada durante o jogo, sem ter que chegar mais cedo. — Sentou-se na beira da cama e colocou as meias e os sapatos. — Agasalhem-se.

Quando terminou, John levantou-se e foi até ela. Colocou-a de joelhos e beijou-a.

— Amo você, Georgeanne.

Ela achava que nunca se cansaria de ouvi-lo dizer aquelas palavras.

— Também amo você.

— Vejo vocês depois do jogo — disse e pousou um último beijo nos lábios dela.

John se foi, deixando-a sozinha com o alerta de Virgil atormentando seu cérebro e ameaçando destruir sua felicidade. John a amava. Ela o amava.

Ele a amava o bastante para desistir do time de hóquei? Como ela conseguiria viver em paz consigo mesma se ele desistisse?

* * *

As luzes azuis e verdes giravam no gelo como um redemoinho, enquanto seis animadoras de torcida com pouquíssima roupa dançavam um *rock* que saía do sistema de som do estádio. Georgeanne podia sentir o baque do grave pesado em seu peito e imaginou como Ernie estava se saindo. Por cima de Lexie, que estava com as mãos nos ouvidos, olhou para o avô de John. Ele não parecia aborrecido com o barulho.

Ernie Maxwell parecia o mesmo que ela conhecera sete anos antes, com seu cabelo grisalho com corte militar e a voz grave de Burgess Meredith. A única diferença real era que, agora, os olhos azuis olhavam por trás de um par de óculos de armação preta e ele tinha um aparelho auditivo na orelha esquerda.

Quando Georgeanne e Lexie pegaram seus lugares, ela ficou surpresa de vê-lo esperando por elas. Ela não sabia o que esperar do avô de John, mas ele rapidamente a deixou confortável.

— Olá, Georgeanne. Você está ainda mais bonita do que me lembrava — disse ele, ajudando-a a tirar o casaco, depois ajudando Lexie.

— E o senhor, sr. Maxwell, duas vezes mais bonito — declarou com um de seus sorrisos sedutores.

Ele riu.

— Sempre gostei de uma menina do sul.

De repente, a música parou e as luzes do estádio se apagaram, exceto pelos enormes logos dos Chinooks iluminados nas duas extremidades do gelo.

— Senhoras e senhores, os Seattle Chinooks — uma voz masculina anunciou dos alto-falantes sobre um enorme placar.

Os fãs foram à loucura e, em meio aos gritos animados, o time da casa patinou no gelo. As camisas brancas eram bem visíveis no escuro. De onde estava, várias fileiras acima da linha azul, Georgeanne analisou as costas de cada camisa até encontrar o nome KOWALSKY impresso em azul acima do número onze. O coração dela flutuava com orgulho e amor. Aquele homem grande com capacete branco abaixado na testa pertencia a ela. Era tudo tão novo que estava com dificuldade de acreditar que ele a amava. Ela nem mesmo falara com ele depois do beijo de despedida e, desde então, passara por momentos horríveis temendo ter sonhado durante a noite.

Mesmo distante, ela podia ver que ele usava enchimento nos ombros e debaixo das meias reforçadas que cobriam as pernas e desapareciam debaixo da bermuda. Ele segurava o taco de hóquei com as grandes luvas almofadadas. Parecia impenetrável como o nome que recebera, tão sólido quanto uma parede.

Os Chinooks patinaram de gol a gol e pararam na linha reta no meio do rinque. As luzes se acenderam e os Phoenix Coyotes foram anunciados. Mas, quando entraram patinando, foram recebidos com vaias pelos fãs dos Chinooks. Georgeanne sentiu-se tão mal pelo outro time que, se não temesse pela própria segurança, teria aplaudido.

Cinco jogadores de cada time ficaram no gelo e assumiram suas posições. John deslizou para o círculo central, apoiou o taco no gelo e esperou.

— Chutem algumas bundas, garotos — gritou Ernie assim que o disco foi jogado e a batalha começou.

— Vovô Ernie! — Lexie arfou. — Você disse uma palavra feia.

Ou Ernie não ouviu ou escolheu ignorar a repreensão da bisneta.

— Está com frio? — Georgeanne perguntou a Lexie.

Estavam vestidas com golas altas de algodão, *jeans* e botas curtas forradas de lã.

Lexie mantinha os olhos grudados no gelo e balançava a cabeça. Apontou para John, que pegava velocidade no gelo na direção delas e o olhar furioso direcionado para um jogador do outro time que tinha o disco. Empurrou-o tão forte contra as bordas que o acrílico balançou e tremeu, e Georgeanne soube que iam atravessar o obstáculo e abrir caminho na multidão. Ela ouviu o ruído pesado do ar saindo dos pulmões dos dois homens e estava certa de que, depois dessa batida, o outro homem teria que ser carregado. Mas ele nem mesmo caiu. Os dois homens se acotovelavam e golpeavam e, finalmente, o disco deslizou para o gol dos Coyotes.

Georgeanne viu John patinar de uma ponta à outra, esmagar alguém no gelo e roubar o disco. As colisões eram geralmente brutais, como colisões de automóveis, e ela pensava na noite anterior e esperava que ele não machucasse nada vital.

A multidão estava agitada, bombardeando o ar de palavrões pesados. Ernie preferiu direcionar grande parte de seu descontentamento aos juízes.

— Abram seus malditos olhos e prestem atenção ao jogo — gritava.

Georgeanne nunca ouvira tanto palavrão em tão curto período de tempo, nem vira tanto cuspe em sua vida. Além dos palavrões e dos cuspes, cada time distribuía socos, patinava rápido e batia nos goleiros. No final do primeiro tempo, nenhum tinha marcado ponto.

No segundo, John recebeu uma penalidade por derrubar um jogador e foi mandado para o banco dos pênaltis.

— Seus filhos da puta! — Ernie gritou para a equipe de juízes. — Roenick caiu sobre o próprio maldito pé.

— Vovô Ernie!

Georgeanne não ia argumentar com Ernie, mas vira John enganchar a lâmina de seu taco no patim do outro homem e puxar-lhe o pé, fazendo-o cair sobre ele. Fez a manobra toda parecer muito natural, então colocou a mão com a luva no peito de um jeito tão inocente que Georgeanne começou a pensar se conseguiria imaginar os outros homens deslizando sobre o gelo com as pernas abertas.

SIMPLESMENTE
Irresistível

No terceiro tempo, Dmitri finalmente fez um gol para os Chinooks, mas dez minutos depois os Coyotes empataram. A tensão agitou o ar do estádio, tomando conta dos fãs e mantendo-os na beirada de seus assentos. Lexie ficou em pé, excitada demais para sentar.

— Vai, papai! — gritou, enquanto John brigava pelo disco.

Então, John movimentou-se com velocidade pelo gelo. Com a cabeça baixa, voou pela linha central, e dali para lugar nenhum, e um membro dos Coyotes bateu nele. Se Georgeanne não tivesse visto, não teria acreditado que um homem do tamanho de John pudesse fazer acrobacias no ar. Ele caiu de costas e ficou ali até que o apito soasse. Vários preparadores e o treinador dos Chinooks correram para o gelo. Lexie começou a chorar e Georgeanne prendeu a respiração, uma sensação de enjoo se formando na boca do estômago.

— Seu papai está bem. Olhe — disse Ernie, apontando para o gelo —, ele está se levantando.

— Mas está machucado — soluçava Lexie, olhando John patinar lentamente, não para o banco, mas para o túnel por onde o time saía nos intervalos.

— Ele vai ficar bem. — Ernie abraçou a cintura de Lexie e puxou-a para junto dele. — Ele é o Paredão.

— Mamãe — Lexie choramingou, enquanto as lágrimas escorriam pelo rosto —, vai dar um *band-aid* pro papai.

Georgeanne não achava que um *band-aid* fosse ajudar. Ela também queria chorar. Manteve o olhar grudado no túnel, mas John não voltou ao rinque. Alguns minutos depois, o apito soou e o jogo terminou.

— Georgeanne Howard?

— Sim? — Ela olhou para cima e viu um homem em pé atrás da cadeira dela.

— Sou Howie Jones, um dos preparadores do Chinooks. John Kowalsky pediu para encontrá-la.

— Está muito machucado?

— Não sei, mesmo. Ele quer que a leve até ele.

— Meu Deus! — Ela não conseguia imaginar por que ele queria vê-la, a menos que estivesse seriamente machucado.

— É melhor ir — disse Ernie, levantando-se.

— E Lexie?

— Eu a levarei para a casa de John e ficarei com ela até vocês chegarem.

— Tem certeza? — perguntou ela, os pensamentos girando tão rápido em sua cabeça que ela não conseguia agarrar nenhum.

— É claro. Agora, vá.

— Eu ligo e digo o que descobrir. — Inclinou-se para beijar o rosto úmido de Lexie e pegou a jaqueta.

— Oh, não acho que terá tempo de ligar — disse Ernie.

Georgeanne seguiu Howie entre as arquibancadas e pela passagem por onde vira John desaparecer minutos antes. Caminharam sobre tapetes grossos de borracha e passaram por homens vestidos com uniformes de segurança. Ela dobrou para a direita e moveu-se por uma grande sala dividida com uma cortina. A preocupação embrulhou o estômago dela. Algo terrível devia ter acontecido a John.

— Estamos quase chegando — Howie disse enquanto seguiam por um corredor cheio de homens de terno ou com as cores dos Chinooks.

Apressaram-se por uma porta fechada, em que estava escrito "Vestiário", e viraram à direita de novo passando por uma série de portas duplas.

E ali estava John, conversando com um repórter da tevê na frente de um grande painel azul dos Chinooks. O cabelo estava ensopado e a pele brilhava. Parecia um homem que jogara duro, mas não tinha nenhum machucado aparente. Tirara a camisa e os protetores de ombros e vestia uma camiseta azul que estava molhada e grudada no peito. Ainda vestia a bermuda, as meias caneladas e grandes protetores nas pernas, mas sem os patins. Mesmo sem todo o aparato, parecia imenso.

— Tkachuk atingiu-o nos últimos cinco minutos do jogo. Como está se sentindo? — perguntou o repórter, enfiando o microfone na cara de John.

— Estou me sentindo muito bem. Vou ficar roxo, mas isso é hóquei.

— Algum plano de retaliação no futuro?

— De maneira alguma, Jim. Para ficar de cabeça baixa e perto de um cara como Tkachuk, você precisa ficar atento o tempo todo. — Ele secou o rosto com uma toalha pequena e olhou pela sala. Viu Georgeanne em pé na porta e sorriu.

— O jogo ficou empatado esta noite. Está satisfeito com isso?

John voltou a atenção para o homem que o entrevistava.

— É claro, nunca estamos satisfeitos com algo menos que a vitória. Obviamente precisamos melhorar as manobras. E também o impulso em nosso ataque.

— Aos trinta e cinco anos, você ainda está entre os melhores jogadores. Como faz isso?

Ele arreganhou os dentes e deu um sorrisinho.

— Ah, provavelmente anos de vida limpa.

O repórter e o cinegrafista também riram.

— O que o futuro tem para John Kowalsky?

Ele olhou para Georgeanne e apontou.

— Isso depende daquela mulher ali.

Tudo dentro de Georgeanne congelou e ela virou-se lentamente para trás. O corredor estava cheio de homens.

— Georgeanne, querida, estou falando com você.

Ela se virou de volta e apontou para si mesma.

— Lembra-se da noite passada, em que eu disse que somente me casaria se estivesse loucamente apaixonado?

Ela assentiu com a cabeça.

— Bem, você sabe que estou loucamente apaixonado por você. — Ele levantou-se só de meias e estendeu a mão para ela.

Aturdida, ela caminhou até John e colocou a mão na dele.

— Eu disse a você que não ia jogar limpo. — Segurou-a nos ombros e forçou-a a sentar-se na cadeira que ele liberara. Então, olhou para o cinegrafista. — Ainda está ligado?

— Sim.

Georgeanne olhou para cima e a visão começou a embaçar. Estendeu a mão para tocá-lo, mas John impediu-a.

— Não me toque, querida. Estou meio suado. — E, apoiando-se em um joelho, olhou-a no olho. — Quando nos conhecemos, sete anos atrás, eu a magoei e sinto muito por isso. Mas sou um homem diferente hoje e parte dessa mudança deve-se a você. Você voltou para minha vida e me fez melhor. Quando você entra em uma sala, sinto-me aquecido como se você tivesse trazido o sol junto. — Fez uma pausa e apertou a mão dela. Uma gota de suor deslizou-lhe pela têmpora e a voz tremeu um pouco quando continuou: — Não sou poeta nem romântico, e não conheço palavras para expressar com precisão o que sinto por você. Apenas sei que você é o ar dos meus pulmões, a batida do meu coração, a dor da minha alma e, sem você, sou vazio.

John pressionou a boca quente na palma da mão de Georgeanne e fechou os olhos. Quando olhou para ela de novo, seu olhar estava ainda mais azul e intenso. Levou a mão ao cós da bermuda e tirou um anel com uma água marinha preciosíssima de no mínimo quatro quilates.

— Case-se comigo, Georgie.

— Oh, meu Deus!

Georgeanne mal conseguia ver e secou os olhos com os dedos livres.

— Não acredito que isso está acontecendo. — Puxou ar para os pulmões e olhou do anel para o rosto de John. — Isso é de verdade?

— É claro — ele respondeu, parecendo ofendido. — Você acha que eu compraria uma pedra falsa?

SIMPLESMENTE
Irresistível

— Não estou falando do anel! — Ela balançou a cabeça e secou as lágrimas. — Você realmente quer se casar comigo?

— Sim. Quero ficar velho com você e ter mais cinco filhos. Farei você muito feliz, Georgeanne. Prometo.

Ela olhou para aquele rosto lindo e o coração bateu mais forte. Ele não estava correndo nenhum risco. Tinha uma câmera de televisão, uma grande pedra preciosa e um aperto esmagador na mão dela. Na noite anterior ela ficara imaginando se ele a escolheria. Imaginando o que ela faria se ele fizesse isso. Agora sabia a resposta para as duas perguntas.

— Sim, eu me caso com você — disse, rindo e chorando ao mesmo tempo.

— Puxa vida — John suspirou, o alívio estampado em suas feições. — Você me deixou preocupado.

Nas arquibancadas, aplausos ensurdecedores agitavam o estádio, seguidos por um turbilhão de milhares de fãs eufóricos. As paredes balançavam com a manifestação entusiasmada.

John olhou para o cinegrafista.

— Estamos no telão?

O homem fez sinal de positivo com o polegar e John voltou sua atenção para Georgeanne. Pegou-lhe a mão esquerda e beijou os nós dos dedos.

— Amo você — disse e deslizou o anel no dedo dela.

Georgeanne abraçou-o pelo pescoço.

— Amo você, John — sussurrou ao ouvido dele.

Ele levantou-se com Georgeanne pendurada no pescoço e olhou para os homens na sala.

— É isso — disse, e a câmera foi desligada.

Georgeanne ficou pendurada nele enquanto eram parabenizados, e não o largou nem depois de o último homem sair da sala.

— Estou deixando você toda suada — disse John, sorrindo.

— Não me importo. Amo você e amo seu suor também.

Ela ficou na ponta dos pés e pressionou o corpo no dele. Ele a abraçou.

— Ótimo, porque você é responsável por muito dele. Por alguns segundos achei que você diria não.

— Quando planejou tudo isso?

— Comprei o anel em St. Louis quatro dias atrás e falei com o pessoal da tevê hoje de manhã.

— Tinha tanta certeza assim de que eu diria sim?

Ele deu de ombros.

— Eu disse que não ia jogar limpo.

Ela se inclinou e beijou-o. Esperara muito tempo por aquele momento e mergulhava de coração nele. As bocas se encontraram, abertas e úmidas. Ela lambeu a ponta da língua dele. As mãos deslizaram pelos ombros, para o pescoço, até o cabelo ensopado.

O desejo atingiu a virilha de John e ele a afastou com um beijo doce.

— Pare — gemeu e, curvando os joelhos, enfiou a mão na bermuda e arrumou-se.

O protetor genital de plástico duro apertava os testículos como um quebra-nozes e ele puxou o ar para não praguejar na frente de Georgeanne.

— Minha coquilha está me esmagando.

— Tire.

— Há umas quatro camadas até ele e tem algo que preciso fazer antes de começar a me descascar. — Ele se endireitou e leu o desapontamento nos olhos verdes dela.

— O que poderia ser mais importante do que descascá-lo até ficar só na pele?

— Nada.

Ela o queria e isso o enchia de um prazer másculo que lhe comprimia o peito. John a amava de uma forma que nunca amara ninguém mais. Amava-a como amiga, como uma mulher a quem respeitava e como uma amante que desejava a cada mi-

SIMPLESMENTE
Irresistível

nuto do dia. E ela o amava. Não sabia por que ela o amava. Era um jogador de hóquei genioso que praguejava muito, mas não ia questionar a própria sorte.

Neste momento não queria nada além de levá-la para casa e despi-la, mas primeiro tinha uma última etapa de um negócio não finalizado. Pegou a mão dela e puxou-a para fora da sala e pelo corredor.

— Só preciso esclarecer algo antes de ir embora.

Os passos dela diminuíram o ritmo.

— Virgil?

— Sim.

A preocupação ficou evidente na testa de Georgeanne e ele parou, colocando as mãos sobre seus ombros.

— Está com medo dele?

Ela balançou a cabeça.

— Ele vai fazê-lo escolher, não vai? Ele vai dizer-lhe para escolher entre mim e o time.

Um preparador físico passou a caminho do vestiário e John chegou mais perto de Georgeanne para deixá-lo passar.

— Parabéns, Paredão.

John acenou com a cabeça.

— Obrigado.

Georgeanne segurou a frente da camiseta dele com os dedos.

— Não quero que escolha.

Ele beijou-a na testa.

— Nunca tive que escolher entre um time de hóquei e você.

— Então Virgil vai despedir você, não vai?

Ele riu e balançou a cabeça.

— Virgil não pode me despedir, querida. Ele pode me negociar para um time por menos de quinhentos, se quiser. Ou pior: eu poderia me virar para ter um pato estampado no meu suéter. Mas somente se eu não derrotá-lo.

— Hã?

Ele apertou a mão dela.

— Vamos. Quanto mais cedo resolvermos isso, mais cedo iremos para casa.

Na semana anterior, ele dera ao seu agente luz verde para contatar Pat Quinn, o diretor-geral do Vancouver Canucks. Vancouver ficava a duas horas de carro de Seattle e precisava de um centroavante. John precisava controlar o futuro.

Com Georgeanne a seu lado, entrou no escritório de Virgil.

— Achei que fosse encontrá-lo aqui.

Virgil desviou o olhar do fax que havia sobre a mesa.

— Você andou ocupado. Vejo que contatou Quinn. Viu a oferta?

— Sim.

John fechou a porta atrás de si e passou o braço pela cintura de Georgeanne.

— Três jogadores e duas escolhas de recrutamento.

— Você está com trinta e cinco. Estou surpreso que ele tenha oferecido tanto.

John não achava que Virgil estivesse realmente surpreso. Era uma negociação normal para o capitão de um time ou para jogadores franqueados.

— Sou o melhor — declarou.

— Queria que tivesse falado comigo primeiro.

— Por quê? Da última vez que falamos, você me disse para escolher entre Georgeanne e meu time. Mas sabe de uma coisa? Nunca sequer pensei nisso.

Virgil olhou para Georgeanne e voltou o olhar para John.

— Foi um *show* e tanto que você protagonizou alguns minutos atrás.

John puxou Georgeanne para mais perto.

— Não faço nada pela metade.

— Não, não faz. Mas arriscou-se muito, sem mencionar a possibilidade de ser rejeitado ao vivo pela ESPN.

— Eu sabia que ela diria sim.

SIMPLESMENTE
Irresistível

Georgeanne olhou para ele e ergueu uma sobrancelha.

— Um pouco metido, não?

John inclinou-se e sussurrou ao ouvido dela.

— Querida, "pouco" e "metido" são duas palavras que um homem nunca quer ouvir juntas na mesma frase. — Ele olhou-a enrubescer e riu.

Mas tinha havido aqueles horríveis segundos em que ele não se sentira "metido". Os momentos de angústia em que ela não respondia a sua proposta e que ele tivera um pensamento confuso de jogá-la no ombro e sair correndo da sala, raptando-a até que dissesse o que ele queria ouvir.

— O que você quer, Paredão?

John voltou a atenção para Virgil.

— Desculpe?

— Perguntei o que queria.

Ele manteve o rosto sério, mas sorria por dentro.

Xeque-mate. O velho bastardo estava blefando.

— Pelo quê?

— Tomei uma decisão precipitada e extremamente desfavorável quando ameacei negociá-lo. O que quer para ficar?

John equilibrou-se nos calcanhares e parecia pensar na pergunta, mas já tinha antecipado a retratação de Virgil.

— Um *enforcer* na segunda fila poderia me persuadir a deixar passar o fato de ter ameaçado me negociar. E não estou falando de um novato da quarta fila que você pode pegar de reserva. Quero um cara experiente no hóquei. Alguém que não tenha medo de jogar nos cantos e ficar exposto na frente da rede. Grande. Centro baixo de gravidade. Que bata como um trem de carga. Você vai ter que soltar um bom dinheiro para um cara desse.

Os olhos de Virgil se estreitaram.

— Trabalhe em uma lista e me dê pela manhã.

— Desculpe, estarei ocupado nesta noite.

Georgeanne fincou o cotovelo na costela dele e ele olhou para ela.

— O quê? Você também estará ocupada.

— Ótimo — disse Virgil. — Entregue-me na próxima semana. Agora, se me der licença, tenho outros assuntos para tratar.

— Tem mais uma coisa.

— Um *enforcer* de um milhão de dólares não é o bastante?

— Não. — John balançou a cabeça. — Desculpe-se com minha noiva.

— Não acho que seja necessário — Georgeanne falou apressada. — Mesmo, John. O sr. Duffy deu a você o que queria. Acho que o educado....

— Deixe-me cuidar disso — interrompeu John.

Os olhos de Virgil se estreitaram ainda mais.

— Exatamente, por que eu deveria me desculpar com a srta. Howard?

— Porque você a magoou. Ela pediu desculpas por fugir do casamento, mas você jogou as desculpas de volta na cara dela. Georgie é muito sensível. — Apertou-a de leve. — Não é, docinho?

Virgil levantou-se e olhou de John para Georgeanne. Tossiu várias vezes e o rosto ficou vermelho.

— Aceito suas desculpas, srta. Howard. Agora você aceita as minhas?

John achou que Virgil poderia ter feito melhor e abriu a boca para dizer que tentasse de novo, mas Georgeanne o interrompeu.

— É claro — disse ela e colocou a palma da mão nas costas de John.

Olhou para ele e deslizou a mão por sua espinha.

— Vamos deixar o sr. Duffy trabalhar — sugeriu, um lampejo de amor e talvez um pouco de humor em seus olhos.

Ele deu um beijo rápido nos lábios dela e saíram da sala. Ele a manteve ao seu lado enquanto caminhavam lentamente pelo corredor em direção ao vestiário, e pensou em um sonho que

SIMPLESMENTE
Irresistível

tivera depois que voltara para casa de madrugada. Em vez do sonho erótico que normalmente tinha com Georgeanne, sonhara que acordava em uma cama imensa e florida cercada por garotinhas rindo e pulando. Meninas tímidas com cachorrinhos tímidos, todas olhando para ele como se ele fosse um super-herói por matar aranhas e salvar peixinhos.

Ele queria o sonho. Queria Georgeanne. Queria uma vida cercada de meninas tagarelas de cabelos escuros, bonecas Barbies e cães sem pelo. Ele queria camas de renda, papéis de parede floridos e uma mulher com uma voz *sexy* sulista sussurrando ao ouvido dele.

Sorriu e deslizou a mão pelo braço de Georgeanne, subindo até o ombro. Mesmo que nunca mais tivessem filhos, ele tinha tudo o que queria.

Tinha tudo.

Epílogo

Georgeanne estava parada nos degraus do Princeville Hotel, na ilha de Kauai. O sol tropical aquecia os ombros nus e o alto da cabeça. Foram necessários vários dias para aperfeiçoar o sarongue, mas agora vestia um tecido floreado fúcsia amarrado atrás do pescoço e cobrindo o maiô. Enfiara uma grande orquídea atrás de uma orelha e usava sandálias rosa amarradas nos tornozelos. Sentia-se feminina e pensava em Lexie. Lexie teria adorado Kauai. Teria adorado as belas praias e a água fria azul. Lexie teria escolhido uma camiseta. Georgeanne e John precisavam de um tempo sozinhos e deixaram a filha com a mãe e o avô de John.

Um Jeep Cherokee alugado parou junto ao meio-fio. A porta do motorista abriu-se e o coração dela inflou sob o peito. Adorava olhar John se movimentar. Estava cheio de confiança e caminhava com a certeza fluida de um homem confortável consigo mesmo. Somente um homem confortável com a própria pele teria escolhido vestir aquela camisa azul com enormes flores vermelhas e grandes folhas verdes. Ele era tão seguro de si que às vezes exagerava um pouco. Se ela deixasse John fazer do jeito dele, teriam se casado no dia seguinte ao pedido. Conseguira segurá-lo por um mês, para que pudesse planejar um belo casamento em uma pequena capela em Bellevue.

Estavam casados havia uma semana e ela o amava mais a cada dia. Às vezes, os sentimentos dela eram tão grandes que não conseguia guardá-los. Pegava-se olhando para o espaço e sorrindo, ou rindo sem nenhum motivo, incapaz de conter a felicidade. Dera a John sua confiança e seu coração. Em troca, ele a fazia sentir-se segura e amada com uma intensidade que às vezes lhe tirava o fôlego.

O olhar dela seguia-o enquanto ele dava a volta no carro. Abriu a porta do carona, virou-se e sorriu para ela. Georgeanne lembrou-se da primeira vez em que o vira, parado ao lado do Corvette vermelho, ombros largos e lindo, parecendo o salvador dela.

— Aloha, senhor — disse descendo as escadas.

Uma ruga formou-se nas sobrancelhas dele.

— Está nua por baixo dessa coisa?

Ela parou na frente dele e deu de ombros.

— Depende. Você é um jogador de hóquei?

— Sim. — Um sorriso suavizou seu cenho. — Gosta de hóquei?

— Não.

Georgeanne balançou a cabeça e baixou a voz, intensificando a rica fala mansa sulista que ela sabia enlouquecê-lo.

— Mas eu poderia fazer uma exceção em seu caso, querido.

Ele estendeu o braço para ela e deslizou as mãos pelos braços nus de Georgeanne.

— Você quer meu corpo, não quer?

— Não consigo evitar — suspirou ela e balançou a cabeça de novo. — Sou uma mulher fraca e você é simplesmente irresistível.

Sobre a autora

RACHEL GIBSON mora em Idaho com o marido, três filhos, dois gatos e um cachorro de origem misteriosa. Começou sua carreira na ficção aos 16 anos, quando bateu com o carro na lateral de um morro, juntou o para-choque e foi até um estacionamento, onde espalhou estrategicamente estilhaços de vidro do carro por todos os lados. Contou aos pais que alguém havia batido em seu carro e fugido, e eles acreditaram nela. Vem inventando histórias desde então, embora hoje em dia ganhe mais por elas.

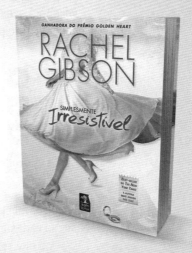
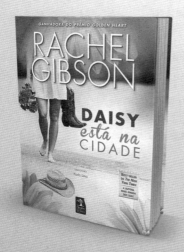

INFORMAÇÕES SOBRE A
GERAÇÃO EDITORIAL

Para saber mais sobre os títulos e autores
da **GERAÇÃO EDITORIAL**,
visite o site www.geracaoeditorial.com.br
e curta as nossas redes sociais.

Além de informações sobre os próximos lançamentos,
você terá acesso a conteúdos exclusivos
e poderá participar de promoções e sorteios.

🏠 geracaoeditorial.com.br

f /geracaoeditorial

🐦 @geracaobooks

📷 @geracaoeditorial

Se quiser receber informações por *e-mail*,
basta se cadastrar diretamente no nosso *site*
ou enviar uma mensagem para
imprensa@geracaoeditorial.com.br

GERAÇÃO EDITORIAL

Rua Gomes Freire, 225 – Lapa
CEP: 05075-010 – São Paulo – SP
Telefax: (+ 55 11) 3256-4444
E-mail: geracaoeditorial@geracaoeditorial.com.br